MAREN GRAF

Todschreiber

TINTENMORD Ein eisiger Januar liegt über Kiel, als Kriminalkommissarin Lena Baumann die dünne, grüne Wäscheleine betrachtet, die sich um den Hals des Selbstmörders schnürt. Neben dem Leichnam liegt ein handgeschriebener Brief ohne Absender. Der Fall scheint eindeutig. Die Kollegen messen dem Brief keinerlei Bedeutung bei, doch etwas an den Zeilen lässt Lena keine Ruhe. Als sich kurz darauf eine Frau vom Rathausturm stürzt und erneut ein rätselhaftes Schreiben auftaucht, beginnt die Kommissarin endgültig an den Todesumständen zu zweifeln. Lena vermutet einen Zusammenhang zwischen den Suiziden und den Briefen und ist sich sicher, dass ihr Absender seine Spuren bewusst so sorgfältig verwischt. Doch welche Wirkung hatten seine Worte auf die Toten? Entgegen den Anweisungen ihres Vorgesetzten und dem Gerede ihrer Kollegen setzt Lena die Ermittlungen fort. Sie folgt der Spur aus Schrift und Tinte und gerät dabei immer tiefer in einen Strudel aus bedrohlichen Fragen. Bis sie der Wahrheit schließlich gefährlich nahekommt.

Maren Graf wurde als echtes Nordlicht in Schleswig geboren und verbrachte ihre Kindheit an der Ostsee rund um Kiel. Nach dem Abitur studierte sie Deutsch und Philosophie auf Lehramt. Seit 2011 arbeitet sie an einem Gymnasium und lebt mit ihrem Mann und zwei Söhnen in ihrer neuen Heimat Paderborn. Neben ihrer Lehrtätigkeit schreibt sie vorwiegend Kurzgeschichten und Krimis. Mit »Todschreiber« erscheint ihr Debütroman im Gmeiner-Verlag.

MAREN GRAF
Todschreiber

Kriminalroman

GMEINER SPANNUNG

Besuchen Sie uns im Internet:
www.gmeiner-verlag.de

Im Ehnried 5, 88605 Meßkirch
Telefon 07575/2095-0
info@gmeiner-verlag.de

1. Auflage 2016

Lektorat: Claudia Senghaas, Kirchardt
Herstellung: Mirjam Hecht
Umschlaggestaltung: U.O.R.G. Lutz Eberle, Stuttgart
unter Verwendung eines Fotos von: © Leonid Andronov / Shutterstock.com und © hikolaj2 – Fotolia.com
Druck: CPI books GmbH, Leck
Printed in Germany
ISBN 978-3-8392-1823-5

VORWORT

Wer durch die Straßen Kiels geht, wird einige Schauplätze dieses Romans wiedererkennen. Vielleicht begegnet ihm sogar ein »Professor Carstens« oder eine »Lena«. Dennoch: Dieser Krimi ist das Ergebnis meiner Fantasie und jede Ähnlichkeit mit realen lebenden oder toten Personen oder ihren Handlungen ist zufällig und nicht gewollt.

Man stelle sich vor, wie eine warme, etwas tiefe und sehr beruhigende Stimme sanft zu einem spricht und sich der ganze Körper bei jedem Wort mehr und mehr entspannt und sich eine wohlige Wärme überall ausbreitet und durch und durch fließt. Und man stelle sich auch vor, wie ein gewisser Zauber von den Schwüngen ausgeht, die über das Blatt fließen wie sanfte Wellen warmer Luft, die man tief einatmet.

PROLOG

Jakob Richter stand vor der großen Anrichte im Flur und starrte auf den weißen Umschlag in seiner Hand. Er war heute früher nach Hause gekommen, hatte die Post geholt, seinen Mantel aufgehängt und die einzelnen Sendungen durchgesehen. Werbung, Rechnungen und seine neue Kreditkarte. Und dieser Umschlag, auf dem mit blauer Tinte handgeschrieben sein Name stand. Sonst nichts. Er wendete das Kuvert hin und her und dachte darüber nach, wer der Absender war. Dass er es nie erfahren würde, dachte er nicht.

Noch während er hinüber ins Wohnzimmer ging, öffnete er den Brief und zog das einzelne Blatt heraus, das im Inneren auf ihn wartete. Was darauf stand, ließ ihn plötzlich innehalten. Als würde sich eine schwere Hand von hinten auf seine Schulter legen und von dieser Stelle aus einen Schauer über den Rücken treiben.

Liebster Jakob,

es ist lange her, dass du einen handgeschriebenen Brief gelesen hast, nicht wahr? Dabei ist es doch ganz wunderbar. Es geht ein gewisser Zauber davon aus, dem man sich ganz hingeben kann. Es tut so gut, jeden Gedanken fallen zu lassen und alle Muskeln zu lösen, zu spüren, wie sich eine wohlige Wärme der Entspannung ausbreitet und durch den ganzen Körper fließt.

Er bemerkte gar nicht, wie er sich langsam auf das Sofa fallen ließ und tief in die Kissen einsank. Um ihn herum schienen die Sekunden zu erstarren. Alles wurde leise und entfernte sich, als würde er in seinen eigenen Körper hineingesogen werden. Nur die Worte, die scheinbar ein anderer für ihn las, drangen zu ihm. Glasklar und durchdringend hallten sie in seinem Kopf wider wie in einem riesigen Saal, und ohne dass er es wahrnahm, ging sein Puls unter der Haut langsamer, obgleich eine große Anspannung von ihm Besitz ergriff.

Dich umgibt ein schwerer, undurchdringbarer Nebel aus Kummer und Haltlosigkeit. Er lastet auf dir wie ein drückender Mantel, der dich immer wieder zu Boden zieht. Du spürst, wie er dich beinahe erdrückt. Befreien müsste man sich. Sich losreißen von all dem, was einen fesselt. Stell dir vor, man könnte seinen eigenen Weg gehen und wäre frei zu entscheiden, wohin dieser führt.

Es waren nur Minuten, in denen sich die tiefblaue Tinte in mächtigen Schwüngen in sein Bewusstsein fraß. Aber als Jakob Richter schließlich das weiße Blatt Papier sinken ließ, war sein Blick leer. Jegliche Spannung war aus seinem Körper gewichen, sein Gesicht wirkte blass und ausdruckslos. Einen unendlichen Moment lang saß er noch da. Dann, wie auf einen stillen Befehl hin, erhob er sich.

Es wird ein herrliches Gefühl sein, endlich alles loszulassen.

Alle Vorbereitungen traf er ruhig, fast wie selbstverständlich. Der Stuhl, die Gardinenstange, die Schlinge. Selbst als die kalte Schnur um seinen Hals lag, war seine Miene unbewegt.

Seine Augen starrten dumpf in eine Entfernung jenseits des Wohnzimmers, während die Schlinge seine Kehle langsam zuschnürte.

Ich wünsche dir alles Gute, Jakob.

KAPITEL 1

Marie Sander stand in der Küche und bereitete das Mittagessen zu. Sie war gerade dabei, die Tomaten zu waschen und sie dann in kleine Würfel zu schneiden. Durch das Fenster über der Arbeitsplatte, auf der sie hantierte, fiel helles Sonnenlicht. Draußen war es ungewöhnlich mild und der Oktober präsentierte sich von seiner goldensten Seite. Alle Sträucher und Bäume hatten sich in ein buntes Blätterkleid gehüllt und umspielten ihren sorgfältig angelegten Garten rund um den großen Gartenteich in den herrlichsten Farben.

Marie wischte sich mit dem Handrücken eine Haarsträhne aus der Stirn und nahm die letzte Tomate zum Schneiden auf das Brett. Es war eine mühselige Arbeit und sie hatte sie auch nur etwas widerwillig begonnen. Aber David hatte sich für heute eben frische Tomatensuppe gewünscht und sie fand es ja gut, dass er so gerne gesunde Sachen aß. Andere Kinder in seinem Alter rührten weder Gemüse noch Obst an.

Sie warf einen kurzen Blick durch die offene Tür ins Wohnzimmer. Vor ein paar Minuten saß er noch auf dem Teppich und spielte mit seiner Parkgarage. Aber wahrscheinlich war ihm das zu langweilig geworden und er holte sich gerade ein neues Spielzeug. Das Essen würde auch noch eine Weile dauern. Zum Glück konnte sich David sehr gut allein beschäftigen. Viele Kinder ihrer Freundinnen wussten gar nicht, wie man überhaupt alleine spielte. Die brauchten immer Mama oder Papa, die ihnen ein Programm boten, und hingen ihnen ständig am Rockzipfel. Marie schüttelte unbewusst den Kopf. Ihr wäre das zu anstrengend. Mit David war es doch sehr unkompliziert. Er war zwar erst drei, aber im Grunde schon sehr selbstständig.

Mit dem Rücken des Messers schob Marie die Tomatenwürfel vom Brett in den Topf. Augenblicklich erfüllte das brutzelnde Geräusch die Küche und der Geruch von frischen Tomaten breitete sich aus. Sie setzte den gläsernen Deckel auf, legte Brett und Messer in die Spüle und wusch sich die Hände. Während das kühle Wasser über ihre Haut lief, sah sie gedankenverloren aus dem Fenster und fuhr mit einem Mal vor Schreck zusammen.

»David!« Es war mehr ein ersticktes Keuchen als ein Rufen, das aus ihrer Kehle kam, als sie ihren Sohn am Gartenteich sah. Er hatte sich weit über den Rand gebeugt und planschte mit den Fingern im Wasser. Er kniete bereits in einer großen Pfütze. Marie riss sich aus ihrer Starre und hastete aus der Küche ins Wohnzimmer. Die Terrassentür stand offen, ein paar Spielautos standen davor. Ohne darüber zu stolpern, stürmte sie durch den Spalt der Glastür nach draußen. »David!«, rief ihre Stimme nun fester und bestimmt. Ihr Schreck hatte sich in Ärger gewandelt. Komm sofort vom Teich weg!, wollte sie noch rufen, aber noch bevor sie ihren Mund ein weiteres Mal öffnete, fuhr ihr Sohn selbst erschrocken herum. Er wusste, dass er nicht allein am Wasser spielen durfte. Es ist zu gefährlich, wurde ihm immer gesagt. Etwas zu hastig stand er auf und machte einen Satz vom Rand des Teiches weg. Doch sein Schritt ging ins Leere, der Schreck hatte ihm die Orientierung genommen. Ohne zu wissen, wie ihm geschah, stürzte er ins Wasser.

Marie Sander stieß erneut einen Schrei aus, doch dieses Mal war er noch furchtbarer und entsetzter als zuvor. Ihre Beine liefen wie von selbst los. Aber sie erreichten nicht einmal das Ende der Terrasse. Ihre Füße stießen auf etwas Schweres, das am Boden lag und ihr den Weg versperrte. Ob es der Gartenschlauch oder der Sack Blumenerde war, konnte sie nicht mehr sehen. Haltlos fiel sie vornüber und ihr Kopf prallte auf die sauber gelegte Beetkante. Vor ihren Augen verschwamm der Rasen und der große Gartenteich war nur noch ein dunkelgrünes Funkeln. Warum die Eile?, fragte sie sich noch bitter und ein letztes Flüstern rann über ihre Lippen: »David.« Dann wurde es schwarz um sie herum.

KAPITEL 2

Auf den Straßen lagen noch die Reste vom letzten Schnee. Nicht mehr weiß und unberührt wie am ersten Tag, sondern schmutzig grau, von Füßen zertreten und von Autoreifen durchzogen. Die Weihnachtszeit war endgültig vorbei und hatte die letzte Gemütlichkeit mit sich genommen. Zurückgeblieben war der nackte Januar in seiner ganzen Trostlosigkeit. Wie der verkaterte, matte Tag nach einer durchfeierten Nacht. Orientierungslos und blass.

Lena schaute durch die Beifahrerscheibe nach draußen und fröstelte. Die Heizung lief auf Hochtouren, aber es wurde einfach nicht warm im Auto. Mit eiskalten Händen kramte sie in ihrer Manteltasche nach dem kleinen Tablettenblister, den sie am Morgen eingesteckt hatte. Dieses Sodbrennen würde sie noch umbringen. Sie hatte das Gefühl, ihr komplettes Innenleben würde in Flammen stehen. Heute war es wieder besonders schlimm. Sie zog die silberne Packung aus der Tasche, drückte eine der Tabletten heraus und steckte sie in den Mund. Von der Fahrerseite aus spürte sie Marks Blick auf sich ruhen. Gleich würde er nachfragen, was los sei, und dann würde er ihr zum zehnten Mal sagen, sie solle deswegen zum Arzt gehen. Wegen Sodbrennen. Er mochte ja wegen jeder Erkältung zum Doktor rennen, aber deshalb musste sie das noch lange nicht tun. Es gab einfach Dinge, die man auch ganz gut selber in den Griff bekam. Oder solche, die man schlichtweg ertragen musste.

»Was hast du?« Da war sie schon, die Frage.

»Nichts. Nur ein bisschen Sodbrennen.« Lena versuchte, so nebensächlich wie möglich zu klingen, um seinen Ratschlägen vielleicht diesmal zu entkommen. Er arbeitete nun schon seit über fünf Jahren bei der Mordkommission mit ihr zusammen. So langsam müsste er wissen, dass er damit bei ihr auf Granit biss. Aber sie kannte ihren Partner schließlich auch seit dieser halben Ewigkeit und wusste, dass das nicht der Fall war.

»Du solltest dir wirklich mal überlegen, ob du dich nicht doch mal durchchecken lässt. Das geht doch schon länger so, oder nicht?«

»Es ist nur Sodbrennen.«

»Ja, aber auch *nur* Sodbrennen hat eine Ursache.«

Ich weiß, dachte sie und schaute aus dem Fenster. Sie durchquerten gerade das enge Straßengeflecht des Kieler Stadtteils Düsternbrook. Das Wummern der Reifen, die über das unebene Kopfsteinpflaster holperten, dröhnte ihr in den Ohren. Zum Glück tauchte in diesem Moment das Schild zum Niemannsweg auf. Mark setzte den Blinker und bog ab. Es war das typische Straßenbild, das sich durch dieses Viertel an der Förde der Stadt zog. Kopfsteinpflaster und großzügige, gepflegte Häuser. Einige davon konnte man getrost als Villen bezeichnen und ihre Bewohner als die gehobenere Schicht der Kieler, die sich neben ihren noblen Autos noch eine Haushaltshilfe gönnten. Von hier aus waren es nur wenige Meter zum Wasser und obwohl die Umgebung ruhig und im Sommer grün war, befand sie sich doch sehr nahe zur Innenstadt. Lena war nicht oft in dieser Gegend. Höchstens einmal auf einem ihrer Spaziergänge zur Kiellinie, bei denen sie meist auch einen kurzen Abstecher durch den wunderschönen Botanischen Garten machte, der gleich in der Nähe war.

»Welche Hausnummer?«, fragte Mark und blickte zu ihr herüber. Irgendwie sah er müde aus, stellte Lena fest. Und lustlos. Wenn sie seinen Gesichtsausdruck vorhin richtig gedeutet hatte, war er von diesem Extra-Einsatz alles andere als begeistert gewesen. Wie so oft hatte er nur ein Brummen verlauten lassen und war mit muffiger Miene mit ihr zum Wagen gestapft. Zwischen seinen dunklen Brauen verlief eine schmale Linie und zeigte seinen Unmut. Wenn sie es nicht besser wüsste, würde sie denken, dass er jeden Tag von Neuem überlegte, ob er überhaupt zur Arbeit erschien. Aber sie wusste auch, dass hinter seiner grimmigen und schroffen Art ein Polizist steckte, der seinen Job ernst nahm und dem viel daran lag, ihn gut zu machen.

»87«, sagte sie und merkte, wie sie unbewusst diesen Tonfall anschlug, den sie immer wählte, wenn ihr Partner gereizt war, um ihn bei Laune zu halten. »Da vorne ist es schon.«

Vor der Einfahrt eines modernen Mehrfamilienhauses stand bereits ein Wagen der Streifenpolizei. Eine kleine Traube Schaulustiger hatte sich auf der anderen Straßenseite gebildet. Allein bei dem Anblick empfand Lena Wut. Immer diese Gaffer.

Mark hielt am Straßenrand und stieg aus. Ein Beamter der Schutzpolizei empfing sie an der Eingangstür zum Haus und grüßte sie mit einem knappen Nicken. Lena las in seinem Gesicht, dass er den Dienst hier draußen zur Abwehr nicht befugter Zutritte gern angenommen hatte, und fragte sich, was sie wohl drinnen erwartete, das seine Entscheidung verständlich machte.

Von außen sah das Haus edel und sehr gepflegt aus. Der Putz glänzte in strahlendem Weiß, das sich der Jahreszeit entsprechend unauffällig in die Umgebung fügte. Die Front war großzügig mit Fenstern ausgestattet, die tagsüber sicherlich eine Menge Sonne in die Wohnungen ließen.

Lena folgte Mark durch das Treppenhaus in den ersten Stock. Es roch nach Essen und auch ein bisschen nach Waschmittel. Beide Gerüche zusammen ließen ihren Magen rebellieren. Sie atmete tief durch und stieg die Stufen in den ersten Stock hoch. Eine der beiden Wohnungstüren auf der ersten Etage stand weit offen. Über der Klingel war ein Namensschild aus Messing angebracht. Der Name »Richter« stand in feiner Schnörkelschrift darauf und etwas kleiner darunter »Jessica und Jakob«. Keine Kinder.

Gemeinsam betraten sie den langen Flur der Wohnung. Er war in einem hellen Beige gestrichen und an den Wänden hingen mehrere Ölbilder. Hauptsächlich Landschaftsmalereien, ruhige Farben. Eine kleine Kommode aus sandfarbener Birke stand unter einem Spiegel, daneben eine Garderobe, an der ein einzelner, dunkler Mantel hing. Gepflegter Dielenboden, ein langer Läufer. Alles passte perfekt zusammen und wirkte geradezu wie aus einem Einrichtungskatalog. Die Richters gehörten ganz offensichtlich nicht zu den ärmeren Bürgern des Landes. Aber das hatte Lena in diesem Stadtviertel auch gar nicht erwartet. Unten hatte sie für dieses Haus nur vier Parteien an den Briefkästen gezählt und wenn sie es auf den ersten Blick richtig einschätzte, waren die Wohnungen recht großzügig geschnitten. Für zwei Leute allein fast ein bisschen zu groß.

Rechts und links vom Flur aus gingen weiße Holztüren in die einzelnen Zimmer ab. Im Vorbeigehen konnte Lena neben einem Bad noch ein Gäste-WC und ein Arbeitszimmer ausmachen, dessen Tür leicht angelehnt war. Am Ende des Flurs lag das Wohnzimmer, von wo aus man bereits das ununterbrochene Auslösen einer Kamera vernahm. Als sie den Raum betrat, wurde bestätigt, was der Eingangsbereich schon versprochen hatte: Jakob Richter und seine Frau lebten nicht bescheiden. Großer Fernseher, schicke Couchgarnitur, teure, bodenlange Vorhänge.

»Schicke Bude«, Mark war hinter sie getreten und pfiff leise durch die Zähne. »Also wenn der Schein nicht trügt, war es jedenfalls nicht die finanzielle Lage, die ihn dazu gebracht hat.«

Lena ignorierte seinen unpassenden Kommentar und durchquerte den großen Torbogen, der das Wohnzimmer mit dem Esszimmer verband. Im Fokus des Raumes stand eine lange Tafel mit zehn Stühlen. Stühle, die vermutlich nur selten benutzt wurden. Sie waren aus dunklem Leder und erschienen im farblichen Kontrast zu der sonst hellen Einrichtung. Ein langer Schrank mit Glastüren, hinter denen etliche Wein- und Sektgläser und kostspielige Vasen standen, füllte die Wand hinter dem Tisch.

»Moin, Daniel.«

»Moin.« Der Kollege von der Kriminaltechnik stellte gerade die Brennweite seines Objektivs neu ein, bevor er die nächsten Bilder schoss. Immer wieder lud der Blitz seines Apparates neu und knallte dann sein grelles Licht in den Raum. Es machte die ganze Szenerie jedes Mal irgendwie unmenschlich. Es war auf eine Art unwürdig und unangebracht. Aber es half einem auch, das alles überhaupt aufzunehmen, ohne es zu nah an sich heranzulassen. Im Blitzlicht hatten die Toten keine Persönlichkeit. Im Blitzlicht waren sie einfach nur ein neuer Fall. Und dennoch – lange konnte Lena den Mann nicht ansehen. Er hing an einer kurzen Kordel aus grüner Wäscheleine, die sich zum Teil in die Haut an seinem Hals geschnitten hatte. Von dort aus führte die Schnur über die Gardinenstange und dann zum Griff des Fensters, an dem das andere Ende festgezurrt war. Ein Wunder, dass diese Konstruktion gehalten hat, dachte Lena und schätzte auf einen Blick das Gewicht des Mannes. Er war schlank, vielleicht 1,80 Meter groß. Viel mehr als 75 Kilo mochte er wohl nicht wiegen. Er trug einen grauen Anzug mit einem weißen Hemd. Seine Krawatte war etwas gelockert. Wahrscheinlich war er gerade erst von der Arbeit nach Hause gekommen. Sogar die schwarzen Lederschuhe hatte er noch an den Füßen. Als wäre er direkt aus dem Büro in seine Wohnung gekommen, um sich das Leben zu nehmen.

Wie auf ein Stichwort kam der Kollege, der den Einsatz aufgenommen hatte, aus der Küche ins Esszimmer.

»Moin«, grüßte er knapp und begann ohne Umschweife, seinen Bericht vorzutragen. »Wir sind vor etwa einer halben Stunde eingetroffen. Die Putzfrau hat ihn gefunden und die Polizei verständigt. Sein Name ist Jakob Richter, 34 Jahre alt, Produktmanager, verheiratet mit Jessica Richter, ebenfalls 34 Jahre und als freie Journalistin tätig.«

Mark stand neben dem Beamten und sah sich noch immer die Konstruktion aus Wäscheleine und Gardinenstange an.

»Der Notarzt wurde verständigt.«

»Ist er schon wieder weg?«, fragte Lena.

»Ja. Er hat die beginnende Ausbreitung der Totenflecken festgestellt, aber noch kein Einsetzen der Leichenstarre. Hat den Totenschein ausgefüllt und ist wieder gegangen. Er hatte wohl noch einen dringenderen Termin.«

Lena entging sein leicht sarkastischer Ton nicht.

»Irgendwelche Besonderheiten, die er feststellen konnte?«

»Äh, jo«, der Kollege setzte zur Erklärung an und trat dafür näher an den Leichnam des Mannes heran. »Eine Sache ist dem Arzt aufgefallen, ohne dass er sie befriedigend erklären konnte.« Er wies mit seinen weiß behandschuhten Fingern auf die weit geöffneten Augen des Toten, die in eine Leere starrten, wie sie entrückter nicht sein könnte.

»Der Tote weist Petechien an den Schleimhäuten auf. Das ist zwar nicht abwegig in Anbetracht der aufgefundenen Situation, aber zumindest ungewöhnlich.«

»Hmm.« Lena nickte und sah sich die winzigen roten Punkte an, die sich vor allem um die Augen herum ausgebreitet hatten. Im Falle einer Strangulation kam es grundsätzlich zu Blutstauungen im Kopf, die wiederum zu Kapillarberstungsblutungen führten und dann als stecknadelkopfgroße Blutungen, Petechien, zu sehen waren. Die Vokabeln und Floskeln der schon so oft gehörten Aussagen der Ärzte spulten sich in Lenas Kopf ab. Beim Zusammenpressen der Venen am Hals war das, was sie hier sah, eine gängige Erscheinung, beim Tod durch Erhängen allerdings war sie eher selten. Auch die deutliche Blaufärbung des Gesichtes passte nicht so recht ins Bild, denn auch sie trat eher beim Erdrosseln auf, wenn die Venen langsam und nicht ruckartig, wie es beim Erhängen der Fall war, zugezogen wurden.

Lena wandte den Blick von dem Toten ab und sah sich um. Etwas entfernt von ihm lag ein umgekippter Stuhl auf dem Boden. Er war einen guten Meter weit weg und lag auf der Seite. Wenn Jakob Richter von dort aus gesprungen war, mussten die Wäscheleine und die Gardinenstange eine ganze Menge ausgehalten haben. Noch dazu musste er bei so einem Schwung mit dem Oberschenkel an die Kante des Fensterbrettes und mit den Füßen an die Wand darunter geprallt sein. Aber die sah eher unberührt aus.

Lena trat etwas näher heran und ging in die Hocke, um die weiße Tapete an der Stelle genauer begutachten zu können. Es waren keine Abdrücke oder Eindellungen zu sehen. Keine Flecken oder Schrammen. Sie schritt weiter in dem Raum umher und suchte nach Auffälligkeiten oder anderen Hinweisen, die darauf hindeuteten, was in den letzten Minuten vor dem Tod des Mannes passiert war. Aber bis auf den Leichnam selbst schien nichts zu verraten, dass sich hier jemand das Leben genommen oder sich sonst irgendetwas Ungewöhnliches abgespielt hatte. Sie ging rüber ins Wohnzimmer und ließ auch hier ihre Augen umherwandern. An dem Anrufbeantworter auf dem Beistelltisch des Sofas blinkte eine kleine rote Lampe. Als Lena die Abhörtaste drückte, meldete sich nur ein regelmäßiges Tuten und signalisierte, dass der Anrufer bereits aufgelegt hatte, als das Gerät angesprungen war. Der Anruf war am frühen Nachmittag eingegangen. Aber Jakob Richter hatte ihn nicht abgehört, als er nach Hause gekommen war. Mit einer weiteren Eingabe checkte sie die Anrufliste. Die Richters hatten am Abend zuvor das letzte Mal telefoniert. Sie ging zurück ins Esszimmer.

»Bist du fertig mit den Aufnahmen?«, fragte sie Daniel, der gerade seine Kamera ablegen wollte.

»Ja. Wir können ihn runterholen.«

Er selbst, Mark und der andere Beamte fassten mit an, um den Körper vorsichtig und unbeschadet von der Schlinge zu lösen und auf dem Boden des Raumes ablegen zu können. Lena beugte sich über die Leiche des Mannes und untersuchte seine Kleidung. Anzug und Hemd saßen ordentlich am Körper, die Schuhe waren vernünftig zugebunden und auch sonst konnte sie auf den ersten Blick nichts Außergewöhnliches entdecken. Vorsichtig schob sie die Hosenbeine hoch und legte die Beine des Mannes frei. Die Totenflecken hatten sich hier zuerst ausgebildet, weil mit Einsetzen der Blutsenkung das Blut der Schwerkraft folgend nach unten geflossen war. In dunklem Rotviolett hatte es wolkenartige Verfärbungen auf der Haut hinterlassen. Ihrer Ausprägung nach zu urteilen und aufgrund der Tatsache, dass die Leichenstarre noch nicht eingesetzt hatte, war der Mann noch nicht lange tot. Lena schätzte den Todeszeitpunkt ungefähr zwei Stunden zurück. Für eine genauere Bestimmung reichten jedoch weder ihre Informationen noch ihre Kenntnisse aus.

Den Blick weiterhin auf die Beine des Toten gerichtet, erfasste Lena eine kleine Abschürfung am linken Unterschenkel. Vorsichtig fuhr sie mit ihren Handschuhen darüber.

»Hey, Daniel!« Sie winkte ihren Kollegen zu sich. »Machst du mir davon ein Bild, bitte?«

»Hmm?« Der Kriminaltechniker schaute ihr über die Schulter und folgte ihrem Blick auf das untere Ende des Beines, wo sich die kleine, aber kräftige Abschürfung abzeichnete. Daniel setzte seine Kamera vor das Gesicht und machte ein paar Nahaufnahmen von der Stelle. »Sieht ziemlich frisch aus.«

»Ja«, murmelte Lena und ließ die Hose wieder sinken. Daniel stand noch immer hinter ihr und Lena konnte den milden Duft seines Aftershaves riechen, das von der hellen Haut seines Halses ausging.

»Lena«, Mark stand unter dem Torbogen zum Esszimmer. »Die Haushaltshilfe wird gleich in ein Krankenhaus gebracht. Vielleicht sollten wir uns vorher noch kurz mit ihr unterhalten.«

»Ich komme.«

Sie erhob sich aus der Hocke und folgte Mark durch den Flur in das Arbeitszimmer, das sie zuvor beim Gang zum Wohnzimmer bereits wahrgenommen hatte. Es war wie die restliche Wohnung ebenso geschmackvoll und bewusst eingerichtet. Vor dem großen Fenster stand ein penibel aufgeräumter Schreibtisch aus hellem Holz. Lediglich ein schwarzer Lederbecher mit Stiften, ein Kalender und eine Designerlampe hatten darauf Platz. In einem Regal an der Wand reihten sich unzählige Bücher und Zeitschriften aneinander. Ein zweites auf der gegenüberliegenden Seite bot denselben Anblick. Fotos oder andere persönliche Gegenstände konnte Lena nicht entdecken und es verlieh dem Raum auf gewisse Art einen sehr anonymen Charakter. Als würde in diesem Zimmer gar nicht gelebt werden. Nicht zuletzt vervollständigten die beiden roten Sessel in der Ecke die Wirkung eines Empfangszimmers.

Auf einem von ihnen saß zusammengesunken eine etwas rundliche Frau mittleren Alters. Lena schätzte sie auf Anfang 50. Sie trug ein paar weiße Pantoffeln, eine ausgewaschene blaue Stoffhose und eine einfache schwarze Strickjacke. Ihr dunkles Haar hatte sie zu einem kleinen Knoten im Nacken zusammengebunden.

»Frau Peltzer«, Marks Stimme ließ sie aufschauen. »Mein Name ist Mark Andersen. Das ist meine Kollegin Lena Baumann.«

Die Frau sah zu ihr herüber und Lena konnte ihre verweinten Augen sehen, die immer noch völlig erschrocken starrten.

»Hallo, Frau Peltzer. Es tut mir sehr leid, dass Sie das hier miterleben mussten.« Lena ging zu ihr und setzte sich in den zweiten Sessel, den ihr einer der Männer von der Ambulanz überließ.

»Sind Sie heute zum Arbeiten hergekommen?«

Die Frau ließ ihren Blick wieder auf ihre Knie sinken. »Nein, ich arbeite immer nur donnerstags und montags. Frau Richter hat mich gestern Abend angerufen und gefragt, ob ich heute kurz vorbeikommen könnte, um einige Hemden und ein Kleid von ihr in die Reinigung zu bringen. Sie sagte, sie bräuchte das Kleid dringend am Samstagabend und hätte Sorge, dass es sonst bis dahin nicht fertig wäre.«

»Wofür brauchte sie das Kleid so dringend?«

»Das weiß ich nicht.« Die Frau schüttelte den Kopf.

»Wann sind Sie heute hier gewesen?«, fragte Mark.

Die Haushaltshilfe blickte ihn mit matten Augen an und man konnte sehen, wie erschöpft sie war. Sichtlich angestrengt dachte sie nach. »So gegen drei. Ich bin mit dem Bus gekommen.«

»Haben Sie einen Schlüssel für die Wohnung?«

Sie nickte.

Lena neigte sich etwas zu ihr herüber und sprach mit einfühlsamer Stimme: »Ich weiß, es fällt Ihnen schwer,

Frau Peltzer, aber könnten Sie uns noch einmal genau erzählen, was Sie vorgefunden und getan haben, als Sie herkamen?«

»Ich bin vom Bus bis hierher gelaufen und ins Haus gegangen. Als ich die Wohnungstür aufgeschlossen habe, wunderte ich mich ein bisschen, dass sie nur zugezogen war. Herr und Frau Richter schließen immer zweimal ab, wenn sie gehen. Ich habe dann gerufen, ob jemand da ist, obwohl es mich sehr gewundert hätte. Beide arbeiten immer sehr lange und kommen erst spät nach Hause. Aber dann habe ich den Mantel von Herrn Richter an der Garderobe gesehen.« Sie hielt kurz inne und atmete tief ein, als müsse sie Kraft für die nächsten Sätze sammeln. »Das fand ich etwas merkwürdig, weil für gewöhnlich nichts an der Garderobe hängt, wenn niemand zu Hause ist. Ich habe dann noch einmal gerufen und bin ins Wohnzimmer gegangen, um nachzusehen, und dann habe ich ihn da …« Sie brach ihre Erzählung ab und vergrub ihr Gesicht in ihren Händen. Ein Zittern ließ ihre Schultern vibrieren. Lena ließ einige Sekunden verstreichen, bis sie noch eine Frage an die Frau stellte.

»Zieht Herr Richter seine Schuhe sofort aus, wenn er von der Arbeit nach Hause kommt?«

»Seine Schuhe?« Die Frau war sichtlich verwirrt über diese simple, aber ihr zusammenhanglos erscheinende Frage.

»Ich weiß nicht recht.«

»Vielleicht haben Sie einmal erlebt, wie er nach Hause kam«, versuchte Lena, ihre Erinnerung zu wecken. Doch die Haushaltshilfe schüttelte nur den Kopf.

»Ich weiß es wirklich nicht.«

»Danke, Frau Peltzer. Es tut uns leid, dass wir Ihnen

diese Fragen stellen mussten. Ein Mann von der Ambulanz wird Sie jetzt in ein Krankenhaus bringen. Dort kümmert man sich um Sie und Sie können sich etwas ausruhen.«

Einer der Rettungshelfer ging auf die Worte hin zu der Frau und half ihr auf die Beine. Seine rot leuchtende Arbeitskleidung stach aus der Umgebung hervor und ließ die Haushaltshilfe noch blasser wirken. Mit hängenden Schultern ließ sie sich von ihm aus dem Zimmer geleiten.

»Sie wirkt nicht gerade wie jemand, der so etwas einfach wegsteckt.« Lena sah ihr nach.

»Sie wird's überstehen.« Mark schlenderte an einem der Regale entlang und sah sich die Titel der Bücher und Zeitschriften an. »Nicht zu übersehen, dass sie Journalistin ist.«

»Ja.«

Lena blickte sich noch ein letztes Mal im Arbeitszimmer um, als wolle sie alle Einzelheiten speichern, und ging dann zurück ins Wohnzimmer.

Daniel hatte seine Arbeit endgültig beendet und packte seine Ausrüstung ein. Als er sie kommen sah, deutete er mit dem Kopf auf die Leiche, die von zwei Männern des eingetroffenen Bestattungsunternehmens gerade in einen Sack und auf eine Bahre gelegt wurde. »Wir sollten besser alle eine Runde ins Solarium gehen. Der trübe Winter scheint depressiv zu machen.«

»Hmm.« Lena zuckte nur vage mit den Schultern. Es war eine weitverbreitete Meinung, dass die meisten Suizide in den dunklen Wintermonaten begangen wurden. Tatsächlich aber hatte die Jahreszeit nicht notwendigerweise etwas mit der Selbstmordrate zu tun und wenn, dann gab es viel mehr Menschen, die im Frühjahr den

Freitod wählten als im Winter. Man mochte es sich vielleicht besser vorstellen können, dass sich jemand an einem trüben, kalten, trostlosen Wintertag das Leben nahm, aber die Gründe für einen solchen Schritt reichten viel tiefer, als dass sie nur von der Wetterlage abhängig wären.

»Kannst du mir die Bilder später schicken, wenn du sie auf dem Rechner hast?«, fragte Lena.

»Klar, mach ich.« Daniel zwinkerte ihr zu.

Als Lena noch einmal zu der Bahre zurückschaute, wurde der Leichensack von einem Mitarbeiter des Bestattungsunternehmens gerade zugezogen und sie sah ein letztes Mal in das Gesicht des Toten. Es war ein sehr durchschnittliches Gesicht mit ebenmäßigen Zügen. Nichts daran stach besonders hervor oder fesselte ihre Aufmerksamkeit. Jakob Richter wirkte eher unscheinbar und vielleicht auch ein bisschen zurückhaltend. Aber wie wollte sie das eigentlich so genau sagen? Alles, was sie von ihm kannte, war sein toter Körper.

»Wohin geht der Leichnam?«, fragte der jüngere der beiden Bestatter, als sie gerade die Bahre anhoben.

»Ins Rechtsmedizinische Institut«, antwortete Lena und fügte mehr zu sich selbst hinzu: »Die Todesursache ist noch nicht hundertprozentig geklärt.«

Die beiden Männer hoben die Bahre gleichzeitig an und trugen sie aus dem Esszimmer.

Im selben Moment hörte man von der Eingangstür einen Schrei. Frau Richter war nach Hause gekommen.

Lena ging den Männern hinterher und sah die Ehefrau steif in der Tür stehen. Sie war groß und schlank und trug ein figurbetontes blaues Kostüm. Ihre Füße steckten in schwarzen Stiefeletten mit Absätzen, auf denen Lena nicht einmal im Sommer, ohne Glätte und Schnee, hätte laufen können. Das blonde, lange Haar fiel ihr in weichen Wellen über die Schultern und obwohl sie einige Meter entfernt war, konnte Lena erkennen, dass sie bildschön war.

In diesem Moment allerdings, als die Frau die Männer mit der Bahre durch den Flur kommen sah, war ihre Mimik verzerrt. Lena versuchte, die einzelnen Nuancen darin auszumachen. Aber auf die Entfernung war es nicht einfach, ihren Gesichtsausdruck deutlich zu erkennen. Sie war erschrocken, keine Frage. Vielleicht auch nur überrascht. Aber auch wenn sie hauptsächlich entsetzt schien, war da noch etwas anderes in ihrem Blick, das Lena nicht klar deuten konnte.

»Ist er das?« Die Frau schaute auf den sich unter dem Stoff abzeichnenden Körper, der gerade an ihr vorbei ins Treppenhaus getragen wurde. »Ist das mein Mann?«

»Frau Richter« Mark war aus dem Arbeitszimmer gekommen und ging auf sie zu. »Bitte, kommen Sie.« Er legte ihr eine Hand auf den Rücken und führte sie in ihr Arbeitszimmer. Lena wartete noch einen Augenblick, bevor sie den beiden etwas widerwillig und langsam folgte. Ihr war das Überbringen von Hiobsbotschaften auch nach Jahren im Polizeidienst immer noch unerträglich. Es gehörte leider Gottes zu ihrem Job und als gute Kommissarin sollte sie eigentlich damit umgehen können. Aber jedes Mal, wenn sie in die Augen eines Angehörigen schaute und die Angst in ihnen sah, kostete es sie unglaubliche Kraft, über die Lippen zu bringen, was gesagt werden musste.

Während Mark sich in einen der roten Sessel gesetzt hatte, zog sich Lena den Stuhl vom Schreibtisch heran. Sie nahm ihren Notizblock aus ihrer hinteren Hosentasche und einen Stift aus der Innentasche ihrer Jacke. Jessica Richter saß in dem anderen Sessel und stützte ihren Kopf in die rechte Hand.

»Mein Gott«, hauchte sie und starrte zu Boden.

»Frau Richter. Es tut mir sehr leid, Ihnen das sagen zu müssen, aber Ihr Mann ist vor etwa einer Stunde von ihrer Haushaltshilfe tot aufgefunden worden.«

»Was ist passiert?«, fragte die Frau mit kehliger Stimme.

»Ihr Mann hat sich, wie es aussieht, das Leben genommen.«

Lena sah die Frau eindringlich an, damit ihr auch die kleinste Gefühlsregung nicht entging. »Sie haben es scheinbar schon erfahren. Darf ich fragen, wie?«, fragte sie.

»Eine Nachbarin hat mich angerufen, da bin ich sofort hergekommen.« Die Antwort kam sachlich.

»Frau Richter, war Ihr Mann in letzter Zeit …«, Mark suchte nach dem richtigen Wort. »… Irgendwie unzufrieden oder verzweifelt? Hatte er irgendwelche Probleme?«

Die Frau schüttelte den Kopf. Doch es war kein verneinendes Schütteln, sondern ein abwehrendes. »Er ist schon seit Langem in psychotherapeutischer Behandlung. Er hat sehr viel Stress im Job gehabt.«

Das Durcheinander der Zeitformen entging Lena nicht. »War es aktuell stressig in seinem Job?«

»Ich weiß es nicht. Er hat nichts erzählt. Aber er war in letzter Zeit etwas angeschlagen.«

»Inwiefern angeschlagen?«

»Er war psychisch nicht so stabil.«

»Was genau meinen Sie damit?«, hakte Lena nach.

Die Frau wirkte etwas ungeduldig, als sie erneut ausholte. »Er war abgelenkt, wirkte oft niedergeschmettert.«

»Haben Sie darüber geredet?«, fragte Mark.

»Wir haben darüber geredet, aber er hat nicht viel gesagt. Wahrscheinlich gab es wieder Ärger in der Firma oder so.«

Oder so. Diese Ehefrau schien sich nicht besonders für das Leben ihres Mannes zu interessieren, ging es Lena durch den Kopf.

»Hat er Ihnen gegenüber offengelegt, dass er suizidale Gedanken hatte?«, formulierte Mark direkt.

»Nein, er hat so etwas nie gesagt. Er …« Sie brach ab und verbarg ihr Gesicht in den Händen. Man hörte ihren schweren Atem und sah, dass sie nach Fassung rang. Mark ließ ihr etwas Zeit, dann erst fragte er weiter.

»Seit wie vielen Monaten genau war Ihr Mann schon in psychotherapeutischer Behandlung?«

Frau Richter schaute wieder auf. Sie antwortete genau: »Seit August vorletzten Jahres. Das war zu der Zeit, in der die Firma expandierte. Jakob hat schon immer viel gearbeitet, aber seitdem war er eigentlich nur noch bei der Arbeit.«

»In welcher Firma war Ihr Mann denn angestellt?«

»CVO. Sie hat ihren Sitz hier in Kiel.«

»War es ein Problem, dass er so viel gearbeitet hat?«

Frau Richter schaute Mark direkt in die Augen. »Für mich nicht, wenn Sie das meinen.« Dann blickte sie hinüber zu ihrem Schreibtisch. »Ich bin beruflich selbst sehr ausgelastet.«

Und überaus erfolgreich, möchte ich wetten, dachte Lena. Keine Frau, die auf ihren Herrn Gemahl angewiesen wäre. »Was mein Kollege wissen wollte, war eher, ob es in Ihrer Ehe deshalb Schwierigkeiten gab.«

Die Frau blinzelte sie mit einer Spur Verärgerung an. »Nein, wie schon gesagt, da wir beide berufstätig sind, war das in Ordnung. In unserer Ehe gab es keine Probleme. Ich wüsste auch nicht, was Sie das angeht.«

Mark schaltete sich besänftigend ein: »Frau Richter, es tut uns sehr leid, dass wir Ihnen diese Fragen stellen, wir machen nur unsere Arbeit. Wenn Sie möchten, rufen wir einen Mitarbeiter der Seelsorge, der sich um Sie kümmert.«

Die Frau winkte ab und erhob sich gleichzeitig mit Mark. »Nein, das ist nicht nötig. Ich komme schon zurecht.«

»Sind Sie sicher?«

»Ja, alles in Ordnung.«

»Sollen wir eine Freundin oder einen Angehörigen für Sie anrufen?«

»Nein.«

Sie machte einen gefassten Eindruck. Lena war sich sicher, dass sie tatsächlich ohne weitere Hilfe zurechtkam. Sie stand ebenfalls von ihrem Stuhl auf und ging zur Tür.

»Ihre Haushaltshilfe Frau Peltzer sagte, sie wäre heute gekommen, um ein Kleid von Ihnen in die Reinigung zu bringen. Wozu wollten Sie es tragen?«

Frau Richter starrte Lena überrascht und etwas forschend an. »Ich wollte am Wochenende ausgehen«, sagte sie knapp. »In die Oper. Warum fragen Sie?«

Lena zuckte vage mit den Schultern. »Es schien Ihnen sehr wichtig zu sein, dass das Kleid rechtzeitig fertig ist.«

»Ja, natürlich.«

»Wollten Sie mit Ihrem Mann gehen?«

»Nein.« Sie reckte unmerklich ihr Kinn etwas vor. »Mit einem Arbeitskollegen.«

»Ah.« Lena wandte sich zum Gehen, hielt aber noch einmal inne. »Eine letzte Frage noch, Frau Richter. Können Sie uns noch den Namen des Psychologen geben, bei dem Ihr Mann in Behandlung war?«

»Ihr Name ist Dr. Sarah Martens.«

Lena schrieb den Namen auf ihren Notizblock und bedankte sich.

»Entschuldigen Sie die Fragen, es tut uns sehr leid.« Lena steckte den Stift und den Block wieder zurück in die Tasche und bemerkte noch, wie Marks Blick darauf geheftet war. Als er sich dabei ertappt fühlte, wandte er sich schnell ab und ging in den Flur.

KAPITEL 3

Als sie das Haus wieder verließen und zum Wagen gingen, hatte die Dämmerung den Himmel fast schon vollkommen verdunkelt. Mark sah hinauf zur schweren Wolkendecke, die über ihnen lag, und hoffte, dass es nicht auch noch schneien würde, ehe er zu Hause war. Aber wahrscheinlich war es dafür ohnehin viel zu kalt. Der eisige Wind kroch in seinen Kragen und ließ ihn frösteln. Er beeilte sich, das Auto aufzuschließen.

»Und? Was meinst du?«, fragte Lena, während sie die Beifahrertür öffnete.

»Wozu?«

Sie nickte Richtung Haus, aber er zuckte nur mit den Schultern.

»Was soll ich denn meinen? Der Typ hat sich sein Leben angeguckt, gemerkt, dass seine Frau ganz wunderbar ohne ihn zurechtkommt und seinem stressigen Job ein Ende bereitet.«

»Mark!«

»Was denn?« Er stieg in den Wagen und schnallte sich an.

»Ich frage mich, was ihm mehr zu schaffen gemacht hat – seine Ehe oder der Job. Wenn er sich das Leben genommen hat, muss es etwas gegeben haben, was ihn innerlich so traurig gemacht hat.«

»Woher willst du das wissen?«

Mark setzte den Blinker und fuhr aus der Parklücke

raus auf die Straße. Lena war verstummt und die Stille gab ihm das Gefühl, ihr über den Mund gefahren zu sein.

»Du solltest dir nicht immer so viele Gedanken machen. Wir kennen den Mann nicht. Er mag seine Gründe gehabt haben. So oder so hat er seine Entscheidung getroffen. Zerbrich dir nicht den Kopf«, sagte er etwas freundlicher und hoffte, seine Kollegin damit ein bisschen zu besänftigen. Eines Tages würde sie noch daran kaputtgehen, wenn sie jeden Fall auf persönlicher Ebene analysierte. Es führte ja zu nichts. Sie sollte die Zeit, die sie über ihre Arbeit nachdachte, lieber mal in ihr privates Leben investieren. Lena würde in diesem Jahr 36 werden und von einer eigenen Familie war sie noch weit entfernt. Die Trennung von ihrem letzten Freund war seines Wissens nach schon über ein halbes Jahr her. Aber Lena machte nicht den Eindruck, als wäre sie auf der Suche nach einem neuen Mann.

Mark sah sie von der Seite an. Mit ihrem dunklen, dichten Haar, das sie oft zu einem Pferdeschwanz gebunden trug, und ihren tiefbraunen Augen war sie nicht unbedingt sein Typ, aber dass sie dennoch hübsch war, konnte er nicht leugnen. Sie hatte eine super Figur und ein schönes Gesicht. Was das anbelangte, müsste es genügend Männer geben, die an ihr interessiert waren. Aber das war scheinbar auch nicht ihr Problem.

»Soll ich dich nach Hause fahren?«, fragte er.

»Nein, ich will noch kurz ins Büro.« Sie warf ihm einen kurzen Blick zu. »Wenn du nach Hause willst, musst du mich aber nicht unbedingt noch hinbringen.«

»Sei nicht albern, klar fahre ich dich.«

Er bog links ab und fuhr weiter die Holtenauer runter. Der Himmel wurde von Minute zu Minute dunkler und als er den Wagen vor dem Gebäude der Kriminalinspektion anhielt, war vom Tag endgültig nichts mehr zu sehen.

»Danke, Mark. Mach dir einen schönen Feierabend. Wir sehen uns morgen.«

»Bis morgen. – Ach, sag mal, Lena, brauchst du eigentlich die DVD wieder, die ich mir geliehen habe?«

»Quatsch. Ich gucke sie in nächster Zeit eh nicht. Lass dir ruhig Zeit damit.«

»Okay. Danke.«

Er wartete, bis sie ausgestiegen und zum Eingang gelaufen war. Erst als die schwere Glastür hinter ihr zufiel, wendete er und fuhr weiter. Für einen kurzen Augenblick überlegte er, zu dieser Psychiaterin zu fahren, aber dann wurde ihm schnell klar, dass ihm überhaupt nicht danach war. Anna und die Kinder erwarteten ihn wahrscheinlich schon und die Aussicht auf ein warmes Essen versprach wenigstens etwas Gutes an diesem Tag.

Ihr kleines Haus lag etwas außerhalb der Stadt in einem relativ ruhigen und grünen Viertel. Die meisten Häuser waren Neubauten aus den letzten Jahren und verliehen der Umgebung das typische Aussehen einer jungen Familiensiedlung. Jeder in seinem Pferch, ging es ihm durch den Kopf.

Als Mark die Einfahrt zum eigenen Haus hochfuhr, empfing ihn innerhalb von Sekunden diese bedrückende Atmosphäre. Eine Stimmung, die ihn sogleich unangenehm einhüllte.

Die beiden Fahrräder seiner Töchter standen vor der Garage. Von Meikes hatte er erst in der letzten Woche die Stützräder abgebaut und Friederike hatte zu Weihnachten ein neues bekommen, weil sie für das alte schon viel zu groß war. Mark stieg aus dem Wagen und stellte die beiden Räder in den kleinen Schuppen neben dem Haus. Er tat es mit einer leichten Verärgerung, denn er hatte den beiden schon etliche Male gesagt, sie sollten die Räder abends reinstellen. Wenn er spät von der Arbeit kam, hatte er keine Lust, auch noch hinter den Kindern herzuräumen. Wenigstens das könnten sie alleine machen.

Er zog die knarrende Tür des Schuppens hinter sich zu und stieg die drei Stufen zur Haustür hoch. Kaum hatte er den Schlüssel ins Schloss gesteckt und aufgeschlossen, stürmten seine zwei Töchter auch schon auf ihn zu und belagerten ihn.

»Papa!«

Eine von beiden schlang sich augenblicklich um sein Bein und machte es ihm unmöglich, noch einen weiteren Schritt zu tun.

»Nun lasst mich doch erst mal reinkommen.«

»Papa, wir haben in der Schule heute ganz tolle Sachen gemacht!« Friederike konnte es kaum erwarten, davon zu berichten, und sprang aufgeregt von einem Fuß auf den anderen.

»Lass mich erst mal meine Jacke aufhängen.« Er wippte mit seinem gefesselten Fuß und schaffte es, dass Meike schließlich losließ und ihn freigab.

»Papa, wir haben heute Dinosaurieier gebastelt!«

»Du meinst ›Dinosauriereier‹«, verbesserte er sie und schob beide Kinder durch den Flur in die Küche.

Anna stand an der Spüle und wusch Gemüse für das Abendbrot. Sie trug ihre ausgewaschene Schürze und das glatte, blonde Haar zu einem Knoten hochgesteckt.

»Hallo.«

»Hallo.« Mark gab ihr einen flüchtigen Kuss auf die Wange und klaute sich ein Stück Gurke vom Schneidebrett.

»Wie war dein Tag?«

»Anstrengend. Und deiner?«

»Gut.«

Er steckte sich noch ein Stück in den Mund, wartete kurz, ob sie noch etwas sagen wollte, und ging dann zu seinen Töchtern ins Wohnzimmer. Vielleicht würden sie später beim Essen noch ein paar Informationen austauschen, doch meistens redeten da ohnehin die Kinder. Wie jeden Tag.

Wie eine Besatzungstruppe quetschten sich Meike und Friederike zu ihm auf die Couch und nahmen ihm fast die Luft zum Atmen. Er widerstand dem Impuls, sogleich wieder aufzustehen, und rief sich ins Gedächtnis, wie wichtig es für die Kinder war, ihren Vater nach der Arbeit und vor dem Zubettgehen noch kurz für sich zu haben. Anna hatte es mehrfach angesprochen und ihm diesen Tagespunkt quasi auferlegt. Und obwohl er wusste, dass sie recht hatte, fiel es ihm oft schwer, seine eigenen Bedürfnisse hintenanzustellen. Wenn er nach einem Tag wie diesem nach Hause kam, wollte er sich am liebsten vor den Fernseher setzen, die Füße hochlegen und entspannen. Den Kopf abschalten und nicht mehr so viel reden. Aber dafür hatte seine Frau wenig Verständnis. Dass sie auch einen schweren Tag gehabt hätte, sagte sie ihm, und dass er ja wohl gerne Zeit mit seiner Familie verbrachte. Es fehlte nur noch das Wort »gefälligst«.

Als sie mit einem Tablett aus der Küche kam, sah sie ihn nur kurz an. »Deine Mutter hat heute angerufen. Du sollst sie später noch zurückrufen. Irgendwas mit ihrem Zaun.«

Mark stöhnte. »Bin ich froh, wenn das dumme Ding

endlich wieder steht.« Oder abbrennt, fügte er in Gedanken hinzu.

»Kommt ihr essen?«

Zusammen mit den beiden Mädchen stand Mark vom Sofa auf und ging hinüber zum Esstisch. Ein dampfender Auflauf stand in der Mitte und versprach nach all dem Bürokaffee und einem belegten Brötchen am Mittag einen kulinarischen Höhepunkt des Tages. Seine Frau füllte zuerst den Kindern auf, dann ihm und zum Schluss sich selbst. Dann setzte sie sich zu ihnen an den Tisch und verlor im Grunde kaum noch ein Wort, und Mark hatte das Gefühl, dass sie sauer war. Instinktiv fragte er sich, ob er etwas vergessen hatte, aber ihm fiel nichts ein, und einen Augenblick später ärgerte er sich darüber, dass er überhaupt darüber nachdenken musste, dass er wieder etwas nicht richtig gemacht hatte. Ständig musste er überlegen, ob er irgendeiner Verpflichtung nicht nachgekommen war. Alles musste gemacht sein. Er sah zu Anna hinüber und betrachtete sie einen Augenblick. Doch sie schien seinen Blick nicht zu bemerken, und ihre ganze Gemeinsamkeit verschwand in einem rauschenden Nebel aus Schweigen und ununterbrochenem Kindergeplapper.

Lena hatte sich noch einen Tee gekocht und sich damit vor ihren Rechner im Büro gesetzt. Ihr Magen quälte sie schon wieder mit Sodbrennen und sie spielte mit dem Gedanken, noch eine dieser Kautabletten zu nehmen. Aber dann entschied sie sich, dem Tee eine Chance zu geben. Vielleicht würde die Wärme allein schon helfen.

Sie hörte Schritte auf dem Gang und kurz darauf ein leises Klopfen an der Tür. Noch bevor sie etwas sagen konnte, steckte Klaus Brüning seinen Kopf herein.

»Lena, es ist schon nach sieben. Hast du nicht schon längst Feierabend?«

Er sah sie an wie ein fürsorglicher Vater. Als Erster Kriminalhauptkommissar und Leiter des Kommissariats 1 strahlte er zwar stets Autorität und Durchsetzungskraft aus, aber seine größte Stärke lag vor allem in seinem aufmerksamen und herzlichen Umgang mit seinen Kollegen. Lena sah ihn wie einen Fels in der rauen Brandung der See. Kräftig, streng, aber dennoch beruhigend und schützend. Dass sie ihn innerhalb des Teams manchmal heimlich »den Seebären« nannten, bezog sich eben nicht nur auf seine robuste Statur und den runden Bauch.

»Ich warte nur auf ein paar Bilder von Daniel und wollte noch ein bisschen Schreibarbeit erledigen«, sagte Lena.

»Dat kann bestimmt auch bis morgen warten. Na los, ich fahr dich nach Hause.«

»Danke, das ist wirklich nett von dir, aber ich bleib noch ein bisschen. Ich bin ohnehin selbst mit dem Auto hier.« Sie hoffte, er würde nicht weiter nachbohren und es dabei belassen. Einen Augenblick lang konnte sie sehen, wie er darüber nachdachte. Dann gab er sich geschlagen und nickte nur.

»In Ordnung. Bleib nicht mehr zu lange. Ich dulde in meinem Team keine unausgeruhten Workaholics. Du gehörst um diese Zeit auf dein Sofa zu Hause oder sonst wohin.«

Lena rang sich ein weiteres Lächeln ab. Ob ich zu Hause allein auf meinem Sofa sitze oder hier, das macht keinen Unterschied. Hier im Revier konnte sie wenigstens noch etwas Sinnvolles tun. Zu Hause wartete nur eine leere Wohnung auf sie.

»Mach ich«, sagte sie und winkte kurz, als er den Raum wieder verließ. Ein paar Sekunden quietschten seine Schuhe auf dem Linoleumboden zum Ausgang, bevor die Tür sich öffnete und kurz darauf wieder ins Schloss fiel. Lena horchte in die Stille, die sie nun völlig umgab. Vorsichtig nahm sie einen Schluck von dem dampfenden Tee vor sich und wendete sich wieder ihrem Computer zu. Als sie ihr Postfach ein weiteres Mal kontrollierte, war immer noch keine neue Mail angekommen. Um sich die Zeit des Wartens zu vertreiben, surfte sie ein bisschen durchs Internet. Ohne viel darüber nachzudenken, was sie eigentlich tat, stieß sie bald auf Seiten zum Thema »Freitod«. Ihre Augen wanderten quer über die Seiten und nahmen alle Informationen auf, die sich ihr boten.

Eine Million Suizide pro Jahr weltweit. In Europa jährlich ca. 60.000. In Deutschland waren es knapp 9.400. Wie viele waren das pro Tag? 25? Ungefähr. Und in einem Monat? 750 etwa. Auf einer anderen Seite las sie von durchschnittlich zehn Suizidfällen pro 100.000 Einwohner in Schleswig-Holstein. In einer Stadt wie Kiel waren das im Monat etwa 23 Selbsttötungen. Kaum zu glauben, dass sich so viele Menschen das Leben nahmen.

In diesem Moment gab es mit Sicherheit mehr als einen Bewohner, der über einen Suizid nachdachte, und vielleicht traf sogar jemand in diesen Minuten seine Vorbereitungen. Lena nahm einen wärmenden Schluck Tee und klickte weitere Seiten an. Als häufigste Ursache für den Suizid wurden psychische Erkrankungen wie Depressionen oder Persönlichkeitsstörungen genannt. Aber auch Suchterkrankungen und chronische Schmerzen konnten eine Rolle spielen. Sie stieß auch auf einen Absatz über die Bedingung des Wetters. Zwar hatte sie gewusst, dass es entgegen der verbreiteten Meinung mehr Selbsttötungen im Frühjahr gab als im Winter, aber als sie es Schwarz auf Weiß las, erstaunte sie die deutliche jahreszeitliche Schwankung dennoch. Vor allen in den Monaten Mai und Juli lag der Suizidanteil besonders hoch, von August bis Februar lag er hingegen unter dem Jahresdurchschnitt.

Lena ließ all die Dinge, die sie las, auf sich wirken und starrte eine Weile in ihre Teetasse. Sie dachte an Jakob Richter und an das, was ihn möglicherweise dazu veranlasst hatte, seinem Leben ein Ende zu setzen. Irgendetwas an seiner Tat kam ihr merkwürdig vor, obgleich sie das Gefühl und den Auslöser dafür nicht ganz klar benennen konnte. Waren es die Schuhe, die er anbehalten hatte, obwohl der Mantel an der Garderobe hing? War es seine perfekte Kleidung im Ganzen, die ihr irgendwie unpassend erschien? Niemand kommt nach Hause, zieht nur seine Jacke aus und erhängt sich dann im Esszimmer. Die scheinbare Spontanität und die ungewöhnliche und umständliche Konstruktion der Tat machten sie nachdenklich. Vielleicht war es aber auch vielmehr die Ehefrau, die das klare Bild des Ganzen etwas verkratzte. Lena hatte den Eindruck gehabt, dass diese Frau so verzweifelt über den Tod ihres Mannes gar nicht war. Beinahe so, als hätte sie es erwartet.

Ein Popup-Signal ihres Computers ließ sie plötzlich zusammenzucken. Am unteren Bildschirmrand wurde ihr eine neue Mail angezeigt. Na endlich. Sie klickte mit der Maus ihr Mailprogramm an und öffnete die eingetroffene Nachricht.

Moin Lena,

sorry, hat ein bisschen länger gedauert.

Anbei findest du die Bilder. Hoffe, du hast nicht so lange im Büro gewartet. Aber so, wie ich dich kenne …

Mach nicht mehr so lange, min Deern,

Daniel

Sie kopierte die Bilder und öffnete sie mit ihrem Programm. Alle waren gestochen scharf und von hoher Qualität. Die meisten zeigten den Toten Jakob Richter, andere die grüne Wäscheleinenkonstruktion und die restlichen das Esszimmer im Ganzen oder einige Ausschnitte.

Lena blieb an einem Bild vom Raum hängen, in dessen Mittelpunkt der umgekippte Stuhl lag. Der Anblick hatte sie schon am Nachmittag vor Ort beschäftigt. Die relativ weite Entfernung des Stuhls von der Leiche fiel ihr erneut ins Auge. Auch auf dem Foto wirkte die Wand unter dem Fenster unberührt. Aber das musste ja nicht unbedingt heißen, dass er nicht doch dagegenprallte, als er vom Stuhl aus gesprungen war. Es war geradezu unmöglich, bei dem Schwung nicht an das Fenster und die Wand zu stoßen.

Auf dem nächsten Bild war die kleine Wunde am Bein des Toten abgebildet. Sie befand sich am linken Unterschenkel, seitlich an der Wade. Sie hatte leicht geblutet und sah aus wie eine kleine Abschürfung. Von der Wand konnte diese Verletzung nicht gekommen sein. Noch dazu war sie auf der falschen Seite. Er musste kurz vor seinem Suizid irgendwo anders gegengestoßen sein. Oder … währenddessen.

Lena klickte zum vorherigen Foto zurück und fixierte den umgekippten Stuhl. Er war auf der Seite gelandet, nicht auf der hinteren Front. Bei einem Sprung hätte er von der Kraft eigentlich nach hinten fallen müssen. Es sei denn, Jakob Richter hätte nicht gerade nach vorne ausgerichtet daraufgestanden. Aber würde man einen Stuhl nicht von der Vorderseite besteigen, wenn man anschließend davon herunterspringen wollte? Selbst wenn man in dem Augenblick ganz andere Dinge im Kopf hatte, instinktiv würde man sich doch nicht seitlich auf einen Stuhl stellen. Wenn Jakob Richter von dort aus gesprungen war, dann musste er die Stuhllehne zu seiner Rechten gehabt haben. Das erschien ihr irgendwie seltsam. Sie blickte zwischen dem Toten und dem Stuhl hin und her. Vielleicht ist er auch gar nicht gesprungen, sondern hat bereits vor dem Fenster gehangen und den Stuhl dann zur Seite getreten. Das würde zumindest die Verletzung erklären und warum die Schuhe die Wand scheinbar nicht berührt hatten. War das denkbar? Ein Mann, der bereits am Seil hängt, nach Luft ringt und eigentlich um sein Leben kämpfen müsste, stößt mit seiner letzten Kraft den einzigen rettenden Anker von sich? Könnte jemand in einer so existenziellen Situation noch so einen selbstüberwindenden Gedanken fassen und sich damit jeden Rückweg nehmen? Sie klickte ein paar Bilder vor und hielt bei einer Nahaufnahme des Gesichtes an. Die feinen roten Punkte um die Augen waren klar abgebildet. Erneut musste sie daran denken, dass man diese Blutungen für gewöhnlich eher bei Toten fand, die durch Erdrosseln oder Erwürgen ums Leben kamen, da in diesen Fällen die Strangulation langsam geschah. Beim Tod durch Erhängen allerdings passierte das Zuziehen der Schlinge schnell und verhinderte so meist Stauungserscheinungen wie Petechien oder Blaufärbung des Gesichtes. Bei Jakob

Richter aber war beides deutlich zu sehen und unterstützte ihre Vermutung, dass er tatsächlich langsam vom Stuhl gestiegen war, um ihn dann von sich zu stoßen. Welch unvorstellbare Entschlossenheit muss er in sich getragen haben, um diese Methode zu wählen?

Sie nahm einen weiteren Schluck von ihrem mittlerweile nur noch lauwarmen Tee und klickte sich durch die restlichen Bilder. Plötzlich hielt sie inne und starrte auf eines der Fotos. Es zeigte erneut den Stuhl und seine Umgebung. Rechts sah man die Ecke des hellbraunen Teppichs und im Hintergrund den unteren Teil der Vitrine, die an der Wand stand. Auf ihrem untersten Boden standen drei Glasvasen und auf dem darüber eine scheinbar handgefertigte Porzellanschale. Doch das war es nicht, was sie dichter an ihren Bildschirm heranrücken ließ. Etwas, das unter der Vitrine hervorschaute, fesselte ihre Aufmerksamkeit. Es sah aus wie die Ecke von einem Blatt Papier.

Sie vergrößerte den Ausschnitt, aber trotz der hohen Auflösung war er zu klein, als dass sie etwas hätte erkennen können. Lena suchte nach einer anderen Aufnahme der Vitrine und fand ein Bild, auf dem sie etwas größer abgebildet war. Doch auch auf diesem Bild war lediglich ein winziger Teil von dem Blatt zu sehen. Lena kniff die Augen zusammen. Sie meinte, eine blaue Schrift auf dem Papier zu erkennen.

Die Richters hatten nicht so gewirkt, als ließen sie ihre Sachen irgendwo herumliegen. Schon gar nicht auf dem Boden unter der Vitrine. Ihre Schlussfolgerung war geradlinig. Es konnte ein Abschiedsbrief sein, der dort lag. Vielleicht war er irgendwie vom Tisch geflattert und unter den Schrank gesegelt. Sie schaute noch einmal auf das Bild vor sich und zuckte fürchterlich zusammen, als es plötzlich erneut an ihrer Tür klopfte.

»Mein Gott, hast du mich erschreckt!«, stöhnte sie auf, als Daniel zu ihr hereinsah.

»Entschuldige bitte.« Der Kriminaltechniker hob beschwichtigend die Arme und trat in ihr Büro. »Wobei habe ich dich denn erwischt, dass du so zusammenzuckst?«

»Ich sehe mir gerade die Bilder von heute Nachmittag an. Mir ist hier etwas aufgefallen.« Sie deutete mit dem Finger auf das geöffnete Bild auf ihrem Monitor. »Unter der Vitrine im Wohnzimmer liegt etwas, das wir heute Nachmittag übersehen haben.« Sie beugte sich noch einmal weiter vor und blinzelte auf das Foto. »Es könnte ein Abschiedsbrief sein.«

»Sehr aufmerksam, liebe Kollegin. Gute Arbeit.«

»Pff! Gute Arbeit wäre es gewesen, wenn ich es nicht übersehen hätte.«

»Halb so wild. Mir ist das Papier auch erst später aufgefallen,« sagte Daniel, »allerdings war ich noch vor Ort, als ich sicherheitshalber überprüft habe, ob alle Bilder scharf sind.«

»Hast du es mitgenommen?«

»Natürlich. Deshalb bin ich ja hier.« Er grinste sein breites Grinsen und wedelte mit einer durchsichtigen Tüte.

»Auf dich ist Verlass.«

»Danke. Ich weiß«, sagte er in einem gespielt selbstüberzeugten Ton und übergab ihr das gesicherte Fundstück.

Lena betrachtete das weiße Stück Papier und die blaue, geschwungene Tintenschrift darauf durch die Folie. Es handelte sich tatsächlich um einen Brief. Er war an Jakob gerichtet und so geschrieben, wie sie es noch nie gelesen hatte. Schon nach wenigen Zeilen fühlte es sich an, als würden ihr die Worte wie ein schauriger Windhauch in den Nacken pusten, dass sich ihr die Haare aufstellten. Ein unangenehmes, kaltes Kribbeln kroch von dem Papier aus auf ihre Hand. Wie kleine Ameisen. Es schauderte sie. Mit dem letzten Satz legte sie das Blatt rasch auf den Schreibtisch und zog ihre Hände zurück. Sie bemerkte, wie ihr Herz pochte und ihre Muskeln sich angespannt hatten. Ihr Blick wanderte zu Daniel und in seinen Augen sah sie ihre Verwirrung und Bestürzung bestätigt.

»Das ist kein normaler Abschiedsbrief.«

»Nein, der Meinung bin ich auch.«

KAPITEL 4

Der nächste Tag begann, wie der letzte aufgehört hatte. Dunkel und trüb. Die Wolken hingen noch tiefer am Himmel und die Sonne schien dort Urlaub zu machen, wo es die Menschen auch taten. Irgendwo auf den Kanaren oder sonst wo. Was würde er dafür geben, sich dasselbe Flugticket zu besorgen und noch heute die Koffer zu packen. Einfach mal raus. Aber stattdessen mussten sie hier die Selbstmörder von den Gardinenstangen abhängen. Kein Wunder bei dem Schietwetter. Mit der einen Hand hielt er seinen Thermobecher fest, aus dem er schon den halben Kaffee auf der Fahrt getrunken hatte, mit der anderen zog er die Tür zum Präsidium auf.

»Morgen, Mark.«

»Morgen.«

Ein Kollege grüßte im Vorbeigehen und verschwand in der nächsten Tür. Der Flur war die reinste Geräuschkulisse. Kopierer und Drucker brummten um die Wette, aus der Kaffeeküche war das Röcheln der Kaffeemaschine zu hören, aus mehreren Büros drangen Stimmen und zwei Telefone klingelten gleichzeitig. Die Geschäftigkeit war scheinbar schon in vollem Gange und sie passte so gar nicht zu seiner Laune. Seufzend nahm er noch einen Schluck aus seinem Becher.

»Moin.« Daniel stand mit Lena vor ihrer Bürotür und hob grüßend die Hand, als er den Gang herunterkam.

»Moin.« Er hob im Gegenzug seinen Kaffeebecher

und nickte. »Ich hab gehört, in der Stadt hängen sich die Leute auf?«

»Sehr lustig, Mark.« Lena schenkte ihm nur einen ausdruckslosen Blick und ging in ihr Büro.

»So was in der Art.« Daniel grinste und wollte sich gerade zum Gehen wenden, als ihm Lena hinterherrief: »Ich will, dass dieser Brief untersucht wird!«

Daniel stellte sich gespielt stramm und salutierte. »Jawohl, Sir.« Er grinste noch einmal und machte sich davon.

Mark blieb vor Lenas Bürotür stehen und betrachtete seine Kollegin eine Weile. »Bist du eigentlich immer noch hier oder schon wieder?«, versuchte er einen zweiten Scherz.

Sie ignorierte die Frage. »Komm rein, ich muss dir was zeigen.«

Er schlürfte in ihr kleines Büro und setzte sich mit einer Pobacke auf den überfüllten Schreibtisch. Ein Aktenhaufen geriet ins Wanken und kippte zur Seite.

»Mark, bitte.« Ohne ihn anzusehen, setzte sie sich an ihren Schreibtisch und tippte in ihre Tastatur, die versteckt zwischen anderen losen Zetteln lag.

»Entschuldige, aber auf deinem Schreibtisch kann man nicht viel durcheinanderbringen.« Er schaute auf das Chaos aus Papieren, Akten, leeren Teetassen, Stiften und anderem Kram. »Es ist ein Wunder, dass du hier überhaupt irgendetwas findest.«

»Wenn du nicht alles durcheinanderschieben würdest, würde es auch so bleiben.«

»Tss«, schnaubte er. Lena klickte mit der Maus auf irgendwelche Befehle auf ihrem Bildschirm. Kurz darauf ratterte der Drucker und spuckte zwei Blätter Papier aus. Lena reichte ihm beide. »Den habe ich gestern noch aus der Kriminaltechnik bekommen, er wurde übersehen, weil er unter der Vitrine am Esstisch lag.«

Er überflog die Blätter und sah sie fragend an. »Was ist das?«

Lena wirkte ungeduldig und tippte auf den Kopf des Papiers, wo eine Anrede an Jakob Richter stand. »Das ist ein Brief an ihn.«

Mark zuckte mit den Schultern. »Ich sehe, dass es ein Brief ist. Und?«

Sie riss ihm die Blätter wieder aus der Hand. »Mark, der Brief lag genau neben der Leiche, und zwar unter einem Schrank. Die Richters sind nicht gerade die Art Leute, die ihre Sachen in der Wohnung verstreut rumliegen lassen.«

»So was soll es ja geben«, murmelte er, aber sie schien es absichtlich oder akustisch nicht gehört zu haben.

»Der Brief ist an Jakob Richter adressiert. Es steht kein Datum drauf und auch kein Absender, aber der Text ist wirklich merkwürdig.« Sie suchte nach Worten. »Es sind größtenteils Anspielungen. Auf alles Mögliche. Es werden keine Namen genannt, keine Fakten. Er wirkt auf den ersten Blick total belanglos. Aber die Art, wie er geschrieben ist, und dieses Persönliche zugleich …« Sie überlegte wieder und schaute auf eines der beiden Blätter. »Er geht so in die Tiefe, als wolle er Jakob Richter beeinflussen, auch wenn es keine direkten Ansprachen gibt.«

»Inwiefern beeinflussen?«

Sie ließ ihre Augen über den Brief gleiten und las einige Passagen daraus vor: »In dir liegen so viele Gedanken verborgen, Jakob, die dich immer wieder zu Boden ziehen. Wie eine dicke, undurchdringbare Wabe umfassen sie dich, dass es dich fast erstickt … Vielleicht willst auch du die Mühen nicht länger ertragen ... Jeder empfindet es als erlösend, diesem Kummer zu entfliehen ...«

Lena sah Mark in die Augen und wartete auf seine Reaktion. Er wusste allerdings, dass er nicht sagen würde, was sie hören wollte. Lena hatte ihre eigene Art, mit Dingen umzugehen, und er kam sich nicht selten vor wie auf einer dünnen Eisfläche, auf der man nie genau wusste, wohin man treten konnte.

»Willst du andeuten, dass er zum Selbstmord überredet wurde?«, fragte er vorsichtig.

»Mark! Ein Brief an jemanden, der in psychotherapeutischer Behandlung ist, sollte nicht von solchen Dingen handeln. Er sollte wesentlich zuversichtlicher sein. Das hier«, sie tippte grob mit dem Finger auf das Blatt in ihrer Hand, »ist Salz in eine offene Wunde.«

Er sah ihre erröteten Wangen und wählte seine Worte mit Bedacht: »Hör mal, Lena, du weißt noch nicht einmal, von wem der Brief ist. Vielleicht hat er ihn selbst geschrieben.« Noch bevor sie ihn unterbrechen konnte, signalisierte er mit einer Handbewegung, dass sie ihn ausreden lassen solle. »Möglicherweise ist es eine andere Art von Abschiedsbrief oder er hat ihn mehr oder weniger an sich selbst geschrieben wie einen Tagebucheintrag. Es gibt viele Möglichkeiten. Und selbst wenn er tatsächlich von jemandem geschrieben und an ihn geschickt wurde, was sollte das anderes bedeuten, als dass er sich mit jemandem über seine Probleme unterhalten hat?«

Sie sah ihn mit diesem Blick an, der ihm zu verstehen gab, dass sie überhaupt nicht seiner Meinung war. Dann setzte sie noch einmal an: »Selbst wenn wir den Inhalt dieses Briefes mal außer Acht lassen – und du musst einfach zugeben, dass er eine ziemlich eindeutige Botschaft trägt – erklärt das noch lange nicht, warum er nur wenige Zentimeter von der Leiche entfernt lag. Die Position des Briefes lässt darauf schließen, dass er ihn kurz vor seinem Freitod gelesen hat, und damit sieht die ganze Sache anders aus.«

»Nein, sieht sie nicht.« Mark wurde etwas lauter. »Natürlich stehen da nicht gerade aufbauende, positive Dinge drin und für jemanden, der ohnehin schon an Selbstmord denkt, mögen sie vielleicht eine Bestätigung sein. Aber wenn ich dich richtig verstanden habe, bist du gerade dabei, diesem Blatt Papier in deiner Hand die Schuld an einem Suizid zu geben, und das«, er legte eine bedeutungsvolle Pause ein und erhob sich vom Schreibtisch, »das ist wirklich Unsinn.«

Er hatte keine Lust, sich noch weiter mit ihren Fantastereien auseinanderzusetzen. Nicht heute. Sie würde sowieso glauben, was sie wollte. Er verließ ihr Büro und ging über den Flur ein paar Türen weiter in sein eigenes. Lena war eine gute Kommissarin. Sie hatte Spürsinn, Einfühlungsvermögen und eine Menge Wissen auf dem Kasten. Aber dieses Reinsteigern manchmal … Als gäbe es nicht genug Arbeit in diesem Präsidium. Mark schüttelte den Kopf. Er hatte diese Seite an ihr nie verstanden. Und würde es wahrscheinlich auch in den nächsten Jahren nicht tun.

Etwas umständlich schälte er sich aus seiner Jacke und hängte sie über seinen Stuhl. Kaum hatte er sich mit einem verärgerten Stöhnen darauf niedergelassen, klingelte auch schon sein Telefon. Ein interner Anruf. Er brauchte gar nicht auf das Display zu gucken, um zu wissen, wer es war.

»Warst du eigentlich schon bei dieser Psychotherapeutin?«

Einen Augenblick musste er nachdenken, wovon sie eigentlich sprach. Dann erinnerte er sich an die Notiz, die Lena während ihres Gesprächs mit Frau Richter gemacht hatte.

»Nein.«

Auf der anderen Seite herrschte kurzes Schweigen. Er wusste, dass sie nicht wirklich anrief, um zu wissen, ob er dort war. Geduldig wartete er auf ihre indirekte Wiedergutmachung. Wahrscheinlich hatte sie festgestellt, dass sie etwas überreagiert hatte und das hier war ihre Art, klein beizugeben.

»Ich hol mir einen Tee aus der Küche, soll ich dir einen Kaffee mitbringen?«

Er lächelte versöhnlich. »Warum nicht.«

Dann legte er den Hörer auf und leerte seinen eigenen Thermobecher in einem Zug.

Es war kurz nach eins, als Lena endlich ihre Finger von der Tastatur nahm und sich in ihrem Stuhl zurücklehnte. Um sich ein wenig vom Fall Jakob Richter abzulenken, hatte sie den größten Teil des Vormittags damit verbracht, Akten anzulegen und sonstige Schreibarbeit zu erledigen. Jetzt aber knurrte ihr Magen bereits lautstark und zwang sie, eine Pause einzulegen, um sich etwas zu Essen zu besorgen. Großen Appetit hatte sie zwar nicht, aber eine Kleinigkeit würde ihr neue Kräfte verschaffen. Sie nahm ihre Jacke vom Stuhl und zog sie über. Ein wenig frische Luft würde ihr sicherlich auch guttun.

Draußen schlug ihr ein eisiger Wind ins Gesicht, als würde sie jemand ohrfeigen. Lena musste sich einen Ruck geben, überhaupt noch einen Schritt weiterzugehen. Die Verlockung, wieder ins warme Präsidium zurückzukehren und sich einfach ein Sandwich zu machen, war groß, aber um den Kopf freizukriegen, war ein Spaziergang um den Block eindeutig besser geeignet. Sie zog sich die Kapuze tief in die Stirn und versteckte ihre Hände in den Taschen.

Sie war gerade erst ein paar Schritte gegangen, als sie ihren Namen hinter sich hörte.

Es war Daniel aus der Kriminaltechnik, der auf sie zugeeilt kam. Der Reißverschluss seiner Jacke war noch offen, als hätte er sie sich nur gerade so übergeworfen. Seine Haare waren von dem kurzen Lauf jetzt noch mehr zerzaust als sonst und mit seinem Lächeln dazu sah er fast aus wie ein kleiner Junge.

»Gehst du was essen?«, fragte er, als er bei ihr stand.

Lena zuckte etwas vage mit den Schultern. »Ich wollte mir eigentlich nur eine Kleinigkeit holen.«

»Was dagegen, wenn ich mitkomme?«

Sie schüttelte den Kopf. »Nein, natürlich nicht.«

»Es ist zwar eisig kalt, aber ein bisschen Bewegung hat noch keinem geschadet. Ich kriege an meinem Tisch noch eine Nackenstarre.«

»Dann musst du dich mal vernünftig hinsetzen.«

Daniel winkte ab. »Komm mir nicht mit rückenschonendem Sitzen. Auf diesen Stühlen kann man gar nicht bequem sitzen.«

Sie lachte. »Du sollst ja auch nicht bequem sitzen.« Bei dem Gedanken daran, wie er immer in seinem kleinen Bürostuhl lümmelte, musste sie schmunzeln. Jedes Mal, wenn sie ihn dort sah, wirkte er darauf völlig deplatziert. Er war zu groß, als dass er die Rückenlehne tatsächlich als solche benutzen konnte, und versuchte es dennoch, indem er bis an die äußerste Kante der Sitzfläche rutschte und sich wie ein Schluck Wasser in der Kurve in den Stuhl hängte. »Vielleicht sollte ich dir mal so einen Gymnastikball besorgen.«

Er verdrehte die Augen. »Kauf mir lieber eine Couch.«

Sie lachte erneut. Eine Weile gingen sie schweigend nebeneinander her. Der Wind pfiff immer noch erbarmungslos um die Häuserecken und ließ die spitzen Eiskristalle, die vom Himmel fielen, auf der Haut pieksen. Die wenigen Menschen, die sich hinausgewagt hatten, trugen ihre Kapuzen und Mützen weit ins Gesicht gezogen und hielten den Kopf gesenkt. Eiligen Schrittes gingen sie voran, um so schnell wie möglich wieder in einen geschützten, warmen Raum zu kommen. Daniel hingegen schien das nichts auszumachen. Er hatte seinen Reißverschluss immer noch nicht zugezogen und in seinen blonden Strähnen sammelten sich immer mehr glitzernde Eisflocken.

»Worauf hast du eigentlich Lust?«

»Hmm?« Lena hob fragend den Kopf.

»Na, was du essen willst?« Er sah sie mit diesem intensiven Blick an, der ihr schon an ihm aufgefallen war, als sie sich vor einem Jahr das allererste Mal begegnet waren. Er war damals neu in das Team gekommen und betrat den Besprechungsraum. Als der Chef ihn vorgestellt hatte, blickte er in die Runde und schenkte jedem Einzelnen von ihnen einen freundlichen Blick. Er schien keinerlei Scheu oder Anspannung in Anbetracht seiner Situation als Neuer verspürt zu haben. Daniel empfing jeden Menschen und jede Gelegenheit mit offenen Armen. Sie bewunderte seine sorglose Art, seine unglaubliche Offenheit und Unvoreingenommenheit. Sein Blick war der eines neugierigen Jungen, der das, was ihn umgab, und die Menschen, mit denen er zusammen war, betrachtete, als würde er jeden Tag und jedes Mal aufs Neue versuchen, sie zu durchschauen und zu verstehen. Er sah mit seinen Augen so tief in einen hinein, dass es fast schon unangenehm war. Aber nur beinahe. Denn er tat es nicht auf eine bloßstellende Weise, die eine herrschende Macht in sich trug. Mit jedem Blick und jedem Wort schenkte er seinem Gegenüber oder einer Sache, der er sich widmete, so viel Aufmerksamkeit, dass man an der Ernsthaftigkeit seines Interesses nicht zweifeln konnte. Er wollte alles in seinen Einzelheiten sehen und war dabei so feinfühlig, wie Lena es selten bei einem Menschen erlebt hatte. Sie mochte seine Art.

»Also?«

»Ich …«, sie löste sich von seinen Augen und schüttelte den Kopf, »ich weiß es nicht.«

»Was hältst du davon, wenn wir ins ›L'étage‹ gehen? Die haben immer einen super Mittagstisch.«

»Klar. Warum nicht.«

Sie nahmen die nächste Straße nach links und gingen das kurze Stück zum Bistro. Als sie das kleine Restaurant betraten, empfing sie augenblicklich eine angenehme Wärme.

»Ah, herrlich.« Daniel schüttelte entspannt die Schultern und schaute sich schon nach einem Tisch um. Er deutete mit dem Kopf auf einen Platz in der Ecke. »Wollen wir den da nehmen?«

Zur Antwort nickte sie und steuerte geradewegs auf den Tisch zu.

»Ich war seit Ewigkeiten nicht mehr hier«, sagte Lena und setzte sich auf einen der Stühle mit Blick auf den ganzen Raum. Die Atmosphäre in dem Bistro war gemütlich und sie war augenblicklich froh, sich gegen das Sandwich und für diesen kleinen Spaziergang hierher entschieden zu haben.

Eine junge Kellnerin kam an ihren Tisch und fragte nach ihrer Bestellung.

»Ein Wasser, bitte.«

»Ich nehme eine große Cola.« Daniel schob Lena gleichzeitig die Mittagskarte über den Tisch zu.

»Weißt du schon, was du essen willst?«

»Ich nehme eine Lasagne. Die machen sie hier richtig gut«, sagte er.

Lena klappte die Karte gar nicht erst auf. »Dann nehme ich auch eine.«

Über seine Lippen wanderte ein Schmunzeln, als er sie musterte. »So, so. Eine Kleinigkeit also.«

»Hör schon auf. Ich hab Hunger. Und wenn du sagst, die Lasagne ist gut, dann probier ich sie.«

Die Kellnerin lächelte über ihr kleines Gespräch, notierte ihre Bestellung auf dem kleinen Block in ihrer Hand und verschwand wieder. Eine Weile sah Lena ihr nach und beobachtete, wie sie routiniert die Getränke auf einem Tablett sammelte. Schon nach kurzer Zeit kam sie zurück und stellte die Gläser vor ihnen auf den Tisch.

Lena nahm einige große Schlucke von ihrem Wasser und sah eine Weile aus dem Fenster.

»Was meinst du, wie lange wirst du brauchen, um den Brief zu untersuchen?«, fragte sie dann und wendete sich wieder Daniel zu, der sie offen anblickte.

»Nicht lange. Heute Morgen musste ich noch ein paar andere Dinge nachholen, aber ich kann mich nach der Pause gleich dransetzen.«

Sie nickte.

»Was, hoffst du eigentlich, werde ich finden?«, fragte er ganz unvoreingenommen.

»Ganz ehrlich?« Lena sah ihn unverwandt an. Sein ernstes Schweigen versprach ihr, nicht zu urteilen. »Ich habe keine Ahnung.« Sie beobachtete die aufsteigenden Sprudelblasen in ihrem Wasserglas und überlegte, wie sie ihre Gedanken erklären konnte. »Als du mir von dem Papier erzählt hast, dachte ich im ersten Augenblick, dass es ein Abschiedsbrief ist und ich den Fall damit schnell zu den Akten legen kann. Aber dann las ich ihn und kam ins Stutzen. Ich finde das Ganze wirklich sehr merkwürdig und kann es irgendwie noch nicht einordnen.«

»Vor Ort sah alles sehr eindeutig aus. Das Gesamtgutachten ist noch nicht fertig, aber wir haben nichts Außergewöhnliches gefunden. Wird es eine Obduktion geben?«

Lena schüttelte den Kopf. Sie hatte noch am Morgen mit der Staatsanwaltschaft gesprochen und musste ja auch selbst zugeben, dass es für eine weitere Untersuchung keinen Anlass gab.

»Dann gibt es also nichts, das auf etwas anderes verweist als auf einen gewöhnlichen Freitod.«

»Es sieht so aus.« Lena strich mit den Fingern über die kühle Fläche ihres Glases. »Ich zweifele auch gar nicht unbedingt daran, dass Jakob Richter sich selbst das Leben genommen hat. Aber ich finde nicht, dass die Tat eine klare Angelegenheit ist. Dieser Brief, die Art und Weise … Niemand kommt von der Arbeit nach Hause, zieht nur den Mantel aus, die Schuhe aber nicht, geht schnurstracks ins Wohnzimmer und erhängt sich an einer umständlichen Konstruktion aus Wäscheleine und Fenster. Einen Suizid plant man doch etwas länger.«

»Nicht unbedingt.« Daniel blickte aus dem Fenster, als würde er einer Erinnerung nachsehen. »Ich hatte mal einen Schulfreund, der sich das Leben genommen hat«, erzählte er dann. »Vom einen auf den anderen Moment hat er sich scheinbar entschieden. Nichts hatte darauf hingedeutet. Er hat nie etwas gesagt oder getan, was einen hätte aufhorchen lassen.«

»Warum hat er es getan?«, fragte Lena mitfühlend.

Er zuckte mit den Schultern. »Das weiß keiner so genau, aber wir vermuteten, dass die Nachricht vom Umzug seiner Freundin, die er an dem Tag bekommen hatte, der Auslöser war. Sie hatte ihm erzählt, dass sie mit ihren Eltern nach Bayern ziehen muss.«

»Oje.«

»Sie hatte ihm am Nachmittag davon erzählt, dann waren sie noch gemeinsam schwimmen gewesen und auf dem Nachhauseweg ist er einfach von der Hochbrücke gesprungen.«

»Manchmal reicht ein kleiner Tropfen«, murmelte sie. »Aber ich glaube, dass jemand grundsätzlich schon bereit dazu sein muss, wenn ihn eine solche Nachricht zu einer derartigen Reaktion treibt.«

»Meinst du?«

»Jeder hat doch einen natürlichen Überlebenswillen, eine Art Selbstschutz, der dann anspringen müsste, oder nicht?«

»Wenn es ganz plötzlich etwas gibt, das einen von den Socken haut?«

»Trotzdem …«

»Und dann meinst du, ein Brief könnte diese Selbstkontrolle überwinden und jemanden zum Suizid überreden?« Er sah sie prüfend an.

»Hmm«, machte sie und sah aus dem Fenster. Sie wusste es nicht. Was war nötig, damit ein Mensch sich einfach in die Tiefe stürzte oder auf die Schienen trat? Konnte es ein winziger Auslöser sein oder brauchte es einen Nährboden für eine solche Entscheidung? Musste man der Typ dafür sein? Anfällig dafür? Oder konnte es wirklich jeden treffen? Auch den glücklichsten Menschen? Hatte ein Suizid überhaupt etwas mit Glück und Unglück zu tun?

Lena starrte eine Weile vor sich hin und hing ihren Gedanken nach. Dann dachte sie an Jakob Richter und seine Ehe.

»Hast du seine Frau gesehen?«

Daniel schüttelte leicht den Kopf. »Ich habe nur ihre Stimme gehört, als sie in die Wohnung kam.«

»Sie ist seltsam.«

»Kann ich mir denken.«

»Nicht nur unsympathisch. Ich finde ihr Verhalten merkwürdig. Eine Ehefrau, die gerade vom Tod ihres Mannes erfahren hat, sollte anders reagieren.«

»Gibt es eine Norm für frische Witwen?«, fragte er lachend.

»Du weißt, was ich meine«, sagte sie. »Sie sollte nicht so gefasst sein. Und nicht so kühl.«

»Jeder geht mit einer solchen Nachricht anders um«, wandte Daniel ein. »Die eine bricht in Tränen aus, die andere verfällt in unendliches Schweigen und wieder eine andere geht am nächsten Tag wieder zur Arbeit.«

»Das mag alles sein. Auch wenn ich das nicht nachvollziehen kann. Aber diese Jessica Richter hatte noch etwas anderes an sich. Als hätte sie es gewusst.« Lena brach ab und trank von ihrem Wasser. Dann schüttelte sie den Kopf. »Vergiss es. Ich weiß nicht, was ich eigentlich meine. Ist nur so ein Gefühl.«

»Du liegst mit deinen Gefühlen oft richtig«, sagte er und die Art seines Komplimentes weckte in ihr für einen winzigen Moment ein Unbehagen.

Sie zuckte mit den Schultern und ging nicht darauf ein. »Guck dir einfach den Brief an«, meinte sie, »vielleicht findest du irgendetwas Ungewöhnliches. Und wenn nicht, dann ist es auch gut. Ich werde heute Nachmittag noch den Vater aufsuchen und mir seine Sicht der Dinge anhören.«

»Tu das«, sagte Daniel. »Ich gebe dir Bescheid, sobald ich mit dem Brief fertig bin.«

Im Laufe des Nachmittags hatte der Himmel ein wenig aufgeklart, der leichte Schneefall aufgehört und einige wenige Minuten sogar die winterliche Sonne hervorgelugt. Die Kälte war jedoch geblieben und hatte Lenas Hände trotz ihrer Handschuhe ganz starr gefroren. Wie kalt ihre Finger wirklich waren, bemerkte sie, als sie etwas später auf die Klingel neben der gläsernen Haustür des Bungalows drückte. Das einstöckige, weiße Haus wirkte schlicht und ohne viel Schnickschnack. Rings um das Haus herum verliefen Beete, die jetzt im Winter zwar relativ kahl, aber dennoch wild und reichlich bewachsen waren. Lena hatte von Garten und Blumen nicht viel Ahnung, aber sie erkannte wilde Rosen, eine Art Bambusgras, Buchsbäume und andere Büsche. Eine bunte Mischung, die kein festes Konzept zu haben schien, aber gerade durch diese Vielfältigkeit interessant wirkte. Sie konnte sich vorstellen, dass es im Sommer ein sehr schönes Bild ergab.

Aus dem Inneren des Hauses näherten sich leise Schritte und durch die Glasfront neben der Haustür konnte Lena einen Mann kommen sehen. Als er ihr öffnete, blickte sie in ein Paar tiefe, braune Augen.

»Guten Tag. Lena Baumann von der Kripo Kiel.« Sie wies sich aus und sprach dem Mann ihr Beileid aus. »Bitte entschuldigen Sie, dass ich Sie störe. Sie möchten im Moment sicher lieber allein oder unter Vertrauten sein. Aber wenn es für Sie in Ordnung ist, würde ich Ihnen dennoch gern einige Fragen über Ihren Sohn stellen.«

Herr Richter senior musterte sie einen Augenblick, dann zog er die Tür weiter auf und trat ein Stück zurück, um sie einzulassen. »Ja.« Er nickte. »Ist schon in Ordnung. Kommen Sie rein.«

Er ging voran durch einen geräumigen Flur und führte sie in ein helles, sehr modern eingerichtetes Wohnzimmer mit breiten, hohen Fensterfronten und einem Kamin.

»Bitte«, er deutete mit der flachen Hand auf eine schwarze Ledercouch und setzte sich ihr gegenüber in einen Sessel. Er legte seine Ellenbogen auf die dicken Armlehnen und faltete die Hände vor der Brust. Unter seinem dunklen Pullover zeichneten sich deutlich seine muskulösen Oberarme und die Konturen seiner Brust ab. Sein Alter war nur schwer zu schätzen.

»Herr Richter, Ihre Schwiegertochter erzählte uns bereits, dass Ihr Sohn seit einiger Zeit in psychotherapeutischer Behandlung war. Wussten Sie davon?«

»Ja, ich wusste davon. Ich selbst habe ihm den Rat gegeben, sich Hilfe zu suchen, als der Stress im Job ihm zusetzte.« Er klang verständnisvoll und ohne jede Missbilligung dieser Schwäche. »Ich weiß, wie hart es im Berufsleben sein kann, wenn man eine Führungsposition bekleidet. Der Druck ist teilweise enorm. Wenn man damit nicht rechtzeitig lernt klarzukommen, kann das böse enden.«

»Darf ich fragen, was Sie beruflich machen?«

»Ich bin Leiter einer Marketingabteilung«, antwortete er knapp und ohne jegliche Selbstgefälligkeit. Er vermittelte den Eindruck größter Kompetenz und Selbstsicherheit, aber er gehörte scheinbar nicht zu den Männern, die sich damit brüsteten. In seiner Sprache lag zwar Sorgfalt, aber keine Prahlerei. Es war eine große Höflichkeit und innere Stärke zugleich, die er ausstrahlte, und es erstaunte sie, wie gefasst er nur wenige Stunden nach dem Suizid seines Sohnes auftrat.

»Haben Sie regelmäßigen Kontakt zu Ihrem Sohn gehabt?« Lena lenkte das Gespräch auf die privaten Hintergründe der Familie.

»Ja«, antwortete er. »Jakob war oft zum Essen hier oder wir haben im Büro telefoniert.«

»Das klingt nach einem engen Verhältnis.«

»Das war es auch.« Unvermittelt beugte er sich in seinem Sessel nach vorn, die Arme auf die Oberschenkel gestützt. »Entschuldigen Sie, aber möchten Sie etwas trinken?«

»Gern, ja. Ein Wasser reicht.«

»Keinen Kaffee?«

»Nein danke.«

Er stand auf und ließ sie einen Augenblick allein. Sie hörte, wie er in der Küche hantierte, und nutzte die Gelegenheit, sich im Wohnzimmer etwas ausgiebiger umzusehen. Trotz der sehr modernen Einrichtung aus dunkler Garnitur, großem Fernseher und eckigem Glastisch und der eher schlichten dekorativen Gestaltung war es einladend und wirkte gemütlich. Sie konnte sich gut vorstellen, wie er abends mit einem Glas Wein vor dem Fernseher saß und vielleicht sogar den weiß verputzten Kaminofen anmachte. Wie sie auf dieses Bild kam, wusste sie nicht, aber es war eine Vorstellung, die sich ihr unvermittelt aufdrängte. Die Wohnung machte nicht den Eindruck, unter der Obhut einer Frau zu stehen.

Herr Richter kehrte mit zwei Gläsern Mineralwasser in den Händen zurück und stellte sie vor ihnen auf dem Tisch ab.

»Vielen Dank.«

»Ich wusste nicht, ob Sie Kohlensäure bevorzugen oder nicht. Medium schien mir die richtige Wahl.«

»Ist vollkommen in Ordnung.« Sie nahm einen Schluck aus ihrem Glas.

»Leben Sie allein?«, fragte sie dann.

Er sah sie mit einer Spur Verwunderung an und Lena spürte, wie ihr eine leichte Röte ins Gesicht stieg. Die Frage war sachlich gestellt, sie hatte nicht die Absicht, seine privaten Umstände zu ergründen. Aber irgendwie gab er ihr das Gefühl, genau das getan zu haben. Es missfiel ihr, in ein solches Licht getaucht zu werden, und es brachte sie für einen Augenblick aus dem Konzept.

»Ja, ich bin alleinstehend. Meine Frau und ich haben uns vor etwa fünf Jahren getrennt«, antwortete er dann und setzte sich wieder ihr gegenüber.

Lena straffte ihre Haltung und bemühte sich, die unter seinem Blick kurz verlorene Professionalität und Führung des Gesprächs wieder zurückzubekommen. »Hatte Ihr Sohn auch noch Kontakt zu ihr?«, fragte sie also weiter.

»Ein wenig, ja. Sie wohnt allerdings in München und ist daher eher selten in Kiel. In den letzten Jahren hatten Jakob und ich ein engeres Verhältnis als die beiden.«

»Wenn Sie ihn regelmäßig gesehen haben, muss Ihnen bestimmt aufgefallen sein, ob sich die seelische Verfassung Ihres Sohnes in letzter Zeit verschlechtert hat. Ist Ihnen etwas Derartiges aufgefallen oder hat er gar etwas erwähnt oder angedeutet?«

»Ich hatte ganz und gar nicht den Eindruck, dass es ihm schlechter ging«, sagte Herr Richter. »Ich habe in den letzten Stunden lange darüber nachgedacht, nachdem ich von seinem Suizid erfahren habe. Mir gegenüber hat er keine großen Sorgen oder Kummer erwähnt. Und eigentlich hatten wir voreinander keine Geheimnisse. Er hat immer sehr offen über den Stress in seinem Job gesprochen. Ich kann es ehrlich gesagt nicht so recht nachvollziehen.«

»Seine Frau sagt, er wäre in letzter Zeit psychisch eher labil gewesen.«

Herr Richter schnaubte. »Dann muss sie ihn wie immer sehr gut verstanden haben«, sagte er dann mit nicht zu überhörender Ironie.

»Wie meinen Sie das?«

»Jakob wollte die Therapie vor einer Weile abbrechen, weil es ihm in letzter Zeit viel besser ging. Ich habe ihm aber empfohlen, sie noch ein bisschen weiterlaufen zu lassen. Sie tat ihm gut.«

»Aber warum der Rückschlag? Was ist passiert?«

»Es gab keinen Rückschlag.« Er schüttelte den Kopf und wirkte nun etwas verständnislos, so als hätte sie etwas falsch verstanden. »Es ging ihm gut. Ich weiß nicht, was Jessica erzählt hat, aber im Grunde besuchte er seine Therapeutin in den letzten Wochen nur noch aus Gewohnheit.«

Lena ließ sich seine Worte durch den Kopf gehen und erinnerte sich noch einmal an das, was die Ehefrau noch am Tag zuvor gesagt hatte. Was sich ihr präsentierte, waren zwei vollkommen voneinander abweichende Bilder eines Menschen.

»Wie war das Verhältnis zwischen Ihrem Sohn und seiner Frau?«

»Hmm«, Herr Richter zog skeptisch eine Braue hoch, »ich bezweifle, dass sie sich sonderlich viele Gedanken über seinen Gemütszustand gemacht hat.«

»Wie darf ich das verstehen?«

Er trank von seinem Wasser und stellte es dann langsam wieder zurück auf den Tisch. »Sehen Sie, mein Sohn hatte außer dem anfänglichen Druck im Büro keine ernsten Probleme. Es ging ihm finanziell gut, er hatte Freunde, er hatte seine Familie. Das einzige Problem, das er hatte, war seine Frau.«

Lena sah ihn über diese Bemerkung verwundert an.

»Er wollte das nicht wahrhaben«, erläuterte Herr Richter. »Er sagte immer, er würde sie lieben und sie sei eine großartige Frau. In Wahrheit ist sie eine egoistische Ziege vor dem Herrn. Sie hat sich einen Dreck um ihn geschert.«

Sein Ausbruch brachte die Stärke an ihm noch deutlicher zum Vorschein und Lena konnte die ehrliche Entrüstung über die Ehefrau seines Sohnes beinahe mit den Händen greifen. Seine Augenbrauen hatten sich in Verachtung und Wut zusammengezogen. Die Meinung über Jessica Richter war ihm ins Gesicht geschrieben.

»Sie hat ihn betrogen. Mehrmals. Aber er hat ihr jedes Mal verziehen und die Sache unter den Teppich gekehrt. Er wollte kein Wort davon hören, wenn ich ihn darauf angesprochen habe. Alles konnte ich ihm sagen, nur nicht, was für ein verlogenes Stück seine Frau war. Karrieregeil, selbstbezogen und rücksichtslos. Im Grunde hat er sein komplettes Leben an ihr ausrichten müssen. Wenn sie beruflich umziehen wollte, ist er mitgegangen. Wenn sie keine Lust auf die Familienfeier hatte, dann sind sie zu Hause geblieben. Und wenn sie Urlaub machen wollte, dann sind sie verreist. Sie hat ihn von morgens bis abends kontrolliert.«

Bei dem, was er ihr erzählte, musste Lena unwillkürlich an einige Zeilen des Briefes denken, den sie bei Jakob gefunden hatten. *Ich bin nicht länger eine Marionette am Faden eines anderen. Ich wähle meinen Weg selbst …* Es musste ihn wirklich direkt angesprochen haben.

»Ich nehme an, Sie hatten nicht viel mit ihr zu tun?«

»Nein. Ich bin ihr nach Möglichkeit aus dem Weg gegangen. Aber sie waren natürlich auch des Öfteren gemeinsam hier.«

»Wäre ein Streit mit seiner Frau ein Grund für Ihren Sohn, sich das Leben zu nehmen?«

Herr Richter dachte über ihre Frage nach und verneinte sie dann. »Sie war für ihn fast alles, was er hatte. Aber wenn ihn Streit oder ihre Affären zu einem solchen Schritt gebracht hätten, wäre das schon viel früher passiert.«

»Vielleicht ist es ihm einfach zu viel geworden? Oder sie wollte ihn verlassen und er hat das gespürt.«

»Das hätte er mir erzählt. Es ging ihm gut.«

»Wäre er mit einer Trennung zurechtgekommen?«

»Er hätte sich nicht deshalb umgebracht. Das kann ich mir nicht vorstellen. Jakob war ein sensibler Mann, er war in gewisser Weise auf seine Frau fixiert. Aber ich denke, er hätte das irgendwie verkraftet.«

»Sie scheinen sich da sehr sicher zu sein.«

»Ich kannte ihn wirklich gut. Auch wenn er wegen seines Jobs in psychotherapeutischer Betreuung war und auch wenn seine Frau ein Biest ist, er hatte keinen Grund sich umzubringen. Mich überrascht sein Handeln zutiefst.« Er sagte es mit großer Überzeugung.

»Haben Sie am Tag seines Suizids mit ihm gesprochen oder wissen Sie, was er an dem Tag gemacht hat?«

Herr Richter schüttelte verneinend den Kopf. »Nein, gesprochen habe ich ihn nicht. Er wird wie immer morgens um sieben zur Arbeit gegangen sein.«

Nach ihrem Besuch bei Jakob Richters Vater fuhr Lena zur Firma »CVO«, in der Hoffnung, am Arbeitsplatz noch irgendetwas zu erfahren, das ihr ein klareres Bild liefern könnte.

Das Büro lag in einem relativ großen Gebäudekomplex im Osten der Stadt. Die Räumlichkeiten selbst waren modern und freundlich eingerichtet, von der Hektik, die sowohl Jessica als auch Herr Richter beschrieben hatten, war auf den ersten Blick nichts zu spüren.

Nachdem Lena sich am Empfang nach einem Ansprechpartner erkundigt hatte, wurde sie von einem Arbeitskollegen empfangen, der mit Jakob Richter sein Büro geteilt hatte. Es war ein relativ kurzes Gespräch, an dessen Ende sie erfahren hatte, dass Jakob tatsächlich wie immer um sieben das Büro betreten hatte, allerdings ausnahmsweise bereits um 14 Uhr gegangen war, nachdem es ein wenig Ärger mit einem Neukunden gegeben hatte. Worum genau es ging, konnte der Mitarbeiter ihr angeblich nicht sagen, aber es reichte ihr im Grunde aus, zu wissen, dass es einen konkreten Grund für seinen außergewöhnlich frühen Feierabend gegeben hatte und dass er in Anbetracht des Vorfalls im Büro möglicherweise etwas gestresst gewesen war. Außerdem wusste Lena nun, dass es keine außergewöhnlichen Termine oder Vorkommnisse gab, die etwas mit dem Selbstmord des Mannes zu tun gehabt haben könnten. Seine Verfassung beim Verlassen der Arbeit war nach Wahrnehmung seines Kollegen normal gewesen, wenn auch eben etwas angefressen. Post hatte er laut der Empfangsdame an diesem Morgen keine bekommen. Der Brief musste ihn also später, vielleicht sogar erst zu Hause erreicht haben.

Alle Aussagen von den Kollegen, der Ehefrau und der Putzfrau zu Jakob Richters Tagesablauf deckten sich und ließen keinen Zweifel daran, dass er das Büro zur angegebenen Zeit verlassen hatte, auf direktem Wege nach Hause gefahren war und sich kurzerhand in seinem Wohnzimmer erhängt hatte. Über das Warum hatte Lena hingegen herzlich wenig erfahren.

Lena dachte noch eine ganze Weile über das nach, was sie an diesem Tag über den Toten gehört hatte, während sie zurück zur Direktion fuhr. Herr Richter hatte ihr von einem Sohn erzählt, der zwar viel im Leben aushalten musste, aber dennoch seine Probleme in Angriff nahm, sich aufrappelte und vermutlich auch stark genug gewesen wäre, eine Trennung zu überstehen. Das komplett gegenteilige Bild hatte ihnen die Ehefrau präsentiert, indem sie ihnen von einem psychisch labilen Mann erzählte. Neben ihr hatte er vermutlich genau so gewirkt: labil, weich, vielleicht sogar verschüchtert. Doch welches dieser Bilder entsprach der Wahrheit? Gab es eine Wahrheit? Oder war Jakob Richter ein ganz anderer Mensch mit Problemen, von denen weder seine Frau noch sein Vater etwas ahnten?

Sie spielte die Möglichkeiten im Kopf durch. Wenn die Ehefrau ihren Mann so gesehen hatte, wie er wirklich war, erschien seine Tat wenig verwunderlich. Sein Suizid war dann vermutlich eine Konsequenz von Depressionen, ganz gleich, wie stark diese gewesen sein mochten. Kannte jedoch der Vater seinen Sohn besser als die eigene Frau, dann musste sein Sohn ihm entweder seine schwerwiegenden Probleme verheimlicht haben oder sein Entschluss war unfassbar kurzfristig gefasst worden. Aus welchem Grund auch immer.

An einer roten Ampel kam ihr Wagen zum Stehen und für einen kurzen Moment auch ihre Gedanken. Als würden sie innehalten und sich nicht trauen, noch eine weitere Möglichkeit in Betracht zu ziehen. Eine, die ihr so fremd vorkam, die sie aber dennoch nicht völlig beiseiteschieben konnte. Was wäre, wenn Jakob Richter tatsächlich in guter Verfassung gewesen war, und zwar bis zum Schluss? Dann müsste es irgendeinen Auslöser gegeben haben, warum er sich so schnell und unvermittelt für den Suizid entschlossen hatte.

Lena atmete tief ein und ließ die Luft langsam, aber kräftig wieder ausströmen. Ein Sohn, der seinem Vater nichts von seinen Problemen erzählte, ein labiler Ehemann oder ein Mann, der sich kurzerhand und aus unerkannten Gründen umbringt? Wie konnte es sein, dass zwei Menschen, die einem anderen so nahestanden, diese Person so vollkommen anders wahrnahmen? Oder war es auch eine Möglichkeit, dass einer von beiden absichtlich log?

Sie schüttelte den Kopf, wie um ihre Gedanken aufzurütteln. Sie würde so nicht weiterkommen. Alle Teile zusammen ergaben nur ein unfertiges und spekulatives Bild eines Sachverhaltes, den sie nicht zwischen banal und simpel und kompliziert und verworren einordnen konnte. Sie wusste nicht, in welcher Verfassung sich Jakob Richter tatsächlich befunden und was ihn zu seinem Freitod veranlasst hatte. Sie wusste nicht einmal, ob es Sinn machte, weiterzuforschen, oder ob es am Ende nicht eine ganz einfache Erklärung gab. Aber eines wusste sie: Etwas gab ihr das Gefühl, dass sie die Sache noch nicht abschließen konnte. Es waren noch ein paar Fragen offen, die sie klären musste. Und die meisten davon konnte ihr vermutlich die Psychotherapeutin beantworten, bei der Jakob Richter in Behandlung gewesen war.

KAPITEL 5

Mit eiligen Schritten ging Rebecka Bohl die Holstenstraße entlang und schaute sich mehr als einmal um. Sie kam sich selbst albern vor, aber sie konnte das beunruhigende Gefühl einfach nicht abschütteln. Die Straßen waren voller Menschen. Ihre ganze Konzentration war gebündelt auf ihre unmittelbare Umgebung. Sie war sich fast sicher, dass ihr niemand folgte, ihr war klar, dass der Kopf ihr wieder einmal einen Streich spielte, und dennoch konnte sie das Unbehagen nicht ignorieren. Es war wie ein Zwang, sich nach allen Seiten umzusehen, so sehr sie auch dagegen ankämpfte. Ein letztes Mal überflogen ihre Augen die Köpfe der Menschen auf dem Gehweg, bevor sie durch die breite Glastür eines der Häuser verschwand. Einen Moment lang stand sie mit dem Rücken an der kühlen Wand im Flur und versuchte das Rasen ihres Herzens zu beruhigen. Dann riss sie sich zusammen und stieg die Treppen zur Praxis hinauf.

Dr. Martens hatte keine Empfangsdame oder Sekretärin. Vom Hausflur aus gelangte man direkt in den großzügigen Eingangsbereich, der eher einem Wohnzimmer glich als dem Wartezimmer einer Praxis. Der Boden war mit weichem Teppich ausgelegt und zahlreiche Bilder an den Wänden vermittelten Ruhe und Geborgenheit. Zwei kleine Sofas, eine Garderobe und ein kleiner Tisch mit Zeitschriften boten jedem Patienten eine gemütliche Sitzgelegenheit. Die angenehme Atmosphäre war bis ins kleinste Detail bewusst ausgestaltet und entfaltete ihre Wirkung noch stärker, wenn sie im Kontrast zur Doktorin selbst erschien.

Dr. Martens kam mit sicheren Schritten durch den Raum. Sie trug eine schwarze Stoffhose und darüber eine eisblaue Bluse. Die schwarzen Haare hatte sie zu einem straffen Pferdeschwanz gebunden und an ihrem rechten Arm trug sie heute wieder diesen dicken Goldreifen, der einem immer direkt ins Auge fiel. Ihre tiefrot geschminkten Lippen lächelten, als sie auf Rebecka zukam.

»Hallo, Rebecka.«

»Hallo.«

»Kalt draußen, nicht?«

Rebecka nickte und hängte ihren dicken Mantel und den langen Schal an die Garderobe.

»Möchten Sie eine Tasse Tee oder Kaffee?«

»Gerne. Tee, bitte.«

Die Ärztin ging in die kleine Küche, die sich zur Linken des Empfangsraums befand, und stellte zwei von den schönen Designertassen auf die Arbeitsplatte. Dann goss sie sicher und elegant heißes Wasser in beide und suchte aus dem Regal über sich zwei Teebeutel, die sie auf die Untertassen legte.

»Gehen Sie ruhig schon rein, ich bin gleich bei Ihnen«, sagte sie und holte noch zwei Teelöffel und Zucker aus einem Schrank.

Rebecka ging in den Besprechungsraum auf der anderen Seite und setzte sich auf die vertraute Couch gegenüber dem Fenster. Nur wenige Augenblicke später kam Dr. Martens herein und stellte das Tablett mit den Teetassen auf den kleinen Tisch der Sitzecke. In ihrer bedächtigen Art setzte sie sich in den Sessel am Fenster und schob ihrem Gegenüber das Tablett zu.

»Wie geht es Ihnen heute, Rebecka?«, begann sie und sah forschend in das Gesicht ihrer Patientin.

»Gut.« Rebecka nahm ihre Tasse vom Tablett und schüttete Zucker hinein. »Sehr gut sogar. Ich komme zurecht.« So einigermaßen, fügte sie in Gedanken hinzu.

»Das ist schön zu hören. Sie haben wirklich große Fortschritte gemacht. So langsam heilen die Wunden, nicht wahr?«

»So langsam, ja.« Sie nickte und sah zu Boden. Es war schon über zwei Jahre her. Die Bilder suchten sie manchmal immer noch heim. Vor allem nachts. Dann sah sie noch sein scheußliches Gesicht und fühlte seine groben, widerlichen Hände auf ihrem Körper und den Schmerz, als er sich an ihr verging. Nein, ganz vergessen konnte sie das alles nicht. Aber es verblich mit der Zeit und sie begann, damit zu leben. Es ging ihr besser. Sie kam damit zurecht.

Stattdessen wirst du verfolgt. Von deinem eigenen Schatten, schoss es ihr durch den Kopf.

Wer weiß, vielleicht brauchte sie immer etwas Angst und Spannung in ihrem Leben. Aber das gehörte nicht hierher. Sie war bei Dr. Martens, um das Trauma ihrer Vergewaltigung zu überwinden, und das hatte sie, so gut es ging, getan. Es war an der Zeit, voranzuschauen.

»Wie war Ihre Verabredung mit diesem … wie hieß er doch gleich?«

»Martin.« Auf ihren Lippen breitete sich ein scheues Lächeln aus. »Es war schön. Wir hatten sehr viel Spaß.«

Dr. Martens sah ihr eindringlich in die Augen. »Und?«

Sie lächelte. »Wir sehen uns am Montag wieder.«

KAPITEL 6

Es war noch früh am Nachmittag, als Mark und Lena zu einem neuen Einsatz gerufen wurden. Wieder eine Leiche. Wieder ein Selbstmord.

»Eine Frau mittleren Alters. Vom Rathaus gesprungen.«

»Vom Rathaus gesprungen?« Lena sah ungläubig zu ihm hinüber, während er den Wagen schnell durch die engen Straßen runter in die Stadt lenkte.

»Hat der Rathausturm um diese Jahreszeit nicht geschlossen?«

»Da fragst du den Falschen. Von Kultur und ihrem weitläufigen Umfeld habe ich keine Ahnung.«

»Hätte ich mir denken können«, gab sie etwas spitz zurück und obwohl er den Scherz selbst eingeleitet hatte, fand er ihre Bemerkung unnötig. Seit sie die Leiche von diesem Jakob Richter gesehen hatte, war sie irgendwie schlecht gelaunt und ließ es an ihm aus. Es war doch nicht seine Schuld, dass sie sich da reinsteigerte.

Etwas zu ruckartig wich er einem Auto aus, das aus der Nebenstraße kam, und vernahm daraufhin ihr genervtes Stöhnen von der Beifahrerseite. Als er kurz darauf mit einem letzten unsanften Ruck auf dem Rathausplatz neben dem Opernhaus hielt, stieg sie augenblicklich aus und ging zielstrebig zum Einsatzort.

Mark schlug die Tür seines Wagens zu und folgte ihr etwas missmutig über die dicken Pflastersteine des

Platzes, die dunkel waren von der Nässe des leichten Schneefalls. Das rot-weiße Absperrband zeigte stumm den Weg zum Ort des Geschehens und lotste ihn hinüber zu dem runden Torbogen in der Seitenwand des Rathauses, der in den Innenhof führte. Für einen Moment verhüllte ihn die Dunkelheit in dem kleinen Tunnel und gab ihn dann auf der anderen Seite wieder frei. Die hohen Mauern des Gebäudes umgaben ihn nun ganz. Ihr dunkles Backsteinrot ragte zu allen Seiten empor und Mark hatte das Gefühl, in einem großen, tiefen Schacht zu stehen. Sein Blick glitt die hohen Mauern des Turmes empor, dessen tiefrote Steine unter dem düsteren Himmel und im Schatten der verborgenen Sonne noch dunkler wirkten als sonst. Die kleinen Rundfenster klafften wie schwarze Löcher im schweren Mauerwerk und starrten ihn finster an. Bedrohlich groß stand der Rathausturm da und wirkte beinahe unheimlich an diesem Tag.

Der Innenhof des Rathauses war nicht klein. Sowohl in der Mitte als auch an den Seiten waren mehrere Parkplätze weiß eingezeichnet. Einige Bullis der Stadt und ein kleiner blauer Lieferwagen standen an einer der Wände. Mark sog die Atmosphäre und die Eindrücke um sich herum auf. Ohne die Leiche gesehen zu haben, konnte er ihre Anwesenheit spüren. Es lag eine trübe Stimmung in der Luft. Alle gingen routiniert ihrer Arbeit nach, redeten schlicht über die zu erledigenden Handgriffe. Es war kein Einsatz, bei dem es um Leben oder Tod ging, bei dem schnell gehandelt werden musste, um das Schlimmste zu verhindern. Keine aufgeregten Telefonate, keine scharfen Befehle. Nein, hier würde niemand gerettet werden. Der Tod war schon eingetroffen.

Marks Augen verharrten schließlich auf dem, was sich im Fokus der Absperrung befand. Eine leblose Gestalt lag auf dem kalten Steinboden, verhüllt unter einer grauen Plane, auf der leise und ernst die Schneeflocken ihre wässrigen Spuren hinterließen. Noch einmal schaute er zum Turm hoch und versuchte diesmal, die Höhe des Turms zu schätzen. Er konnte sich nicht mehr an die Zahl erinnern, die er bestimmt schon oft in seinem Leben gelesen und gehört hatte. 100 Meter? 120? Er war sich nicht sicher.

»106 Meter.« Lena stand plötzlich neben ihm und beantwortete seine stille Frage. »Die Aussichtsplattform ist auf einer Höhe von 67 Metern.«

Er fixierte den Rand des helleren Steins, der dem Turm sein charakteristisches Aussehen verlieh, und konnte die Balustrade ausmachen, die mit einem eisernen Geländer und schweren Steinkugeln umsäumt war. Darüber waren nur noch ein weiteres Stück dunkelroten Mauerwerks und ein grün schimmernder Kupferkranz, der die Spitze des Turms trug.

»Ist sie von dort gesprungen?«

Sie nickte und folgte seinem Blick zum Turm. In diesem Moment trat ein Beamter der Streifenpolizei zu ihnen.

»Moin, Marten Klaas, Einsatzleitung«, grüßte er knapp. »Sehr unschöne Sache. Ich hoffe, Sie haben ihren flauen Magen heute Morgen zu Hause gelassen.«

Mark wendete sich ihm zu und entgegnete lässig: »Den hab ich vor Jahren bei irgendeinem Einsatz liegen lassen.«

»Na dann«, schmunzelte der Beamte.

»Weiß man schon, wer sie ist?«, fragte Lena.

Marten Klaas, ein Mann Mitte 50, groß und mit breiten Schultern, zog seinen durchnässten Notizblock aus der Brusttasche seiner Uniform und las den Namen vor.

»Sie heißt Rebecka Bohl.«

»Was habt ihr bisher?«

Er steckte seinen Block wieder ein und wischte sich mit dem Handrücken ein paar Tropfen von den Wangen. Er musste schon seit einer ganzen Weile im Schneeregen stehen. Seine Jacke war dunkel und vom Schirm seiner Mütze tropfte es vereinzelt herunter.

»Sowohl der Innenhof als auch der Turm sind abgesperrt. Die Daten der Augenzeugen werden gerade noch aufgenommen. Vier meiner Leute sind drinnen und erledigen das. Die fotografische Sicherung ist durch. Wenn ihr fertig seid, können wir den Leichnam ins Rechtsmedizinische Institut bringen. Bei dem Wetter und dem Publikum«, er ließ seinen Blick über die vielen Fenster des umringenden Gebäudes wandern, »ist es das Beste, wir machen alles Weitere dort.«

»Gut.«

»Die Handtasche der Frau liegt im ersten Einsatzwagen.«

»Alles klar, danke.« Mark wollte sich schon zum Gehen wenden, während Lena noch einmal zum Turm hinaufsah.

»Wie um alles in der Welt ist sie da raufgekommen?«, fragte sie, »ich erinnere mich, dass man durch mehrere verschlossene Türen muss, wenn man da raufwill. Die waren mit Sicherheit nicht alle offen.«

Der Beamte verneinte und erklärte: »Es gab eine private Führung zum Turm, der sie sich angeschlossen hat.«

»Was heißt ›angeschlossen‹? Gehörte sie dazu?«

»Wir haben bisher nur vereinzelte Informationen. Aber es sieht eher so aus, als habe sie sich heimlich unter die Gruppe gemischt, um hinaufzukommen.«

»Wie viele waren dort oben?«

Marten Klaas wendete vage die Handfläche. »Zehn Leute etwa.«

»Und keiner hat rechtzeitig gesehen, was sie vorhatte?«

»Scheinbar ist sie einfach zielstrebig runtergesprungen.«

In diesem Moment ertönte vom Turm des Rathauses aus ein Glockenspiel. Die große Uhr auf dem hellen Vorsprung zeigte 16 Uhr. Zur vollen Stunde war die ganze Melodie des Spiels zu hören und Mark kam der Text in den Sinn, den er irgendwo mal gehört hatte, als er noch klein war: »Kiel hett keen Geld, dat weet de Welt. Ob's mal wat kriecht, dat weet man nich.« Es war ein Spottvers, der dem Glockenspiel von den Bewohnern der Stadt auferlegt worden war, als der Bau des imposanten Rathauses die finanzielle Lage der Stadt immer mehr strapaziert hatte. Dass er sich daran noch erinnerte, verwunderte Mark selbst. Vielleicht war er doch nicht so ein Kulturbanause, wie Lena dachte.

»Wir sollten die Leiche so schnell es geht aus der Nässe holen.« Er riss sich selbst aus seiner Gedankenwelt und trat an den Leichnam heran, um sich einen ersten Eindruck zu verschaffen. Neben der Plane, die aus Pietätsgründen ausgebreitet war, ging er in die Hocke, hob sie an und gab damit den Blick frei auf den Kopf der jungen Frau.

Oder zumindest auf das, was noch an ihn erinnerte. Die Vorderfront des Hirnschädels war vollkommen zertrümmert und hatte von der Gesichtspartie der Toten nicht viel übrig gelassen. Gehirnmasse und Knochensplitter waren beim Aufprall ausgetreten und lagen verstreut auf dem nassen Asphalt. Die blonden, langen Haare der Frau waren darüber gefächert wie ein Netz und es sah aus, als hätten die einzelnen Fragmente sich darin verfangen. Mark tastete den Brustkorb und die Arme der Frau ab. Durch die Kleidung hindurch konnte er keine Verletzungen ausmachen, aber das knirschende Geräusch und die abnormale Beweglichkeit der Gelenke und Rippen verrieten ihm, dass die Tote zahlreiche Brüche und innere Verletzungen davongetragen hatte. Allein der Aufprall ihres Schädels hatte sichergestellt, dass sie auf der Stelle tot war.

»Ich würde sagen, die Todesursache brauchen wir nicht weiter zu ermitteln«, meinte er, zog die Folie wieder über die Tote und erhob sich aus der Hocke.

»Ja«, stimmte ihm Lena zu, die hinter ihm gestanden hatte, »ich denke, die wichtigere Frage wird sein, wie sie da rauf- und auf diese Weise runtergekommen ist.«

Ein Tathergang, wie sie ihn bisher vermuteten, machte es schwer, am Leichnam Spuren zu finden, die darauf hinwiesen, ob das Opfer geschubst wurde oder aus anderen Gründen außer dem freiwilligen Sprung gestürzt war. Die Augenzeugen würden wahrscheinlich ihre einzige Quelle sein. Aber im Grunde war die Sache für Mark klar und er hoffte, dass diesmal auch Lena nicht irgendwelchen Hirngespinsten nacheifern würde.

»Lass uns sehen, was wir drinnen in Erfahrung bringen können.«

Er ging voran über den Innenhof, zurück durch den Tunnel auf den Rathausplatz und zum Haupteingang des Gebäudes. Durch die große, schwere Drehtür der Frontseite betraten sie das Foyer des Rathauses und stiegen die steinernen Stufen zu den Fluren empor. Ein Streifenpolizist schien bereits mehr oder weniger auf sie gewartet zu haben und kam ihnen einige Schritte entgegen.

»Sind Sie vom K1?« Der junge Beamte erweckte den Eindruck, noch sehr frisch im Dienst zu sein, denn weder er schien ihre Gesichter zu kennen noch hatte Mark ihn zuvor bei einem Einsatz gesehen.

Mark bestätigte seine Vermutung und fragte gleich nach dem Stand der bisherigen Arbeit.

»Die Personalien der Augenzeugen wurden bereits aufgenommen. Es gibt elf Zeugen, die mit der Toten oben auf dem Turm waren, und einige, die sie zuvor hier unten in der Halle gesehen haben. Von denen hat aber nur ein Mann wirklich von ihr Notiz genommen.«

»Ich rede mit ihm«, erklärte Mark und ließ sich von dem Beamten in eines der Zimmer auf dem rechten Flur führen, in das der Augenzeuge gebracht worden war.

Der Mann stand mit den Händen in den Hosentaschen angelehnt an der Fensterbank des Raumes. Man hatte eines der Büros im Erdgeschoss zur Verfügung gestellt, um ungestört mit den Zeugen sprechen zu können. Es war nur eine kleine Maßnahme, die es ermöglichte, noch vor Ort die wichtigsten Aussagen zu sammeln und damit die Bearbeitung schneller voranzubringen. Der Zeuge, der angegeben hatte, die Tote zuvor im Foyer des Rathauses gesehen zu haben, blickte ihn offen an. Sein Haar war dunkel, wenn auch schon mit einigen grauen Strähnchen durchsetzt, und seine Haut hatte den Teint einer leichten Sommerbräune. Beneidenswert, schoss es Mark durch den Kopf.

»Guten Tag. Mark Andersen von der Kripo Kiel. Ich möchte Ihnen kurz einige Fragen zu dem Vorfall stellen.«

»Sicher. Ich habe aber auch schon einiges an Ihren Kollegen weitergegeben.«

»Das macht nichts«, sagte er. »Wie ist Ihr Name?«

»Hannes Koch.«

»Mein Kollege berichtete mir, Sie hätten die Frau vorhin im Flur gesehen. Was hat sie dort gemacht?«

Der Mann nahm die Hände aus den Taschen seiner Jeans und verschränkte die Arme vor der Brust seines grauen Pullovers.

»Sie hat auf dem Flur gesessen und vor einem der Büros gewartet.«

»Ist Ihnen irgendetwas Besonderes an der Frau aufgefallen? Wie war ihre Stimmung?«

»Oh ha!« Der Mann sah zur Decke, als würde er in den Bildern seines Gedächtnisses suchen. »So genau habe ich sie mir nicht angesehen. Ich stand schon eine ganze Weile da, als sie sich setzte. Aber mir ist nichts Ungewöhnliches aufgefallen. Sie wirkte sehr zurückhaltend.«

»Hat sie geweint?«, hakte Mark nach.

Der Mann schüttelte den Kopf.

»Hat sie einfach nur dort gesessen?« Mark sah vor seinem inneren Auge die Reihe schwarzer Sessel, welche die lange Fensterfront des Flures säumte.

»Sie hat gelesen.«

»Was hat sie gelesen?«

»Irgendein Schreiben. Vielleicht ein Formular, das sie abgeben wollte oder so.«

In Mark ertönte instinktiv ein Warnsignal. Vorsicht vor spekulierenden Zeugenaussagen, rief es. Die Menschen waren nur zu erfinderisch, wenn ihre Erinnerungen aussetzten oder sie begannen, Schlussfolgerungen aus dem zu ziehen, was sie gesehen hatten. Oft genug hatte er in seiner Laufbahn erlebt, wie Augenzeugen sich angeblich sicher waren, eine Person oder ein Ereignis beschreiben zu können, und sich ihre Aussage im Nachhinein als sehr unsauber erwies. Es war ein natürliches Verhalten des Menschen, eine Funktionsweise seines Gehirns, Lücken mit konstruierenden Gedanken zu füllen.

»Warum glauben Sie, dass es ein Formular war?«

Wieder zuckte er mit den Schultern. »Ich weiß nicht. Es war ein weißes Blatt Papier. Ich konnte nicht sehen, was darauf stand.«

»Mit welchen Reaktionen hat sie das Schriftstück gelesen?«

Wieder wirkte er ratlos und blies die Backen auf. »Sie wollen aber alles ganz genau wissen.«

Ja, was glaubst du denn, was mein Job ist? Smalltalk führen? Mark zog innerlich die Brauen hoch und musste sich einen blöden Kommentar verkneifen.

Der Zeuge überlegte noch ein paar Sekunden und entschied sich dann für eine wenig hilfreiche Antwort: »Neutral, würde ich sagen. Mir ist nichts an ihr aufgefallen.«

»Was hat sie dann getan?«

Er verlagerte sein Gewicht von einem Bein auf das andere. Wieder machte er eine längere Pause des Nachdenkens und weckte in Mark langsam ein Gefühl der Ungeduld.

»Na ja, dann ist sie irgendwann aufgestanden und gegangen.«

»Haben Sie beobachtet, wohin sie gegangen ist?«

»Nee.«

»Na gut. Ich danke Ihnen für Ihre Hilfe, Herr Koch«, Mark verabschiedete sich, so schnell er konnte. »Wenn Ihnen noch etwas einfällt, melden Sie sich bitte umgehend bei uns. Ihre Daten wurden von meinem Kollegen ja bereits aufgenommen.«

Mit schnellen Schritten, froh von diesem langsamen Mann erlöst zu sein, durchschritt er das Foyer und traf auf Lena, die sich ebenfalls gerade von einer Augenzeugin verabschiedet hatte.

»Und?«

»Hmm.« Seine Kollegin verkniff das Gesicht zu einem ungewissen Ausdruck. »Nicht viel. Ich habe mit einem Ehepaar gesprochen, das mit in der Touristengruppe auf dem Turm war. Allerdings haben sie nicht viel gesehen. Sie haben nur die Schreie der anderen gehört.«

»Es gibt noch zwei weitere, die wir vielleicht kurz anhören sollten, bevor wir mal nach oben gehen.«

Sie teilten sich erneut auf und Mark ging den Gang noch ein Stück entlang, um das letzte Zimmer zu erreichen.

Eine Frau mittleren Alters wartete auf ihn. Ihre Augen waren rot geweint und um ihre Nase herum hatte sich die Haut ebenfalls stark gerötet. Sie saß auf einem Stuhl, die Schultern kraftlos nach unten gesunken.

Mark stellte sich ein weiteres Mal vor und stellte sachlich seine Fragen.

»Sie waren oben auf der Aussichtsplattform, als es passierte, richtig?«

Ein Schnäuzen und ein Nicken bestätigten ihn.

»Könnten Sie mir kurz erzählen, was genau sich abgespielt hat?«

Die Frau nahm sich zusammen, obgleich ihre Schultern unter dem Beben ihrer Brust immer noch heftig auf- und abgeschüttelt wurden.

»Wir haben die Plattform vom Fahrstuhl aus betreten. Ich war die Letzte, die hinausgegangen ist. Ich dachte eigentlich, dass hinter mir gar keiner mehr wäre.« Sie machte eine kurze Pause und putzte sich lautstark die Nase. »Ich bin nach ein paar Minuten weitergegangen. Es ist ja so eng da oben, dass man nur in einer Schlange einmal um den Turm rumgehen kann. Hinter mir war keiner mehr. Aber dann, als ich mich noch mal umgedreht habe, kam sie einfach aus der Tür, stieg das Geländer hoch und sprang runter. Sie ist einfach gesprungen. Ich konnte nicht ...«

»Alles in Ordnung. Sie hatten keine Gelegenheit, etwas zu tun. Das alles ging viel zu schnell.« Mark versuchte, sie mit einigen Worten zu beruhigen, und legte ihr eine Hand auf die Schulter. Gleichzeitig wählte er mit der anderen Hand eine Nummer ins Handy.

»Moin, Andersen hier. Schickt ihr mir bitte jemanden zur Betreuung her. Erster Flur rechts. Letztes Zimmer.«

»Es wird gleich jemand hier sein, der sich um Sie kümmert«, sagte er zu der Zeugin und wartete ihr Weinen kurz ab. »Hat die Frau irgendetwas gesagt oder getan, bevor sie gesprungen ist?«

»Nein. Nichts. Sie ist so schnell aus dem Turm gekommen und über das Geländer. Ich wollte sie halten, aber ich war zu weit weg und es ging so schnell.«

»Sie hat nicht gezögert?«

»Nein. Sie ist einfach zielstrebig auf das Geländer.«

»Und Sie können mit absoluter Sicherheit sagen, dass sie selbst gesprungen ist und nicht vielleicht von jemandem, der hinter ihr stand, gestoßen wurde?«

Die Frau sah ihn einen Augenblick entgeistert an. »Wer sollte denn so etwas tun?«

»Das weiß ich nicht. Könnte es sich denn auch so zugetragen haben?«

Sein Gegenüber schüttelte energisch den Kopf.

»Nein. Sie ist gesprungen. Sie musste mit einem Fuß auf den Absatz klettern. Wie hätte sie jemand …«

Mark bemerkte, dass er die Frau mit seiner letzten Frage scheinbar unnötig aufgewühlt hatte. Aber nun konnte er sicher sein, dass Rebecka Bohl selbst gesprungen war. Sie würden sich die Empore gleich noch genauer ansehen, aber im Grunde bestand kein Zweifel an dem, was passiert war.

In diesem Moment klopfte es an der Tür und ein großer Mann in Rettungsdienstkleidung kam herein. Mark nickte ihm zu, verabschiedete sich von der Zeugin und übergab sie in die helfenden Hände des Sanitäters. Auf dem Flur wartete er auf Lena, die nach einigen Minuten zu ihm stieß und erneut nicht sehr begeistert aussah.

»Wirklich viel hat der auch nicht gesehen. Er meint, es wäre alles unglaublich schnell gegangen und die Frau ruckzuck über das Geländer rüber.«

»So in etwa hat es meine Zeugin auch beschrieben«, meinte Mark. »Lass uns mal eben hochgehen und uns die Plattform angucken.«

»Gehen?« Das spontane Entsetzen in ihrer Miene brachte Mark zum Lachen.

»Als Polizistin solltest du Sport gegenüber eigentlich besser eingestellt sein.«

»Du machst Witze.« Sie eilte hinter ihm her durch einen der Flure und atmete laut durch, als er schließlich vor einer Fahrstuhltür stehen blieb.

»Auch wenn *du* lieber laufen solltest«, bemerkte Mark mit einem Schmunzeln und drückte auf den Knopf.

»Was soll das denn heißen?« Die Türen des Fahrstuhls öffneten sich und sie stiegen ein.

»Als Strafe«, gab Mark zurück und stieg in den Lift. »Für dein mangelndes Engagement.«

Lena stellte sich eilig neben ihn und sah den Türen etwas zu erleichtert beim Schließen zu.

Der Aufzug machte einen leichten Ruck und fuhr sie die Stockwerke des Rathauses hinauf. Lange dauerte die Fahrt allerdings nicht, denn zwischen der obersten Etage und dem Turmaufgang war es noch ein kleiner Fußweg durch weitere weiße Flure zu einem zweiten Fahrstuhl, der sie das letzte Stück zum Turm hinaufbrachte.

»Kompliziert, diese Wege hier«, stellte Mark fest, als sie endlich ihr Ziel erreicht hatten. Er drückte die Tür des zweiten Lifts auf und trat hinaus in einen winzigen Vorraum. Eine der weißen Türen führte hinaus auf die Aussichtsplattform, daneben war ein Schild angebracht, auf dem in alten Lettern stand: *»Blick' hinaus auf Stadt und Land, doch schone meine weiße Wand. Vergnüge dich, sei froh und munter, doch bitt' ich dich, wirf nichts hinunter.«*

Mark las die Zeilen und dachte instinktiv, dass der Hinweis: ›spring nicht hinunter‹ in diesem Fall wohl passender gewesen wäre.

Sobald sie über die zwei kleinen Stufen ins Freie getreten waren, wurden sie von einem eisigen Wind empfangen. Der Schneefall war etwas stärker geworden und zwang sie dazu, die Augen eng zusammenzukneifen. Eine kräftige Böe riss eine Strähne aus Lenas Zopf und klatschte sie ihr ins Gesicht. Hinter ihr kam auch der Beamte in Uniform auf die Aussichtsplattform und stellte sich zu ihnen.

»Sie ist gleich hier vorne runtergesprungen«, sagte er und zeigte nach unten. Mark trat näher an das Geländer und legte seine Hände auf das kalte Eisen der Balustrade. Langsam lehnte er sich hinüber und blickte in die Tiefe. Es war ein schwindelerregender Anblick.

»67 Meter?«

»Ja.«

»Und sie ist direkt hier vorn über die Balustrade geklettert und runtergesprungen?«

»So wurde es berichtet. Sie hat nicht wirklich lange hier oben gestanden.« Er machte eine Pause und korrigierte seine Aussage. »Im Grunde kann man überhaupt nicht von ›stehen‹ reden.«

»Dass sie keine Sekunde gezögert hat«, flüsterte Lena nachdenklich.

»Keine Frau, die lange fackelt, würde ich sagen.«

»Mark!«

»Was?«

Lena wandte sich vom Geländer ab, warf ihm einen strafenden Blick zu und sah sich dann die restliche nähere Umgebung genauer an. Der schmale Pfad, auf dem man den Turm umrunden konnte, war in der Tat nicht viel breiter als zwei Fußlängen. Das Mauerwerk der Balustrade war etwa hüfthoch, das Eisengestell darüber noch einmal 30 Zentimeter. Rebecka Bohl hatte mit Sicherheit keine Schwierigkeiten gehabt, sich dort allein hinüberzuschwingen. Sie hinunterzuschubsen wäre wesentlich schwieriger gewesen. Nichts deutete darauf hin, dass sie sich nicht tatsächlich selbst in die Tiefe gestürzt hatte. Die Zeugenaussagen deckten sich beinahe lückenlos, die Leiche wies auf den ersten und überhaupt möglichen Blick keinerlei Spuren einer Fremdeinwirkung auf.

»Ich denke nicht, dass wir hier oben die Spurensicherung brauchen«, sagte Mark schließlich und wandte sich zum Gehen. »Sie können den Turm wieder freigeben. Wir sind fertig.«

Zurück auf dem Boden des Rathausplatzes gingen sie zum Dienstwagen, in dem die eingesammelten Habseligkeiten der toten Frau untergebracht waren. Ein Beamter reichte ihnen die wenigen Dinge, die in der Handtasche von Rebecka Bohl gefunden worden waren. Portmonnaie, ein Labello, Schlüssel, Handy, Terminkalender, ein paar Taschentücher, drei Hustenbonbons … Mark lenkte seine Aufmerksamkeit auf das kleine Büchlein. Mit den dünnen Handschuhen griff er in den Beutel und holte den zartrosa Einband heraus. Auf der ersten Seite stand Rebecka Bohls Name und eine Handynummer für den Fall, dass sie den Kalender verlieren würde. Als er das Buch an seinem Lesezeichenbändchen aufschlug, zeigte sich ein Überblick der aktuellen Woche. Viel stand dort nicht. Die Termine und Notizen waren recht übersichtlich.

Friseurtermin vor drei Tagen um vier, Aerobic-Kurs am nächsten Tag und Treffen mit der Mutter am Sonntag. Was ihm viel eher ins Auge fiel, war ein rot gemaltes Kästchen um den Namen Martin in der Spalte für Montag. Mark blätterte noch eine Woche weiter und entdeckte ein weiteres rotes Kästchen am nächsten Montag. Diesmal war an seinem Rand sogar ein kleines Herz gezeichnet. Außerdem gab es eine weitere Verabredung mit der Mutter und noch einen Termin, der wieder durchgestrichen war.

»Irgendetwas Besonderes?« Lena schaute ihm über die Schulter.

»Nein, eigentlich nicht.« Doch dann blätterte er wieder zur aktuellen Woche zurück, stutzte plötzlich und starrte auf die Zeile für den heutigen Tag. Er hörte, wie auch Lenas Atem einen Zug aussetzte, und wusste, dass sie seinem Blick gefolgt war.

Etwas kleiner als alle anderen Notizen war dort ein weiterer Termin vermerkt, der sich neben dem auffälligen roten Kästchen und dem großen Sporteintrag fast verlor.

14 Uhr: Dr. Martens.

»Wie viele Dr. Martens gibt es wohl in dieser Stadt?« Mark hatte sich aus seiner Starre schnell wieder gelöst, aber Lena fokussierte immer noch den Namen der Psychotherapeutin, der ihr erst vor wenigen Tagen das erste Mal begegnet war.

»Habt ihr sonst noch irgendetwas?«, wollte Mark von dem Kollegen wissen.

»Ja, ein Blatt Papier. Ist allerdings kaum noch etwas zu erkennen. Als wir vor Ort ankamen, war es vom Schnee und der Nässe auf dem Boden schon völlig durchgeweicht.« Der Beamte holte eine weitere Plastiktüte hervor, in der ein durch und durch nasser Papierbogen lag.

»Wo genau wurde der gefunden?«

»In unmittelbarer Nähe der Leiche. Ein paar Meter entfernt. Wir wissen noch nicht, ob er ihr gehörte oder nur zufällig dort lag.«

»Oh nein«, flüsterte Lena. »Der Brief hat mit Sicherheit ihr gehört.«

»Woher wollen Sie wissen, dass es ein Brief ist? Man kann darauf nichts mehr erkennen.« Der Polizist sah sie fragend an und auch Mark warf ihr einen neugierigen, aber auch ahnenden Blick zu.

Sie schien den Ausdruck in seinen Augen zu bemerken und reckte ihr Kinn unmerklich nach vorne. »Wir werden ihn untersuchen lassen. Vielleicht ist die Schrift noch rekonstruierbar.« In diesem Zustand allerdings, das musste sie wohl eingestehen, konnte man auf dem Blatt in der Tat nichts mehr erkennen. Der leichte Schneefall hatte das weiße Material vollkommen aufgeweicht und die darauf gesetzte Schrift zu einem nebeligen, kaum wahrnehmbaren hellblauen Schleier verwischt.

»Hey, Daniel«, grüßte Lena ihren Kollegen, während sie mit zielstrebigen Schritten den Raum der Kriminaltechnik durchquerte. Ohne Umschweife legte sie ihm die Tüte mit dem vollkommen durchnässten Papier auf den Tisch. Er hob sie bedächtig mit einer Hand an und schmunzelte.

»Lena, Schätzchen, ich habe dir schon des Öfteren gesagt, dass ich nicht immer ausbügeln kann, was auf dem Chaos deines Schreibtisches unter die Räder kommt.«

»Sehr lustig.« Sie versetzte ihm einen leichten Seitenhieb. »Wir haben diesen Brief bei der Toten am Kieler Rathaus gefunden. Ich möchte so schnell wie möglich einen Vergleich der Materialien mit dem Blatt, das wir bei Jakob Richter gefunden haben.«

»Und wahrscheinlich auch eine Wiedererkennung der Schrift.«

»Wenn das möglich ist.«

»Hmm.« Er hielt das Papier dicht vor seine Augen. »Das kann ich nicht versprechen. Aber ich versuche es. Könnte ziemlich schwierig werden, also mach dir nicht allzu viele Hoffnungen.«

Sie ließ ihren Blick durch das Labor gleiten. Mit vielen der Geräte, die überall im Raum verteilt standen, konnte sie kaum etwas anfangen. Sie hatte eine ungefähre Ahnung davon, was mit ihnen untersucht wurde. Mehr aber auch nicht. Es faszinierte sie auf der einen Seite, wie jemand durch ihre Benutzung winzige Details zutage bringen konnte, die ihnen halfen, einen Täter ausfindig zu machen und die Wahrheit ans Licht zu bringen. Auf der anderen

Seite konnte sie persönlich sich nicht vorstellen, eine solche Arbeit den ganzen Tag durchzuführen. Ihr reichten schon die Stunden, die sie dank ihres eigenen Berufes an den Schreibtisch gefesselt war. Schon als Schülerin, als sie noch nicht einmal das Abitur in der Tasche hatte, hatte sie sich geschworen, niemals einen Bürojob zu ergreifen. Wenn sie nun manchmal stundenlang vor ihrem Computer saß und Akten und Berichte schrieb, musste sie beinahe darüber lachen. Aber in der heutigen Zeit musste man schon Handwerker sein, wenn man den Schreibtisch meiden wollte. Und selbst die hatten wahrscheinlich noch einen guten Teil Schreibarbeit zu erledigen.

»Na, genießt du deine Tagträume?«

»Nein. Ich …« Sie spürte, wie ihre Wangen heißer wurden. Wie abwesend musste sie gerade ausgesehen haben? »Hast du schon die Ergebnisse von dem ersten Brief?«

»Wollte ich dir gerade präsentieren, als du in deine Gedankenwelt abgedriftet bist.«

»Entschuldige. Fang schon an.«

Daniel fuhr mit seinem viel zu kleinen Bürostuhl ein paar Meter nach rechts und holte eine graue Mappe von einem anderen Tisch. Er reichte sie Lena, die sie augenblicklich aufschlug und die ersten Seiten überflog.

»Wie du siehst, habe ich nichts gefunden«, bestätigte er und fügte dann nach einer kleinen Pause betonter hinzu: »Vor allem: keine Fingerabdrücke. Außer die von Jakob Richter.«

Er wartete darauf, dass Lena ihn ansah und nachhakte. »Keine außer seinen eigenen?«

»Keine.«

»Das ist in der Tat interessant.«

KAPITEL 7

Marie Sander saß allein auf ihrer Couch im Wohnzimmer. Draußen war es noch ziemlich dunkel und der helle Schein ihrer Stehlampe, die sie angeknipst hatte, fiel durch das Fenster nach draußen in den Vorgarten. In allen anderen Häusern der Straße brannte noch kein Licht, denn die Uhr zeigte erst kurz nach fünf. Doch Marie konnte nicht mehr schlafen. Sie hatte wie fast jede Nacht kaum ein Auge zugetan. Sie konnte nicht. Nicht, seit die Bilder in ihrem Kopf sie verfolgten.

Die dunklen Ringe unter ihren matten Augen zeugten von Schlaflosigkeit und auch von den vielen Stunden, die sie jeden Tag weinte.

Auf ihren Knien lag das alte Fotoalbum. Wie oft hatte sie es die letzten Wochen angesehen? Die Seiten waren schon so oft umgeblättert worden. Auf vielen von ihnen waren dicke Flecken wässriger Tränen zurückgeblieben. Aber sie konnte nicht umhin. Sie musste die Bilder immer wieder ansehen, sein Gesicht anschauen und sich sein Lachen ins Gedächtnis rufen.

Wie lange war es nun her, dass sie seinen kleinen Körper beigesetzt hatten? Drei Monate? Für Marie hatten Tage und Wochen ihren Charakter verloren. Kein einziger von ihnen schien für sie noch eine Bedeutung zu haben.

Ihre Mutter sagte, sie solle sich Hilfe holen. Etliche Male hatte sie ihr in den Ohren gelegen, sie solle es probieren. Aber sie wollte nicht. Die Therapie hatte ihr schon damals nicht geholfen, als sie nach der Geburt unter Depressionen gelitten hatte. Sie hatte das Vertrauen in die Psychologie verloren und sie wollte auch nicht über ihren Sohn sprechen. Kein einziges Wort wollte sie hören oder sagen müssen. Man konnte ihr nicht helfen, indem man sie zwang, über ihn zu sprechen. Das machte ihn auch nicht wieder lebendig und es befreite sie auch nicht von dieser unerträglichen Schuld.

Schon wieder füllten sich ihre Augen mit Wasser und mit einem Male kamen die Schluchzer aus ihrer Kehle. Ihr Weinen füllte das ganze Haus und war bis auf die Straße zu hören. Als sie nach einer Weile aufstand und zum Fenster ging, lag die tiefe Trauer und Verzweiflung in ihren Augen so offen, als würden sie es laut hinausbrüllen. Sie hob den Kopf und sah hinaus in die Dunkelheit und für einen Augenblick war es, als würden sich ihre Blicke begegnen.

KAPITEL 8

»Was gibt es von dem Suizid am Rathaus?«, wollte Brüning wissen und rührte mit einem Löffel in seiner dampfenden Kaffeetasse. Es war 9 Uhr morgens. Draußen vor den Fenstern hatte sich der Schneefall in einen kalten Regen verwandelt und prasselte auf die Fensterbänke. Die Stimmung im Besprechungsraum war verhalten. Die Kollegen Detlef und Thorsten rührten ebenfalls in ihren Tassen, Arne ließ seinen Kugelschreiber zwischen den Fingern auf- und abwippen.

»Ihr Name ist Rebecka Bohl. Ledig und kinderlos«, ergriff Mark das Wort. »Sie war Bürokauffrau und hat bei der Stadtverwaltung gearbeitet.« Er sah kurz auf seine Notizen vor sich. »Interessant ist die psychotherapeutische Behandlung, in der sie sich befand. Genaueres haben wir noch nicht in Erfahrung bringen können. Nur, dass sie vor ungefähr einem halben Jahr mit der Therapie begonnen hat und bei wem. Der Name der Psychotherapeutin dürfte dir bekannt vorkommen: Dr. Martens.«

»Martens?« Der Erste Kriminalhauptkommissar zog erstaunt eine Braue hoch. »Ist das nicht die Therapeutin, bei der auch dieser Jakob Richter war?«

»Gutes Gedächtnis, der Mann.«

»Habt ihr schon mit ihr gesprochen?«

»Noch nicht.«

»Das sollte so schnell wie möglich in Angriff genommen werden«, sagte er. »Was wissen wir zur Tat selbst?«

Erneut war es Mark, der sich an ihn wendete. »Laut den Zeugenaussagen ist sie gegen halb drei ins Rathaus gegangen, hat sich dort eine Weile auf dem untersten Flur im Foyer aufgehalten und hat sich nach etwa 15 Minuten unter eine private Führung gemogelt, um auf den Rathausturm zu kommen. Dort ist sie dann schnurstracks auf die Aussichtsplattform und ohne großes Zögern über das Geländer geklettert und runtergesprungen.«

»›Ohne großes Zögern‹ ist wahrscheinlich noch zu milde ausgedrückt. Sie soll überhaupt nicht gezögert haben«, verbesserte Lena.

»Können wir ein Fremdverschulden ausschließen?«, fragte Brüning.

»Wir haben keinen Grund, vom Gegenteil auszugehen«, antwortete Mark. »Die Leiche weist auf den ersten Blick keinerlei Spuren auf, die auf eine Beteiligung einer weiteren Person schließen lassen. In Bezug auf die psychische Verfassung dürfte es da auch keine Überraschungen geben.«

Brüning nickte und nahm einen Schluck aus seiner Tasse. »Sonst noch was?«

»Nein.«

»Dann würde ich sagen, …«

»Entschuldige«, fiel ihm Lena ins Wort. »Ich möchte gern noch mal kurz auf das Fremdverschulden zu sprechen kommen.« Sie sah im Augenwinkel, wie Mark leicht den Kopf schüttelte, und versuchte, ihren Ärger über seine Ignoranz zu unterdrücken. »Ein Augenzeuge berichtete, dass Rebecka Bohl kurz vor ihrer Tat im Foyer ein Blatt Papier gelesen hat. Genau dieses haben wir dann bei ihrer Leiche gefunden.« Sie machte eine bedeutsame Pause. »Ich sehe da eine Verbindung zum Freitod von Jakob Richter.«

Nun war es raus. Die Worte hatten ihren Mund verlassen, noch bevor sie genauer darüber nachdenken konnte, was sie damit auslösen würde. Sie spürte fast, wie sie den Boden des Festlandes verlassen und sich auf dünnes Eis begeben hatte.

»Wir haben beide Male einen Brief, der kurz vor dem Suizid gelesen wurde, und beide waren unheimlich entschlossen, als sie sich umbrachten. Diese Therapeutin Dr. Martens – das kann doch kein Zufall sein.« Sie redete schneller, als habe sie Angst, unterbrochen zu werden. »Die Untersuchungen des Briefes von Jakob Richter haben keinerlei Spuren zutage gebracht. Vor allem keine Fingerabdrücke. Außer die vom Empfänger selbst.«

»Was willst du damit sagen?«

»Es ist ziemlich ungewöhnlich für einen normalen Brief, dass der Absender keine Fingerabdrücke hinterlässt. Es sieht viel eher danach aus, dass der Verfasser bewusst darauf geachtet hat, keine Spuren zu hinterlassen.«

Brüning unterbrach sie mit einer Handbewegung. »Lena, so wie ich das sehe, weist im Moment nichts darauf hin, dass es sich um etwas anderes handelt als Selbsttötung.«

»Ich weiß, dass beide Selbstmord begangen haben. Ich sage ja nur, dass wir die Möglichkeit in Betracht ziehen sollten, dass sie es nicht freiwillig taten.«

»Nicht freiwillig?« Sie hörte die Skepsis in seiner Stimme, obgleich er bemüht war, freundlich zu bleiben. »Wie stellst du dir das vor?«

Ja, wie stellte sie sich das eigentlich vor? Ihre Gedanken waren einfach aus ihr herausgesprudelt und hatten nicht den Umweg über die eigene geistige Bewertung gemacht. Sie merkte, wie die Blicke der Kollegen nun auf ihrer Haut brannten, und ihre eigenen Worte drangen langsam in ihr Bewusstsein.

»Es muss etwas im Inhalt der Briefe geben.« Ein letztes Mal versuchte ihr Unterbewusstsein, sich aufzubäumen, doch unter dem Druck versagten ihr bald die Worte. »Vielleicht verstehen wir es nicht, aber …« Sie fühlte sich, als würde sie gegen die Strömung eines reißenden Flusses anschwimmen. Nur musste sie einsehen, dass sie nicht weiterkam und dass sie auch gar nicht sicher war, ob sie weiterkommen wollte.

»Ich denke, ihr solltet euch in diese Sache nicht ganz so tief hineinstürzen. Deine Ermittlungsgenauigkeit in Ehren, Lena.« Brünings Stimme war jetzt eine Nuance strenger, wenn auch immer noch freundlich, aber er machte deutlich, was er von ihrer Vermutung hielt. »Ihr solltet auf jeden Fall noch mit dieser Psychologin sprechen und dann zusehen, dass ihr die beiden Fälle abschließt. Es wartet noch jede Menge andere Arbeit.«

Mark nickte stumm und zustimmend. Ihm galten diese Worte nicht und Lena wusste, dass er innerlich mit den Augen rollte. Die Botschaft ihres Vorgesetzten war unmissverständlich. Obgleich Brüning niemals direkt Einfluss auf ihre Ermittlungen nahm, gab er ihr klar zu verstehen, was er für gute und angemessene Arbeit hielt. Was hatte sie sich auch dabei gedacht? Verdammt noch mal, sie war eine gute Ermittlerin. Gute Ermittler ließen sich nicht von irgendwelchen Hirngespinsten übermannen. Sie sammelten Indizien und Beweise. Sie analysierten Fakten und verglichen Tatsachen miteinander. Lena rieb sich die Stirn. Ihr Benehmen war lächerlich. Ohne ausgiebig in den Gesichtern der anderen zu lesen, wusste sie, was sie dachten: Lena ist mal wieder etwas sensibel. Macht sich schon wieder Gedanken über Gott und die Welt. Wie oft sagte Mark ihr, sie solle sich nicht so viele Gedanken über die Fälle machen, die sie behandelte. Und er hatte recht. Es wunderte sie, dass sie überhaupt Raum hatte, über dergleichen zu grübeln. Es gab so vieles, über das sie sich Gedanken machte. Mehr, als sie alle ahnten. Aber vielleicht war es auch gerade eine Schutzmaßnahme, die Arbeit so intensiv zu bedenken, um all die anderen Dinge in ihrem Kopf zu verdrängen. Lieber dachte sie über die Probleme anderer nach als über ihre eigenen.

Eine schlanke, elegant gekleidete Frau empfing Lena und Mark, als sie aus dem Treppenhaus in die psychotherapeutische Praxis traten. Mit einem Blick hatte Lena die gewollt gemütliche Atmosphäre erfasst, die aus Teppich, warmen Farben und Bildern gestaltet war. Ein Stil, der sich mit der selbstbewussten Strenge der Therapeutin beinahe zu beißen schien.

»Dr. Martens«, stellte die Frau sich vor, reichte beiden ihre makellos manikürte Hand und führte sie sogleich in ein anderes Zimmer, das zwar kleiner, aber nicht minder bewusst eingerichtet war.

»Kann ich Ihnen etwas zu Trinken anbieten?«

»Ein Kaffee wäre schön.«

»Für mich nur ein Wasser, bitte«, sagte Lena und nahm auf der weichen Couch Platz, die neben dem großen dunklen Schreibtisch den Mittelpunkt des Zimmers ausmachte. Sie sah der Psychotherapeutin in ihrem dunkelblauen Kostüm hinterher. Die schwarzen Pumps gingen mit gedämpften, aber festen Schritten und versinnbildlichten alles, was diese Frau ausmachte. Nicht nur äußerlich musste Lena eine gewisse Ähnlichkeit zu Frau Richter feststellen und sie fragte sich, ob Jakob Richter sich dessen ebenso bewusst gewesen war. Vielleicht hatte er eine Schwäche für Frauen dieser Art gehabt. Warum auch immer, Lena mochte sie nicht.

Dr. Martens kam bald zurück und stellte ein Wasser und zwei Tassen Kaffee auf den Tisch. Mit einer ruhigen Bewegung setzte sie sich in den Sessel gegenüber.

»Nun. Was kann ich für Sie tun?«, fragte sie in einem, wie Lena fand, süffisanten Tonfall.

»Wir möchten mit Ihnen gern über zwei Ihrer Patienten sprechen. Jakob Richter und Rebecka Bohl«, begann Lena.

»Ich fürchte, dass ich Ihnen nicht sehr viel sagen kann. Ich schulde meinen Patienten dieselbe Verschwiegenheit wie jeder andere Arzt auch.«

»Das wissen wir. Natürlich.« Lena bemühte sich, ihre eigene Stimme nicht ihren Empfindungen gegenüber dieser Frau zum Opfer fallen zu lassen. »Wir wollen auch keine detailreiche Ausführung ihrer Behandlung. Lediglich eine Rückmeldung in Bezug auf ihre psychische Verfassung.«

Die Therapeutin sah kurz von einem zum anderen. »Sie sind bei mir in Behandlung. Wenn ihre psychische Verfassung keinerlei Hilfe bedürfen würde, wären sie nicht hier. Darf ich fragen, woher Ihr Interesse für meine Patienten rührt?«

Mark schaltete sich nun in das Gespräch ein und teilte ihr mit, dass beide sich das Leben genommen hatten. Während die Worte im Gesicht der Psychotherapeutin ihre Wirkung entfalteten, beobachtete Lena sie genau.

»Das ist ja furchtbar. Ich …« Die Frau sah erneut von

einem Kommissar zum anderen, diesmal jedoch etwas irritiert. Sie schien ehrlich erstaunt über die Neuigkeit, aber zugleich meinte Lena auch, Besorgnis in ihrem Blick zu lesen.

»Ich habe bereits erfahren, dass Jakob Richter Suizid begangen hat. Aber Rebecka … Wann ist das passiert?«

»Gestern«, antwortete Lena, »um genau zu sagen, direkt nach Ihrer Sitzung. Daher werden Sie verstehen, dass wir einige Fragen an Sie haben.«

Die Frau ihr gegenüber atmete aus und lehnte sich etwas in ihrem Sessel zurück. Ihre Mimik war für Lena schwer einzuschätzen. Es wirkte, als müsste sie selbst ihre Gefühle erst sortieren und einordnen.

»Kam beziehungsweise kommt der Suizid der beiden für Sie überraschend?«, fragte Lena direkt.

»Nein.« Die Antwort der Therapeutin kam schnell. Für Lenas Geschmack eine Spur zu schnell. Und zu hart. Sie legte neugierig den Kopf schief und betrachtete ihr Gegenüber. Ihre Miene wirkte plötzlich wie eine steinerne Maske, aber Lena sah, dass sie die Situation prüfte.

»Sowohl Jakob Richter als auch Rebecka Bohl standen unter enormer psychischer Belastung. Ein Suizid ist in einer solchen Lage nie ausgeschlossen«, fügte Dr. Martens hinzu, so als würde sie ihr Urteil verteidigen müssen.

»Die Einschätzung einer Person aus Herrn Richters familiärem Umfeld beschreibt Ihren Patienten als sehr stabil und ausgeglichen.«

»Das war er nicht«, gab Dr. Martens knapp zurück. »Es ist oft der Fall, dass Patienten sich in ihrem Bekanntenkreis gesund und selbstbewusst zeigen. Meistens ist es jedoch eher eine Fassade, die sehr brüchig ist. Jakob Richter litt unter Depressionen.«

»Bekommen das die Angehörigen für gewöhnlich nicht mit?«, fragte Lena.

»Nein, nicht immer«, antwortete ihr die Psychotherapeutin in einer Art, die ihr zu verstehen geben sollte, wer hier die Fachfrau war.

Um der gespannten Atmosphäre entgegenzuwirken, fuhr Lena ein Stück zurück. »Jakob Richter war schon eine ganze Weile Ihr Patient. Seit wann genau und aus welchen Gründen kam er zu Ihnen?«

Dr. Martens schlug ein Bein über das andere. »Er kam einmal die Woche zu mir. Zu Beginn der Therapie ging es hauptsächlich um seine Arbeit. Er war ein viel beschäftigter Mann, sein Job nahm ihn sehr in Anspruch.«

»Hatte er irgendwelche bestimmten Probleme oder Sorgen außerhalb seines Jobs?«

»Das sind sehr tief gehende Fragen, die meine Schweigepflicht wirklich strapazieren.«

»Diese Strapazen müssen Sie entschuldigen«, rutschte es Lena etwas zu sarkastisch heraus. »Ich denke, Sie können dennoch eine Antwort geben, damit wir die Befragung ohne großen weiteren Aufwand rasch beenden können.«

Die mitschwingende Drohung wirkte. »Jakob Richter war ein sensibler Mensch. Aber er hatte keine konkreten Schwierigkeiten.«

»Was heißt das, ›er hatte keine konkreten Schwierigkeiten‹?« Lena bemühte sich, nicht gereizt zu klingen. Es fiel ihr schwer, dieser Frau gegenüber freundlich zu sein. Sie hatte etwas Überhebliches an sich, das sie nicht leiden konnte.

»Was es eben heißt. Er hatte keine Geldsorgen, keine Feinde, keine Traumata.«

»Wie lief die Ehe mit seiner Frau?«

»Gut. Er hat nie das Gegenteil behauptet.«

Wie präzise, dachte Lena und sah die Therapeutin scharf an. »Wie steht es um Rebecka Bohl?«

Die Frau stöhnte leise auf, als würde sie dieses ganze Gespräch langweilen. »Sie kam zu mir, nachdem sie Opfer einer Vergewaltigung wurde.« Ihre plötzliche Offenheit ließ Lena aufhorchen. Was veranlasste sie auf einmal, ihre arrogante Verschwiegenheit beiseitezuschieben? War sie unkonzentriert oder hoffte sie, die beiden Ermittler auf diese Weise schneller loszuwerden?

»Sie litt unter Albträumen, Angstzuständen und Panikattacken. Sie war seit etwa einem halben Jahr bei mir in Behandlung, machte aber deutliche Fortschritte.«

»Wie wirkte sie, als sie gestern bei Ihnen war?«

»Sie war sehr in sich gekehrt, erzählte nicht viel.«

»War sie sonst anders?«

»Die Tage waren verschieden.«

Bevor Lena sie ungeduldig anfahren konnte, schaltete Mark sich mit ernster Miene ein. »Sagt Ihnen der Name Martin etwas? Wir haben einige Treffen mit ihm in Rebecka Bohls Terminkalender entdeckt.«

Dr. Martens fixierte ihn stumm, als würde sie abwägen, welche Rolle er in dieser Unterhaltung hatte. »Martin Stegler ist sein ganzer Name. Sie hatten sich auf einer Party kennengelernt und hatten sich zwei-, dreimal getroffen. Er ist Informatiker und hat einen Hund. Mehr weiß ich nicht über ihn. Ist das etwa wichtig?«

»Was wichtig ist und was nicht, lassen Sie mal unsere Sorge sein.« Die Ablehnung in Lenas Stimme war nun kaum noch zu überhören. Aber sie riss sich zusammen und formulierte etwas freundlicher: »Wäre es möglich, einen Einblick in die Akten zu bekommen?«

Erneut hatte Lena den Eindruck, die Therapeutin würde ihre Reaktion mehr als genau abwägen. Natürlich war sie keines Falls verpflichtet, die Informationen herauszugeben. Ganz im Gegenteil. Aber Lena wagte diesen Vorstoß dennoch, weil sie das Gefühl hatte, dass ihr Gegenüber weitere Nachfragen gern vermeiden wollte. Eine Weile fokussierte sie Lena, stand dann jedoch mechanisch auf und ging hinüber zu dem breiten Aktenschrank hinter ihrem Schreibtisch.

Dr. Martens suchte die Hefter der Schubladen durch. Als sie zwei der Mappen herausgezogen hatte, kam sie damit wieder zurück und legte sie vor ihnen auf den Tisch.

»Danke.« Lena nahm die oberste auf und begann darin zu blättern und die Seiten voller Berichte und Notizen über Jakob Richter zu überfliegen.

»Die Aufzeichnungen fangen später an, als Frau Richter uns gesagt hat«, stellte Lena mit einem Blick auf die Daten der ältesten Sitzungen fest.

»Das kann sein«, erwiderte Martens trocken. »Herr Richter hat seine Therapie einige Wochen zuvor bei einer Kollegin begonnen, die ihre Praxis kurz darauf geschlossen hat. Ich habe einige ihrer Patienten übernommen. Sie finden die älteren Unterlagen am Ende der Mappe.«

Lena blätterte vor und studierte die Aufzeichnungen aus den frühesten Sitzungen, konnte auf den ersten Blick aber nichts Außergewöhnliches entdecken. Sie blätterte wieder einige Seiten zurück und wollte die Akte schließlich gerade zuschlagen, als ihr eine Notiz ins Auge fiel.

»Hier steht, dass Jakob Richter sich verfolgt fühlte. Inwiefern?«, wollte sie wissen.

»Er kam eines Tages hier herein und gestand mir, dass er sich beobachtet fühlt. Es war ihm sichtlich unangenehm. Und er machte sich Sorgen, dass er wieder in einen unausgeglichenen Zustand verfallen könnte.«

»Tat er das?«

»Verfolgungswahn ist eine Art Psychose, die durch ganz normalen Stress ausgelöst werden kann. Ursachen sind oft Übermüdung, generelle psychische Anspannung oder Belastung. Es handelt sich dabei schlicht um eine Verzerrung der Realitätswahrnehmung. Aber so ausgeprägt war der Zustand bei ihm nicht.«

»Litt Rebecka Bohl auch unter diesen Symptomen?«

»Nein.«

»Dr. Martens«, begann Mark mit einem Ton der Verabschiedung in seiner Stimme, »wir wollen Sie nicht länger aufhalten. Um es auf den Punkt zu bringen: Sie schätzen die psychische Verfassung von beiden Patienten in dem Maße ein, dass eine Selbsttötung nicht im Widerspruch dazu steht«, fasste er zusammen.

»So ist es.« Die Therapeutin betonte ihre Antwort, nahm noch einen Schluck Kaffee aus ihrer Tasse und erhob sich von ihrem Platz.

»Dann bedanken wir uns für Ihre Auskünfte.« Mark erhob sich ebenfalls, wandte sich zum Gehen und gab Lena mit einem Blick zu verstehen, dass sie ihre Krallen einfahren sollte.

Eine letzte Frage brannte ihr allerdings noch auf den Nägeln und sie nutzte den kurzen Moment der Ablenkung, um sie überraschend zu platzieren. »Gab es in den letzten Monaten weitere Fälle des Suizids unter Ihren Patienten, Dr. Martens?«

»Muss ich diese Frage beantworten?«

»Das fällt wohl kaum unter ihre Schweigepflicht.«

Der Schlagabtausch hatte die Mimik der Frau verfinstert.

Bissig brachte sie ein schlichtes »Nein« über die Lippen.

Sobald die Tür hinter den beiden Beamten ins Schloss gefallen war, ging sie eilig zurück in ihr Büro. Etwas fahrig räumte sie die Tassen zusammen auf ein Tablett, ließ es dann aber auf dem Tisch stehen und ging zum Fenster hinüber. Die zwei Kriminalkommissare verließen gerade das Gebäude und gingen zu ihrem Wagen zurück. Sie war vorbereitet gewesen. Er hatte sie schließlich gewarnt. Aber als sie plötzlich wirklich vor ihrer Tür gestanden hatten, war sie dennoch halbwegs entsetzt gewesen, dass sie wegen dieser Sache tatsächlich die Polizei im Haus hatte. Das konnte sie im Moment überhaupt nicht gebrauchen. Zumal diese Baumann sie ganz offensichtlich nicht leiden konnte. Ihre ganze Art war furchtbar kratzbürstig. Sie konnte nur hoffen, dass ihre bissige Art ihr nicht weiter in die Quere kam. Wie sie sich aufgeführt hatte! Martens beobachtete, wie sie unten auf der Straße wütend fluchte und wild gestikulierte. Worüber, konnte sie nicht hören, aber sie las in der Mimik ihres Kollegen, dass auch ihm ihr Verhalten missfiel. Mark Andersen. Wieso musste ausgerechnet er dabei sein? Das ganze Gespräch war derart bizarr gewesen, dass es fast schon komisch war. Wenn ihr denn nach Lachen zumute gewesen wäre. Aber unter diesen Umständen …

Die Kommissare stiegen in ihren Wagen und fuhren weg. Martens wandte sich vom Fenster ab und setzte sich hinter ihren großen Schreibtisch. Sie dachte nach. Musste sie etwas tun? Oder die Sache einfach nur aussitzen? Es würde sich sicherlich schnell erledigt haben, hatte er gemeint. Aber konnte sie sich darauf verlassen? Was, wenn nicht?

Sie saß eine ganze Weile einfach nur da, starrte auf den schwarzen Bildschirm ihres Notebooks, das geöffnet vor ihr lag. Dann plötzlich, aus einem bestimmten Gedanken heraus, nahm sie den Hörer ihres Telefons und wählte.

Erst nach einigen Freizeichen wurde abgehoben.

»Hallo, Sarah Martens hier.« Sie machte eine kleine Pause und wählte ihre Worte mit Bedacht. »Wenn mein Angebot für Sie weiterhin interessant ist, sollten wir die Angelegenheit, so bald es geht, erledigen.«

Die Frau am anderen Ende bejahte nur schlicht und wartete scheinbar auf weitere Ansagen.

»Dann schlage ich vor, ich bringe Ihnen die Dokumente morgen im Laufe des Vormittags vorbei. Ist das für Sie passend?«

Eine weitere knappe Zustimmung folgte.

»In Ordnung.« Sie wartete kurz ab, ob ihre Gesprächspartnerin noch etwas sagen würde, und verabschiedete sich dann rasch. Es war nur gut, nicht allzu viel in den Raum zu werfen. Sie musste vorsichtig sein und die Sache schnell hinter sich bringen.

»So ein Miststück.« Lena machte ihrer Wut Luft, als sie wieder ins Freie traten. »Für wen hält die sich eigentlich? Nichts hat sie uns gesagt! Schweigt mit einer Selbstgefälligkeit!«

Mark ging stumm neben ihr her und kurbelte ihren Zorn damit noch weiter an.

»Was hast du da drinnen eigentlich gemacht? Hättest du vielleicht auch mal was sagen können?«

»Was denn? Was wolltest du denn hören, bitte schön?« Er schloss den Wagen auf und setzte sich hinein. »Außerdem hat sie uns bereitwillig die Akten gezeigt. Du solltest mehr als zufrieden sein. Was hast du erwartet?«

»Du hättest mich ein bisschen mehr unterstützen können«, warf sie ihm vor.

Während der Fahrt zum Revier sagten sie kein Wort mehr und auch als sie ankamen, hatte sich Lena noch immer nicht beruhigt. Sie stieg aus, warf die Autotür hinter sich zu und stapfte ins Kommissariat. Die Tür zu ihrem Büro fiel etwas lauter ins Schloss als beabsichtigt. Mit einem Ruck ließ sie sich in ihren Lederstuhl fallen und stützte ihre Stirn in die Hand. Die Wut brummte ihr immer noch im Kopf. Diese eingebildete Psychotherapeutin. Sie rieb sich mit beiden Händen die Schläfen, um sich zu beruhigen. Sie hatte das beklemmende Gefühl, in einer Sackgasse zu stecken und immer wieder gegen eine Wand zu rennen. Vielleicht war diese Wand ja auch tatsächliche das Ende und dahinter war nichts außer einer schlichten Wiese. Doch neben dem Gefühl der Hilflosigkeit gab es dieses Bauchgefühl, das sie überhaupt erst dazu antrieb, weiterkommen zu wollen. Was hatte es auf sich mit diesen Briefen? Waren sie tatsächlich nur eine bedeutungslose Komponente zweier vollkommen verschiedener Schicksale? Warum nur hatte sie das Gefühl, dass mehr dahintersteckte? Sie konnte es nicht erklären und mit keinerlei logischen Schlüssen darlegen. Die Bilder und Gedanken lagen in Lenas Kopf zerstreut wie Tausende von Puzzleteilen, die man einfach ausgekippt hatte. Kein Teil ergab einzeln betrachtet einen Sinn. Das Durcheinander, die wirren Einzelheiten verzerrten ein Bild, das in ihr ein Gefühl des Unbehagens auslöste. Als

Kind hatte sie es geliebt, zu puzzeln, und manchmal hatte sie sogar die Packung weggeworfen, um das Zusammensetzen ohne Vorlage zu erschweren. Im Moment fühlte sie sich genauso wie damals, als ihre Mutter ihr ein Puzzle zum Geburtstag geschenkt hatte, das in eine einfache Plastiktüte gefüllt war. Es war das schwierigste Puzzle, das sie je zusammengesetzt hatte, denn sie legte es nicht nur ohne Vorlage, sie legte es, ohne zu wissen, was überhaupt auf dem fertigen Bild zu sehen sein würde. Es hatte Tage gedauert, bis sie auch nur eine Idee davon gehabt hatte, was es sein könnte, und erst von da an konnte sie mit einer klaren Richtung an die Aufgabe herangehen. Sie sah ihre einzige Chance, die Hintergründe der Briefe zu entziffern, darin, das Bild zu suchen, das zu sehen sein würde, wenn sie die Einzelteile zusammensetzte. Also beschloss sie, der einzigen Spur nachzugehen, die sie noch nicht ausgeschöpft hatte.

KAPITEL 9

Er saß in seinem schweren Bürostuhl und las die Arbeit einer jungen Studentin über die Funktion und Bedeutung von Wortbildungen in literarischen Texten. Es war eine mühsame Korrektur. Der rote Faden war nur schwer nachzuvollziehen und die Fehler im Ausdruck machten ein flüssiges Lesen beinahe unmöglich. Er sah das Gesicht der jungen Frau vor sich und wusste, dass sie sich immer sehr viel Mühe gab. Sie gehörte zu den engagierteren Studenten, die in der Vorlesung nicht einfach nur dasaßen und seine Rede über sich ergehen ließen. Sie war sympathisch. Aber diese Arbeit – er setzte die Brille ab und rieb sich die Augen. Es klopfte an der Tür.

»Ja bitte.«

Langsam öffnete sie sich und eine Frau steckte ihren Kopf herein.

»Professor Dr. Carstens?«, fragte sie.

»Ja, der bin ich. Was kann ich für Sie tun?«

Sie machte die Tür nun ganz auf und kam ein Stück in den Raum herein.

»Mein Name ist Lena Baumann. Wir haben vorhin miteinander telefoniert.«

»Ah.« Er erinnerte sich sofort. Die Kommissarin. Sie hatte von irgendeinem Brief geredet und dass sie seine Hilfe bräuchte. Ihre Bitte hatte ihn überrascht und neugierig gemacht.

»Kommen Sie rein. Kommen Sie rein.« Er erhob sich etwas schwerfällig aus seinem Stuhl und kam ihr entgegen, um ihr die Hand zu schütteln. Sie war nur wenige Zentimeter kleiner als er und ihre schlanke Figur und die straffe Haltung strahlten Kraft und Selbstbewusstsein aus. Ihr Händedruck war fest, aber weiblich.

»Bitte.« Er bot ihr mit einer Handbewegung einen der Sessel an, die für Gespräche mit Studenten und Gästen gegenüber seinem Schreibtisch standen. »Setzen Sie sich.«

Er nahm ebenfalls Platz und sah sie erwartungsvoll an. »Was genau kann ich für Sie tun?«

»Ich komme, weil ich ...« Sie begann, in ihrer Jackentasche nach etwas zu suchen. Ihre dunkelbraunen, schulterlangen Haare fielen ihr dabei etwas ins Gesicht und verdeckten für einige Sekunden einen Teil ihrer zielbewussten Stärke.

»Ich komme wegen dieses Briefes«, sagte sie, als sie gefunden hatte, was sie suchte, und reichte ihm ein einfach gefaltetes Blatt Papier. »Das ist der Brief, von dem ich am Telefon gesprochen habe. Ich wäre Ihnen sehr dankbar, wenn sie einen Blick darauf werfen könnten.«

Er nahm ihr den Brief ab und faltete ihn auseinander. Die blaue Tinte, mit der geschrieben worden war, setzte sich leuchtend vom Weiß des Papiers ab und floss in einer mit dünnem Füller geschriebenen Schrift über das Blatt. Eine sehr saubere und gleichmäßige Schrift.

»Darf ich fragen, warum Sie ausgerechnet zu mir kommen?«, fragte er.

Die Kommissarin sah ihn direkt an und überlegte einen kurzen Moment, als müsste sie abwägen, was sie antwortete. »Sie genießen einen sehr guten Ruf. Ich hörte, Sie seien ein sprachanalytisches Genie.«

Er lachte laut auf und schaute belustigt. »Ich sei ein sprachanalytisches Genie? Sollen Sie mir auch den Namen des Studenten und seine Matrikelnummer geben?«

Nun war sie es, die lachte. Aber sie erwiderte nichts auf seinen Scherz, sondern erhob sich.

Mit langsamen, leisen Schritten ging sie in seinem Büro auf und ab und sah die Buchtitel in den Regalen durch. Nach einer Weile blieb sie stehen und er beobachtete sie dabei, wie sie das Foto in dem goldenen Rahmen betrachtete, das neben seiner Leselampe auf dem Schreibtisch stand. Als sie seinen Blick spürte, drehte sie sich rasch weg, als fühlte sie sich ertappt, in seiner Privatsphäre zu wühlen. Dennoch fragte sie nach: »Ihre Frau?«

Er nickte und blickte auf die graublonden Locken auf dem Foto.

»Ist sie auch Professorin an der Universität?«

Etwas verwundert sah er sie an, aber er bemerkte gleich, dass sie nur fragte, um das Gespräch am Laufen zu halten. »Wie kommen Sie darauf?«

Sie zuckte vage mit den Schultern. »Ich weiß nicht. Sie sieht intelligent aus.«

»Hmm.« Er lächelte und sah nun auch die wachen Augen seiner Frau deutlich vor sich. »Ja, das war sie auch.«

Die Polizistin machte einen tiefen Atemzug und sofort tat es ihm leid, dass er sie in eine unangenehme Situation gebracht hatte. Er bemühte sich um einen unbeschwerten Tonfall, als er erklärte: »Elisabeth ist vor einer ganzen Weile gestorben. Vor zwei Jahren, um genau zu sein. Sie war Therapeutin. Und noch dazu eine sehr gute.«

»Woran ist sie gestorben?«, wollte sie wissen und entschuldigte sich sogleich, als sie bemerkte, wie intim ihre

Frage war. »Entschuldigen Sie bitte, das geht mich nichts an. Berufskrankheit.« Sie versuchte ein gequältes Lächeln aus Unbehagen.

»Der Krebs hat ihr das Leben genommen. Aber ich glaube, dass sie viel mehr an dem Kummer über den Tod unseres Sohnes gestorben ist und ihr Körper den Krebs nur vorgeschoben hat.«

Er sah aus dem Fenster und die Erinnerungen an sie strömten über ihn herein. »Anderthalb Jahre vor ihrem Tod haben wir unseren 20-jährigen Sohn verloren. Ein Autounfall. Das hat sie damals sehr mitgenommen.« Es hat uns alle mitgenommen, dachte er und seufzte kaum hörbar. »Meine Frau war lange Zeit völlig aus der Bahn geworfen, hat nicht mehr gearbeitet und konnte sich nicht vorstellen, je wieder anzufangen und ihr Leben wieder aufzunehmen«, fuhr er fort. »Aber dann hat sie sich wieder aufgerappelt und hat weitergemacht. Sie hat den Kopf erhoben und ist weitergegangen, egal, wie schwer es ihr gefallen war.« Er sah ihre starken Augen, ihr erhobenes Kinn und es machte ihn traurig. Er hatte nicht gesehen, was sie wirklich verbarg. Niemals war sie über den Tod ihres Sohnes hinweggekommen. Niemals hatte sie es vergessen können. Nur ihm zuliebe, für ihren Mann, hatte sie weitergelebt und den Schmerz verborgen. Für ihn hatte sie so getan, als käme sie mit allem zurecht, als gehe es weiter und als hätte sie wieder neuen Mut gefasst.

»Ein paar Monate später hat sie dann der Krebs heimgesucht. Es hat nicht lange gedauert.« Und sie war froh gewesen über diese Milde des Lebens. Sie hatte genug gelitten.

»Das tut mir schrecklich leid. Es klingt, als wäre sie eine außergewöhnlich starke Frau gewesen.«

Auf seine Lippen legte sich ein sanftes und schmerzvolles Lächeln. »Ja, das war sie. Ich wünschte nur, ich hätte ihr in ihrer Trauer mehr geholfen.«

Eine Weile sah er noch schweigend vor sich hin und wartete darauf, dass der dünne wässrige Film seiner Augen sich wieder klärte. Die Polizistin stand vor dem Fenster und schaute hinaus in den Hof. Sie hatte ihre Schultern gesenkt und ihr Profil sah nachdenklich aus. Ihm wurde plötzlich bewusst, dass er sie mit seiner emotionalen Geschichte beunruhigt hatte. Er räusperte sich und ließ den Brief energisch sinken, um die trübe Stimmung zu durchbrechen. Sie drehte sich um, kam zurück zu dem Sessel und setzte sich.

»Was sagen Sie?«

Er rieb sich die Stirn. »Ein ganz hervorragendes Schriftstück.« Dann wählte er seine Worte mit Bedacht. »Es ist schade, dass es unter solchen Umständen gelesen wurde. Sie sagten, der Adressat hat sich das Leben genommen? Warum?«

»Das weiß ich leider nicht.« Sie wandte sich unter der Frage wie ein Wurm auf dem Trockenen. »Ich habe den Verdacht, dass der Suizid des Mannes in einem engen Zusammenhang mit diesem Brief steht.«

Sie wirkte, als würde sie etwas preisgeben, das ihr unangenehm war. Er hatte sogar den Eindruck, dass sie unsicher war, wie viel sie sagen konnte.

»Sie glauben, der Mann brachte sich *wegen* dieses Briefes um?«

Einen Augenblick haderte sie mit sich selbst. Aber seine ernsthafte Miene schien ihr Vertrauen zu geben. »Wenn sie es so direkt sagen wollen: ja. Ich weiß, es klingt ein bisschen seltsam. Es ist nur ein Blatt Papier. Aber es sind die Umstände, in denen es auftauchte.«

»Sie brauchen sich nicht zu entschuldigen«, sagte er. »Sie scheinen eine sehr aufmerksame Kommissarin zu sein. So absurd, wie Sie glauben, ist Ihre Theorie nicht.«

Sie sah ihn überrascht an und er ging zum Schreibtisch und holte seine Brille, um einen genaueren Blick auf die Einzelheiten der Zeilen werfen zu können. Er war sich nicht sicher, ob es richtig war, diese junge Frau in ihrem ungewöhnlichen Verdacht zu unterstützen. Aber sie schien, abgesehen von ihren Hemmungen, es zuzugeben, von dieser Möglichkeit sehr überzeugt.

»Wer auch immer diesen Text verfasst hat, versteht etwas von Worten.« Er setzte sich ihr wieder gegenüber.

»Aber was macht ihn so gut? Warum konnte er so viel auslösen?«

»Ohne eine genaue Analyse kann ich das nicht sagen. Aber sehen Sie sich die präzise Wortwahl an, wie bewusst die Sprache eingesetzt wurde. Niemand schreibt einen solchen Brief zwischen Tür und Angel.«

»Sie glauben, er wurde mit viel Aufwand geschrieben?«

»Ja, das glaube ich in der Tat. Das ist vielleicht das erste Argument, das für Ihre Theorie spricht.«

»Was ist mit dem Inhalt?«

Er rieb sich erneut die Stirn. »Auf den ersten Blick scheint mir nichts Drohendes darin zu stehen. Allerdings weiß ich zu wenig über den Empfänger, als dass ich das mit Bestimmtheit sagen könnte. Ich glaube, wenn ich das so frei heraus sagen darf, dass der Mann, für den dieser Brief bestimmt war, ihn auf ganz andere Weise gelesen hat, als wir beide es tun. Aber ganz ehrlich?« Er blickte auf und zu ihr, »da müssten Sie einen Fachmann fragen.«

Sie starrte mit nachdenklichem Blick auf das Blatt in seiner Hand. Als es plötzlich an der Tür klopfte, zuckte sie leicht zusammen. Sein wissenschaftlicher Mitarbeiter Robin kam mit einem Stapel Bücher herein.

»Professor Carstens? Ich habe die Bücher schon mal aus der Bibliothek geholt.« Erst jetzt nahm der junge Student Notiz von der Frau, die in dem zweiten Sessel saß, und musterte sie ausgiebig und neugierig. Er schien überrascht über diese ungewöhnliche Art des Besuchs im Büro seines Professors, noch dazu, weil er ihm zuvor nichts von diesem Termin gesagt hatte. Aber er brauchte schließlich auch nicht alles zu wissen.

»Leg sie einfach auf den Schreibtisch, Robin. Ich danke dir.«

Sein Mitarbeiter kam der Bitte nach, aber anstatt wieder zu gehen, stand er etwas unentschlossen in der Mitte des Raumes. Noch immer schien er den Gast zu beäugen.

»Gibt es noch etwas?«

»Äh, ja«, fing er an. »Ich wollte noch mal wegen des Seminars morgen mit Ihnen sprechen …«

»Hat das noch einen Augenblick Zeit?«

In diesem Moment schien Lena Baumann förmlich aus ihrem Sessel aufzuspringen. »Das ist vollkommen in Ordnung. Ich muss ohnehin gehen.« Sie trat einen Schritt in Richtung Tür. Sich der Situation ergebend erhob er sich ebenfalls und begleitete sie. Mit einem erneuten festen Händedruck verabschiedete sie sich von ihm. »Ich danke Ihnen vielmals für Ihre Hilfe. Wenn Ihnen noch etwas … einfällt«, sie schien nur einen gedanklichen Blick auf den Studenten neben sich zu werfen, »Sie können mich jederzeit erreichen.« Dann gab sie ihm einen kleinen Zettel, auf dem eine Handynummer stand. »Das ist meine Nummer. Sollte ich nicht erreichbar sein, können Sie auch eine Nachricht hinterlassen.«

»Das werde ich. Danke.« Er hatte das Gefühl, sie in ihrer stillen Unsicherheit beruhigen zu müssen. Sie war nicht offiziell hier, so viel hatte er verstanden. Ihr fast schon vorsichtiges Verhalten, die Telefonnummer auf einem Zettel anstatt auf einer Visitenkarte. »Ich werde sorgsam damit umgehen«, sagte er deshalb.

Sie nickte. »Auf Wiedersehen, Professor Carstens.«

»Auf Wiedersehen.«

Er sah ihr nach, wie sie aus der Tür verschwand und den langen Flur entlangging. Auch ihr Gang war fest und strahlte Selbstbewusstsein aus. Und dennoch hatte er irgendwie das Gefühl, dass diese junge Frau etwas verbarg, das sie gut zu verstecken versuchte. Ihr Blick war der einer wachsamen Frau, aber in ihrem Gesicht lag zugleich noch etwas anderes. Etwas, das nicht ganz dazu passte. Wie ein winziger Riss in einer Maske ließ er erahnen, dass hinter ihrer Förmlichkeit und ihrer gezeigten Kraft Dinge verborgen lagen, die sie bedrückten.

KAPITEL 10

Es war dunkel. So dunkel, dass man nur die Nacht selbst und ihre schwarzen Schatten sehen konnte. Die Umrisse hoher Tannen blickten auf sie herab und schluckten jedes Licht, das hinter ihnen hätte sein können. Sie konnte den Boden unter ihren Füßen nicht erkennen. Sie spürte nur, wie sie ihn immer schneller entlanghastete und hoffte, dass sie nicht stolperte.

Weiter, weiter, dachte sie und eilte in die Dunkelheit, ohne zu wissen, wohin sie laufen sollte. Die Arme hatte sie fest an ihre Brust gepresst, als könnten sie ihr Halt geben oder Schutz. Jeder Muskel ihres Körpers schmerzte vor Anspannung. Ihre Lungen zogen den Atem in kurzen Abständen durch ihre vor Angst zugeschnürte Kehle ein. Sie keuchte. Schneller, schneller. Ihre Augen glitten ruhelos in der Dunkelheit umher, ihre Ohren lauschten in die Stille, die sie umgab. Nur ihre Füße, die über den steinigen Untergrund stolperten, durchbrachen die Nacht und führten den Rhythmus ihrer Angst.

Sie konnte nichts erkennen und suchte doch überall nach einem winzigen Licht oder nach einem vertrauten Geräusch. Aber da war nichts. Niemand war da und nichts, an das sie sich halten konnte. Vollkommen orientierungslos hastete sie durch die Nacht und fühlte nur diese schier unendliche Panik. Als wäre sie mit einem Mal blind und wüsste nicht, wo sie war. Das Einzige, was sie mit großer Sicherheit sagen konnte – sie war völlig allein.

Schweißgebadet fuhr Lena plötzlich hoch. Die Dunkelheit war noch immer da, aber sie erkannte endlich vertraute Lichtpunkte. Mit zitternder Hand schaltete sie die Lampe an und ihre Augen saugten den Raum in sich auf, der nun in ein schwaches gelbes Licht getaucht war. Alles in Ordnung. Du hast geträumt. Sie wischte sich den kalten Schweiß von der Stirn und versuchte, ihren rasenden Herzschlag zu beruhigen. Sie zwang sich, an etwas anderes zu denken, aber der Schreck und die panische Angst saßen ihr noch tief in den Knochen. Übelkeit machte sich in ihr breit und sie schob die Decke zurück, um ihrem Albtraum zu entfliehen. Auf wackeligen Beinen ging Lena in die Küche. Auf dem Weg schaltete sie sämtliche Lichter ein und erhellte jeden Winkel ihrer kleinen Drei-Zimmer-Wohnung. Sie füllte den Wasserkocher an der Spüle und stellte ihn an. Während er langsam zu heizen begann, ging sie ins Bad, um das schweißnasse Nachthemd auszuziehen, das ihr auf der Haut klebte. Im Spiegel erhaschte sie einen Blick in ihr eigenes Gesicht. Es sah erschöpft aus und abgehetzt. Ihre großen, braunen Augen starrten sie verzweifelt an und zeigten ihre Furcht wie durch ein Fenster. Die dunklen Haare lagen ihr nass auf der Stirn und kleine Schweißperlen zeichneten sich darunter ab. Sie nahm das Handtuch vom Halter und drückte ihr Gesicht in den weichen Stoff. Für einen Moment atmete sie den milden Duft ein, der davon ausging. Wann würde dieser Spuk endlich aufhören? Sie hielt es nicht mehr aus.

Ein lautes Klicken aus der Küche ließ sie zusammenfahren. Sie zog scharf den Atem ein und hielt ihn an. Der Wasserkocher. Sie atmete wieder aus und ließ das Handtuch sinken. Du wirst noch verrückt werden, dachte sie. Rasch zog sie sich ein frisches Nachthemd an und schlüpfte in ihren weißen Bademantel. Dann ging sie in die Küche. In der Hoffnung, ein Tee würde sie beruhigen, schenkte sie das Wasser in eine Tasse und hängte einen Beutel hinein. Langsam drangen die Partikel durch das hauchdünne Papier und färbten das klare Wasser dunkel. Der würzige Geruch stieg ihr in die Nase und sie merkte, wie die Anspannung langsam von ihr abfiel. Mit der Tasse in der Hand setzte sie sich auf einen der Holzstühle am Küchentisch und starrte mit leerem Blick in den aufsteigenden Dampf. Eine ganze Weile saß sie so da, ließ die Wärme in ihr Gesicht streichen und versuchte, gegen das hartnäckige Gefühl der Panik anzukämpfen. Dann griff sie zum Telefon, das vor ihr auf dem Tisch lag. Ihr Blick schweifte zur Uhr an der Wand. Es war 0:06 Uhr.

Nur wenige Sekunden, nachdem sie gewählt hatte, erklang die Stimme ihrer Mutter.

»Ja?«

»Hast du schon geschlafen?«

Nach einer kurzen Stille raschelte es am anderen Ende der Leitung und Lena sah vor sich, wie ihre Mutter sich im Bett aufrichtete. »Nein, ich habe mich gerade erst hingelegt.«

Lena schwieg.

»Kannst du nicht schlafen?«

»Nicht mehr.«

»Mach dir einen warmen Tee«, sagte ihre Mutter sanft.

»Ich habe ihn schon in der Hand.«

Ihre Mutter brauchte nicht zu fragen, ob sie wieder von Albträumen heimgesucht wurde. Sie wusste es und Lena war ihr dankbar, dass sie nicht nachfragte, sondern versuchte, sie davon abzulenken.

»Dein Vater brummt schon wieder vor sich hin. In fünf Minuten sägt er wieder wie ein Weltmeister.«

Lena konnte das tiefe Atmen ihres Vaters durchs Telefon hören. Dann war wieder ein Rascheln zu vernehmen und ein leises Knarren.

Ihre Mutter ging aus dem Schlafzimmer und tapste die Treppe des Hauses hinab. »Was hast du heute gemacht?«

»Nichts. Ich habe ziemlich lange gearbeitet«, sagte Lena nüchtern. »Und ich habe Jan gesehen«, fügte sie hinzu und war sich bewusst darüber, dass sie es ihrer Mutter nicht gerade einfach machte, sie auf schönere Gedanken zu bringen.

»Habt ihr euch unterhalten?«

»Nein«, sie ließ mit einer Hand den Teebeutel in der Tasse kreisen, »nein, ich habe ihn nur von Weitem gesehen. Ich war mit dem Auto unterwegs.«

Sie war auf dem Weg von der Uni nach Hause gewesen, als sie an einer Ampel gestanden hatte und er nur wenige Meter entfernt über die Straße gegangen war. Er hatte gut ausgesehen. Wie immer. Er war allein gewesen. Aber sie wusste ja, dass er mit dieser Architektin zusammen war. Sie hatte gedacht, es würde sie verletzen, ihn bei einer anderen zu wissen, aber so war es nicht. Im Grunde wünschte sie sich, er würde jemanden finden, der besser zu ihm passte als sie. In jeder Hinsicht. Sie hatten es lange genug miteinander versucht und es hatte nicht sein sollen. Ihre Trennung lag nun acht Monate zurück, es war okay, dass er eine Neue hatte.

»Du solltest dir wieder andere Männer angucken.« Ihre Mutter holte sie zurück in die Gegenwart.

»Mama. Ich habe im Moment wirklich …«

»Ich weiß, mein Kind«, unterbrach sie ihre Tochter,

»ich weiß. Aber es würde dich auf andere Gedanken bringen. Geh aus.«

»Das …«, sie kämpfte mit den Tränen, »das kann ich nicht. Die Arbeit lenkt mich genug ab. Ich brauche Zeit, um mir darüber klar zu werden, was ich will.« Lena stieß einen bitteren Schluchzer aus. »Obwohl ich am liebsten gar nicht darüber nachdenken will.«

»Ich verstehe dich, Liebling. Es ist nicht leicht. Aber früher oder später wirst du schon das Richtige tun und ich bezweifle, dass du dich schneller entscheidest, wenn du den ganzen Tag darüber nachdenkst.«

Lena fragte sich, woher ihre Mutter diese Zuversicht nahm. Ganz gleich, was passierte, sie hatte immer ein tröstendes Wort. Oft war es schwer, ihr zu glauben, aber dennoch war es schön, ihre Worte zu hören und zu hoffen, dass sie recht hatte. »Wie schlimm es auch kommen mag«, sagte sie oft, »es ist niemals aussichtslos.«

»Ich weiß es einfach nicht«, sagte Lena und legte ihre Stirn auf die angezogenen Knie. »Ich habe solche Angst. Was ist, wenn ich das Falsche tue?«

»Es gibt keine falsche oder richtige Entscheidung. Nur die, die du triffst.«

Sie dachte über die Worte ihrer Mutter nach, konnte aber keinen Trost darin finden. Es klang vielmehr wie eine leere Weisheit, die für sie im Moment keine Bedeutung hatte. Sie wusste, ihre Mutter meinte es nur gut und ihre milde Art beruhigte sie. Weiter brachte es sie aber nicht.

»Lass uns von etwas anderem reden«, sagte sie und zog gleichzeitig den Teebeutel aus der dunklen Flüssigkeit ihrer Tasse. Sie legte ihn auf einen leeren Teller, auf dem noch die Krümel ihres Frühstücks lagen.

Ihre Mutter ging auf ihre Bitte ein: »Wie läuft es bei der Arbeit?«

»Hmm.« Wollte sie darüber sprechen? Gab es überhaupt ein Thema, über das sie reden konnte, ohne dass es ihr dabei schlecht ging? Sie nippte an der heißen Tasse und genoss die Wärme, die ihr die Kehle herunterfloss.

»Wir haben gerade mit einer Reihe von Selbstmorden zu tun.«

»Oh, wie unerfreulich.«

»Ja, aber die Selbstmorde selbst sind es gar nicht, die so merkwürdig sind.«

»Warum merkwürdig? Selbstmorde gibt es seit Menschengedenken.«

»Das meine ich nicht. Die Selbstmorde, mit denen wir es zu tun haben, sind irgendwie … komisch.« Lena nahm noch einen Schluck von ihrem Tee. Sie wusste nicht, ob sie ihrer Mutter überhaupt davon erzählen sollte. Warum noch jemanden von ihren Hirngespinsten wissen lassen. Es war mitten in der Nacht. Sie sollten sich beide schlafen legen. »Ach, ist auch nicht so wichtig.«

Ihre Mutter hakte dennoch nach: »Nun hast du mich aber neugierig gemacht.«

»Es ist nicht so wild. Ich mache mir nur einige Gedanken über die Fälle.«

Am anderen Ende der Leitung konnte sie ein sanftes Lachen hören und sie stellte sich vor, wie sich die feinen Fältchen um die Augen ihrer Mutter legten. »Das hast du schon immer gemacht, Kind.«

»Ich weiß«, seufzte Lena, »manchmal mache ich mir auch viel zu viele.«

»Manchmal. Ja.« Sie hörte noch immer das Lachen in ihrer Stimme. »Aber es hat dir auch schon oft bei der

Arbeit geholfen. Du hast ein gutes Gespür für die Dinge. Es ist nicht falsch, auf sein Bauchgefühl zu hören.«

»Vielleicht …« Lena sah nachdenklich vor sich hin. »Ich habe Briefe gefunden.«

»Was für Briefe?«

»Bei den Toten. Sie hatten Briefe bei sich.«

Ihre Mutter sagte nichts und wartete darauf, dass sie weitererzählte.

»Ich verstehe den Inhalt nicht ganz, aber es sind sehr viele Andeutungen darin. Es stehen traurige Dinge darin, die einem das eigene Leben vor Augen führen.« Sie suchte in ihrem Kopf nach den richtigen Worten, um zu beschreiben, wie der gefundene Brief auf sie gewirkt hatte. »Der Text ist belanglos und dennoch sehr emotional und persönlich. Es kommt einem so vor, als wollte jemand den Leser beeinflussen. Aber indirekt.« Lena kapitulierte vor den wirren Vorstellungen ihrer Gedanken. Sie konnte es selbst nicht erfassen, was genau sie dachte. Es war mehr ein Gefühl, das rational nicht zu begründen war.

»Die Briefe wurden von den Selbstmördern vor ihrer Tat gelesen?«

»Ja.«

»Und du glaubst, etwas stand in den Briefen drin, das sie dazu gebracht hat?«

»Ja«, wiederholte Lena und suchte nach der offensichtlichen Skepsis in der Stimme ihrer Mutter.

»Wie Hypnose.«

»Wie bitte?«

»Wie Hypnose. Als würden die Briefe den Leser hypnotisieren.«

Lena war irritiert von der ernsthaften Antwort ihrer

Mutter. Zu sehr hatte sie sich auf die Ungläubigkeit eingestellt, die sie in den letzten Tagen so oft erlebt hatte.

»Ist so etwas möglich?«

»Was fragst du mich das, Schätzchen? Du arbeitest bei der Kriminalpolizei.« Ihre Mutter gähnte.

»Mama, du solltest dich wieder hinlegen. Tut mir leid, dass ich dich so spät noch angerufen habe.«

»Du kannst mich anrufen, wann du willst.«

Ja, das kann ich wirklich und dafür bin ich dir so dankbar, dachte Lena. So oft schon hatten die Worte ihrer Mutter sie getröstet und sie war so froh, dass sie diese Möglichkeit der Zuflucht noch hatte.

»Gute Nacht. Schlaf gut.«

»Gute Nacht, meine Liebe. Leg dich auch schlafen.«

»Mach ich«, sagte sie und legte auf.

Die plötzliche Stille umhüllte sie und sie nahm noch einen Schluck von ihrem Tee, der mittlerweile nur noch lauwarm war. Hypnose, ging es ihr durch den Kopf. Ist das möglich? Konnte man jemanden nur durch geschriebene Worte beeinflussen? Sie konnte es sich kaum vorstellen. Mit einem Ruck stand sie von ihrem Stuhl auf und ging zur Spüle. Sofort machte sich die Schnelligkeit ihrer Bewegung in plötzlichem Schwindel bemerkbar. Für einen Augenblick hielt sie sich an der Kante der Arbeitsplatte fest und wartete, bis die kleinen Punkte vor ihren Augen verschwunden waren. Sie erinnerte sich an die Bemerkung einer ihrer früheren Lehrerinnen. Sind die Sternchen eigentlich schwarz oder weiß? Oder beides? Es war tatsächlich schwer zu sagen. War es eine Täuschung? Lena kippte den restlichen Tee ins Spülbecken und ging ins Wohnzimmer zu ihrem Schreibtisch. Das helle Licht hatte die Bilder ihres Traums verblassen lassen und das Gespräch mit ihrer Mutter hatte sie auf ganz andere Gedanken gebracht. Sie schaltete ihren Laptop an und setzte sich davor. Mit schnellen Fingern tippte sie ihr Passwort ein und öffnete gleich darauf das Internet. »Hypnose«. Auf dem Bildschirm erschien die lange Ergebnisliste der Suchmaschine. Knapp drei Millionen Einträge. Sie staunte immer wieder über die Weite des Webs. Ohne einen gesunden Verstand und die Fähigkeit, zu selektieren, war man hier verloren. Die Überschriften der Einträge überfliegend, klickte sie verschiedene Seiten an. Allgemeines zur Hypnose, besondere Verfahren, Blitzhypnose, rauchfrei mit Hypnose. Wonach sollte sie eigentlich suchen? Hypnose per Post? Lena ließ ihre Augen über die verschiedenen Seiten gleiten. Sie las über die unterschiedlichen Methoden und Auswirkungen. Darüber, wie man Menschen mit wenigen Worten suggerieren konnte, dass sie von nun an keine Zigarette mehr rauchen werden. Sie war erstaunt, in wie vielen Bereichen Hypnose noch eingesetzt wurde. Nicht nur in der psychotherapeutischen Therapie, um Menschen ihre Ängste zu nehmen oder von den Folgen schwerer Erlebnisse zu befreien, sondern auch, um auf den Körper Einfluss zu nehmen. Eine Frau berichtete, wie sie eine Operation zur Entfernung des grauen Stars vollkommen ohne Narkose durchlebt hatte und dabei weder Panik noch Schmerz gespürt hatte. Keine Panik, als die lange, stählerne Nadel auf das aufgehaltene Auge zukam, kein Schmerz, als die Spitze in ihren empfindlichen Augapfel stach. So sehr sollte der Mensch steuerbar und von äußeren Impulsen abhängig sein, dass sogar Angst und Schmerz nicht mehr waren als neuronale Signale, die von außen gesetzt oder unterbunden wurden?

Die Vorstellung fühlte sich merkwürdig an. Lena dachte viel nach. Über sich, über ihr Leben, manchmal auch über das Leben selbst. Aber eine biologische Perspektive dieser Art war ihr fremd. Ihr missfiel der Gedanke, Opfer ihrer neuronalen Strukturen, Gene oder Sinne zu sein. Sie glaubte daran, eine Entscheidungsfreiheit zu haben. Leute, die das Gegenteil behaupteten, hatte sie stets als Pessimisten gesehen. Wollte gerade sie, die daran glaubte, dass sie einkaufte, was ihr schmeckte, sah, was sie wollte, und ihre Entscheidungen einzig und allein in gut durchdachter Abwägung traf, nun tatsächlich in Betracht ziehen, dass ein Brief einen Menschen zum Selbstmord bringen konnte? Als sie diesen Gedanken zum ersten Mal zu Ende dachte und sich ihre eigene Vermutung deutlich vor Augen hielt, entfuhr ihr unweigerlich ein sarkastisches Schnauben. Sie schloss das aktuelle Fenster auf ihrem Bildschirm und ging auf die nächste Seite, die ihr die Suchmaschine angezeigt hatte. Zuerst konnte sie nicht erkennen, warum die Adresse angezeigt wurde. Es war ein normales Forum, in dem sich einige Leute über unglaubliche Geschichten des Alltags unterhielten. Womöglich hatte nur einer das Wort »Hypnose« geschrieben und Lena ärgerte sich ein wenig, dass solche Seiten die Suche im Netz immer mühsamer machten. Gerade wollte sie das Fenster wieder schließen, als ihr Blick auf den Beitrag am unteren Rand des Bildschirms fiel. Sie scrollte weiter runter. Ein User namens »Blackbird« schrieb: »Es ist unmöglich, jemanden per Chat zu hypnotisieren. Man benötigt einen Rapport und eine sich ständig wiederholende, monotone Aktion, die man im Chatroom nicht hat. Außerdem sollte man eine ständige Kontrolle über den Trancezustand der Person haben, was über den PC auch nicht zu machen ist.« In einem Beitrag darunter antwortete jemand mit dem Namen »Nessi«: »Da habe ich aber was ganz anderes gehört!« Lena lehnte sich weiter vor und verfolgte das Gespräch. Nessi schrieb weiter: »Man kann Hypnose nicht nur bei persönlichem Kontakt herstellen, sondern auch per Telefon, Tonband/CD und Text/Brief.«

Ein dritter Forumsgast meldete sich zu Wort: »Es mag sein, dass es möglich ist, aber nicht ohne vorher in einer Sitzung eine solche Hypnose auf die Ferne vorzubereiten. Ich bezweifle, dass es nur durch Text allein funktioniert.«

»Ich habe aber schon davon gehört. Warum sollte es nicht gehen?«

»Das habe ich doch gerade aufgezählt: Rapport, Kontrolle, wiederholende Aktion.«

Nessi ließ von seiner Meinung nicht ab: »Die wiederholende Aktion kann in einem Text, auf CD oder per Telefon sehr wohl stattfinden. Warum auch nicht. Und das mit der Kontrolle spricht ja nur gegen die Sicherheit der Hypnose, nicht gegen ihr Gelingen allgemein.«

»Trotzdem unmöglich.« Das war das Letzte, was »Blackbird« geschrieben und das Gespräch damit beendet hatte. Am Datum über den Beiträgen konnte Lena sehen, dass die Unterhaltung erst vier Wochen zurücklag. Sie klickte auf das Profil von Nessi und wurde darauf hingewiesen, sich für die Benutzung dieser Funktion erst als Nutzer anmelden zu müssen. Kurz entschlossen füllte sie die geforderten Zeilen aus und wählte Name und Passwort. »L« war nicht sehr einfallsreich, aber knapp. Erneut wählte sie Nessis Profil. Es gab kein Bild, keine genauen Angaben. Der Nutzer hatte nicht viel über sich preisgegeben. Das Einzige, was sie über ihn sehen konnte, war, dass er zurzeit online war. Sie wählte die Option, eine Nachricht zu schreiben, und tippte in die Tastatur.

»Hi, Nessi. Habe gerade deine Beiträge über die Hypnose per Chat, Brief, CD usw. gelesen. Wie, glaubst du, soll das möglich sein?« Lena drückte schnell auf den Sende-Button, bevor sie groß darüber nachdenken konnte, was sie eigentlich tat. Sie sah sich in ihrem hell erleuchteten Wohnzimmer um und musste innerlich den Kopf über sich selbst schütteln. Da saß sie mitten in der Nacht vor ihrem Laptop, schrieb wildfremden Forumsnutzern Nachrichten und recherchierte über etwas, das sie eigentlich gar nicht für möglich hielt. Ein Blick auf die Uhr sagte ihr, dass es bereits nach ein Uhr war. Sie gähnte gerade lauthals, als ihr Profil eine neu erhaltene Nachricht anzeigte. Mit einem leichten Kribbeln im Bauch öffnete sie sie.

»Hi, L. Praktischer Name. Ich selbst habe die Hypnose über Text, Telefon oder CD noch nicht erlebt, aber schon davon gehört. Sie müsste im Grunde genauso funktionieren wie die persönliche Hypnose auch. Das Modell von Erickson arbeitet beispielsweise mit einem normalen Gespräch, indem Suggestionen so eingesetzt werden, dass der Patient sie gar nicht bewusst wahrnimmt. Dabei werden viele Metaphern und Bilder eingesetzt, die für die Hypnose typisch sind. Die kann man natürlich auch ohne persönlichen Kontakt bieten. Leider gibt es nicht viele Informationen über das Thema. Wie gesagt, ich habe auch nur davon gehört.«

Lena kopierte den Namen »Erickson« und startete ein weiteres Mal die Suchmaschine. Schon unter den ersten Treffern fand sie eine Seite, auf der sein Modell zusammengefasst war. Milton Erickson war sein ganzer Name.

Lena hatte noch nie von ihm gehört. Er war ein amerikanischer Arzt und Psychotherapeut, der sich Anfang des 20. Jahrhunderts einen Namen als Hypnotiseur gemacht hatte. Laut Text arbeitete er hauptsächlich mit Metaphern, Bildern und anderen sprachlichen Finessen, um einen Patienten im Gespräch zu tiefer Erkenntnis zu bringen. Durch die bewusst geführte Kommunikation sollte die Person in eine Art Wachtrance versetzt und die Suggestionen so darin verwebt werden, dass sie als solche gar nicht wahrgenommen werden. Erickson ließ die Hypnose in die Unterhaltung mit dem Patienten einfließen und vermittelte diesem durch das subtile und unauffällige Vorgehen das Gefühl, gar nicht in Hypnose zu sein. Lena verschlang die Worte angespannt. Weiter unten auf der Seite fand sie einen Link zu einer Liste von Formulierungen, die Milton Erickson für seine Hypnose anwendete. Ein weiteres Mal an diesem Tag begegnete ihr eine Sprachbetrachtung, die für ihren Blick viel zu fein und detailliert war. Und auch diesmal verstand sie nicht alle Wörter und versuchte trotz ihrer lückenhaften Perspektive das Wesentliche zu begreifen. Es war die Rede von emotionalen Nominalisierungen, Wörtern wie »Liebe«, »Freundschaft«, »Glück« und »Freiheit«, die für jeden Menschen eine ganz individuelle Bedeutung hatten. Wer diese Begriffe hörte, machte sich selbst ein Bild und nahm sie deshalb sehr emotional und persönlich wahr. Ebenso stand es um die unspezifischen Verben. Auch bei ihnen gab der Hörer persönlichen Inhalt und Bedeutung selbst hinzu. Es war also wichtig, dem Hörer oder Leser einer Hypnose genügend Platz für eigene Gedanken zu geben.

Lena hatte sich einen Hypnotiseur bisher immer als einen Mann mit herrischer Macht vorgestellt, der die

Patienten aus dem Bewusstsein riss und dann über sie bestimmte. Was für ein Klischee! Nun bekam sie immer mehr den Eindruck, dass das Geheimnis eher in der Lenkung der Gedanken lag und die Macht vielmehr darin, dass der Patient dachte, er würde die Wege in seinem Kopf selbst bestimmen.

Ein nächster Unterpunkt auf der Internetseite verwies auf sogenannte unspezifizierte Referenzen. Erst mit der Erklärung konnte Lena etwas anfangen. Der Begriff beschrieb die Unklarheit eines Bezugs, wie sie durch »viele«, »es« oder »man« entsteht. Der Hörer solcher unkonkreten Referenzen neigt dazu, das Gesagte auf sich zu beziehen.

»Persönlicher Bezug und dennoch unkonkret«, murmelte Lena. Mit einem Mal stand sie auf, ging zu dem Garderobenständer im Flur, an dem ihre blaue Winterjacke hing, und suchte in deren Taschen. Als sie die zweite Kopie des Briefes fand, die sie für sich selbst gemacht hatte, zog sie sie heraus und ging damit zurück zu ihrem Schreibtisch. Sie entfaltete das Blatt und strich es mit einigen festen Handstrichen glatt. Dann beugte sie sich weiter darüber und suchte in den Zeilen.

»Leid, Mühen, Freiheit …« Es wimmelte nur so von emotionalen Nomen. Viele große Wörter, deren Bedeutung sich für jeden Leser wandelte. Auch unspezifizierte Referenzen fand sie genug. Lena verglich die Liste weiter. Allgemeine Formulierungen, die den Leser und Hörer glauben ließen, der Sprecher kenne seine Gedanken.

»Jeder empfindet es als erlösend, diesem Kummer zu entfliehen …« Die Verallgemeinerungen mussten es gewesen sein, die Lena den Eindruck vermittelt hatten, dass der Brief unpersönlich sei. Aber auf der anderen

Seite hatte sie gespürt, wie nah er einem dennoch ging. Mit Schrecken nahm sie wahr, wie präzise der Professor es am Nachmittag bereits analysiert hatte. Er hatte sie auf diese Kniffe in der Sprache hingewiesen und hatte ihr erklärt, wie diese Art des Schreibens dem Leser nahe-ging. Jetzt sah sie es Schwarz auf Weiß. Viele Dinge, die sie wenige Stunden zuvor gehört hatte, wurden von dieser Liste bestätigt. Auch die indirekten Fragen und Aufträge, die unbewusst zur Handlung aufriefen, tauchten auf.

Sicher, es stand nicht wörtlich geschrieben, doch was die Worte im Kopf eines Menschen anrichten konnten, der diesen Brief aus einer ganz anderen Perspektive las, konnte sie sich ausmalen.

Dr. Martens ging mit festen Schritten den gepflegten Plattenweg zu dem weißen Haus hinauf. Sie war noch nie hier gewesen und fand es interessant zu sehen, wie Jakob Richter gewohnt hatte. Es war eine schöne Gegend, grün und ruhig. Die großen Fensterfronten strahlten eine gewisse Eleganz aus und trafen ihren Geschmack.

Mit einer raschen Bewegung warf sie einen Blick auf ihre silberne Armbanduhr. Es war erst kurz vor elf, aber sie würde schon nicht zu früh sein.

Mit einem kräftigen Druck ließ sie die Klingel an der großen Haustür des Mehrfamilienhauses schellen. Sie sah noch einmal zurück auf die Straße, bevor sie beim Summen der Tür in das Treppenhaus eintrat.

Jessica Richter stand in einem teuren, anthrazitfarbenen Etuikleid in ihrer Wohnungstür und empfing sie mit einem verschlossenen Gesichtsausdruck. Förmlich gaben sie sich die Hand und gingen hinein.

»Bitte – mein Büro ist gleich hier drüben«, sagte Frau Richter und führte sie in einen großzügigen Raum, der tatsächlich so geschäftlich aussah wie das Empfangszimmer einer Anwaltskanzlei. Martens entging nicht, wie gezielt Jakobs Ehefrau ihr Treffen in genau dieses Licht stellte – rein geschäftlich. Ihr Outfit, das Büro, die gespielte Strenge. Sie war auf der Hut, denn sie wusste, auf was sie sich einließ.

»Möchten Sie etwas trinken?«, fragte sie knapp, aber höflich.

»Danke, nein«, antwortete Martens und setzte sich ohne Aufforderung in einen der bereitstehenden Sessel.

Sie hatte nicht vor, unnötig lange hier zu sein. Auch ihr war bewusst, dass sie aufmerksam sein musste, denn sie wusste nicht, ob sie dieser Frau trauen konnte. Jessica Richter war eine berechnende, eigennützige Person, so viel hatte sie bereits verstanden. Martens hatte bisher nur am Telefon mit ihr gesprochen, aber durch einige Recherchen hatte sie ein Bild davon bekommen, was sie vor allem beruflich machte. Als freie Journalistin war sie auf zahlreichen Seiten im Internet im Zusammenhang mit ihren publizierten Artikeln zu finden und hatte sogar ihre eigene Webseite. Außer einigen ausgewählten biografischen Daten, die sie in einem herrlich erfolgreichen Glanz erscheinen ließen, gab sie allerdings nicht viel preis. Sie hatte eine beachtliche Liste an Referenzen und Schwerpunkten ihrer Arbeit auf der Seite präsentiert, die Veröffentlichungen in verschiedensten Wirtschaftsmagazinen, Wochenzeitungen und Zeitschriften umfassten. Es waren sogar einige Artikel zum Themengebiet der Psychologie darunter, die Martens kurz überflogen hatte. Sie hatte jedoch festgestellt, dass sowohl der Beitrag zu

»Aggressionen unter Geschwistern« wie auch jener über die »Delfintherapie« seichte Zusammenträge recherchierter Einzelmeinungen von Fachkollegen waren. Dass Jessica Richter sich selbst besonders gut auf diesem Gebiet auskannte, bezweifelte sie.

»Haben Sie die Dokumente dabei?« Frau Richter hatte sich in den Sessel ihr gegenüber sinken lassen und die Beine übereinandergeschlagen.

»Natürlich.« Martens holte die dünne Mappe aus ihrer Tasche hervor und reichte sie ihr schlicht. »Sie finden alles, was Sie brauchen, hier drin. Das Schreiben sollte ausreichen und gibt alle wichtigen Erklärungen ab. Sie sollten keine Schwierigkeiten bekommen. Haben Sie irgendwelche Fragen?«

»Nein.«

»Gut. Andernfalls wissen Sie, wie Sie mich erreichen.«

»Ja.« Jessica Richter nickte nur. Einen Moment zögerte sie noch und sah sie prüfend an. Sie schien abzuwägen, ob die Sache bedenkenlos war.

»Sie brauchen sich keine Sorgen zu machen«, sagte Martens deshalb, »das alles bleibt unter uns. Ich denke, das versteht sich von selbst.«

»In Ordnung. Ich werde mich so schnell es geht um meinen Teil der Abmachung kümmern.« Mit diesem Satz erhob sie sich und begleitete Martens zur Tür. Es war eine steife Verabschiedung, die sie voneinander trennte, und sie war froh, als sie die Stufen des Hauses hinunter zum Ausgang ging.

KAPITEL 11

Lena fühlte sich nach der langen Nacht am Computer wie gerädert. Ihr Kopf brummte fürchterlich und ihre Gedanken waren ein wildes Durcheinander. Die Ergebnisse ihrer Recherche ließen sie nicht los, aber die Müdigkeit machte es ihr unmöglich, irgendwelche klaren Schlüsse zu ziehen. Erst als sie am Nachmittag eine Nachricht auf ihrem Handy las, tauchte sie aus ihrer matten Trance wieder auf.

Liebe Frau Baumann. Ich habe eine genauere Analyse des Briefes abgeschlossen und würde Ihnen meine Entdeckungen gerne mitteilen. Wenn Sie Zeit für ein Treffen haben, melden Sie sich bei mir. Herzliche Grüße, H. Carstens

Kurz entschlossen wählte sie die angezeigte Nummer. Nach einigen Freizeichen ging die Mailbox dran und Lena überlegte kurz, ob sie eine Nachricht hinterlassen sollte. Die Neugier siegte.

»Hallo, Professor Carstens. Hier spricht Lena Baumann. Ich habe Ihre Nachricht erhalten und würde mich sehr gern mit Ihnen treffen. Wenn Sie Zeit haben, könnten wir noch heute einen Termin ausmachen. Melden Sie sich, wenn es Ihnen passt.« Sie legte wieder auf und dachte darüber nach, ob sie zu drängend gewirkt hatte. Sie war es gewohnt, Menschen in ihrem Alltag zu stören, indem sie Ihnen unangekündigte Besuche abstattete und sie befragte. In diesem Fall jedoch wollte sie eben diese Eindringlichkeit nicht. Sie kam sich fast vor wie am nächsten Morgen eines Dates, wenn man überlegte, ob man den anderen wohl schon anrufen konnte oder nicht. Durfte sie erwarten, dass ein Professor an einem Samstagnachmittag nichts Besseres zu tun hatte, als sich mit einer Kommissarin zu treffen, die undercover ihren Fantasien nachjagte? Noch bevor sie sich darüber weiter den Kopf zerbrechen konnte, vibrierte ihr Telefon. Eine neue Nachricht wurde angezeigt.

Entschuldigen Sie die Unhöflichkeit, nicht zurückzurufen. Ich bin noch unterwegs. Wenn es Ihnen recht ist, können wir uns um 18 Uhr im Café Louf am Wasser treffen.

Später saß Lena an einem Tisch im Louf, vor sich eine dampfende Tasse Tee. Das Café war wie jeden Samstag gut gefüllt. Eine Familie neben ihr gönnte sich ein Abendbrot außer Haus und auf der anderen Seite am Fenster steckten zwei jüngere Frauen die Köpfe zusammen und tuschelten über ihren Latte Macchiatos.

Die Atmosphäre war ruhig und gemütlich. Keine Spur von Hektik. Lena liebte es, hier zu sein. Egal, wie das Wetter war oder welche Jahreszeit vor den großen Fenstern lag. Im Sommer saß sie gern mit einem Glas Wein an einem der Tische draußen und genoss die kühle Brise, die vom Wasser herüberwehte. Im Winter konnte man sich entweder mit einer Wolldecke in einem der Strandkörbe einkuscheln oder in der Wärme im Inneren des Cafés der Kälte entfliehen. Heute konnte Lena durch die gläserne Fassade hinausgucken und hinter der breiten Hafenpromenade das Meer sehen. Graublau lag es unter dem bewölkten Himmel und der Wind malte raue Zacken auf seine dunkle Oberfläche.

Der Professor kam wenige Minuten später. Er blieb kurz am Eingang stehen und hielt nach ihr Ausschau. Obwohl er hier nicht von den schweren Möbeln seines Büros und den vielen Büchern umgeben war, hatte er in Lenas Augen nichts von dem belesenen Professor eingebüßt, dem sie gestern begegnet war. Sein graues, lockiges Haar und der volle Bart betonten sein ohnehin rundes Gesicht und sein stattlicher Bauch ließ ihn beinahe aussehen wie der Weihnachtsmann. Aber in den Augen hinter der kleinen silbernen Brille lag nicht nur ein freundliches Lächeln, sondern auch ein ausgesprochen waches Funkeln, das ihm wohl nicht umsonst den Ruf eines analytischen Genies eingebracht hatte.

Mit einem kurzen Winken machte sie auf sich aufmerksam und lotste ihn zu sich.

»Frau Baumann«, er gab ihr freundlich die Hand und setzte sich zu ihr an den Tisch.

»Danke, dass Sie sich erneut die Zeit nehmen.«

Er winkte ab und zwinkerte ihr zu. »Ich habe den Brief die ganze Nacht studiert und konnte es kaum erwarten, Ihnen meine Ergebnisse zu präsentieren.«

Eine Kellnerin kam an ihren Tisch und fragte nach dem Wunsch des Professors. Er bestellte sich einen Milchkaffee und kramte sogleich in seiner braunen Ledertasche, um das Schriftstück ihres Interesses hervorzuholen.

»Nach meiner Analyse kann ich nur betonen, was ich zuallererst sagte: ein Meisterstück. In der Tat.« Er breitete das Blatt vor sich aus. »Kein Wort scheint zufällig gewählt, kein Satz ohne Grund formuliert.« Seine Worte ließen Lena einen Schauer über den Rücken laufen.

Augenblicklich hatte er sie mit seiner tiefen und eifrigen Stimme aus der gemütlichen Atmosphäre des Cafés gerissen und hineinversetzt in eine ganz andere Welt. Plötzlich war ihr, als hätten sie eine geheime Schatzkarte vor sich und ergründeten gemeinsam deren dunkles Geheimnis.

»Sehen Sie diese Zeile zum Beispiel.« Der Professor legte seinen Finger auf eine Stelle im Text und Lena beugte sich vor, um sie besser lesen zu können. »Wie gewählt die Worte sind, welche Feinheit in ihnen liegt.«

»Sie müssen entschuldigen. Ich habe noch nie großes Talent auf dem Gebiet der Sprache gehabt. Ich konnte im Deutschunterricht nicht einmal eine vernünftige Gedichtanalyse schreiben, geschweige denn irgendwelche Feinheiten entdecken.«

Der Professor lächelte auf eine nachsichtige Art. Mit beruhigender Stimme las er ihr den Satz vor, auf dem noch immer sein Finger lag. »›Der Mensch ist nicht auf Erden, um Leid zu ertragen.‹ – Wie würden Sie diesen Satz umschreiben? Was wird hier ausgesagt?«

Sie wollte noch einmal einen Blick auf das Geschriebene werfen, aber er legte schnell die flache Hand darauf, um ihr die Sicht zu versperren.

»Machen Sie es aus dem Gedächtnis. Fassen Sie den Sinn des Satzes in eigene Worte.«

Sie dachte einen Augenblick nach. Zögernd wagte sie einen Versuch: »Der Mensch ist nicht auf der Welt, um zu leiden.«

»Sehr gut. Sie haben ein gutes Gedächtnis. Den inhaltlichen Sinn haben Sie erfasst.«

»Aber?«

»Hier haben wir es nicht mit einer doppeldeutigen Botschaft zu tun. Der Inhalt ist klar. Und dennoch drückt der Satz, den Sie mir gerade genannt haben, etwas anderes aus als jener, der in diesem Brief steht. Versuchen Sie, den Satz umzuformulieren. Lassen Sie ihn etwas eindringlicher klingen.«

Lena erinnerte sich an ein Detail. »Es stand, glaube ich, das Wort ›Erde‹ darin.«

Der Professor riss begeistert die Augen auf. »Sehr gut!«

Lena fühlte sich wie eine Schülerin, die die richtige Antwort auf eine knifflige Frage gefunden hatte.

»Und worin besteht für Sie der Unterschied zwischen den beiden Wörtern?«

Diese Frage war nun wesentlich schwieriger. Lena pustete. »Ich weiß nicht. Gibt es einen?«

»Aber natürlich. Lassen Sie sich mal beide Wörter durch den Kopf gehen. ›Erde‹ und ›Welt‹.«

Er lehnte sich in seinem Stuhl zurück und ließ sie mit der Aufgabe allein. Die Kellnerin kam zurück an ihren Tisch und stellte vor ihm eine große Tasse ab, die mit hellem Schaum bedeckt war. Mit ruhiger Hand streute Professor Carstens sich Zucker darauf und rührte in langsamen Kreisen mit dem Löffel darin. Lena beobachtete ihn dabei, aber ihre Gedanken waren ganz auf die zwei Worte in ihrem Kopf gerichtet. Wo war der Unterschied? Beschrieben sie beide dasselbe? Die Welt, auf der wir leben. Weltspartag kam ihr in den Sinn. Weltaidstag, Welthungertag. Eine Welt voller Autos. Eine Erde voller Autos. Das würde man so nicht sagen. Die Erde dreht sich in 24 Stunden einmal um sich selbst, nicht die Welt. Die Erde beschreibt eher einen Planeten, die Welt unsere Umgebung. Vielleicht war das der springende Punkt.

Sie legte ihre Gedanken offen und las neugierig die Reaktionen auf dem Gesicht ihres Gegenübers.

»Interessant.« Er nahm einen großen Schluck von seinem Milchkaffee. »Wenn die Erde den Planeten darstellt, wirkt sie auch irgendwie als Teil des Universums. Eher als die Welt, oder?«

Lena nickte zögernd.

»Und hat nicht etwas, das das Universum betrifft, eine größere Reichweite als etwas, das nur uns Menschen betrifft? Es hat etwas Übermenschliches.«

»Ja, es klingt etwas weitgreifender.«

»Gott schuf in sieben Tagen die Erde. Nicht die Welt.« Er zwinkerte ihr schelmisch zu. »Wie steht es um die anderen Wörter? Sie sagten, der Mensch sei nicht auf der Welt, um zu leiden. Würden Sie sagen, es klingt genauso wie ›Leid zu ertragen‹?«

»Welchen Unterschied genau meinen Sie?«

»Der Unterschied zwischen dem Nomen ›Leid‹ und dem Verb ›leiden‹. Haben sie gleiches Gewicht?«

Erneut strengte Lena sich an, die Wirkung beider Begriffe zu ergründen und in sich hineinzuhorchen. »Auch hier würde ich sagen, dass ›das Leid‹ umfassender ist als das Verb ›leiden‹. Das Verb ist spezifischer. Irgendwie.«

»Ihr Gefühl vermittelt Ihnen diesen Eindruck. Und ich stimme Ihnen zu. Im Grunde ist dieser Unterschied nicht so wichtig wie der zwischen ›Welt‹ und ›Erde‹. Dennoch ist das Wort ›Leid‹ sehr viel größer und lässt noch mehr Raum für Assoziationen.« Er sah Lena in die Augen und erklärte weiter: »Was ich Ihnen zeigen will, ist, dass jeder Satz ganz bewusst formuliert ist. Jedes einzelne Wort trägt dazu bei, dass eine bestimmte Stimmung erzeugt wird. Ein Dichter macht in seinem Werk das Gleiche, wenn er bestimmte Wortfelder benutzt, die in uns Bilder erwecken. Er startet quasi unser Kopfkino. Ebenso arbeitet die Werbung, jeder Songtext und auch die Politiker. Worte formen Bilder und eigene Gedanken. Sie können eine Atmosphäre schaffen und am Ende sogar Entscheidungen beeinflussen. Wir nehmen es eigentlich nie bewusst wahr, aber Sprache hat eine ungeheure Wirkung auf unser Denken. Beobachten Sie sich einmal selbst beim Hören eines schönen Liedes mit bewegendem Text oder beim Lesen eines Gedichtes. Sie werden erstaunt sein!« Er nickte mit hochgezogenen Brauen und begeistertem Gesichtsausdruck. »Diesen Text hier hätte man mit derselben Botschaft auch so schreiben können, dass er sehr viel emotions- und bedeutungsloser wäre.«

Wieder verursachte das, was er sagte, Lena eine Gänsehaut. Es passte alles zusammen. Was sie über die Hypnosetechniken Milton Ericksons gelesen hatte und die Umstände der Selbstmorde. Wenn dieser Text tatsächlich so große Wirkung erzielte, wie der Professor es erahnen ließ, dann hatte sie allen Grund dazu, an der Entscheidungsfreiheit von Jakob Richter und Rebecka Bohl zu zweifeln.

»Worüber ich mir die ganze Zeit Gedanken mache, ist, warum dieser Brief auf den Selbstmörder eine so enorme Wirkung hatte, dass er ihn zu seiner Tat trieb, wir ihn hingegen lesen können, ohne derartige Reaktionen zu zeigen.

»Hmm«, der Professor warf seine Stirn in Falten, »darüber habe ich auch sehr lange nachgedacht. Wenn das, was wir hier nun hypothetisch entworfen haben, tatsächlich möglich ist, dann bedarf es mehr als nur der Inszenierung einer Stimmung durch Worte. Und ich könnte mir vorstellen, dass der Schlüssel in der Assoziations-Weite liegt.«

Lena stützte ihre Ellenbogen auf den Tisch und lehnte sich noch ein Stück vor. Gespannt wartete sie auf eine Erklärung und hoffte auf eine Lösung, die ihr Klarheit brachte.

»Es scheint mir so, dass der Verfasser dieses Schriftstückes gewusst hat, wie der Leser seine Worte aufnimmt und verarbeitet. Er muss ein klares Bild davon gehabt haben, wie es in seinem Kopf aussah, um ihn auf diese Weise sicher steuern zu können.« Er strich mit den Fingern über das Papier zwischen ihnen. »All die unspezifischen Nomen, die unbestimmten Referenzen und allgemeinen Aussagen – Sie hatten bemerkt, dass der Text im Grunde den Leser an vielen Stellen gar nicht direkt anspricht und dennoch sehr persönlich ist. Streichen Sie alle Ihre eigenen Assoziationen heraus und übrig bleibt lediglich ein Text ohne Inhalt. Sie selbst als Leser sind es, der ihm seine Botschaft gibt. Das Wort ›Leid‹ wird jeder Mensch anders ausfüllen, mit seinen eigenen, ganz persönlichen Vorstellungen, die geprägt sind von seinen individuellen Erfahrungen. Denken Sie daran und horchen Sie in sich hinein, wenn Sie dieses Wort lesen. Wie viele Dinge Ihnen durch den Kopf gehen. Bilder, Erinnerungen, andere Wörter. Aber sie sind einzigartig in ihrer Zusammenstellung. Selbst bei einem banalen Wort wie ›Stuhl‹ hat jeder Mensch seine eigene Vorstellung davon, wie ein Stuhl zu sein hat.«

»Das ist wahr.« Lena sah vor ihrem inneren Auge einen schlichten Holzstuhl mit einer hohen Lehne, die einen Querbalken hatte.

»Gibt es bestimmte Wörter, an denen Sie das festmachen?«

»Nein, eigentlich nicht. Da ich selbst den Leser nicht kenne, kann ich nur raten. Es sind so viele Wörter und so viele Möglichkeiten, diese zu interpretieren. Um vorauszusagen, wie jemand darauf reagiert, müsste man quasi eine Karte seines Denkens haben.« Er lachte leise. »Ich weiß nicht, ob es überhaupt möglich wäre, eine solche zu entwerfen. Das menschliche Gehirn ist viel zu komplex. Die Forschung hat gerade mal die Spitze des Eisbergs begutachtet. Wer weiß, was noch alles in uns schlummert.«

Die Antwort rief in Lena ein Gefühl der Enttäuschung hervor. Wenn es nicht möglich war, das Denken eines Menschen vorherzusagen, wie sollte es dieses Schreiben dann geschafft haben, Jakob Richter so gut zu lenken?

»Ich will Ihnen nicht den Mut zu Ihrer Theorie nehmen. Ich denke sehr wohl, dass dieser Brief eine gewisse Macht ausüben kann. Ich kann jedoch nicht mehr interpretieren, als ich selbst verstehe. Alles andere wäre pure Spekulation.«

»Aber Sie glauben, dass der Verfasser seinen Leser gut kannte, um ihn dermaßen manipulieren zu können?«

»Er kann ihm nicht fremd gewesen sein. Das schließe ich aus. Ja.«

Lena hob ihre Tasse zum Mund und dachte über das Gesagte nach. Ihr Magen begann mal wieder leise aufzuflammen und ließ seinen Spott über den warmen Tee verlauten.

»Es gibt da noch etwas anderes, das mir aufgefallen ist«, begann Professor Carstens erneut und schob ihr das Blatt Papier auf dem Tisch noch näher herüber. »Bestimmt haben Sie es auch schon bemerkt. Die Schrift ist sehr außergewöhnlich.«

»Ja, das ist mir auch sofort ins Auge gesprungen. Sie ist sehr ordentlich. Ich würde fast sagen, dass sie von einer Frau stammt.«

»Wirklich?« Er sah sie überrascht an. »Wie kommen Sie darauf?«

Das Erstaunen in seiner Stimme machte sie unsicher in ihrem Urteil. »Sie ist so ordentlich und gleichmäßig. Die Männer, die ich kenne, kritzeln eher.«

»Das ist interessant. Sie sagen, sie ›kritzeln‹, und bezeichnen dies zugleich als Gegenteil von ordentlich und gleichmäßig. Ich hätte kritzeln eher als eckig und zackig, das Gegenteil von rund und schwungvoll beschrieben.«

»Das kommt auch hin.«

»Werfen Sie einen genauen Blick auf diese Schrift. Sie ist zwar sehr ebenmäßig, aber dennoch würde ich sie nicht als rund bezeichnen. Sie ist auch nicht sehr groß. Das würde vielmehr dafür sprechen, dass ihr Verfasser ein Mann ist. Um es noch zu präzisieren: wahrscheinlich ein Rechtshänder.«

»Ein Rechtshänder? Darf ich fragen, woran Sie das erkennen?«

»Es gibt nur ein Merkmal, das eine Unterscheidung von Links- und Rechtshändern zulässt.« Er fuhr mit seinem Finger über das Blatt und schrieb einige horizontale Linien nach. »Es ist die Schreibrichtung, die uns verraten kann, mit welcher Hand jemand schreibt. Sehen Sie diese Horizontalzüge? Die Firstquerstriche werden mit einer separaten Bewegung gesetzt.«

»Die Firstquer…?«

»…striche. Das sind die Striche, die wir beispielsweise beim großen ›T‹, ›E‹ und ›F‹ setzen. Alle Rechtshänder schreiben diese von links nach rechts, also fließend zur restlichen Schreibrichtung. 85 Prozent der Linkshänder hingegen führen diese Striche von rechts nach links aus.«

»Das wusste ich nicht.« Lena staunte und blickte noch genauer auf die Schrift, die vor ihr lag.

»Sie haben mir eine sehr gute Kopie gemacht, sodass ich diese Feinheit erkennen konnte. Auf ihrem Original kann man die Strichrichtung mit Sicherheit noch viel besser erkennen.«

»Woher wissen Sie solche Dinge?«

»Oh«, er lächelte etwas verlegen, »ich selbst bin Linkshänder und habe mich in jungen Jahren sehr für dieses Phänomen interessiert. Ich gehörte noch zu jener Generation, die man umerziehen wollte. Bei mir war es allerdings erfolglos. Ich habe mich konsequent gewehrt.« Nun lachte er noch lauter und erinnerte an einen Jungen, der sich über einen seiner Streiche amüsiert.

»Das heißt, dass man einen Rechtshänder mit relativer Sicherheit feststellen kann, einen Linkshänder aber nur zu 85 Prozent?«

»Ja. Zu diesem Ergebnis ist jedenfalls eine Studie gekommen, die dieses Schreibverhalten von Rechts- und Linkshändern untersucht hat.«

»Sehr interessant. Heute kann ich nun wirklich nicht behaupten, ich hätte nichts Neues gelernt.«

Als Lena sich wieder auf den Weg zu ihrem Wagen machte, hatte die winterliche Dunkelheit die Förde bereits vollkommen eingehüllt. Der Spaziergang am Wasser tat ihr gut. Sie sog die klare, salzige Luft ein und genoss den Wind, der ihr um das Gesicht wehte. Sie ging die Promenade der Kiellinie entlang und lauschte dem sanften Klatschen der Wellen, die sich in stetem Rhythmus gegen die Kaimauer warfen. Zwei Möwen drehten kreischend ihre Kreise über den Holzstegen, weiter hinten stachen die schwarzen Masten der Segelboote in die Nacht.

An den hellen Lichtkacheln eines Kreuzfahrtschiffes, das wie ein riesiger Bürokomplex am Anleger thronte, verließ Lena die Promenade und bog rechts in den kleinen Schlosspark zum Parkhaus ein. Die Turmuhr der Nikolaikirche schlug halb acht und ließ ihren Gong durch die Gassen der Altstadt hallen.

Der Verkehr war um diese Uhrzeit nicht mehr so dicht und Lena wählte den Weg durch die Stadt. Als sie kurze Zeit später auf den Martensdamm einbog, der die beiden Seen der Stadt trennte, sah sie die Lichter des imposanten Opernhauses auf der Wasseroberfläche des kleinen Kiels schimmern. Es war ein schöner Anblick, der in ihr ein Gefühl des Wohlbefindens auslöste. An diesem Samstagabend allerdings rief er noch etwas anderes in ihr wach: die Erinnerung an die beginnende Opernvorstellung. Kaum dass sie über die Brücke gefahren war, bog sie in die nächste Straße ab und wendete. Erneut betrachtete sie das Glitzern und nun auch die hell erleuchtete Oper. Sie fuhr um den kleinen See herum und suchte eine Möglichkeit zum Halten. Ein großer Bus stand am Straßenrand und entlud eine Masse älterer Menschen, die vor ihr die Straße überquerten und dann die steinernen Treppenstufen zum Haupteingang der Oper emporstampften. Lena lenkte ihren Wagen in die Lücke hinter dem Bus. Nachdem sie den Motor abgestellt hatte, konnte sie das Gemurmel der eintreffenden Gäste von draußen hören. Vorbeifahrende Autos hinterließen ein kurzes Brummen, ehe wieder das Geräusch der Schritte und Stimmen zu hören war. Lena sah aus dem Seitenfenster ihres Wagens und wartete. Sie beobachtete die Leute, die die Treppe der Oper hinaufstiegen. Betrachtete ihre festlichen Anzüge und die hübschen Kleider, die unter den Mänteln der Frauen hervorlugten. Ein großes Plakat an der roten Backsteinfassade des Gebäudes kündigte die Oper »La Bohème« an. Lena dachte darüber nach, ob sie jemals in einer Oper gewesen war. Nach kurzem Überlegen musste sie feststellen, dass sie weder eine Oper noch je ein Ballett oder ein Musical gesehen hatte. Lediglich zu einigen Theateraufführungen hatte sie es geschafft, und selbst die konnte sie an einer Hand abzählen. Es waren zwei Besuche mit ihrer damaligen Schulklasse, an die sie sich zuerst erinnerte. Nicht, weil die Vorstellung selbst in ihrer Erinnerung haften geblieben war, sondern vielmehr das Gesicht ihrer übereifrigen Deutschlehrerin. Voller Begeisterung und Elan hatte sie ihre Schüler ins Theater geführt und ihnen mit großem Stolz ein Stück von Brecht präsentiert. Dass sie sich noch an den Autor erinnerte, darüber musste sie fast schmunzeln. Was auch immer in diesem Schulunterricht alles an ihr vorbeigezogen sein mochte, zumindest diesen Theaterbesuch hatte ihre Lehrerin ihr ins Gedächtnis gebrannt. Immerhin etwas. Die Begeisterung für diese Art des Kulturgenusses allerdings hatte sie ihr nicht vermitteln können.

Sie beobachtete weiter die herbeiströmenden Massen und als sie das Pärchen über den Rathausplatz kommen sah, pochte ihr Herz plötzlich wie wild. Angestrengt kniff sie die Augen zusammen, um die zwei Gestalten im Schein der Laterne besser erkennen zu können. Sie kamen langsam über den Rathausplatz geschlendert. Der Mann trug einen schwarzen Anzug, wie beinahe alle männlichen Gäste, und hatte seinen rechten Arm um die Taille der Frau gelegt. Als er sich ein wenig zu ihr hinüberbeugte und etwas sagte, begann sie laut zu lachen. Wie zwei frisch verliebte Turteltauben.

Was würde Ihr Mann dazu sagen, dass Sie so bald nach seinem Tod schon wieder herzlich lachen können, Frau Richter?

Ihre blonde Mähne umspielte ihr hübsches Gesicht, ebenso wie der helle Mantel ihre Figur. Das schwarze Kleid schaute darunter hervor. Ein Kleid, das so dringend noch am Mittwochnachmittag in die Reinigung gemusst hatte, damit sie es zur Verabredung mit dem Arbeitskollegen tragen konnte. Lena zog spöttisch die Mundwinkel nach oben, als der »Kollege« ihr einen leichten Kuss auf die Wange hauchte. Das hier war nicht ihr erstes Treffen, so viel war sicher. Und es erklärte vielleicht auch, warum der Tod ihres Mannes Frau Richter so gar nicht tief berührte. Jetzt, wo der Gatte weg war, ließ sich diese Beziehung um einiges leichter führen. Um das, was andere Leute dachten, schien sich diese Frau ohnehin wenig zu kümmern. Erneut lachte sie und ließ sich von dem Mann an ihrer Seite die Stufen zur Oper hinaufführen. Lena sah den beiden nach. Irgendetwas stimmte nicht mit dieser Frau. Ihr Blick, als sie den Leichensack gesehen hatte, die trotzige Verteidigung, dass in ihrer Ehe alles wunderbar funktionierte und die Berufstätigkeit auf beiden Seiten eine große Rolle spielte. Ob Herr Richter das auch so gesehen hatte? Oder hatte er schon lange von der Affäre seiner Frau gewusst und sich deshalb in die Arbeit gestürzt? Lena startete den Motor und blinkte. Hinter ihr setzte ein Geländewagen ebenfalls den Blinker, wartete aber und ließ ihr den Vortritt. Langsam fuhr sie vor ihm aus ihrer Parklücke. Sie hatte genug gesehen, um zu wissen, dass diese Frau den Selbstmord ihres Mannes nicht bedauerte.

Anstatt nach Hause zu fahren und sich vor den Fernseher zu setzen, fuhr Lena an diesem Abend noch einmal in die Dienststelle. Die Büros der Kollegen waren verlassen und lagen im Dunkeln. In ihrem eigenen knipste sie das Licht an und schloss die Tür. Zielstrebig ging sie zu ihrem Computer, schaltete ihn an und setzte sich auf ihren großen Lederstuhl davor. Nachdem der Rechner hochgefahren war, hatte sie mit einigen Klicks die elektronische Aktensammlung geöffnet und begann zu suchen. Wonach genau, wusste sie selbst nicht. Und auch nicht, warum sie sich die Mühe machte. Aber irgendetwas ließ sie nicht los.

Es war nicht ungewöhnlich, dass zwei Suizide in so kurzer Zeit hintereinander die Polizei beschäftigten. Doch die Art und Weise der Taten und all das, was sie an diesem Tag über den Brief an Jakob Richter und die Möglichkeiten der Hypnose erfahren hatte, erweckten in Lena den Eindruck, dass da noch mehr war und die Parallelen zwischen Jakob und Rebecka nicht nur zufällig waren.

Rastlos klickte sie sich durch die alten Akten des Archivs und durchforstete sämtliche Suizidfälle der letzten Monate. Sie griff jeden heraus, der ihr auch nur im Entferntesten ungewöhnlich erschien. Eine Akte nach der anderen öffnete sich unter dem Klicken ihrer Maus und schob sich über den Bildschirm, während sie die Einträge überflog. Es waren so viele Menschen, die sich das Leben genommen hatten, und jeder von ihnen hatte mehr oder weniger seine eigene Geschichte.

Eine Frau hatte sich vor knapp drei Monaten mit einer Überdosis Schlaftabletten das Leben genommen. Sie hatte dreimal so viele eingenommen, wie für ihren Tod notwendig gewesen wären, und mit allen Mitteln sichergestellt, dass niemand sie rettete. Ihr Mann war es, der sie am nächsten Morgen tot im Bett fand, und der aussagte, dass ihr Selbstmord aus heiterem Himmel gekommen wäre. Einige Monate zuvor hatte man Krebs bei Helene Zahr diagnostiziert, aber die Behandlung hatte gut angeschlagen. Der behandelnde Arzt bestätigte die voranschreitende Heilung. Sie hatte die Krankheit fast überstanden, als sie die Tabletten nahm.

In einer anderen Akte las Lena von einer Teenagerin. Stefanie Lohrbach. Sie war erst 14 Jahre alt gewesen und hatte schon mehrere Suizidversuche hinter sich gehabt. Dennoch waren es nur Versuche gewesen und man glaubte, es würde bei diesen Hilferufen bleiben. Bis sie schließlich aus dem neunten Stock ihres Wohnblocks sprang. Es gab noch etliche Fälle und die Betrachtung der Masse auf einmal war bedrückend. Nirgends allerdings las Lena etwas von Briefen oder anderen Schriftstücken.

Ihre Chance, etwas zu finden, das ihr weiterhelfen würde, war gering. Es ähnelte zu sehr der Suche nach einem maskierten Bankräuber im Karnevalsumzug. Aber als wolle sie ihre Niederlage noch nicht akzeptieren, klickte sich Lena noch weiter durch die Sammlung und stieß ein paar Fälle weiter auf eine junge Frau namens Anna Ocklenburg. Lena öffnete die Akte und überflog die Details. Eine furchtbare Geschichte. Sie selbst war damals bei dem Fall nicht dabei gewesen, aber sie konnte sich noch an einige Artikel in der Zeitung erinnern. Die ganze Stadt schien an dem schweren Schicksal der Familie teilzunehmen. Einige aus echtem Mitleid, andere aus Sensationslust. Was diese arme Frau durchgemacht haben musste, konnten sich die wenigsten wohl wirklich vorstellen.

Ende des Sommers vor zwei Jahren war die 22-Jährige entführt und über mehrere Tage festgehalten worden. Was der Täter in dieser Zeit mit ihr gemacht hatte, wollte Lena gar nicht wissen. Es mussten furchtbare Stunden gewesen sein, die die Frau in den Händen des Mannes verbracht hatte. Als man sie Tage später endlich fand, war sie vollkommen traumatisiert und wurde in eine Klinik eingewiesen. Von da an hatte man nichts mehr über ihr Schicksal erfahren. Nur an eine kleine Meldung in der Zeitung konnte sich Lena noch erinnern, als man ein ganzes Jahr nach diesem Vorfall vom Selbstmord der Frau berichtete.

Lena wollte die Fotos ihrer Leiche schnell überspringen, aber es reichte schon aus, sie im Augenwinkel vorbeirauschen zu sehen, um die Bilder in ihrem Kopf wieder lebendig werden zu lassen. Ihre Leiche hatte mehrere Stunden im Pool ihres Elternhauses gelegen. Ihre Haut war weiß und verschrumpelt, das Gesicht aufgedunsen. Um die Handgelenke war ein helles Seil gebunden. So fest, dass es fast auf dem Knochen saß. Anna Ocklenburg hatte das andere Ende um eine schwere Steinskulptur gewickelt. Kopfüber hatte sie daran gehangen und sich jede Möglichkeit der Befreiung genommen.

Der Fall war nach Feststellung der Todesart und dem Ausschluss von Fremdeinwirkung schnell zu den Akten gelegt worden. Lediglich die Mutter der Toten und die Schwestern waren vernommen und ihre Aussagen zu Protokoll gegeben worden. Lena überflog ein paar Antworten der Mutter und stolperte mit den Augen über eine Zeile der Aussage.

Kurzerhand, nach einem raschen Blick auf die Uhr griff sie zum Telefon. Es klingelte etliche Male und Lena kam es vor wie eine halbe Ewigkeit, bis endlich abgehoben wurde und eine Frauenstimme sich meldete.

»Ocklenburg?«

»Guten Abend, Frau Ocklenburg. Entschuldigen Sie bitte die späte Störung. Hier spricht Lena Baumann von der Kieler Kriminalpolizei.« Sie machte eine kurze Pause, um der Frau Zeit zu geben, sich auf sie einzustellen. »Es geht um Ihre Tochter Anna.«

»Sie ist vor knapp anderthalb Jahren verstorben.«

»Ja, das weiß ich. Es tut mir sehr leid.« Erneut hielt sie kurz inne, bevor sie sich weiter vorwagte. »Ich ermittle zurzeit in einem Fall, der dem Ihrer Tochter sehr ähnlich ist.« Schon als sie die Worte gesagt hatte, bereute sie ihre Formulierung.

Der Frau am anderen Ende entging sie ebenfalls nicht. »Ein Fall, der dem meiner Tochter ähnelt?«

Lena wusste, dass sie nur schwer am Telefon ausdrücken konnte, worum es ihr ging.

»Ich würde mich sehr gern noch einmal mit Ihnen über Ihre Tochter unterhalten.«

»Es liegt schon über ein Jahr zurück. Warum wollen Sie noch einmal alles aufwühlen? Was ich zu sagen hatte, habe ich bereits erzählt. Sie heben bei der Polizei doch alle Aussagen auf.«

»Ja, das tun wir, Frau Ocklenburg. Allerdings war ich selbst damals nicht beteiligt und würde gern persönlich mit Ihnen sprechen.«

Diesmal entstand die Pause auf der anderen Seite der Leitung.

»Was genau wollen Sie wissen?«

Lena versuchte nun, ihre Fragen behutsam zu formulieren, aus Angst, die Frau würde das Gespräch sonst abbrechen.

»Ich würde gerne wissen, was genau an dem Tag passiert ist, als Ihre Tochter sich das Leben nahm. Auch wenn das sehr schwierig für Sie ist …«

»Es war ein ganz normaler Tag«, begann die Frau, »wie jeder andere auch. Anna wohnte zu der Zeit bei uns in einer kleinen Einliegerwohnung, die ohnehin frei gestanden hatte. Am Abend zuvor haben wir gemeinsam gegrillt und ferngesehen. Wir haben nett beisammengesessen.«

Lena ließ ihr Zeit, ihre Erinnerungen durchzugehen.

»Am nächsten Tag hatte sie einen Massagetermin, das weiß ich noch ganz genau.«

»Hat sie den wahrgenommen?«

»Ja. Sie hat mich kurz danach bei der Arbeit angerufen und wollte erzählen, dass die Massage gut war.«

»Worüber haben Sie noch gesprochen?«

»Nichts Besonderes. Wir telefonierten zu der Zeit oft mehrmals am Tag miteinander. Ich glaube, wir redeten noch über Essen und über das Wetter. Mehr nicht.«

»Hat sie nichts erwähnt, was Ihnen seltsam erschien oder …«

»Nein. Nichts. Warum fragen Sie danach? Ich verstehe wirklich nicht, warum Ihnen all diese Dinge plötzlich so wichtig sind.«

Die Vorwürfe der Frau trafen Lena unvorbereitet. Vollkommen vertieft in ihre Gedanken zu den aktuellen Fällen hatte sie nicht bedacht, wie Annas Mutter diese Situation erleben musste. Vor etwa einem Jahr hatte ihre Tochter sich das Leben genommen, die Polizei und andere Behörden hatten wahrscheinlich nur ein kurzes Beileid ausgesprochen, den Fall bearbeitet und sie ihrer Trauer dann selbst überlassen. In einer langen, trüben Zeit mochte sie ihren Schock überwunden und sich mit dem Suizid ihrer Tochter abgefunden haben. Und nun rief nach all den Monaten wieder eine Polizistin bei ihr an und fragte nach dem Tag des Selbstmordes. Viel mehr noch: fragte nach dem genauen Wortlaut des letzten Gesprächs und zeigte auf einmal ein Interesse, das zum Zeitpunkt des Unglücks wahrscheinlich niemand hatte verlauten lassen.

Lena wurde mit Schrecken bewusst, wie ignorant sie sich verhalten hatte, Frau Ocklenburg nach der langen Zeit ohne jegliche Erklärungen mit dem Geschehen zu konfrontieren. Natürlich war sie verwirrt und zu Recht auch etwas entrüstet.

»Es tut mir sehr leid, Frau Ocklenburg. Ich wollte Sie nicht verletzen oder Sie mit den Erinnerungen quälen. Mein Interesse an dem Suizid Ihrer Tochter rührt von einer aktuellen Ermittlung her, die ich zurzeit führe. Ich kann Ihnen nichts Näheres dazu sagen, nur, dass ich mir erhofft hatte, eine neue Erkenntnis durch Ihre Erzählung zu erlangen«, versuchte sie zu erklären und fügte fast schon verzweifelt hinzu: »Ich hatte gehofft, dass irgendetwas an diesem Tag passiert ist, das mir einen Hinweis geben könnte, welcher Auslöser es genau war, der Ihre Tochter zu Ihrer Entscheidung gebracht hat, sich das Leben zu nehmen. Aber wenn sie sagen, dass Sie nichts Außergewöhnliches festgestellt haben …«

»Wir haben ganz normal miteinander gesprochen.« Der Tonfall der Frau hatte etwas von seiner Schroffheit verloren. »Anna war wie gesagt bei der Massage gewesen, hatte noch etwas zu Essen gekauft und räumte während unseres Telefonats die Sachen gerade in den Kühlschrank.« Dann fiel ihr noch etwas ein: »Und sie hatte die Post und die Zeitung geholt. Ich weiß noch, wie sie mir den Titel eines Artikels vorlas. Dann hat sie aufgelegt, weil sie die Tiefkühlsachen in den Keller bringen wollte und da keinen Empfang hatte. Das war das Letzte, was ich von ihr gehört habe.«

Obgleich sich Lena innerlich bereits schon von ihrer Hoffnung verabschiedet hatte, wurde sie nun noch einmal hellhörig und ihr Puls ging etwas schneller. »Als Ihre Tochter die Zeitung und die Post geholt hatte – wissen Sie, ob sie die übrigen Sendungen auch durchgesehen hat?«

Frau Ocklenburg schien kurz zu überlegen, doch dann bestätigte sie: »Ja, sie ist die Post kurz durchgegangen.«

»War darunter auch ein Brief, dessen Absender ihr unbekannt war?«

Lena horchte in die entstandene Stille und erkannte in ihr die gefürchtete Antwort. Eine Erinnerung schlich sich an.

Es war 7:45 Uhr am Montagmorgen, als Klaus Brüning in sein Büro des Kommissariats kam. Er hatte sich einen schwarzen Kaffee aus der Küche mitgebracht und wollte vor der täglichen Dienstbesprechung noch die nötigsten Dinge durchgehen, um sich vorzubereiten. Als er sich in Anbetracht der Arbeit gerade mit einem Stöhnen in seinen Schreibtischstuhl setzte, klopfte es an der noch halb offen stehenden Tür.

»Guten Morgen. Kann ich kurz mit dir reden?« Es war Lena.

»Aber sicher.« Er winkte sie herein. »Setz dich.«

»Danke.« Aber anstatt auf einem seiner Besuchersessel Platz zu nehmen, blieb sie vor dem Aktenregal stehen.

»Was gibt es?«

»Ich möchte mit dir noch einmal über Rebecka Bohl und Jakob Richter reden. Ich habe mir das alles noch einmal angesehen …«

»Geht es immer noch um diesen Brief?«

»Ja, aber da ist noch viel mehr als nur dieses eine Blatt Papier. Sowohl Jakob Richter als auch Rebecka Bohl haben kurz vor ihrem Suizid einen Brief gelesen. Bei der physikalisch-technischen Untersuchung des ersten konnte nichts nachgewiesen werden, außer den Spuren des Opfers selbst. Keine weiteren Fingerabdrücke, kein Speichel, keine Durchschreibspuren. Nichts. Der Absender dieser Briefe war sehr bedacht darauf, seine Identität zu verbergen. Wir finden keinen Namen, kein Datum und in beiden Fällen auch keinen Umschlag. Die Stücke tauchen einfach aus dem Nichts auf und kurz darauf nehmen sich zwei Menschen das Leben.«

Sie wartete einen Moment, um diese Information wirken zu lassen, bevor sie fortfuhr.

»Beide Selbsttötungen waren scheinbar geprägt von einer Kurzentschlossenheit. Jakob Richter kam gerade von der Arbeit, als er sich erhängte, und Rebecka Bohl von ihrer Therapiesitzung. Sie hatte noch Termine für die ganze Woche und ein Date.« Sie betonte das letzte Wort deutlich. »Sie war frisch verliebt und gerade dabei, sich auf einen Mann einzulassen. Auch wenn sie Probleme hatte, sie war auf dem Weg der Besserung. Was ist ein größerer Beweis als der Beginn einer Beziehung? Niemand trifft eine Verabredung, wenn er nicht vorhat, dort auch zu erscheinen.« Lena begann mit ihren Händen zu gestikulieren und redete schnell, als hätte sie Angst, er könne ihre Darlegungen unterbrechen.

»Ich habe weitere Akten studiert und bin auf Fälle gestoßen, die ähnliche Merkmale tragen wie die aus der letzten Woche. Auch bei anderen kam der Suizid für die Familie und Freunde völlig unvermittelt. Einige der Toten standen längst wieder mit beiden Beinen im Leben.«

»Wenn du sagst ›wieder‹ …«

»Die meisten, auf die ich aufmerksam wurde, waren genau wie Rebecka Bohl und Jakob Richter zuvor in psychotherapeutischer Behandlung.« Sie antwortete auf seine unausgesprochene Frage sofort. »Aber nicht alle waren bei dieser Dr. Martens.«

»Wie viele?«

»Ich weiß es nicht. In den meisten Akten war nichts vermerkt«, musste sie zugeben. »Erinnerst du dich an die Entführung von Anna Ocklenburg?«

»Ja, daran kann ich mich gut erinnern. Eine schreckliche Geschichte. Die arme Frau hat sich einige Zeit nach der ganzen Sache das Leben genommen.«

»Ich habe mit ihrer Mutter gesprochen, und was sie mir erzählt hat, brachte mir endgültig die Gewissheit: Auch Anna Ocklenburg hat vor ihrem Selbstmord einen Brief ohne Absender erhalten. Leider existiert er nicht mehr. Aber er war da und lag vor ihr, kurz bevor sie sich das Leben genommen hat.«

»War sie auch bei dieser Martens in Behandlung?«

»Das konnte die Mutter mir nicht mehr sagen. Der Name sagte ihr aber nichts.«

Der Erste Kriminalhauptkommissar fuhr sich mit der Hand durchs Haar und sah Lena an. »Nichts deutet auf Fremdeinwirken hin.«

»Ich sage auch gar nicht, dass sie sich nicht selbst umgebracht haben.«

»Und genau an diesem Punkt kann ich dir nicht mehr folgen«, sagte Brüning etwas hilflos und rutschte in seinem Sessel hin und her.

»Ich glaube, dass der Grund für ihre Tat woanders liegt.«

»In diesen Briefen …«, vervollständigte er und stützte sein Kinn auf die Hand. »Wie stellst du dir das vor?«, wollte er wissen.

»Ein schriftliches Verfahren der Hypnose«, sie warf die Worte in den Raum, bevor sie Angst davor bekommen konnte, sie auszusprechen.

Er erhob sich schwerfällig von seinem Platz, ging zum Fenster hinüber und blieb mit dem Rücken zu ihr davor stehen. Sein Blick wanderte hinaus in den winterlichen Vormittag. Der Himmel war so dunkel und trüb bewölkt, dass er sich selbst etwas niedergeschlagen fühlte. Vielleicht war es auch dieser unfassbare Gedanke, den Lena Baumann ihm da vorlegte. Was sollte er davon halten? Sie war eine seiner besten Kommissare, mit Scharfsinn und mit einem Gespür, das nur wenige für diesen Beruf wirklich mitbrachten. Und jetzt kam sie mit dieser Idee. Es fiel ihm so schwer, das Ganze objektiv und vorurteilsfrei zu betrachten. Aber genau das verlangte er von seinen Mitarbeitern. Offen zu sein für das, was sein könnte. Damit man nicht doch einmal etwas übersah, weil man in der Masse der Eindrücke die einfachste Erklärung wählte.

»Warum?«, fragte er schließlich, ohne sich umzudrehen. Warum sollte jemand Briefe verfassen, die andere Leute in den Tod treiben? Warum über Briefe? Was soll der Sinn sein? Welche Absicht soll dahinterstecken?

»Ich weiß es nicht«, sagte sie leise, »ich sehe noch keine klare Linie.«

Er atmete hörbar aus. Dann drehte er sich zu ihr um. »Du weißt selbst, dass das alles ziemlich verrückt klingt, oder?«

Sie nickte schwach. In diesem Moment klopfte es an der Tür.

»Ja?«

Daniel steckte seinen Kopf zur Tür rein. Sein Gesicht strahlte wie immer und in seinem Ausdruck lag eine gewisse Aufregung. »Das ist ja perfekt. Euch beide wollte ich auch sehen.« Er kam herein und legte gleich los. »Die allgemeine und mikroskopische Untersuchung der Papiere ist fertig. In beiden Fällen haben wir es mit einer Art Naturpapier zu tun. Holzhaltig, exakter gesagt: aus einer 30-zu-70-prozentigen Cellulosemischung von Birkenkurzfaser- und Kieferlangfaserzellstoff. 25 Prozent Füllstoffe, die da wären: Kreide und Kaolin, und Alkylketendimer als Leimungsmittel. Das Produkt wurde nur einmal gestrichen, weshalb es weniger hydrophob ist als andere Papiere. Es handelt sich um ein hochweißes, mattes Papier von 80 g pro Quadratmeter, Dicke 109, Weißegrad 172 Prozent, Opazität 91 Prozent, pH-Wert 8 …«

Brüning unterbrach die Masse an Informationen und Fachwörtern, die auf ihn niederprasselte, mit einer Handbewegung. »Daniel, mein Lieber, mach es kurz. Was genau können wir Normalsterblichen mit diesen Informationen anfangen?«

Der Kriminaltechniker grinste. »Das Papier ist identifiziert. Die Materialien sind in beiden Fällen identisch.«

»Was ist mit der Tinte?«

»Wenn du mich meine Ausführungen zu Ende hättest auslegen lassen, wüsstest du bereits, dass auch die Tintenspuren identisch sind.«

»Sie sind also von ein und demselben Absender«, folgerte Lena.

»Mit sehr großer Wahrscheinlichkeit. Ja.«

»Kinners, dat hat uns gerade noch gefehlt.« Die Bestätigung der Fakten ließ Brüning zurück in seinen Sessel sinken.

»Es geht noch weiter«, ereiferte sich Daniel. »Wir haben nicht nur die Beschaffenheit des Papiers und der Tinte, wir haben damit auch den Produzenten. Ich habe veranlasst, die kompletten Herstellerlisten durchzuackern und jene Händler in Kiel ausfindig zu machen, die ein solches Papier verkaufen. Kombiniert mit dem Angebot der Tinte bleibt nur ein einziger übrig.« Daniel machte eine vielsagende Pause. »Natürlich kann das Papier auch irgendwo sonst in Deutschland oder über das Internet gekauft worden sein, aber wenn ihr euren anonymen Schreiber finden wollt, solltet ihr vielleicht genau dort mit der Suche anfangen.«

Er beendete seinen Vortrag mit dem Zuklappen seiner Mappe, reichte sie an Lena weiter und sah dann abwechselnd von einem zum anderen.

Klaus Brüning rieb sich die Stirn und starrte ihn an. Was er ihnen gerade gesagt hatte, gab Lena recht und es bereitete ihm Kopfzerbrechen, wenn er nur daran dachte, was das bedeutete.

»Na schön«, grummelte er dann und erhob sich wieder. »Dienstbesprechung in zehn Minuten. Trommelt mir unsere Leute zusammen.«

Eine gute Viertelstunde später hatten sich alle zwölf Mitarbeiter des K1 im Besprechungsraum zusammengefunden. Brüning sah in ihre Gesichter und überlegte, wie und wo er anfangen sollte. Er war noch immer wie vor den Kopf gestoßen, dass er an diesem Tag das Gefühl hatte, nicht Herr der Lage zu sein. Seine sonst so routinierte und sichere Art, die Gespräche des Teams zu leiten, war heute aus der Bahn geraten und er hatte Mühe, die Sitzung zu planen.

»Also«, begann er dann einfach, »wir haben einen neuen Fall, mit dem ich ein paar von euch noch mitbetrauen möchte. Lena und Mark wurden in der letzten Woche zu zwei Selbsttötungen gerufen. Einmal in die Wohnung von Jakob Richter, das andere Mal war es die Sache am Rathausturm, von der ihr gehört habt.«

Brüning wendete sich an Lena und hoffte, sie könnte eine knappe Zusammenfassung der Ereignisse geben. »Lena, würdest du kurz für alle die Einzelheiten darlegen, bitte.«

Er spürte, wie sie etwas widerwillig, aber gehorchend das Wort ergriff. Auch ihr war anzusehen, wie unangenehm ihr der Bericht vor den anderen Kollegen war, weil sie wusste, dass sie immer noch auf das gleiche Unverständnis stoßen würde wie zuvor.

»Wir haben neben dem Leichnam von Jakob Richter einen Brief gefunden und später auch beim Suizid von Rebecka Bohl. Papiermaterial und Tinte wurden verglichen und stimmen, wie wir gerade aus der Kriminaltechnik erfahren haben, überein. Es handelt sich also um ein und denselben Schreiber, der sich kurz vor ihrem Selbstmord an beide Personen gewandt hat. Einen Schriftvergleich konnten wir leider nicht durchführen, da sich der zweite Brief quasi fast aufgelöst hat. Gestern habe ich dann von einem weiteren Brief erfahren, der im Zusammenhang eines Suizids vor anderthalb Jahren auftauchte.

Aber auch hier können wir leider keine genauen Untersuchungen mehr vornehmen, da er nicht mehr existiert.«

Brüning nickte ihr dankend zu und breitete wie als Zeichen der Entschuldigung die Hände aus.

»Ich verstehe, ehrlich gestanden, noch nicht genau, worum es überhaupt geht«, meldete sich Arne von seinem Platz aus. Er hatte sich auf seinem Stuhl zurückgelehnt und die muskulösen Oberarme vor der Brust verschränkt. Unter seinen igeligen, hellbraunen Haaren lag die Stirn zwischen seinen dunklen Augen in Falten und verlieh ihm einen mürrischen Ausdruck. »Was haben diese Briefe denn mit den Suiziden zu tun?«, wollte er wissen.

Brüning räusperte sich und warf Lena einen hilfesuchenden Blick zu. Es war ihm unangenehm, dass er selbst so wenig über den Fall wusste und keinen klaren Leitfaden für sein Team geben konnte. Er hatte dieser ganzen Angelegenheit kaum Beachtung geschenkt und dachte nun etwas beschämt an jene Sitzung vor einigen Tagen zurück, in der er Lena zurückgepfiffen hatte wie einen Hund. Brüning hatte ihren Verdacht nicht ernst genommen, obwohl er um ihre gute Spürnase wusste. Aber manchmal war sie eben auch etwas überengagiert, was das Nachforschen von unerheblichen Verbindungen anging. Er hatte nur verhindern wollen, dass sie unnötige Energie an eine bedeutungslose Komponente verschwendete. Und nun das … In ihm machte sich ein Schuld- und Schamgefühl breit und er war erleichtert, dass Lena die Antwort übernahm.

»Wir haben den Verdacht«, begann sie vorsichtig, »dass der Absender der Briefe seine Werke mit der Absicht verfasst hat, die Empfänger zum Suizid zu bewegen. Wie genau er das gemacht hat, können wir noch nicht sagen. Fest steht bisher nur, dass dieser Schreiber mehrere Schriftstücke angefertigt hat und dass seine Opfer alle in psychotherapeutischer Behandlung waren.«

»Ihr behauptet ernsthaft, dass jemand drei Personen nur mithilfe von Briefen zum Selbstmord getrieben hat?« Arne zog skeptisch die Augenbrauen hoch.

»Wie soll das denn möglich sein? Wenn das gehen würde, dürfte wohl niemand mehr etwas lesen«, meinte Thorsten und teilte die abwehrende Haltung seines Kollegen.

»Die mögliche Lösung für dieses Problem ist Hypnose«, sagte Lena schlicht und wartete die Reaktion ihrer Kollegen ab. Sie alle konnten sich nicht vorstellen, dass etwas dieser Art machbar war, und Brüning konnte ihre Ungläubigkeit nur zu gut verstehen. Die meisten Kollegen starrten Lena schweigend an. Andere wie Arne schüttelten den Kopf.

»Das klingt wirklich sehr verrückt«, warf Theresa auf ihre behutsame, vermittelnde Art ein. »Kannst du uns vielleicht erläutern, wie das gehen soll?«

»Na ja, ich bin auch kein Fachmann, was das angeht, und kann euch leider nur das erzählen, was ich bisher in Erfahrung gebracht habe«, sagte Lena und gab wieder, was sie wusste: »Um jemanden zu hypnotisieren, bedarf es im Grunde nur der richtigen Worte. Ob sie gesprochen werden oder geschrieben stehen, ist, denke ich, erst mal egal. Ich habe mich mit dem Text des Briefes, den wir bei Jakob Richter gefunden haben, beschäftigt. Professor Carstens von der Universität Kiel hat uns seine Hilfe angeboten und ihn analysiert. Er konnte mir seinem Tätigkeitsfeld entsprechend natürlich nicht allzu viel über die psychologische Komponente des Textes sagen.

Aber eines der wichtigsten Elemente, die er herausstellte, waren die vielen allgemeinen Wörter, mit denen der Autor gearbeitet hat. Jeder dieser Begriffe, wie beispielsweise ›Leid‹ löst in jedem von uns etwas anderes aus und wird von jedem anders ausgefüllt. Indem der Schreiber diese benutzt, wirkt der Text zwar, als könnte er jedem gelten, aber dennoch ist er inhaltlich auf den Empfänger abgestimmt. Der Täter muss seine Opfer also sehr gut gekannt haben. Er wusste, wie genau Jakob Richter auf welche Signalwörter reagiert. Denn nur auf ihn hatte der Brief eine solche Wirkung.«

»Aber wie kann ein Brief so eine Macht ausüben, dass er einen Menschen zum Selbstmord bringt? Ich meine, jeder Mensch hat doch einen Überlebensinstinkt«, hakte Theresa nach.

»Um das befriedigend zu klären, brauchen wir sicher jemanden, der vom Fach ist. Der Täter muss auf jeden Fall weitreichende Kenntnisse auf diesem Gebiet haben.«

»Entschuldigt«, meldete sich Arne noch einmal zu Wort, »ich will hier wirklich nicht den Oberskeptiker spielen, aber sprechen wir hier eigentlich überhaupt von Mord? Wir sind ja immerhin eine Mordkommission …«

Lena fühlte sich scheinbar von seiner Bemerkung angegriffen, da sie es war, die diesen obskuren Fall angeschleppt hatte. »Jemand verschickt Briefe, mit denen er andere umbringt!«, platzte sie heraus. »Natürlich ist das Mord!«

»Ich meine ja nur …« Arne hob entschuldigend die Hände. »Die beiden haben sich mit eigener Hand das Leben genommen. Ein klassischer Mord ist das für mich nicht.« Er suchte den Blick von Staatsanwalt Jordt, der von seinem Platz aus das Gespräch bisher schweigend verfolgt hatte. »Oder wie ist das juristisch zu bewerten?«

»Ganz so klar auszulegen ist dieser Sachverhalt tatsächlich nicht«, begann Jordt in seiner ruhigen, bedächtigen Art. Er war kein Mann, der sich gern und viel in den Vordergrund spielte. Für gewöhnlich saß er bei ihren Besprechungen zurückhaltend da, machte sich hin und wieder einige Notizen und traf knapp und klar jene Entscheidungen, die von ihm verlangt wurden. Brüning wusste, dass er jeden Schritt ihrer Ermittlungen mit Argusaugen prüfte. Wenn er eine Schwachstelle in ihrem Vorgehen ausgemacht hatte, legte er gezielt und gnadenlos seinen Finger darauf. Jordt war korrekt. Immer.

»Um von Mord sprechen zu dürfen, bedarf es, wie Sie wissen, einem Mordmerkmal wie etwa Mordlust, Habgier oder einem sonstigen niederen Beweggrund«, referierte er. »Wenn man dem Täter ein solches unterstellen würde, könnte man sicherlich den Straftatbestand des Mordes nennen. Beihilfe oder Anstiftung greifen in diesem Fall nicht, da der Suizid an sich keine Straftat ist und damit nicht rechtswidrig.«

Der gewählte Ausdruck des Staatsanwalts, den man direkt hätte druckreif abtippen können, blieb im Raum stehen und bildete einen krassen Gegensatz zu Lenas emotionalem Ausbruch.

»Interessant ist vielmehr, *wie* der Straftatbestand verwirklicht wurde«, sagte Jordt. »Wenn man davon ausgeht, dass der Täter seine Opfer tatsächlich durch das Verfahren der Hypnose zu ihrer Tat gebracht hat, sind diese als nicht mehr willensgesteuert und ergo als nicht voll verantwortlich handelnd zu betrachten. In einem solchen Falle sprechen wir von Tötung in mittelbarer Täterschaft.«

»Und das greift hier?«, wollte nun auch Mark wissen.

Jordt legte beide Hände flach auf den Tisch. »Mittelbare Täterschaft liegt immer dann vor, wenn der Täter seinen Opfern überlegen ist und sie willentlich zu einer Tat führt. Hier geschieht dies durch das Ausnutzen ihrer psychischen Verfassung. Die Opfer werden durch die Hypnose zum Werkzeug gegen sich selbst«, erläuterte er.

»Mitte der 70er-Jahre gab es ein Verfahren, das heute unter dem Namen ›Sirius-Fall‹ bekannt ist. Angeklagt wurde ein Mann, der einer mit ihm befreundeten Frau nahelegte, sich selbst das Leben zu nehmen, damit sie in einem neuen Körper erwachen und schließlich auf dem Planet Sirius weiterleben könne.«

Ein amüsiertes Schnauben war zu vernehmen, das Jordt allerdings ignorierte.

»So absurd die Details dieses Falls auch klingen, das Urteil des Gerichtes zeigt große Parallelen zu Ihrem aktuellen Sachverhalt. Damals entschied der Bundesgerichtshof, dass der Angeklagte die Frau durch Suggestionen und mithilfe seines überlegenen Wissens bewusst zu ihrem Handeln gelenkt habe. Sein Versuch, den Mord an der Frau von jemand anderem begehen zu lassen – und zwar von ihr selbst – wurde als versuchte Tötung in mittelbarer Täterschaft angesehen.«

»Das ist doch quasi genau dasselbe«, meinte Lena und fühlte sich in ihrer Position bestätigt.

Jordt teilte ihren Enthusiasmus allerdings nicht und entgegnete in seiner nüchternen Art: »Um Ihren Fall befriedigend beurteilen zu können, müssen noch einige Fragen geklärt werden. Soweit ich sehe, haben Sie weder das Motiv noch die genauen Umstände der Tat ausreichend klären können, insbesondere die Wirksamkeit der schriftlichen Hypnose scheint mir noch nicht bewiesen.«

»Wir werden uns umgehend darum kümmern«, fuhr Brüning plötzlich eilig dazwischen, weil er befürchtete, dass eine weitere hitzige Debatte ausbrechen könnte. »Ich werde schnellstmöglich einen Fachmann anfordern«, versprach er. »Bis dahin sollten wir versuchen, wenigstens ein bisschen Licht in die Sache zu bringen. So wie ich es im Moment einschätzen kann, haben wir bis auf die psychologische Verfassung und die Behandlung bei dieser Dr. Martens noch keine Gemeinsamkeiten der Opfer. Das heißt, wir müssen nach weiteren Schnittstellen und Ansatzpunkten suchen.« Er trat an das Flipchartboard und nahm einen Stift von der Ablage. »Ich möchte, dass sich jemand die Selbstmordfälle der letzten Monate ansieht. Möglicherweise hat der Täter noch weitere Briefe in der Vergangenheit geschrieben. Dann finden wir vielleicht dort irgendeine Spur. Irgendeine Verbindung der Toten, die uns zu ihm führt.«

»Das kann ich übernehmen«, bot Theresa vom anderen Ende des Tisches an.

»Gut. Vielleicht haben wir ja Glück. Lena kann dir am besten ihre bisherigen Ergebnisse schon mal geben, damit du einen Ausgangspunkt hast.«

Brüning machte eine Notiz am Flipchartboard. Gleich darunter schrieb er den Namen »Dr. Martens«.

»Zweiter Ansatz: diese Therapeutin. Wir müssen wissen, ob sich noch weitere Patienten von ihr das Leben genommen haben, und auch hier nach Überlappungen suchen.«

Lena meldete sich stumm von ihrem Platz aus als Zeichen, dass sie diese Aufgabe übernehmen würde.

»In Ordnung. Mark, würdest du dich dann bitte um diesen Laden kümmern, von dem Daniel herausgefunden hat, dass er die Tinte und das Papier verkauft? Unter Umständen stoßen wir auch dort auf irgendeinen Hinweis.«

Mark nickte. »Alles klar. Wird gemacht.«

Dann wandte Brüning sich wieder der ganzen Gruppe zu.

»Was noch? Was haben wir noch? Zwei Briefe, einer davon unbrauchbar, zwei Opfer, möglicherweise mehr. Ein Täter – können wir uns hier schon ein Bild machen?«

Er sah fragend in die Runde und stieß auf vollkommen ratlose Gesichter.

»Patrick, du bist durch diesen Autodiebstahl-Fall doch gerade im Profiling drin. Schau mal, ob du uns ein vorläufiges Täterprofil zusammenstellen kannst.«

Der Kollege blies die Backen auf. »Ich werde es versuchen. Von wem kriege ich diesen Brief?«

»Von mir«, bot sich Lena an.

»Okay.« Brüning legte seinen Stift wie als Zeichen ab. »Ich kann jeden verstehen, der dieser Angelegenheit skeptisch gegenübersteht. Mir geht es, ehrlich gesagt, im Moment nicht anders. Aber«, und er betonte seine Worte, »wir müssen aus unserer jetzigen Position einfach erst einmal offen an die Sache herangehen. Ich werde dafür sorgen, dass wir einen Fachmann ranbekommen, der uns da unter die Arme greifen kann. Bis dahin bitte ich jeden von euch, sein Nötigstes zu tun, damit wir möglichst schnell ein wenig Klarheit in diesen Dschungel bekommen. Hoffen wir, dass wir nicht noch mehr Briefe von irgendwelchen Leichen sammeln müssen.«

»Hi Marie, ich bin's. Nicole.«

»Ach, hi, Nicole.« Sie wechselte den Hörer auf die linke Seite und packte mit der anderen Hand weiter ihre Sachen in die kleine Handtasche.

»Wie geht es dir?«, fragte ihre Freundin und bemühte sich dabei, so normal wie möglich zu klingen. Marie hatte sich an diesen ganz unterschwelligen Ton in den Stimmen ihrer Umgebung fast schon gewöhnt. Sie waren vorsichtig geworden, betont sanft oder übertrieben fröhlich. Viele von ihnen hatten sich auch seit Monaten nicht mehr gemeldet. Der Umgang mit einer Mutter, die ihr Kind verloren hatte, war vielen unangenehm. Auch Nicole wusste nicht recht, wie sie sich verhalten sollte, aber sie rief dennoch immer mal wieder an, um sich nach ihr zu erkundigen. Marie wusste es zu schätzen, auch wenn es ihr schwerfiel, ihr entgegenzukommen.

»Ganz gut. Ich komme klar.«

»Du, ich wollte dich eigentlich nicht lange stören«, meinte Nicole, »ich wollte dich fragen, ob du Lust hast, morgen Abend mit mir und zwei anderen Freundinnen ins Kino zu gehen.«

»Hmm …« Marie überlegte, wie sie am höflichsten absagte. »Es ist nett, dass du fragst, aber ich glaube nicht.« Sie steckte zuletzt ihr Portemonnaie und eine Packung Taschentücher in ihre Tasche und machte sie zu.

»Schade. Meinst du nicht, du könntest dir einen Ruck geben? Es wird bestimmt sehr nett«, sagte ihre Freundin aufmunternd. Und es würde dir guttun, schien sie zu denken.

»Mir ist einfach nicht danach, tut mir leid«, sagte Marie, nahm ihre Handtasche und ging in den Flur, um in ihre hohen Winterstiefel zu schlüpfen. Sie war auf dem Weg zum Supermarkt und hatte ihrer Mutter versprochen, einige Dinge für das Abendessen zu besorgen.

»Wir wollen uns die neue Komödie mit diesem Männertrio ansehen. Der Film ist sicher total lustig«, versuchte Nicole es ein letztes Mal. Aber Marie wollte nicht und sie wollte auch nicht überredet werden.

»Ich denke darüber nach«, sagte sie, in der Hoffnung, ihre Freundin würde sich damit zufriedengeben. »Wenn ich mitkomme, schreibe ich dir einfach eine SMS.«

»Na schön.«

An ihrem Ton erkannte Marie, dass sie aufgegeben hatte. Weder sie noch Nicole rechneten damit, dass sie eine SMS schreiben würde, und das Gespräch war damit im Grunde beendet.

»Ich fänd es schön, wenn wir uns sehen«, hörte sie vom anderen Ende der Leitung. »Mach's gut, Marie.«

»Du auch. Danke für deinen Anruf.«

Sie legte kurzerhand auf, zog sich rasch ihren Mantel über und verließ das Haus, bevor sie es sich anders überlegen konnte. Der kalte Wind wehte um die Ecke und durch den Vorgarten. Winzige Schneeflocken spielten in ihm. Auf dem Bürgersteig ging eine alte Dame mit ihrem Hund vorbei und grüßte Marie mit einem knappen, lautlosen Nicken. Sie kannte die Frau nicht und auch sonst niemanden in dieser Straße. Seit sie vor vier Monaten bei ihren Eltern untergekommen war, weil sie es im eigenen Haus nicht mehr ausgehalten hatte, war sie kaum rausgegangen. Was sollte sie auch draußen? Was sollte sie überhaupt? Außer ihren Eltern hatte sie niemanden mehr. Von ihrem Mann hatte sie sich vor zwei Jahren getrennt, und seit David nicht mehr da war, hatte sich ihre Familie quasi aufgelöst. Da war nichts mehr, das ihr Halt gab. Nur ihre

Eltern. Und es tat ihr leid, dass sie ihnen so zur Last fiel. Wie sehr wünschte sich ihre Mutter, ihre Tochter mal wieder unter Leuten oder sogar mit einem Lächeln auf dem Gesicht zu sehen. Marie schluckte und musste die aufkommenden Tränen unterdrücken. Vielleicht sollte sie doch mit ins Kino gehen. Ihrer Mutter zuliebe. Und möglicherweise würde es ihr wirklich guttun. Es war das erste Mal, dass ihr ein solcher Gedanke kam. Sie würde es sich überlegen. Bis morgen war noch Zeit.

Sie schloss die Autotür ihres roten Mazdas auf, der in der Einfahrt stand, und warf die Handtasche auf den Beifahrersitz. Als sie einstieg, sich anschnallte und in den Rückspiegel blickte, bemerkte sie den Wagen, der hinter ihr auf der Straße stand. Für einen Moment hatte sie den Eindruck, der Fahrer würde sie ansehen, aber durch die leicht verschneite Rückscheibe konnte sie es nicht genau erkennen. Nachdem sie den Motor gestartet und auf die Straße zurückgesetzt hatte, war das Auto verschwunden.

Das Schreibwarengeschäft lag in einer ruhigen Nebengasse der Innenstadt und wirkte auf den ersten Blick eher unscheinbar und wenig einladend. Die Fassade aus dunkelroten alten Ziegeln und das antiquarische Messingschild über der Tür verlieh ihm das Aussehen eines kleinen Hexenhauses. Doch durch die weißen Sprossenfenster, an denen an einigen Stellen schon die Farbe vom Holz blätterte, konnte man in das erleuchtete moderne Innenleben sehen. Als Mark eintrat, erklang ein durchdringendes Bimmeln, das für einige Sekunden den ganzen Laden erfüllte. Der Verkaufsraum wirkte hell und freundlich. Etliche weiße Regale füllten das Geschäft und hielten unzählige Arten von Papieren in allen Farben bereit. In

Vitrinen vor den Fenstern und neben dem kleinen Kassentisch waren verschiedene Schreibutensilien und Künstlerbedarf ausgestellt. Kurz nachdem der Klang der Türglocke verhallt war, erschien ein älterer Mann in brauner Stoffhose und grauer Strickjacke. Sein Haar war weiß und auf der Nase trug er eine dünne Brille. Repräsentativer hätte er Marks Meinung nach gar nicht aussehen können.

»Guten Tag. Was kann ich für Sie tun?«

»Moin.« Mark ging auf den Herrn zu und zeigte ihm seinen Ausweis. »Ich bin von der Kriminalpolizei Kiel und würde Ihnen gern ein paar Fragen stellen.«

Der Mann sah überrascht aus. »Ist etwas passiert?«

»Nein. Ich habe nur ein paar Fragen zu zwei Ihrer Produkte«, erklärte Mark kurz. Er gab dem Mann einen kleinen Zettel, auf dem die Papier- und Tintenbezeichnung des Untersuchungsergebnisses standen. »Sie führen diese Art von Papier und Tinte in Ihrem Laden, richtig?«

Der alte Mann warf einen genauen Blick auf die Notiz. »Ja.« Er nickte. »Ja, die verkaufe ich. Sie sind hier drüben.« Er ging voran zu einem der Regale und zog eines der Blätter aus dem Fach, um es Mark zu zeigen.

»Verkaufen Sie viele von diesen Bögen?«, wollte Mark wissen.

Der Mann brauchte nicht lange nachzudenken. »Eigentlich nicht. Es ist ein sehr hochwertiges Papier. Die Leute kaufen es für Einladungen oder förmliche Schreiben. Im alltäglichen Gebrauch findet es eher selten Verwendung.«

»Wie viele Kunden kaufen es etwa?«

»In der Woche?«

»Generell.«

»Hmm …« Nun musste er doch nachdenken und rieb sich angestrengt den Kopf. »Schwer zu sagen.«

Mark erleichterte ihm die Antwort, indem er seine Frage etwas eingrenzte: »Wie oft haben Sie es im letzten Monat verkauft?«

»Grob geschätzt, etwa vier, fünf Mal vielleicht. Ich könnte in den Unterlagen nachsehen.«

»Haben Sie Aufzeichnungen über alle Kunden, die diese Papierart kaufen?«

Er lachte kurz auf. »Junger Mann, wo denken Sie hin?«

Mark sah sich im Laden um und fragte sich insgeheim, wie ein Geschäft wie dieses in einer solchen Ortslage überhaupt überleben konnte. Welche Leute kauften hier ein? Hobbybastler, Erzieherinnen vielleicht. Er musste sich eingestehen, dass er kaum eine Vorstellung davon hatte, was man hier finden konnte. Gebastelt hatte er allenfalls als Kind. Und selbst damals nur, wenn es sein musste. Mit Buntstiften, Briefpapier und Füllern kam er in seinem jetzigen Leben im Grunde nie in Berührung. Höchstens einmal, wenn seine Töchter was für die Großeltern oder zum Muttertag basteln wollten.

»Kennen Sie Ihre Kunden gut?«, fragte Mark unvermittelt.

Der alte Mann sah ihn an. »Ich habe einen kleinen Laden. Viele Leute, die bei mir kaufen, kommen seit Jahren. Die meisten von ihnen sehe ich regelmäßig. Mit den großen Geschäften in der Stadt kann ich nicht mithalten. Zu mir kommen die Kunden, die etwas Besonderes suchen. Ich habe Papiere und Schreibmaterialien, die Sie sonst nirgends bekommen. Die Gesichter, die ich sehe, kenne ich gut.«

»Und wer kauft dieses Papier?« Mark zeigte auf den Bogen des edlen Papiers, das der Verkäufer immer noch in der Hand hielt.

»Da gibt es mehrere Kunden.«

»Kennen Sie ihre Namen?«

»Nein, natürlich nicht. So persönlich ist das Verhältnis nun auch wieder nicht.«

Mark wurde etwas ungeduldig unter der Aussichtslosigkeit, von diesem Mann etwas Nützliches zu erfahren. »Wie sieht es mit der Tinte aus?«

»Auch hier kann ich Ihnen keine Kundennamen nennen. Wie gesagt, ich …«

»Wäre es möglich, die Aufzeichnungen über die Kartenzahlungen der letzten sechs Monate zu bekommen?«

Der ältere Mann musterte Mark und schien abzuwägen, welche Wahl er hatte.

»Nun ja, ich könnte Ihnen die Abrechnungen natürlich geben. Aber ich bezweifle, dass sie Ihnen weiterhelfen werden. Es zahlen nur wenige Kunden mit Karte. Vor allem, wenn sie nur ein paar Blätter Papier kaufen.«

Dennoch durchquerte er den Laden mit langsamen Schritten und verschwand durch eine Tür in ein Hinterzimmer, um nach den Unterlagen zu suchen. Es dauerte eine gefühlte Ewigkeit, in der Mark auf ihn wartete und mehrere Male mit dem Gedanken spielte, einfach zu gehen. Es hatte doch keinen Sinn, diese Abrechnungen durchzugehen und nach irgendeiner Übereinstimmung zu suchen. Es war sehr unwahrscheinlich, dass ein Täter, der vorsätzlich derlei Briefe schrieb und sich scheinbar die größte Mühe gab, seine Spuren zu verwischen, so dämlich wäre, seinen Namen beim Kauf der »Tatwaffe« zurückzulassen. Unwillkürlich schüttelte Mark den Kopf. Diese ganze Sache war der reinste Wahnsinn. Er hatte ja schon einiges erlebt. Männer, die aus Eifersucht oder auch Sorge ihre geliebte Familie erschossen, Frauen, die aus Rache den eigenen Ehemann oder die beste Freundin um die Ecke brachten, und Kollegen, die ihren Chef ins hauseigene Schlangenterrarium warfen. Wirklich, er hatte schon viele Kuriositäten in Sachen Mordmotiv und -mittel gesehen. Die Abgründe der menschlichen Spezies waren tatsächlich vielschichtig und oft genug verstörend und unverständlich. Aber in all den Jahren seiner Polizeiarbeit war ihm so ein Blödsinn wie diese Briefgeschichte noch nicht untergekommen. Welchen Grund sollte jemand haben, andere Menschen durch diese umständliche Methode hypnotischer Briefe zu töten? Er konnte sich keinen Reim darauf machen. Vielleicht war das alles auch ein großer Irrtum und es war nur purer Zufall oder der Selbstmord war ganz anders passiert. Möglicherweise hatte der Mörder mit gezückter Pistole vor ihnen gestanden und sie genötigt, zu handeln. Oder aber die Selbstmorde waren über lange Zeit gemeinsam geplant und quasi aus einer Sekte heraus beordert.

Das ist doch verrückt, dachte Mark. Jetzt dreht mein Hirn auch schon durch. Aber jede dieser Erklärungen erschien ihm nicht minder plausibel – oder besser gesagt unwahrscheinlicher – als die, die zurzeit im Raum stand.

»So, hier haben wir die Abrechnungen.« Der Verkäufer kam aus dem hinteren Teil des Ladens zurück und übergab Mark einen Karton, in dem mehrere sauber zusammengeheftete Stapel Quittungen lagen. »Ich hoffe, es ist alles dabei.«

»Vielen Dank. Wir werden Ihnen die Unterlagen zurückbringen, sobald wir mit der Arbeit fertig sind«, erklärte Mark.

»Tja, viel Glück damit«, entgegnete der Mann mit

einer Spur Sarkasmus in der Stimme und sprach damit aus, was Mark sowieso dachte. Er würde die Belege an die Kollegin weitergeben und die Sache wäre für ihn erledigt.

Ungefähr zur selben Zeit betrat Lena zum zweiten Mal die Praxis von Dr. Martens. Es wunderte sie nicht, die Ärztin in einem schicken Designerkleid anzutreffen, und sie fragte sich kurz, ob das Gehalt einer Psychotherapeutin tatsächlich so großzügig ausfiel.

»Frau Baumann«, grüßte Dr. Martens sie reserviert und verzog die Lippen zu einem seltsam gespielten Lächeln.

»Hallo, Frau Dr. Martens. Ich habe noch ein paar Fragen in Bezug auf die Suizide von Rebecka Bohl und Jakob Richter.«

»Das dachte ich mir schon«, kam die knappe Antwort und ohne eine weitere Höflichkeit begleitete sie Lena in das stilsicher eingerichtete Behandlungszimmer.

»Also, welche Fragen kann ich Ihnen beantworten?«, fragte sie direkt, setzte sich in einen ihrer Besuchersessel und schlug vornehm die Beine übereinander.

Lena nahm ihr gegenüber Platz und holte ihre Notizen aus der Jackentasche, die sie sich für ihren Besuch gemacht hatte. »Zum einen möchte ich gerne wissen, wann genau Rebecka Bohl am Donnerstagnachmittag Ihre Praxis betreten und wieder verlassen hat. Wir versuchen gerade, den Tag ihres Suizides zu rekonstruieren.«

»Ihr Termin war um 14 Uhr. Sie war pünktlich hier und ist auch genau um 15 Uhr wieder gegangen.«

»Wissen Sie, wo sie hinwollte? Ob sie noch etwas vorhatte?«

»Nein, das weiß ich nicht.«

»Hat sie darüber gesprochen, was sie vorher gemacht hat?«

»Sie kam von der Arbeit, soweit ich weiß.«

Die Antworten ihres Gegenübers fielen so kurz aus, dass Lena ungeduldig wurde. »Hat sie vielleicht erwähnt, dass sie noch zum Rathaus musste, um dort etwas zu erledigen?«

»Nein.«

»Hatten Sie die Gelegenheit, ihr einen Brief in die Tasche zu stecken?« Sie platzierte die Frage so überraschend wie möglich, um eine unverfälschte Reaktion zu erwischen.

»Einen Brief?« Dr. Martens sah sie verständnislos an.

»Ja, ob Sie ihr einen Brief gegeben haben.«

»Warum sollte ich das tun?«

Lena taxierte den Ausdruck auf dem Gesicht der Therapeutin, konnte aber außer einem Erstaunen nichts erkennen. Einen Versuch war es wert gewesen.

»Hören Sie«, ereiferte sich Dr. Martens und erhob sich ruckartig aus ihrem Sessel, »wenn Sie keine weiteren wichtigen Fragen haben, würde ich Sie jetzt bitten, zu gehen. Ich habe gleich noch einen Termin.«

Wie auf dieses Schlagwort hin ging die Tür zum Treppenhaus auf und jemand betrat die Praxis.

»Einen Moment, bitte«, sagte die Psychotherapeutin, verließ den Raum mit eiligen Schritten und zog die Tür hinter sich zu.

Lena nutzte die Gelegenheit, um rasch aufzustehen und sich ein wenig im Büro umzusehen. Neben all den genau platzierten Einrichtungsgegenständen, die sowohl Professionalität als auch Ruhe und Muße zum Ausdruck bringen sollten, gab es in dem geräumigen Zimmer kaum Dinge, die etwas über die Frau verrieten, die hier ihre Patienten behandelte. Der große, massige Aktenschrank verwahrte alle Informationen und Lena hätte nur zu gern einen Blick hineingeworfen, um zu sehen, ob noch mehr verschwiegene Geheimnisse darin unter Verschluss gehalten wurden. Aber sie wusste, dass Dr. Martens jeden Augenblick zurückkehren würde und die Zeit besser genutzt wäre, sich die restlichen Winkel des Büros anzusehen. Sie überflog mit ihrem Blick die Bücherregale und die gerahmten Dokumente über absolvierte Fortbildungen, fand aber im ersten Moment nichts, das ihre Aufmerksamkeit erregte. Auf dem dunklen Holz des breiten Schreibtisches lag der zugeklappte Laptop und ein paar ungeöffnete Briefumschläge, die Lena nacheinander vorsichtig mit einem der Kugelschreiber anhob, um die Absender zu inspizieren. Scheinbar Werbeschreiben und einige Rechnungen. Wieder nichts Besonderes. Neben einem leeren Notizblock gab es nur noch einen schmalen Tischkalender, der die jeweilige Woche anzeigte. In dieser Woche waren eine ganze Menge Termine eingetragen. Welche davon privat und welche beruflich waren, konnte Lena nur schwer auseinanderhalten. Sie ging die Spalte für den heutigen Tag durch und fand außer den drei vergangenen Terminen am Vormittag noch welche am Nachmittag und einen Termin »13:00 Uhr Mittag«.

Vom Flur aus hörte Lena gedämpfte Stimmen und war sich sicher, dass genau diese Verabredung zum Mittagessen draußen wartete. Noch einmal nahm sie den Kugelschreiber und blätterte zur vorigen Woche zurück, um den Tag von Rebecka Bohls Tod zu überprüfen. Ihr

Termin war tatsächlich für 14:00 Uhr eingetragen, um 15:15 Uhr ein weiterer und auch davor einige Namen von Patienten aufgelistet. Die restliche Woche zeigte wenig Interessantes bis auf einen Eintrag, an dem sie plötzlich hängen blieb. »Samstag: Frau Richter.« Ein Schauer lief ihr über den Rücken. Welchen Grund mochte Dr. Martens wohl gehabt haben, sich mit der Frau ihres toten Patienten zu treffen? Lena nahm blitzschnell ihr Handy aus der Tasche und machte ein Foto von der gesamten Wochenübersicht. Gerade als sie es wieder eingesteckt hatte, ging die Tür auf und sie konnte noch einen Schritt vom Schreibtisch weg machen, bevor Dr. Martens sie mit finsterer Miene ansah.

»Mein Termin ist schon da«, verkündete sie.

»Kein Problem. Ich bin ohnehin mit meinen Fragen durch«, sagte Lena und folgte der Therapeutin in den Flur hinaus. Sie hatte erwartet, auf dem Sofa jemanden warten zu sehen, aber der Besuch hatte sich scheinbar zurückgezogen. Ein leises Klappern war aus der Küche zu hören.

»Ach, eine letzte Sache noch, Dr. Martens«, fiel ihr noch ein, »ich habe Ihre ganzen tollen Fortbildungszertifikate gesehen. Haben Sie eigentlich auch eine Ausbildung in Hypnose?«

Martens sah sie mit einem Blick an, den sie nur schwer deuten konnte. Er war verschlossen, aber auch wachsam. »Nein.«

Wieder dieses schlichte Nein. Die Frau war nicht gerade ein Mensch großer Worte und Lena hatte jedes Mal den Eindruck, dass sie jedes einzelne von ihnen sorgfältig abwog. Was versteckte sie? Warum war sie so abweisend? Hatte sie nur Angst um ihre Praxis und mochte es einfach nicht, wenn man ihre Arbeit unter die Lupe nahm oder war da noch mehr? Hatte sie doch etwas mit dem Tod ihrer Patienten zu tun?

Sarah Martens schloss die Tür ihrer Praxis hinter der Polizistin und drehte sich um.

»Wer war das?«, wollte er wissen, als er aus der Küche kam und sich mit einem Glas Wasser an den Türrahmen lehnte.

»Ach, diese blöde Kommissarin, die hier ständig aufkreuzt und Fragen zu den beiden Selbstmorden stellt.«

»Scheint ja ganz schön hartnäckig zu sein.«

»Das kannst du laut sagen.« Martens stapfte zurück in ihr Büro und sah sich um. Hatte diese Baumann irgendetwas angerührt? Sie wusste, dass sie überall herumschnüffelte, aber es schien alles an seinem Platz zu liegen. Vielleicht hatte sie tatsächlich nur die Auszeichnungen an der Wand betrachtet. Diese blöde Pute.

Mit schnellen Schritten ging sie hinüber zu ihrem großen Aktenschrank und öffnete das hintere Fach. Sie brauchte nur einige Sekunden, um die gesuchten Ordner zu finden und sie herauszunehmen. Es waren nicht viele, aber sie wusste, dass sie verschwinden mussten. Jetzt. Sie steckte die Mappen in ihre schmale, schwarze Ledertasche, die neben ihrem Schreibtisch auf dem Boden stand. Vielleicht etwas zu hektisch fummelte sie am Verschluss herum und nahm die Tasche dann an sich. Als sie sich umdrehte, stand er im Raum.

»Alles in Ordnung?«

Martens wischte sich eine Strähne aus dem Gesicht, die sich aus ihrem strengen Dutt gelöst hatte.

»Ja, alles in Ordnung«, sagte sie und zwang sich selbst,

ihre Unruhe zu unterdrücken. Was ließ sie sich eigentlich so nervös machen? Das war nicht ihre Art.

»Ich bin nur verärgert wegen dieser Baumann. Wenn sie weiter so unsensibel herumtrampelt, ruiniert sie mir noch meine Praxis.«

»Reg dich nicht auf. Die kommt bestimmt nicht wieder. Und du hast doch keinen Grund, dir Sorgen zu machen, oder?«

Sie sah ihn an. Er hatte leicht reden. In seiner Arbeit wühlten sie schließlich nicht herum. Diese Kommissarin traute ihr nicht und sie würde so lange bei ihr graben, bis sie zufrieden war oder bis ihr jemand Einhalt gebot. Vielleicht musste sie sich doch noch einen besseren Plan zurechtlegen, als nur stillzuhalten. Nachher würde sie sich etwas einfallen lassen. In aller Ruhe. Aber jetzt wollte sie ihn nicht länger warten lassen.

»Komm, lass uns losgehen. Ich habe Hunger«, sagte sie und hakte sich bei ihm ein.

KAPITEL 12

Wieder umgab sie die Dunkelheit. Sie horchte in die vollkommene Stille und suchte mit ihren Augen ununterbrochen das Schwarz ab, das sie zu allen Seiten umgab. Die bekannte Angst ergriff Besitz von ihr und rief in ihr die Panik wach, die sie antrieb. Ihre Beine hasteten über den unbekannten Boden, und obwohl jeder Schritt auf harten Stein traf, hatte sie das Gefühl, ins Leere zu laufen. Nichts war da, das ihr eine Orientierung bot, und sie war erfüllt von dieser unendlichen Verzweiflung, völlig allein zu sein. Das Herz hämmerte ihr in der Brust. Es schmerzte bei jedem Atemzug. Die Angst schnürte sie ein. Wie ein schweres Lasso lag sie um ihre Brust und hinderte sie fast am Laufen. Sie konnte keinen klaren Gedanken fassen, nur diese Panik war in ihrem Kopf und hallte in ihr wider. »Lauf! Lauf! Lauf!«, schrie es in ihr und sie kämpfte mit jeder Sekunde, dem Dunkel zu entkommen. Aber wohin sie auch lief, da war nichts. Nichts außer Kälte, Schwärze, Stille und Einsamkeit.

Mit einem Mal durchschnitt ein Piepsen ihren Traum und riss sie endlich erlösend aus den Fängen der Panik. Lena wischte sich den kalten Schweiß von der Stirn. Ihr Hemd war nass und klebte auf ihrer Haut. Sie öffnete die Augen und wurde geblendet von hellem Licht. Hatte sie vergessen, die Rollos zuzumachen? Sie blinzelte und versuchte, ihre Augen an die Helligkeit zu gewöhnen. Nach und nach wurden die Umrisse klarer und der Schmerz hinter den Lidern ebbte ab. Das Erste, was sie erkannte, war die sandfarbene Wand ihr gegenüber, an der ein verschwommenes Bild hing. Auf der linken Seite waren Fenster, durch die das helle Tageslicht hereinströmte.

Langsam und etwas schwerfällig rutschte Lena in ihrem Bett weiter hoch und versuchte sich aufzusetzen. Doch die ungewohnte Härte der Matratze und das rutschige, glatte Laken ließen sie in der Bewegung innehalten. Irritiert sah sie sich um. Der Raum um sie herum war ebenso farblos wie die Wände. Grauer Linoleumboden, helle Gardinen, eine weiße Tür. Sie blickte an sich herab. Das schlichte Metallbett, in dem sie lag, war mit weißen Laken bespannt. Von ihrem Handgelenk verlief ein durchsichtiger Schlauch zu einem Infusionsbeutel, der an einem Haken über ihr hing. Sie wollte sich gerade aufrichten, um nachzusehen, was da in ihre Adern tropfte, als die Tür zum Zimmer geöffnet wurde.

»Ah, du bist wach.«

Mark schloss hinter sich die Tür und kam langsam zu ihr.

»Wieso bin ich im Krankenhaus?«

»Du hattest einen …«, er schien nach einem Wort zu suchen, gab es aber sogleich auf und fragte stattdessen: »Wie geht es dir?«

Sie horchte in sich hinein. Da waren keine Schmerzen. Nichts an ihr schien verletzt. Nur ihre Arme fühlten sich etwas matt an.

»Einen was?« Sie konnte sich nicht erinnern, dass irgendetwas passiert war. Sie war am Abend nach der Arbeit nach Hause gekommen. Das wusste sie noch. Was hätte ihr passiert sein sollen? Dann plötzlich schoss ihr ein anderer Gedanke durch den Kopf. Ein viel wichtigerer als der an ihre eigene Verfassung.

»Wurde ich operiert?«

Er schüttelte den Kopf.

»Haben sie mir etwas gegeben?«, fragte sie schnell.

Wieder verneinte er und sah zu Boden. Dann, ganz leise, fragte er: »Warum hast du mir nichts gesagt?«

Ihr Herz rutschte ihr in den Magen. Er wusste es.

»Wie weit bist du?«

Lena atmete tief durch. »Elfte Woche«, sagte sie dann. Die Stille im Raum bedrückte sie. Was sollte sie sagen? Sie wollte nicht darüber reden. Nicht jetzt.

»Was ist passiert?«, fragte sie.

Mark sah ihr in die Augen. In seinem Ausdruck lag Kummer, aber auch Verletzung. Er forderte eine Erklärung. Sie war seine Partnerin. Fast jeden Tag waren sie Seite an Seite und doch hatte sie ihm nichts gesagt. Und auch jetzt schwieg sie und war nicht imstande, über etwas zu reden, zu dem sie selbst keinen klaren Gedanken fassen konnte.

Ihr langes Schweigen ließ ihn schließlich nicken. Aber es war kein akzeptierendes Nicken, sondern eines, das kalte Distanz zwischen sie legte.

»Ich habe dich gestern Abend in deiner Wohnung gefunden. Du hast wild geschrien und um dich geschlagen. Dein Tisch stand in Flammen und das ganze Wohnzimmer war komplett verwüstet«, beantwortete er dann ihr Frage.

Sie starrte ihn fassungslos an. »Mein Wohnzimmertisch stand in Flammen?«

»Ja. Ich weiß nicht, was passiert ist. Als ich zu dir kam, hörte ich Schreie aus deiner Wohnung und bin sofort rein. Du standest dort und hast dir an den Kopf gefasst, als hättest du schreckliche Kopfschmerzen.« Er versuchte sich an die Einzelheiten zu erinnern. »Du hast immerzu ›Nein‹ gebrüllt und dich gewunden, als würdest du dich gegen irgendetwas wehren wollen. Ich wusste nicht, was mit dir los ist. Ich hab versucht, dich zu beruhigen, aber du warst wie wild. Das ganze Haus hast du zusammengeschrien.«

»Wann war das?«

»Kurz nach acht.«

»Ich bin um Viertel vor acht nach Hause gekommen«, murmelte Lena. »Ich habe mir einen Tee gekocht und mich an meinen Computer gesetzt.« Dann brach sie plötzlich ab.

»Und was war dann?«, fragte er.

Sie schüttelte abwesend den Kopf. »Ich habe keine Ahnung.«

»Was hat dich so fertiggemacht?«

»Ich weiß es nicht. Ich kann mich nicht mehr erinnern.«

»Du erinnerst dich nicht?«

»Nein.« Lena blickte ihn an. In seinen Augen las sie nun Besorgnis und Ratlosigkeit.

»Ich hole einen Arzt.« Er stand auf und verließ den Raum.

Was war gestern Abend passiert? Wieso hatte sie geschrien? Warum hatte ihr Tisch gebrannt? Und warum um alles in der Welt konnte sie sich nicht daran erinnern? Bevor sie noch einen weiteren Gedanken fassen konnte, ging die Tür zu ihrem Zimmer erneut auf. Der Anblick ihres Besuchs verwunderte sie allerdings zutiefst.

In einem weißen Kittel, aber eleganten roten Pumps kam Dr. Martens herein. Sie trug ein Lächeln auf den Lippen, das aufgesetzter nicht hätte wirken können.

»Guten Morgen.«

»Moin«, erwiderte Lena skeptisch und war mit jeder einzelnen Faser ihres Körpers auf der Hut. Was auch immer diese Frau hier wollte, es war ihr nicht geheuer.

»Ich habe von Ihrem Unglück gehört und wollte sehen, wie es Ihnen geht.«

»Sind Sie in dieser Klinik angestellt?«

»Ich greife dem Team hier ab und an etwas unter die Arme«, formulierte sie gewählt.

»Und ausgerechnet heute haben Sie Dienst?«

Die Bemerkung missfiel Martens sichtlich. Doch anstatt eine bissige Antwort zu geben, gab sie sich gefasst und kompetent.

»Sie haben keine körperlichen Verletzungen davongetragen. Aber vermutlich ein Trauma erlebt. Ich bin psychologische Psychotherapeutin, wie Sie wissen, und ich …« Weder konnte Martens ihren Satz beenden noch Lena zu einem wütenden Ausbruch kommen. Mark stand plötzlich im Raum und sah von der einen zur anderen.

»Was machst du denn hier?«, fragte er erstaunt.

»Ich bin heute für einen Kollegen eingesprungen und wollte nach der neuen Patientin sehen.«

»Ich glaube, das ist nicht nötig. Mir geht es gut«, sagte Lena in nüchternem Ton. Dr. Martens warf ihr einen kalten Blick zu und sah dann zu Mark. Der schaute sie mit einem merkwürdigen Blick an und zuckte mit den Schultern. Mit großen Schritten verließ die Therapeutin den Raum und schloss etwas lauter als notwendig die Tür hinter sich.

»Der Arzt kommt gleich«, sagte Mark.

»Was um alles in der Welt …«

»Reg dich nicht auf. Sie arbeitet wirklich ab und zu hier.«

»Augenblick«, Lena rief sich Marks Blick noch einmal vor Augen. Wie bereitwillig Dr. Martens wieder gegangen war, so ganz ohne Widersprüche. Sie erinnerte sich auf einmal an den Ausdruck in Marks Gesicht, als er bei ihrem Einsatz bei den Richters vor einigen Tagen den Namen dieser Frau auf ihrem Notizblock angestarrt und wie zurückhaltend er sich in ihrer Praxis verhalten hatte.

»Mark, sag mir nicht, dass da etwas zwischen dir und dieser Martens läuft.«

Er hatte die Hände in den Hosentaschen vergraben. »Mach mir keine Vorwürfe.«

»Ich soll dir keine Vorwürfe machen? Du schläfst mit einer Tatverdächtigen!«

»Seit wann gehört sie zu den Verdächtigen?«

»Sie ist in unsere Ermittlungen verwickelt. Du hättest es mir sagen müssen!«

»Ach, tatsächlich? So wie du mir erzählt hast, dass du schwanger bist? Hätte ich das nicht auch wissen müssen?«

Sein Gegenangriff ließ sie verstummen.

»Vertrauen ist eine gegenseitige Angelegenheit, Lena«, sagte er kühl. Dann marschierte er zur Tür raus. Lena sank kraftlos in die Kissen zurück und schloss die Augen. Eine Welle der Verzweiflung packte sie und mit großer Mühe versuchte sie, die Tränen zu unterdrücken, die ihr seit Tagen in der Kehle brannten. Es war einfach zu viel. Viel zu viel, um das alles zu ertragen.

Mark verließ das Krankenhaus durch den Haupteingang und ging schnellen Schrittes zu seinem Wagen. Der eisige Wind blies ihm ins Gesicht und pfiff durch seine noch halb offene Jacke. Doch er bemerkte beides nur mit eingeschränkter Aufmerksamkeit. Zu sehr war er mit den Gedanken beschäftigt, die ihm durch den Kopf rasten, begleitet von Gefühlen, die er nicht zu beschreiben vermochte. Er wusste nicht, ob es Wut war, Enttäuschung oder Bestürzung. Vielleicht war es eine Mischung aus alledem und er konnte es deshalb einfach nicht genau zuordnen. Immer wieder fragte er sich, warum sie ihm nichts gesagt hatte. Als er es gehört hatte, wollte er seinen Ohren nicht trauen. Der Chefarzt hatte vor ihrer Tür gestanden, sich mit einer der Schwerstern unterhalten und ihr Anweisungen gegeben. Die beiden hatten Mark, der einige Meter entfernt auf einem der Wartestühle gesessen hatte, gar nicht bemerkt und so kam es überhaupt erst, dass er ihr Gespräch belauscht und den Hinweis des Arztes ungläubig wahrgenommen hatte. Hätte er nicht zufällig dort gesessen und auf diese Weise von Lenas Schwangerschaft erfahren, würde er es jetzt überhaupt wissen? Hätte sie es ihm erzählt? Mark entfuhr ein sarkastischer Laut. Vielleicht war es die Gewissheit, dass er sich immer noch in Unwissenheit befinden würde, die in ihm diese wütenden und zugleich enttäuschten Gefühle hervorrief.

Er stieg ins Auto und fuhr auf direktem Weg Richtung Westring. Wenig später lenkte er den Wagen dort in die Nebenstraße gegenüber der Feuerwehr und erblickte schon von Weitem das Fahrzeug seines Vorgesetzten, das als Letztes in zweiter Reihe stand. Brüning war sofort nach seinem Anruf gekommen und hatte selbst die Leitung des Einsatzes übernommen. Als Mark nun in das Wohnzimmer von Lenas Wohnung trat, stand der Erste Kriminalhauptkommissar mit dem Rücken zur Tür und sprach mit Daniel, der ebenfalls vor Ort war.

»Moin.«

»Mark.« Brüning drehte sich zu ihm um. »Wie geht es ihr?«

»So weit gut. Sie ist nicht verletzt.« Er deutete mit einem Nicken in das verwüstete Zimmer. »Habt ihr irgendwas gefunden?«

»Nein, nicht wirklich. Wir haben keine Ahnung, was hier gestern passiert ist. Wann bist du hergekommen?«

Mark erinnerte sich noch genau an seinen abwägenden Blick auf die späte Uhrzeit an seinem Armaturenbrett. »Es war 20:08 Uhr.«

»Die Nachbarin sagt, sie hätte mitbekommen, wie Lena gegen Viertel vor acht durchs Treppenhaus gegangen ist.«

»Das hat sie auch mir gesagt. Also müsste die Uhrzeit stimmen. Hat einer der Nachbarn sonst noch etwas mitbekommen?«

Brüning schüttelte den Kopf. »Nichts Besonderes. Die Dame von nebenan meint gehört zu haben, wie sie den Geschirrspüler eingeräumt hat.«

Daniel klopfte mit dem Knöchel an die Wand. »Guter, alter Kieler Altbau. Die Bude ist ganz schön hellhörig.«

»Dementsprechend hat bei dem ganzen Krach auch das ganze Haus mitgehört. Ich glaube nicht, dass ein einziger Nachbar das Spektakel verpasst hat.«

»Habt ihr alle befragt?«

»Ja, aber wir haben keine brauchbaren Hinweise bekommen. Es sieht nicht so aus, als ob irgendjemand bei Lena in der Wohnung war. Wir haben keinerlei Anzeichen dafür gefunden. Und zumindest die Terrassentür ist unversehrt.«

Mark wollte gerade nach der Haustür fragen, als ihm einfiel, dass er selbst sie aufgebrochen hatte, um in die

Wohnung einzudringen. Damit hatte er wahrscheinlich so ziemlich jeden Beweis eines vorherigen Einbruchs vernichtet. Dennoch fragte er: »Gibt es einen Ersatzschlüssel?«

»Ja, aber der hängt sicher am Schlüsselbrett der Nachbarin im ersten Stock.«

»Habt ihr deren Tür auch überprüft?«

Brüning sah Mark mit einem Blick an, der ihn daran erinnern sollte, mit wem er sprach. Mark fühlte sich augenblicklich zurechtgewiesen wie ein kleines Kind und entschuldigte sich. »Ich weiß, dass ihr schon lange hier seid und alles untersucht habt. Ich wollte mir nur ein Bild machen, von dem, was ich verpasst habe.«

Daniel mischte sich in die peinliche Unterbrechung ein und gab ihm die nötigen Informationen, während Brüning sich entfernte.

»Also, wie gesagt: Türen und Fenster unbeschadet. Außer die, die du selbst zu Kleinholz gemacht hast. Wenn jemand hier war, dann hat Lena ihn oder sie hereingelassen oder die Person ist vor dir durch diese Tür. Wir haben keine Fingerabdrücke gefunden, außer etlichen von Lena und einige von dir. Der Tisch hat sich von einem Brandherd in der Mitte aus entzündet. Irgendetwas wurde dort verbrannt. Keine Ahnung, was. Die Proben werden im Labor untersucht. Es könnte sein, dass es Zeitung oder anderes Papier gewesen ist.«

»Papier?«

Daniel nickte.

»Glaubst du, sie war es selbst?«

Er zuckte mit den Schultern. Aber irgendetwas in seinem Blick sagte Mark, dass er eine ganz andere Erklärung für den Vorfall hatte.

»Der Tisch kann natürlich aus Versehen in Brand geraten sein und sie hat versucht, ihn zu löschen.«

»Unwahrscheinlich. Ich habe weder Kerzen noch sonst etwas gesehen, was den Tisch aus Versehen entzündet haben könnte. Sie oder ein anderer muss das Feuer gelegt haben, um etwas zu verbrennen. Ein Wohnungsbrand war jedenfalls nicht beabsichtigt.«

Nach einem kurzen Augenblick des Schweigens fragte Daniel nach Lena.

»Ich glaube, es geht ihr gut. Sie kann sich allerdings an nichts erinnern, was gestern Abend hier passiert ist.«

»Sie hat wahrscheinlich einen Schock erlitten.«

Mark sah zu Boden und nickte nur. Er konnte, was Lena betraf, im Moment keinen klaren Gedanken fassen. Er konnte einfach nicht fassen, dass sie schwanger war und es ihm bisher verschwiegen hatte. Ob Daniel es wusste? Oder Brüning? War er der Einzige, der es erst jetzt erfahren hatte? Und auch nur durch Zufall? Ihm wollte einfach nicht einleuchten, warum sie nichts gesagt hatte. Eine Schwangerschaft war doch eine gute Nachricht. Es sei denn, sie war ungewollt. Dann fiel ihm ein, dass sie sich vor einem guten halben Jahr von ihrem Freund getrennt hatte. Vielleicht war das der Grund für ihre Verschwiegenheit. Ein Kind vom Ex ist vielleicht nicht ganz so erfreulich.

»Warum wolltest du eigentlich so spät noch zu ihr?«, wollte Daniel wissen.

»Hmm?«

»Na, du warst doch gestern hier und wolltest zu ihr, oder nicht?«

»Äh ja.« Mark riss sich aus seiner Starre, »ich hatte mir eine DVD von ihr geliehen und wollte sie ihr endlich wiedergeben. Ich bin auf dem Rückweg von einem Bekannten hier vorbeigekommen.«

»Da hat Lena wahrscheinlich Glück gehabt.«

»Ja«, murmelte er, »ich will gar nicht wissen, was passiert wäre, wenn ich nicht ihre Schreie gehört hätte und in die Wohnung gegangen wäre.«

KAPITEL 13

Er zog seine Hose wieder hoch und schloss mit einer raschen Bewegung den Reißverschluss.

»Es tut mir leid, aber ich muss wieder los.«

»Klar.« Ihr Ton klang leicht verärgert.

»Sei nicht sauer. Du weißt, ich …«

»Ja, ich weiß«, fiel sie ihm ins Wort. Mark schob mit den Händen sein Hemd in den Hosenbund und zupfte es zurecht. Er spürte, wie ihr Blick auf ihm ruhte, und er überlegte, wie er das Gespräch am besten fortführen sollte. Bevor er jedoch einen guten Anfang gefunden hatte, fragte sie: »Sehen wir uns morgen?«

Damit blieb ihm gar nichts anderes übrig, als sie direkt darauf anzusprechen. »Hör zu. Ich glaube, es ist besser, wenn wir uns eine Weile nicht sehen. Nur, bis diese Sache beendet ist.«

Er betrachtete ihr Gesicht. Wenn sie überrascht oder verletzt war, ließ sie es sich nicht anmerken. Sie trug ihre versteinerte Maske, hinter der sie ihre Gefühle verbarg. Wie immer. Mark wusste, dass sie sehr wohl Gefühle hatte. Sarah Martens hatte nur Probleme, sie anderen zu zeigen. Ihre Kühle und ihre aufgesetzte Geschäftlichkeit – es war nicht mehr und nicht weniger als ihre Pumps und ihre teuren Kostüme. Alles nur Fassade. Aber eine unkomplizierte Fassade. Sie war so ganz anders als seine Frau Anna, die immer alles diskutieren wollte. Bei ihr musste immer alles besprochen werden. Für alles musste es einen Grund geben. Für alles eine Lösung.

Er sah Sarah an und fragte sich, ob sie auch in dieser Sache so sachlich wie immer sein würde.

»Hast du Angst, deine Kollegen könnten es erfahren?«, fragte sie.

»Nein«, log er, »es hat nichts mit dir zu tun. Ich will nur verhindern, dass es unnötigen Ärger gibt.«

»Der einzige Ärger, der uns droht, ist der deiner lieben Kollegin«, gab sie spitz zurück und knöpfte mit ihren langen, rot lackierten Nägeln ihre Bluse zu.

»Sprich nicht in diesem Ton über sie. Lena macht auch nur ihren Job.«

»Ach ja?« Ihre Stimme wurde nun etwas lauter. »Sie kann mich nicht ausstehen. Daraus macht sie kein Geheimnis. Und wenn sie kann, wird sie mir eins auswischen.«

»So ein Blödsinn. Sie ist genauso professionell wie du.«

Sarah schnaubte. »Ich bitte dich! Sie hat mich auf dem Kieker. Ich weiß nicht, was ich gemacht habe, aber sie hält mich für die Schuldige an dieser ganzen Sache.«

»Nein, das tut sie nicht.«

»Ach ja?« Gereizt zog sie die Jacke ihres Kostüms über. »So harmlos kann die ganze Sache ja nicht sein, wenn du den Schwanz einziehst.«

Die Bemerkung traf sein Ego.

»Ich habe keine Lust, im Rahmen der Ermittlungen diese Geschichte zwischen uns auszubreiten. Du vergisst, dass ich Familie habe. Und meinem Job tut eine Affäre mit einer Zeugin auch nicht gut.«

»Und *meinem* Job tut es also gut, wenn die Kripo in meiner Arbeit wühlt und mich an den Pranger stellt?«

»Die Sache wird sicher bald vom Tisch sein. Mach dir keinen Kopf.«

Ihre Stimme wurde schriller. »Ich mache mir sehr wohl einen Kopf. Weißt du, wie das aussieht, wenn bekannt wird, dass sich bei mir reihenweise die Patienten umbringen?«

Er kam auf sie zu und versuchte, die Situation wieder zu beruhigen.

»Das wird nicht passieren. Halt einfach durch, bis der Sturm sich wieder legt.«

»Dann sag deiner Kollegin, sie soll ihre Nase aus meinen Angelegenheiten lassen.«

»Das kann ich wohl kaum machen.«

Doch bevor sie sich erneut über seinen Kommentar aufregen konnte, zog er sie an sich und küsste sie. »Ich rufe dich an, sobald sich die Lage beruhigt hat.«

Nach einiger Zeit klopfte es erneut an Lenas Zimmertür. Ein Arzt kam herein und trat an ihr Bett.

»Frau Baumann, hallo. Ich bin Dr. Thiessen«, er reichte ihr seine Hand. »Wie fühlen Sie sich?«

»Geht so.«

»Irgendwelche Schmerzen?«, erkundigte er sich und warf gleichzeitig einen Blick auf die Infusion. Mit wenigen Handgriffen befreite er sie von der lästigen Kanüle und versorgte ihr Handgelenk.

»Nein.« Sie schüttelte den Kopf und sah ihm dabei zu.

»Übelkeit oder Zittern?«

»Nein.«

»Wie haben Sie geschlafen?«, fragte der Arzt und sah ihr aufmerksam in die Augen.

»Na ja, nicht so gut«, gab sie zu. Aber sie konnte auch

nicht behaupten, dass sie sonst besser schlief. Ihre Albträume plagten sie schon länger und sie hoffte so sehr, dass es bald ein Ende haben würde. Sie konnte es kaum noch ertragen.

»Wie steht es mit dem Gedächtnis?«

»Ich kann mich an den gestrigen Abend zwar noch erinnern, aber nur bis zu einem gewissen Zeitpunkt. Danach ist alles irgendwie …«, sie hielt kurz inne und versuchte noch einmal wachzurufen, was passiert sein könnte. Aber dann musste sie feststellen, dass es wie ein schwarzer, blinder Fleck war, der sich auf die Stunden nach ihrer Heimkehr gelegt hatte. »Danach ist alles weg.«

Der Mann lächelte sie beruhigend an. »Machen Sie sich keine Sorgen, das ist nicht ungewöhnlich. Sie haben in Angesicht des Vorfalls einen Schock erlitten, der sich durch Gedächtnislücken, Albträume, Konzentrationsstörungen und Ähnliches bemerkbar machen kann. Diese Amnesie, das Nichterinnern an den gestrigen Abend, ist eine normale Schutzreaktion Ihres Körpers und wird sich nach einiger Zeit wieder legen. Es sollte allerdings im Auge behalten werden, wie sich Ihre Schocksymptome entwickeln, um auszuschließen, dass sich eine posttraumatische Belastungsstörung herausbildet.«

»Das klingt sehr dramatisch.«

»In Einzelfällen kann es das auch sein. Das Ausmaß einer solchen Störung ist sehr unterschiedlich.«

»Aber ich fühle mich gut«, warf Lena ein, »bis auf diese kleine Gedächtnislücke. Wenn Sie allerdings sagen, das kommt wieder …«

»Ja, ich möchte auch nicht die Pferde scheu machen, aber ich denke, es wäre gut, wenn Sie sich wenigstens kurz einem Psychologen vorstellen, der mit Ihnen klärt, ob bei Ihnen die Gefahr einer solchen posttraumatischen Störung besteht.«

»Kann ich das auch später in einer Praxis machen?«, fragte Lena und wollte ihre Befürchtung beruhigen, noch länger in der Klinik bleiben zu müssen.

»Das können Sie natürlich. Ich rate Ihnen allerdings, nicht allzu lange damit zu warten.«

»Heißt das, ich kann heute schon wieder nach Hause?«

Der Arzt schenkte ihr ein väterliches Lächeln, das ein wenig amüsiert über ihre Ungeduld wirkte.

»Sie sind wohl nicht gern bei uns, was?«

Sie zog entschuldigend die Schultern hoch. »Ehrlich gesagt nicht, nein.«

»Dann tut es mir leid, aber ich möchte Sie gern bis morgen früh noch hierbehalten. Wenn Sie es dann gar nicht mehr bei uns aushalten, können Sie gehen.« Er zwinkerte ihr scherzend zu und ging zur Tür.

»Dr. Thiessen«, rief Lena ihn zurück und er drehte sich mit der Klinke in der Hand noch einmal zu ihr um. »Dr. Martens – wie lange arbeitet sie schon bei Ihnen im Haus?«

»Oh, schon eine ganze Weile. Ich bin mir nicht ganz sicher, aber drei Jahre dürften es wohl sicherlich sein.«

»Aha.« Lena nickte nachdenklich. »Danke.«

»Kein Problem. Ruhen Sie sich noch ein wenig aus«, sagte er und verließ das Zimmer.

Drei Jahre. Lena ließ sich zurück in ihr Kissen sinken und dachte über diese neue Information nach. Hatte es irgendeine Bedeutung für den Fall, dass Dr. Martens hier tätig war?

Lena schwenkte ihren Blick hinaus zum Fenster und betrachtete eine Weile die kahlen, winterlichen Bäume, die leicht im Wind schaukelten. Der Himmel dahinter war mit leichten Wolken verhangen, nur ab und an blitzte ein kleines Stückchen Blau hervor.

Lena erhob sich plötzlich mit einem Gedanken und setzte sich auf die Bettkante. Eine Sache ging ihr tatsächlich durch den Kopf und vielleicht konnte ihr unfreiwilliger Aufenthalt an diesem Ort doch noch etwas Nützliches liefern. Sie suchte den Boden nach ihren Schuhen ab und fand ihre hellen Winterstiefel vor dem Kleiderschrank. Neugierig und hoffend öffnete sie den Schrank und fand tatsächlich einige ihrer Sachen darin. Bademantel, Zahnbürste, ein frischer Pullover, Hose und Socken. Ob Mark die Sachen wohl aus ihrer Wohnung mitgebracht hatte? Ein wenig unangenehm war ihr die Vorstellung schon. Aber für diesen Moment war sie froh, dass sie sich den Bademantel überwerfen konnte, auch wenn die klobigen Winterstiefel nicht ganz das Richtige waren für den Gang über den Klinikflur.

Sie öffnete die Tür, warf einen kurzen Blick hinaus und ging dann den langen Flur entlang auf der Suche nach einem Schwesternzimmer. Als sie es nach einiger Zeit gefunden hatte, klopfte sie an die nur angelehnte Tür. Eine der Schwestern saß vor dem PC und tippte vermutlich irgendwelche Berichte ein. Bei Lenas Klopfen sah sie auf und fragte, wie sie ihr helfen könne.

»Ich bin Lena Baumann von der Kripo Kiel«, erklärte sie kurz und schämte sich für ihren unmöglichen Aufzug, in dem sie notgedrungen steckte. »Ich interessiere mich für eine alte Patientin von Ihnen, die vor etwa zweieinhalb Jahren hier gewesen sein müsste. Ihr Name war Anna Ocklenburg. Würden Sie vielleicht für mich in den Akten nachsehen, ob sie tatsächlich hier im Haus war und wer sie behandelt hat?«

Die Schwester sah sie etwas argwöhnisch an und zögerte. »Sind Sie nicht Patientin auf unserer Station?«, fragte sie dann gedehnt.

»Ja schon. Aber ich ermittle zurzeit in einem Suizid-Fall und Anna Ocklenburg ist Teil meiner Recherchen.«

»Haben Sie denn einen Dienstausweis?« Die junge Frau war sichtlich misstrauisch und Lena verfluchte sich, dass sie nicht doch wenigstens etwas Anständiges angezogen hatte. Nun fiel ihr auch noch ein, dass ihr Ausweis vermutlich zu Hause lag. Es sei denn, Mark hatte ihn ebenfalls mitgebracht.

»Es tut mir sehr leid, ich habe ihn vermutlich noch in meiner Tasche. Ich komme gleich wieder.«

Damit eilte sie zurück in ihr Zimmer, zog genervt den Bademantel aus und schlüpfte in Jeans und Pullover. Dann suchte sie hinter den anderen Schranktüren nach ihrer Tasche oder Jacke und fand tatsächlich beides. Mit einem erleichterten Seufzer nahm sie ihren Dienstausweis aus dem Portemonnaie, machte den Schrank wieder zu und ging zurück zum Schwesternzimmer.

»Entschuldigen Sie bitte«, sagte sie noch einmal und zeigte der jungen Schwester ihren Ausweis. In einem halbwegs normalen Outfit fühlte sie sich wohler, auch wenn die Frau sie nun neugierig musterte.

»Ja also, ich bin mir nicht sicher, ob ich Ihnen einfach so eine Auskunft über eine Patientin geben darf«, meinte die Schwester.

»Ich möchte überhaupt nichts Genaues aus der Akte wissen, nur ob Anna Ocklenburg vor etwa zweieinhalb Jahren hier war und bei wem sie in Behandlung war. Das ist alles.« Sie versuchte die unsichere Schwester beschwichtigend zu überzeugen. Einen Augenblick sträubte diese sich noch gegen ihre verinnerlichten Vorschriften, aber dann nickte sie nur und drehte sich zum Bildschirm ihres Computers um. Mit einigen Mausklicks und eingetippten Buchstaben gelangte sie in die digitale Aktensammlung und brauchte nicht lange, bis sie die gewünschten Informationen vor sich hatte.

»Ja, eine Anna Ocklenburg war bei uns. Sie wurde am 6. September eingeliefert. Behandelt wurde sie von ... einen Moment ...« Sie scrollte sich mit der Maus durch die Angaben der Akte und Lena wartete gespannt auf ihre Antwort.

»Ah, hier hab ich's.« Die Frau richtete sich auf ihrem Stuhl auf. »Dr. Leppe und Dr. Martens haben sie behandelt«, verkündete sie dann.

Lena spürte einen kleinen Stich der Aufregung. Also doch. Die Liste der Toten aus Martens' Praxis wuchs.

Lena bedankte sich rasch bei der jungen Schwester und eilte in ihr Zimmer. Mit angespannten Fingern kramte sie ihr Handy aus der Handtasche, die sie zuvor im Schrank gefunden hatte, und wählte Brünings Nummer. Nach etlichen Freizeichen ging nur die Mailbox dran und Lena hinterließ eine Nachricht. Dann überlegte sie kurz und wählte erneut.

»Moin«, meldete sich Daniel am anderen Ende.

»Moin. Lena hier.«

»Ich weiß. Wie geht es dir?«

»Gut. Könntest du mich vielleicht abholen?«

Er pustete laut durch den Hörer. »Ich soll dich abholen? Jetzt? Ganz ehrlich, ich kann mir nicht vorstellen, dass das eine gute Idee ...«

»Komm, halt mir keine Vorträge«, sagte sie ungeduldig, »ich habe eine wichtige Information aufgetan und kann Brüning nicht erreichen.«

»Lena, du sollst dich erholen und nicht auch noch in der Klinik arbeiten.«

»Ich werde hier wahnsinnig.«

»Dann entspann dich doch zur Abwechslung mal. Wenn nicht in der Klinik, wo dann?«, sagte er in einem belehrenden, aber gut gemeinten Ton. »Ich mache dir einen Vorschlag, ich gebe deine Infos an Brüning weiter. Mit der Eilpost, versteht sich.« Sie konnte sein typisches Grinsen vor sich sehen. »Im Gegenzug dazu legst du dich jetzt in dein Bett, ruhst dich ein bisschen aus und ich hole dich morgen früh pünktlich zum Dienst ab.«

Lena brummelte unzufrieden ins Handy.

»Einverstanden?«

»Meinetwegen.«

»Also gut, was sind die wichtigen Informationen?«, erkundigte er sich.

»Anna Ocklenburg war auch bei Dr. Martens in Behandlung. Sie wurde im September vor zweieinhalb Jahren hier in die Klinik eingeliefert. Brüning soll einen Durchsuchungsbefehl für die Praxis der Martens beim Staatsanwalt beantragen. Ich bin sicher, dass wir dort noch auf weitere Dinge stoßen.«

»Okay. Ist notiert«, sagte Daniel. »Sonst noch was?«

»Nein. Halt mich auf dem Laufenden.«

»Mach ich«, sagte er, aber sie ahnte, dass er sich nicht daran halten würde. Weil alle sie behandelten, als wäre sie krank.

»Erhol dich.«

»Mir bleibt wohl nichts anderes übrig.« Grimmig legte sie auf und ließ sich in ihr Bett fallen. Sie konnte den Gedanken kaum ertragen, einen ganzen Tag hier zu vergeuden, während da draußen irgendein Spinner Schriftstücke verfasste, die andere in Lebensgefahr brachten. Es war doch nur eine Frage der Zeit, bis das nächste Opfer die tödlichen Zeilen in den Händen halten würde.

KAPITEL 14

»Gibt es was Neues?« Lena setzte sich am nächsten Morgen zu Daniel in den Wagen und lenkte das Gespräch augenblicklich auf ein sachliches Thema. Die Situation, in der sie sich befand, war ihr mehr als unangenehm. Es gefiel ihr ganz und gar nicht, in Daniels Augen ihre Verletzlichkeit widergespiegelt zu sehen. Ein Teil von ihr sehnte sich zwar nach einer Umarmung, in die sie sich flüchten konnte und in der sie Schutz fand. Doch sie fühlte zugleich, dass sie einen solchen Ort in ihrem Leben zurzeit nicht hatte. Ihr blieb nichts anderes übrig, als das Ganze allein durchzustehen. Sie musste stark sein. Die Rolle des Opfers konnte sie dafür nicht gebrauchen.

»Erzähl mir alles.« Sie musste wissen, was sie in den Stunden ihres Krankenhausaufenthaltes verpasst hatte.

»Lena, du bist gerade erst aus der Klinik gekommen. Willst du dich nicht erst einmal ein bisschen ausruhen?«

Sie ignorierte Daniels Frage absichtlich. »Fang schon an.«

»Du kannst es in der Zeitung lesen. Die Medien haben von der ganzen Sache Wind bekommen und terrorisieren die Direktion mit Anrufen und Kamerateams vor der Tür. Brüning ist stinksauer.«

»Wie und was ist denn an die Öffentlichkeit gekommen?«

Daniel wies mit dem Finger auf die Rückbank, auf der eine zusammengefaltete Zeitung lag. Lena fischte sie sich nach vorne und schlug sie auf.

Tod per Post, stand in großen, schwarzen Lettern auf der ersten Seite. Sie überflog die ersten Zeilen des Artikels.

Die Kripo Kiel ermittelt gerade in einem eher außergewöhnlichen Fall. Die Ermittler stießen beim Suizid einer jungen Frau, die sich letzten Dienstag vom Kieler Rathausturm stürzte, auf einen mysteriösen Brief, der mit dem Tod des Opfers und auch mit weiteren Selbstmorden in jüngster Zeit im Zusammenhang stehen soll. Bisher liegen die genauen Hintergründe jedoch im Dunkeln. Der Angriff auf eine Kommissarin in der letzten Nacht sollte die Ermittlungen nun aber endgültig auf die Spur eines anonymen Schreibers gelenkt haben …

Lena ließ die Blätter sinken. »Wie um alles in der Welt sind die an diese Informationen gekommen?« Sie hatte erwartet, dass die Presse über kurz oder lang von den Ermittlungen um die Suizide etwas mitbekommen würde, aber diese plötzliche Fülle an Informationen überraschte sie doch sehr.

»Ich kann dir nicht sagen, wer oder was die Sache an die Presse gegeben hat. Vielleicht irgendwelche Nachbarn, die das Ganze gestern mitbekommen haben. Jedenfalls hat Brüning daraufhin eine Pressemeldung rausgegeben.«

»Meine Nachbarn?«

»Es war ein ziemliches Chaos. Du warst ziemlich laut und der ganze Trupp unserer Leute, die durchs Haus gestapft sind … Euer Haus ist ganz schön hellhörig.«

»Es kann doch nicht sein, dass Polizeibeamte bei ihren Ermittlungen so laut sind, dass Informationen durch ein Treppenhaus an die komplette Nachbarschaft weitergegeben werden.«

»So dramatisch war es nun auch wieder nicht«, er

lachte, »aber ich könnte mir gut vorstellen, dass der ein oder andere mit seinem Trichter an der Wand hing und sich anschließend die Dinge zusammengereimt hat.«

»Dann hat hier aber einer verdammt gut geraten. Das halte ich für unwahrscheinlich.«

»Na ja, wie gesagt, einige Grundinfos hat Brüning selbst in der kurzfristigen Pressemeldung herausgegeben, in der Hoffnung, damit die allerwildesten Spekulationen zu stoppen.«

»Na, das hat ja nicht so dolle geklappt«, meinte sie trocken, sah aus dem Fenster und atmete tief aus. Was für ein Wahnsinn. Da saß irgendwo ein Irrer am Schreibtisch, schrieb mit gekonnter Feder ein paar Briefe und stellte die ganze Stadt auf den Kopf.

Daniel hielt wenig später vor ihrer Wohnung und schaltete den Motor aus. Lena machte schon die Tür auf und sprang nach draußen.

»Es dauert nur einen Moment«, rief sie ihm über die Schulter zu und eilte den schmalen Plattenweg zum Haus hinauf.

»Was soll das heißen, es dauert nur einen Moment?«

Sie hatte gerade die Schlüssel in die Haustür gesteckt, als er ihr vom Wagen hinterherkam. »Du willst nicht ernsthaft ins Büro.«

Sie sah ihn verwirrt an. »Warum nicht? Das ganze Drama lass ich mir doch nicht entgehen. Außerdem müssen wir weiterkommen.«

»Lena!« Er stand jetzt direkt neben ihr. »Du bist gerade aus dem Krankenhaus entlassen worden.«

Mit einem Ruck drückte sie die Tür auf und ging in den Hausflur. Er kam ihr nach.

»Mir fehlt nichts. Es geht mir gut. Außerdem hast du

gestern selbst gesagt, dass du mich pünktlich zum Dienst abholst.«

»Das war nur ein Lockmittel«, murmelte er, aber das Knarren ihrer Haustür unterbrach ihn. Lena betrat ihre Wohnung. Als sie jedoch den Fuß über die Schwelle zum Wohnzimmer setzte, hielt sie inne. Der Schreibtischstuhl war ordentlich an ihren Arbeitsplatz gerückt, die Zeitschriften und Papiere darauf zu einem Stapel gehäuft. Ihr Laptop lag geschlossen daneben. Das ganze Zimmer war aufgeräumt und sauber. Viel zu sauber. Wie aus Reflex griff Lena an ihre Hüfte, um ihre Waffe zu ziehen. Doch ihre Hand fuhr ins Leere. Einen Augenblick durchfuhr sie Panik, und ihre Muskeln spannten sich zum Zerbersten an.

»Entschuldige, wenn nicht alles an seinem Platz ist. Ich wusste nicht …« Daniel brach seinen Satz jäh ab, als er ihr Gesicht sah.

»Es ist alles in Ordnung«, sagte er dann in einem Ton, der so zart und einfühlsam war, dass sie sich augenblicklich beschützt fühlte. Ihre Hand sank kraftlos an ihr herab und sie blinzelte kurz, um der Versuchung zu widerstehen, sich in seine Arme zu flüchten.

»Es war alles so durcheinander hier. Als ich ankam, dachte ich, ein ganzer Trupp der Verwüstung wäre hier durchgerauscht.«

Lena löste sich aus ihrer Starre und ging in den Raum.

»Das meiste davon sah wahrscheinlich aus wie immer«, sagte sie und schritt durch das Wohnzimmer. Sie hörte sein leises Lachen hinter sich.

Sie ließ ihre Hand über die Oberfläche ihres Wohnzimmertisches gleiten. Das Kiefernholz war vernarbt nach all den Jahren der Benutzung. Flecken von Kaffee und Kugelschreiber zeichneten ihn. In seiner Mitte jedoch war ein schwarzes Mal, das ganz frisch war und das ganze Zimmer noch immer mit einem durchdringenden Brandgeruch verseuchte. Kohlrabenschwarz prangte eine Verbrennung in der hölzernen Oberfläche. Sie war handtellergroß und hatte sich einige Millimeter tief in den Tisch gefressen.

»Was ist passiert?«

»Du hast in deiner Wohnung gewütet und vermutlich deinen Tisch in Brand gesetzt.«

»Mark sagt, ich hätte geschrien, als würde ich mich gegen etwas wehren.«

Daniel schwieg für eine Weile.

»Du solltest nicht allein hier bleiben, Lena«, sagte er dann unvermittelt und fasste sie an den Oberarmen, wie um sicherzugehen, dass sie ihm wirklich zuhörte und ihn dabei ansah.

Sie las die Sorge in seinen Augen. Mit ihrem klaren Blau blickten sie sie so intensiv an, dass ihr beinahe schwindelig wurde. Er stand so nah bei ihr, dass sie jede Einzelheit seines Gesichtes wahrnehmen konnte. Die blonden Wimpern, die feinen Augenbrauen, der weiche Schwung seiner Lippen. Die widerstrebende Kraft in ihr schmolz unter seinem Blick zusammen wie das Wachs einer Kerze. Für einen Moment dachte sie sogar, er würde sich zu ihr neigen. Doch er ließ sie plötzlich los und trat einen großen Schritt zurück. Er wandte den Blick ab.

»Komm, lass uns ein paar Sachen für dich packen.« Er verließ den Raum und ließ sie dort stehen. Lena wankte kurz unter dem blitzartigen Verlust des Halts. Sie schüttelte den Kopf, als müsse sie zu sich kommen. Dann folgte sie ihm ins Schlafzimmer. Er hatte ihre große Sporttasche vom Schrank geholt und sie auf das Bett gestellt. Sie war geöffnet und wartete darauf, mit dem Nötigsten gefüllt zu werden. Als sie die vordere Tür ihres Kleiderschranks aufzog und begann, einige Anziehsachen einzupacken, verließ er still das Zimmer.

Nachdem Lena mit dem Kleiderschrank fertig war, räumte sie ihre Badartikel dazu und trug die Tasche in den Flur. In der Küche nahm sie das Telefon vom Tisch und wählte die Nummer ihrer Mutter. Nach wenigen Freitönen nahm sie ab.

»Moin, Mama, ich bin's. Kann ich später zu euch kommen und über Nacht bleiben?«

»Sicher. Ist was passiert?«

»Nein, nichts Besonderes. Wir schnacken später, ja?«

»Bist du zum Abendessen hier?«

Sie dachte kurz nach. Sie wusste nicht, wie dieser Tag verlaufen würde, wie sich der Fall entwickeln würde, aber sie spürte nun doch ein Verlangen nach heimischer Geborgenheit.

»Ja.«

»Dann freuen wir uns, Schätzchen. Bis später.«

»Bis später.« Sie legte auf und ging zurück ins Wohnzimmer. Daniel stand mit dem Rücken zu ihr am Fenster und sah hinaus in den Hinterhof.

»Meinst du, das ist so eine gute Idee? Du solltest gleich zu deinen Eltern fahren.«

»Was hast du gestern noch gesehen?«

Er drehte sich zu ihr um. »Als ich hier ankam, warst du bereits im Krankenwagen. Mark hat dich begleitet. Hier drinnen sah es aus wie nach einer Schlägerei. Alles war verwüstet. Der brennende Tisch war schon gelöscht, aber es stank bestialisch nach Rauch. Es wurden Fingerabdrücke genommen, aber nichts gefunden. Weder am Briefkasten noch an den Türen oder in der Wohnung.«

Lena ließ sich auf das Sofa sinken und stützte den Kopf in beide Hände. Sie atmete tief ein und aus.

»Ich kann mich an nichts erinnern«, flüsterte sie. »Ich weiß noch, dass ich nach Hause gekommen bin, mir eine Tasse Tee gemacht habe und am Computer gesessen bin. Aber dann …«

»Das ist normal. Dein Körper hat das Erlebte erfolgreich abgeblockt und verdrängt.«

»Die Frage ist: Was habe ich erfolgreich verdrängt?« Sie hob den Kopf und sah nachdenklich zum Tisch hinüber. Dann stand sie auf, betrachtete die dunkle Stelle in der hölzernen Oberfläche genauer und begann mit den Augen den Boden abzusuchen.

»Es ist nichts mehr da«, sagte Daniel neben ihr. Sie sah zu ihm auf und versuchte, in seinem Gesicht zu lesen.

»Du hast auch danach gesucht.«

»Natürlich.« Er kam zu ihr und half ihr wieder auf die Beine. »Niemand steckt ohne Grund seinen Tisch in Brand. Das macht keinen Sinn. Du musst irgendetwas verbrannt haben.«

»Ich habe den Brief verbrannt«, stellte sie fest und es fiel ihr wie Schuppen von den Augen. Es waren keine Erinnerungen, aber eine logische Schlussfolgerung, die sich ihr plötzlich aufdrängte. Daniel schwieg wieder. Und als sie ihn genauer betrachtete, sah sie, dass er bewusst schwieg und zu Boden sah. Er wusste mehr.

»Sag es mir«, forderte sie.

»Du solltest, glaube ich, lieber mit Brüning sprechen«, wich er ihr aus.

»Daniel! Sag mir, was du weißt.«

Er hielt noch immer an seinem Schweigen fest und wollte sich zum Gehen wenden. Doch nun war sie es, die ihn am Arm hielt.

»Bitte.«

Er sah sie an und nach einer Weile stöhnte er ergeben.

»Ich habe die Asche auf deinem Tisch untersucht.« Er sah sie mit einem Blick an, der sie beunruhigte. »Ich konnte Papierrückstände nachweisen, die zum Material der anderen beiden Briefe passen. Mehr konnte man nicht mehr analysieren.«

Also war es wahr. Er war dort gewesen. Zumindest seinen Brief hatte er in ihre Wohnung gebracht. Was hatte darin gestanden? Was wollte er oder sie von ihr? War sie als Person oder als Kommissarin das Ziel gewesen?

»Ich muss gewusst haben, was ich las, und mich gewehrt haben gegen das, was darin stand.«

»Ich bin kein Psychologe, aber wenn du mich fragst, würde das deinen Gedächtnisverlust erklären. Eine Art Selbstschutz vielleicht.«

»Wie kann ein Brief so eine Macht ausüben? Was stand da drin?« Sie fuhr sich durch die Haare. »Warum habe ich blöde Kuh ihn verbrannt?«

»Lena, mach dir keine Vorwürfe. Es klingt dramatisch, wenn ich sage, du wärst einem Mordanschlag entkommen, aber wenn wir ehrlich sind, kann es genau das gewesen sein.«

Lena stand auf und ging mit entschlossenen Schritten in den Flur. »Lass uns gehen. Ich will diesen Wahnsinnigen finden.«

Im Besprechungsraum der Polizeidirektion herrschte an diesem Morgen bereits lautes Stimmengewirr, als Lena und Daniel eintraten. Die Anzahl der Anwesenden war höher als sonst und sie mussten bis ans Ende des Zimmers gehen, um noch zwei freie Plätze an dem großen Tisch zu bekommen. Einige Blicke folgten ihnen und Lena bemerkte es mit einer gewissen Unruhe.

Die Atmosphäre im Raum war chaotisch und erinnerte an einen aufgescheuchten Bienenschwarm. Für viele kam der Ansturm vollkommen überraschend. Der Fall des »Todschreibers«, wie er von der Presse getauft worden war, hatte bei ihnen lange nicht die Wichtigkeit und Priorität eines richtigen Mordfalls, geschweige denn einer Mordserie erlangt. Der plötzliche Wirbel in den Zeitungen traf die Dienststelle unvorbereitet.

»Setzt euch.« Brüning klang wie ein Oberlehrer, als er versuchte, die Kollegen zu beruhigen. Schweißperlen standen ihm auf der Stirn und sein Gesicht sah rot und angestrengt aus. Als er Lena sah, fuhr er sie an: »Was machst du hier?«

»Ich arbeite.«

»Du solltest dir freinehmen.« Er sah von ihr zu Daniel. Dann fügte er etwas ruhiger hinzu: »Aber wenn ihr schon mal hier seid …« Er wandte sich wieder an die Gruppe, die sich vor ihm zusammengefunden hatte und langsam zur Ruhe kam.

»Alles der Reihe nach«, begann er und sortierte ein paar Blätter, die vor ihm auf dem Tisch lagen. »Ich habe wirklich keine Ahnung, wie die Informationen an die Presse durchgesickert sind, aber wir müssen zusehen, dass wir die Sache entschärfen. Ich habe, wie ihr bereits mitbekommen habt, eine Pressemeldung rausgegeben, um die Gerüchte aufzuklären und die Panikmache zu stoppen. Der nächste Schritt ist es, unsere Suche nach dieser irren Person zu verschärfen, die meint, sie müsste hier irgendwelche mörderischen Briefe in der Stadt rumschicken.«

Er tippte mit einem dicken Edding auf die Notizen der letzten Dienstbesprechung.

»Welche neuen Erkenntnisse konntet ihr in den letzten Stunden zusammentragen? Theresa, wie weit bist du mit dem Archiv? Gibt es da irgendetwas Brauchbares im Hinblick auf frühere Suizide?«

Die junge Kollegin mit dem blondem Bob setzte sich in ihrem Stuhl auf und trug ihre bisherigen Ergebnisse vor: »Ich habe mir bis jetzt die Suizide der letzten elf Monate angesehen und eine erste Auswahl getroffen, was, ehrlich gesagt, gar nicht so einfach war. Ich wusste zuerst nicht einmal, wonach ich eigentlich suchen sollte. Also habe ich zunächst jeden herausgegriffen, den ich auch nur im Entferntesten ungewöhnlich fand.«

»Wichtig ist für uns vor allem, ob die Suizide in irgendeiner Beziehung zu Briefen oder zu dieser Psychologin stehen. Momentan ist es die einzige Gemeinsamkeit, die wir kennen«, sagte Brüning und wollte damit den Fokus auf die wichtigen Details legen.

»Richtig«, bestätigte Theresa, »das Problem dabei ist, dass in den Akten größtenteils nichts darüber zu finden ist. Ich werde noch etwas tiefer graben müssen. Bei einer Frau habe ich allerdings bereits durch Nachforschungen herausgefunden, dass sie tatsächlich bei Dr. Martens in Behandlung gewesen ist, auch wenn es schon eine ganze Weile her ist. Es handelt sich dabei um Stefanie Lohrbach.«

Lena kam der Name bekannt vor und einen Augenblick durchsuchte sie ihre Erinnerungen, bis sie wusste, dass sie ihn selbst bereits in den Akten aufgetan hatte, als sie im Archiv recherchiert hatte.

»Das heißt, wir können im Moment Jakob Richter, Rebecka Bohl, eventuell Stefanie Lohrbach und, wie Lena gestern herausgefunden hat, Anna Ocklenburg zu den Opfern zählen.«

»Ich habe weitere sieben Fälle markiert, die ich aber wie gesagt noch genauer unter die Lupe nehmen muss. Eine sichere Verbindung habe ich da noch nicht.«

Brüning wandte sich mit einem Nicken an den Kollegen mit den kurz geschorenen Stoppelhaaren: »Hannes, du hast nach weiteren Schnittstellen zwischen den Opfern gesucht. Irgendwas gefunden?«

Er erntete nur ein entschuldigendes Kopfschütteln. »Ich sach ma so: Die beiden hätten unterschiedlicher nicht leben können. Da gibt es keine Verbindungen im Freundeskreis, bei den Hobbys oder beruflich, soweit ich das ermitteln konnte.«

»Dann müssen wir zunächst weiterhin davon ausgehen, dass die Therapie bei Frau Dr. Martens als Verbindung im Zentrum steht.«

Ein Klopfen an der Tür durchbrach den Gedankengang des Ersten Kriminalhauptkommissars. Ein groß gewachsener, schlanker Mann betrat den Besprechungsraum. Er trug helle Jeans und ein blau kariertes Hemd, darüber ein schwarzes Sakko. Sein Auftreten war von solch einer Präsenz, dass er augenblicklich die Aufmerksamkeit aller Anwesenden auf sich gezogen hatte. Eine neugierige Spannung lag in der Luft. Lena rätselte, was genau an ihm so souverän wirkte. Er bewegte sich ruhig und entspannt. Seine Haltung war aufrecht und überaus selbstsicher auf eine sympathische Weise. Doch als sich der Mann nach einem kurzen Wortwechsel mit Brüning ihnen allen zuwendete und in die Runde sah, hatte sie eine endgültige Antwort: seine großen, tiefen Augen. Aus ihnen begegnete ihr ein offener, ungeheuer aufmerksamer Blick. Und noch bevor der Erste Hauptkommissar ihn vorstellte, wusste Lena, wer er war.

»So, Leute, das ist Herr Grasch. Er ist Diplom-Psychologe und Hypnosetherapeut und wird uns auf fachlicher Ebene ein bisschen unter die Arme greifen.«

»Moin.« Grasch grüßte freundlich mit einem Kopfnicken.

»Bitte.« Brüning bot ihm mit einer Geste den letzten freien Stuhl an. »Schön, dass Sie es einrichten konnten.«

»Ich helfe gern«, sagte Grasch aufrichtig und nahm am Tisch Platz. »Es geht also um dieses spezielle Schriftstück?«

»Ja, es geht um den Brief, den ich Ihnen bereits habe zukommen lassen. Was uns natürlich am dringendsten interessiert, ist, ob eine schriftliche Hypnose dieser Art überhaupt möglich ist.«

Der Mann nickte und lächelte verständnisvoll.

»Selbstverständlich«, sagte er ohne Umschweife direkt heraus. »Es spielt im Grunde keine Rolle, ob ein Text gehört oder gelesen wird. Ob ich mit meinen Patienten persönlich spreche, ihnen eine CD mit meiner Stimme erstelle oder sie meine Worte lesen, unterscheidet sich nur durch den Grad meiner Anwesenheit. An der Hypnose selbst ändert es wenig.«

»Aber ist es wirklich möglich, jemanden durch einen hypnotischen Text dazu zu bringen, sich das Leben zu nehmen?« Lena konnte ihre Frage nicht zurückhalten, auch wenn sie sich in Gegenwart des Psychologen vorkam wie ein ungeduldiges kleines Mädchen.

»Nun, vielleicht ist es entscheidend, was man unter Hypnose versteht«, sagte er und sah sie an. »Viele glauben, die Hypnose ist irgendein Zauber, mit dem man andere Menschen übermannen und beherrschen kann. Diese Bilder stammen meist aus dem Fernsehen oder aufgebauschten Erzählungen und sind häufig der Showhypnose zuzuordnen. Auf der einen Seite sind sie natürlich sehr faszinierend, da sie mit raschen Mitteln bühnenwirksam arbeiten und auf große Effekte abzielen. Auf der anderen Seite schüren sie gerade dadurch auch die Vorurteile und den Zweifel der Leute. Aber das allein ist nicht Hypnose.«

»Aber funktioniert das wirklich?«, wollte Thorsten wissen. »Ich meine diese Showhypnose?«

Grasch nickte und lächelte nachsichtig. »Sicher. Aber wie gesagt dienen diese Vorführungen eindeutig der Unterhaltung.«

Er wandte sich wieder an das ganze Team, das wie gebannt an seinen Lippen hing. »Trancezustände begegnen uns nicht nur in derartigen Shows. Jeder von uns erlebt sie im Grunde tagtäglich. Wenn Sie einen guten Roman lesen und ganz in die Geschichte versinken, wenn Sie einen Film sehen oder auf einem Konzert sind. Man ist vollkommen vertieft und scheinbar in einer anderen Welt. Selbst wenn Sie sich abends ins Bett legen, gleiten Sie während des Einschlafens in einen tranceähnlichen Zustand.« Der Psychologe untermalte seine Erläuterungen mit Gesten und Lena verfolgte für einige Minuten die weichen Bewegungen seiner Hände.

»Diese Trance ist der eine Teil der Hypnose. Der andere wiederum ist die Suggestion, mit der man die Gedanken einer Person beeinflusst. Auch hier handelt es sich nicht um irgendeinen Hokuspokus. Suggestionen können ganz einfach durch Worte eingegeben werden und sind ausgesprochen wirksam. Wenn Sie glauben, dass Sie Ihre Kaufentscheidungen im Supermarkt vollkommen frei treffen, dann muss ich Sie leider enttäuschen.« Grasch lächelte verschwörerisch und Lena bemerkte, wie einige Kollegen auf ihrem Stuhl herumrutschten, als hätte er sie bei etwas ertappt.

»Dass die Werbung uns hin und wieder das richtige Aftershave verkaufen will, ist klar. Aber wie weit kann das gehen? Kann man auch einen Selbstmordgedanken suggerieren?«, schaltete sich Arne ein, der sich gegen den unterschwelligen Angriff auf seine freie Entscheidungskraft wehrte.

Der Therapeut nahm sich einen Augenblick Zeit für seine weiteren Erklärungen. »Worte sind mächtig«, sagte er. »Wenn Ihre Mutter Ihnen hundertmal sagt, dass Sie unfähig sind, dass Sie nie etwas richtig machen und es nie zu etwas bringen werden – dann dauert es nicht lange, bis Sie selbst davon überzeugt sind. Sie können einem Menschen mit bloßen Worten einbläuen, dass er hässlich ist oder unglücklich. Sie können ihm aber auch einreden, dass er mutig ist oder wunderschön. Die Frage, die sich stellt, ist nicht, ob man jemanden unter Hypnose zum Suizid leiten kann oder nicht. Viel eher muss man fragen: Mit wem geht es und mit wem nicht?«

Er ließ ihnen einen Augenblick, um über diese neue Frage nachzudenken. Wenn man bedachte, dass alle Opfer, die sie bisher ausfindig gemacht hatten, in psychotherapeutischer Behandlung waren, machte es durchaus Sinn, dachte Lena. Vielleicht hatte Jakob Richters Vater doch das falsche Bild von seinem Sohn und er war tatsächlich so labil gewesen, dass er für die Hypnose ansprechbar war.

Grasch führte seine Erklärung weiter: »Aus der Erfahrung heraus gesprochen, kann die Hypnose besonders gut bei jenen Personen induziert werden, die eher labile Persönlichkeiten aufweisen. Ein geringes Selbstwertgefühl und die Neigung zur Abhängigkeit machen Menschen anfälliger als andere.«

»Sprich: Jemand, der sich ohnehin bald vor den Zug werfen würde, wird den Anweisungen eines solchen Briefes sehr leicht gehorchen?«, fasste Mark mit seiner brachialen Wortwahl zusammen. Lena konnte über seine taktlose Art nur den Kopf schütteln.

»›Anweisung‹ ist nicht ganz das richtige Wort«, entgegnete Grasch.

»Aber wie genau funktioniert es denn?«, fragte daraufhin Arne, der immer noch nicht gänzlich überzeugt aussah.

»Wenn Sie sich den Brief einmal ansehen«, er selbst warf einen Blick auf ein kopiertes Exemplar, das Brüning ihm herüberschob, »dann können Sie eine sehr klare Struktur erkennen. Zunächst wird der Empfänger in einen tranceähnlichen Zustand versetzt und auf die folgenden Suggestionen vorbereitet. Der Leser wird zur Entspannung und Öffnung angeleitet.«

Lena sah auf ihre eigene Kopie und nahm die Passagen auf eine neue Weise wahr. *»… alle Muskeln endlich locker zu lassen«*, lautete es. Und: *»… wie sich die wohlige Wärme der Entspannung ausbreitet und durch den ganzen Körper fließt.«*

»Im Hauptteil des Textes arbeitet der Autor dann mit Suchbildern, also solchen Worten, für die der Leser selbst

Inhalte und Bilder finden muss«, fuhr Grasch fort. »Auf diese Weise bedarf es kaum direkter Suggestionen, denn der Empfänger des Briefes gelangt in eigener Regie zu den gewünschten Schlussfolgerungen. Mit keinem Wort nennt der Absender ausdrücklich, dass der Leser sich das Leben nehmen soll, aber aus allen hervorgerufenen Bildern, den Suggestionen und möglicherweise noch einigen Triggerwörtern, die wir nicht kennen, folgte für genau diesen Leser dieser eine Weg.«

Da war sie. Die endgültige Bestätigung, dass es nicht nur möglich war, sondern wahr. Über die Köpfe des Kripo-Teams hatte sich ein Schweigen gelegt. Herr Grasch hatte ihnen offenbart, was einige bisher nicht glauben wollten und andere nicht verstanden, ignoriert oder befürchtet hatten. Nun gab es keine Ausflüchte mehr. Sie mussten handeln. Und zwar schnell, bevor noch weitere Opfer ihre Todesnachricht erhalten würden.

Während nach und nach die Stille durchbrochen und von einem angeregten Gemurmel verdrängt wurde, erhob sich Grasch von seinem Stuhl und unterhielt sich kurz mit Brüning. Dann schüttelten sie sich die Hände und der Psychologe verließ mit einem freundlichen Gruß den Raum.

Brüning stellte sich vor sein Team.

»Ihr seht, die Sache ist ernst.«

Langsam richtete sich die Aufmerksamkeit wieder nach vorn und die Gespräche unter den Kollegen verstummten.

»Mal ganz ehrlich«, schaltete sich der Kollege Hannes ein und beugte sich über den Tisch nach vorne, »mir läuft ein Schauer über den Rücken, wenn ich mir vorstelle, dass da irgend so ein Heini solche Macht ausüben kann. Ich frage mich ernsthaft, was das für ein Mensch ist. Wer um alles in der Welt schreibt Briefe, um andere umzubringen? Was ist aus der guten alten Axt geworden?«

Seine Worte wurden mit einigem zustimmenden Nicken der anderen bedacht.

Brüning blickte in die Runde. »Ich bin überzeugt davon, dass, wenn wir das herausgefunden haben, wir auch dem Täter ein gutes Stück näher gekommen sind. Wir müssen verstehen, wie er denkt. Warum das Ganze? Welches Motiv steckt dahinter?«

Keiner sagte etwas. Erst nach einer ganzen Weile traute sich jemand, das Wort zu ergreifen: »Ein autobiografisches Motiv?«

»Wie meinst du das genau?«

»Ihr sagt, die Opfer waren in psychotherapeutischer Behandlung. Vielleicht haben wir es mit einem ausgebrannten Psychologen zu tun, der sich für alle fürchterlichen Sitzungen in seinem Leben rächt.«

Einige lachten.

»Rache oder Frustration sind denkbare Motive. Wir sollten alle Möglichkeiten in den Blick nehmen. Neben den emotionalen Gründen, die derjenige haben kann, sollten wir auch ermitteln, ob vielleicht Handfesteres in Betracht kommt, wie beispielsweise Erfolg, Profit oder Vertuschung.«

»Also wenn ich mir so jemanden vorstelle, der mühevoll, fast schon mystisch Briefe verfasst, dann denke ich an einen Menschen, der mit viel Gefühl dabei ist«, dachte Hannes laut. »Jemand, der eine Straftat verschleiern will oder auf Geld aus ist, der handelt doch wesentlich effizienter. Ich könnte mir Enttäuschung, Wut oder vielleicht sogar einen Minderwertigkeitskomplex viel eher als treibende Kraft vorstellen.«

»Patrick«, fiel Brüning ein, »du hast dich doch um das Profil gekümmert und das Gutachten vom BKA bekommen, oder nicht? Ist da schon das komplette Täterprofil enthalten, das uns irgendwelche Hinweise geben kann?«

»Na ja«, er räusperte sich und warf einen Blick auf einen Notizzettel vor sich. »Der Kollege vom BKA hat auf der Grundlage des Briefes, den wir bei Jakob Richter gefunden haben, zwar ein Profil erstellt, aber ich muss sagen, dass es nicht sehr aufschlussreich ist. Wir haben einfach zu wenig Material. Über die emotionale Verfassung konnte man da jetzt nichts sagen.«

»Irgendwelche Einsichten, die uns trotzdem weiterbringen?«, hakte Brüning etwas ungeduldig nach.

»Laut der Analyse weisen die grammatische und stilistische Textqualität auf einen Muttersprachler hin, dessen Bildung vermutlich gehoben ist. Eine Bestimmung des Geschlechtes wurde nicht gemacht.«

»Wir könnten es prinzipiell also auch mit einer Frau zu tun haben«, stellte der Erste Hauptkommissar fest.

Patrick nickte.

»Gut. Die forensische Linguistik kann uns an dieser Stelle natürlich nur Anhaltspunkte geben. Ich möchte, dass in jede Richtung weiterermittelt wird. Vor allem müssen wir einen klaren Überblick darüber bekommen, wie der Täter oder die Täterin vorgeht und wie die Opfer ausgewählt werden. Warum gerade diese Patienten? Hat der- oder diejenige einen bestimmten Bezug zu ihnen? Woher kennt er oder sie die Opfer?«

Brüning warf den Fragenpotpourri in den Raum und verteilte anschließend gezielte Aufgaben: »Theresa, du kümmerst dich bitte weiter um das Archiv. Telefoniere rum und versuche rauszufinden, ob noch mehr Tote bei

Dr. Martens oder einem anderen Psychologen in Behandlung waren. Wir müssen wissen, ob sich der Opferkreis tatsächlich nur auf Dr. Martens beschränkt und hier der Schlüssel liegt oder ob die Qualität der psychischen Stabilität im allgemeinen von Bedeutung ist.«

»Was ist mit Dr. Martens? Haben wir schon einen Durchsuchungsbefehl?«, wollte Lena wissen.

Brüning schüttelte den Kopf. »Nein. Der Staatsanwalt zögert noch. Ich werde da noch mal nachhaken. Er müsste jeden Moment hier sein.«

»Warum zögert er noch?«, fragte Lena entrüstet. »Wir haben mittlerweile vier ihrer Patienten identifiziert, die sich das Leben genommen haben. Das ist doch Grund genug! Wer weiß, wie viele wir nur noch nicht entdeckt haben. Es könnte jeden Tag den nächsten treffen und wir drehen hier Däumchen!«

»Lena, ich kann auch nicht mehr machen, als das, was ich tue. Der Antrag ist gestellt und sobald die Genehmigung kommt, legen wir los.« Er sah sie einen kurzen Augenblick scharf an und wandte sich dann wieder abschließend an das Team, um die Besprechung zu beenden.

Nach und nach verließen die Mitarbeiter der Kieler Kriminalpolizei den Raum. Brüning hielt Lena noch einen Augenblick zurück.

»Du hättest dir freinehmen sollen.«

»Mir geht es gut.«

Er atmete tief ein. »Die Ergebnisse der Spurensicherung aus deiner Wohnung sind da.«

»Daniel hat es mir schon gesagt.« Sie bemühte sich, ihre Anspannung zu verbergen, und setzte eine unbekümmerte Miene auf.

»Lena?« Er sah sie besorgt an. »Du solltest nicht allein in deine Wohnung zurück. Ich weiß nicht, was für ein Spinner da draußen herumläuft, aber so lange wir ihn nicht haben, weiß ich dich nicht in Sicherheit. Gibt es jemanden, zu dem du eine Weile gehen kannst?«

»Meine Eltern wohnen in Molfsee, ich fahre heute Abend zu ihnen.«

»Weiter weg?«

»Ich werde mich nicht von dem Fall zurückziehen«, sagte sie mit fester Stimme, als sie merkte, worauf er hinauswollte.

»Lena, der Täter hat dich ins Visier genommen. Du bist zu sehr beteiligt.«

»Das spielt keine Rolle. Mir geht es gut. Ich habe keinerlei Schaden von diesem Vorfall genommen. Ich habe länger an diesem Fall gearbeitet als jeder andere und werde jetzt nicht abhauen, nur weil er oder sie meint, er müsste mir auch einen Brief schicken.«

Er schaute sie eine ganze Weile an. Schaute in ihre entschlossene Miene.

»Na schön. Ich werde Schutzmaßnahmen veranlassen.«

»Das ist nicht nötig. Er wird mir nicht noch einen Brief schicken.«

Die weiteren Worte zwischen ihnen blieben unausgesprochen. Sie wollte sich keine Angst machen lassen.

»Lena, meinst du nicht, du solltest dir einen Tag Pause gönnen?« Mark musste sich anstrengen, mit ihr Schritt zu halten, als sie über den Innenhof zum Wagen gingen. Nur wenige Augenblicke nach der Dienstbesprechung hatte eine Mitarbeiterin die Ergebnisse der Kreditkartenabrechnung des Schreibwarenladens vorbeigebracht und entgegen allen Erwartungen eine Person vorgestellt, die sowohl Tinte als auch Papier per Karte bezahlt hatte. Lena hatte sich daraufhin den Zettel geschnappt und beschlossen, mitzukommen. Wahrscheinlich aus einer gewissen Trotzhaltung heraus.

»Warum tut ihr alle so, als wäre ich krank?«, ereiferte sie sich immer noch in Rage und eilte mit großen Schritten über den Parkplatz.

»Weil du heute Morgen noch in der Klinik lagst und unter einer Amnesie leidest«, entgegnete Mark.

»Die nur den gestrigen Abend umfasst«, fuhr sie ihm ins Wort. »Ich kann mich sehr gut an alles andere erinnern und bin auch nicht bekloppt. Mir geht es prächtig.«

Zielstrebig steuerte sie Marks Wagen an.

»Bist du sicher?«

»Fass mich nicht mit Samthandschuhen an.«

Ihr scharfer Blick traf ihn über das Autodach hinweg. Die Spannung zwischen ihnen war noch nicht verflogen und er spürte, dass sie noch immer sauer auf ihn war, weil er ihr nichts von seiner Affäre mit Sarah Martens gesagt hatte. Anstatt sich allerdings so darüber aufzuregen, sollte sie sich besser mal an die eigene Nase fassen. Sie mochte ebenfalls ihre Gründe gehabt haben, ihm nichts von ihrer Schwangerschaft zu sagen, aber er fand es unfair, ihn als alleinigen Schuldigen an ihrem mangelnden gegenseitigen Vertrauen hinzustellen. Es brachte doch auch nichts, sich jetzt anzufeinden.

»Hör mal, Lena«, sagte er und versuchte, ihrer Wut mit besänftigenden Mitteln entgegenzuwirken. Sie würden sich noch lauthals auf dem Dienstparkplatz oder spätestens vor dem Verdächtigen streiten, wenn nicht wenigstens einer nachgab. Und in Lenas aktueller Verfassung war nicht zu erwarten, dass sie diejenige sein würde. Er schloss den Wagen auf und wählte seine Worte sorgfältig. »Das mit gestern Morgen tut mir leid. Ich hätte es dir sagen sollen.«

Er ließ seine Entschuldigung einen Augenblick wirken, während sie sich ins Auto setzten und er den Motor startete.

»Mit meiner Frau läuft es in letzter Zeit nicht so gut. Sie engt mich total ein, erwartet, dass ich neben der Arbeit auch noch alles andere mache. Fahrräder reparieren, Keller ausräumen, Kinder zum Sport fahren. Ich komme mir vor wie der Familiensklave. Tagsüber soll ich gefälligst Geld verdienen und abends auch noch den Rest erledigen.« Er sah trübe vor sich hin. »Ich habe Sarah vor ein paar Monaten in einer Bar kennengelernt. Ich hatte keine Lust, nach Hause zu fahren, und habe mich mit ihr gut unterhalten. Aus der Unterhaltung wurde mehr und eh ich mich versah … Sie ist unkompliziert, sie lenkt mich ab.«

»Mark, so genau wollte ich das alles gar nicht wissen«, murmelte sie kleinlaut.

»Ich hatte Angst davor, was du über mich denken würdest«, erklärte er. »Wir arbeiten schon ziemlich lange zusammen und ich kenne deine Meinungen über Männer wie mich.«

»Männer wie dich?«

»Männer, die ihre Frauen betrügen und sich nach der Arbeit in anderen Betten vergnügen, während zu Hause die Kinder warten.« Oft genug hatte sie sich abfällig über ein solches Verhalten geäußert. Sie hatte ein vernichtendes Urteil über fremdgehende Männer gefällt und ließ kein gutes Haar an ihnen.

»Du weißt selbst, dass es nicht richtig ist. Das brauche ich dir nicht zu sagen. Aber ich stecke nicht in deiner Haut«, sagte sie. Und diesmal klang es nicht ganz so vorwurfsvoll.

»Nein, das tust du nicht. Und darüber kannst du auch froh sein. Ich fühle mich beschissen.«

»Habt ihr nicht mal darüber gesprochen? Du und deine Frau?«

»Wenn das so einfach wäre.« Er stöhnte, legte endlich den Gang ein und fuhr vom Hof. »Es ist leichter zu hoffen, dass die Sache sich von alleine wieder beruhigt und sich einrenkt.«

»Nur leider tun die Dinge das nicht«, flüsterte sie fast und sah dabei erst auf ihre Hände in ihrem Schoß und dann starr durch die Windschutzscheibe nach draußen.

»Mir tut es auch leid«, meinte sie dann nach einer Weile.

»Schon gut, ich kann dich noch besser verstehen als du mich vermutlich. Du musst nicht darüber reden, wenn du nicht willst. Es ist deine Sache.«

»Es wäre aber fair, dir zu sagen, warum ich es für mich behalten habe.«

Ja, fair wäre es, dachte er.

»Ich habe mich vor einem halben Jahr von Jan getrennt. Es war eine gute Entscheidung und ich bin froh darüber.« Es klang dennoch ein bisschen nach Selbstbeschwichtigung.

»Wir haben uns ein paar Monate später noch mal gesehen, nur um zu reden. Er hat eine neue Freundin. Auch das ist in Ordnung. Alles gut. Ich weiß nicht, wie es passiert ist. Es kam einfach dazu. Wir sind im Bett gelandet und tja, den Rest kennst du ja jetzt.«

Sie hatte das Ganze so schnell hinter sich bringen wollen, dass die Worte wie ein Eimer Wasser aus ihrem Mund gestürzt waren und nun zu ihrer beider Füße lagen. Mark schwieg. Er schluckte und versuchte einzuordnen, was sie ihm gerade gesagt hatte. Eines war ihm nun klar: Sie hatte ihren Grund gehabt, ihm nichts zu sagen. Nicht zuletzt aus einer großen Scham heraus war ihm ihre Verschwiegenheit mit einem Mal gänzlich verständlich. Er stand zwar als Ehebrecher vor ihr und fürchtete um ihre Meinung über ihn, aber mit ihrem Geständnis hatte sie sich selbst als diejenige entblößt, die an der Treue einer Beziehung gerüttelt hatte und nun mit einem Kind dastand, das diese bedrohte. Dass ausgerechnet sie beide im selben Boot saßen, war schon fast komisch.

»Vielleicht eine Ironie des Schicksals.« Sie lachte bitter. »Wir haben jahrelang versucht, ein Kind zu bekommen, ohne Erfolg. Und dann, kaum hat man sich vom Mann getrennt und die Sache aufgegeben, ist man schwanger.«

Mark hielt den Wagen vor der notierten Adresse ihres Verdächtigen und sah zu seiner Partnerin hinüber. »Hey, das tut mir echt leid.«

Lena machte es ihm einfach und schnallte sich ab. »Keine Sorge, ich trage das Päckchen schon eine ganze Weile mit mir herum, dann werde ich es heute auch noch schaffen. Lass uns unserem mutmaßlichen Schreiber einen Besuch abstatten.«

Damit stieg sie aus und blickte hinauf zu dem einfachen Wohnblock aus roten Backsteinen, der vor ihnen stand. Die Eingangstür war weiß, ebenso wie die zahlreichen, schmucklosen Fenster. Es war ein einfacher Bau, wie er in Kiels Innenstadt nach den Zerstörungen des Krieges pilzartig aus dem Boden geschossen war.

Der Name »Hinrichs« stand ganz oben in der Reihe

der Klingelschilder. Lena drückte auf die unterste Klingel und wartete. Nach einer kurzen Weile ertönte der Türsummer und sie traten ein. Eine junge Frau war aus der ersten Wohnung getreten und sah sie erwartungsvoll an.

»Kripo Kiel. Wir müssen zu einem ihrer Nachbarn.«

»Oh. Alles klar«, sagte sie und verschwand rasch wieder hinter der Tür, als hätte sie Angst, in irgendetwas hineingezogen zu werden. Lena kannte diese Reaktion und sie überraschte sie keineswegs. Gemeinsam mit Mark stieg sie die Treppen des Flurs bis zur letzten Etage hinauf. Dort läutete sie mit einem kräftigen Druck und lauschte, wie hinter der Haustür der schrille Ton der Klingel widerhallte. Die Treppen hatten Lenas Herz zum Hämmern gebracht und sie spürte, wie der Puls ihr heftig gegen die Halswand drückte. Sie sog den Sauerstoff in ihre Lungen und versuchte, ihren Kreislauf zu beruhigen.

Während sie schweigend warteten und horchten, trafen sich für einen kurzen Moment ihre Blicke und Lena konnte in Marks Augen noch immer einen Ausdruck des Mitleids erkennen. Rasch wandte sie sich ab und vernahm zugleich ein dumpfes Geräusch hinter der Wohnungstür vor ihnen. Durch den dunklen Stoff, der als Sichtschutz vor die teils verglaste Tür gehängt worden war, konnte man einen Schatten erkennen, der sich langsam bewegte. Lena merkte auf und auch Mark hatte nun seine ganze Aufmerksamkeit wieder der Wohnungstür zugewandt.

Ein wenig musste sie fast darüber schmunzeln, dass der Bewohner tatsächlich glaubte, er würde hinter seiner Tür versteckt bleiben. Das war eben der Preis, den man für eine schöne Altbauwohnung in Kiel zahlen konnte – viele Haustüren waren noch immer mit Sprossenfenstern ausgestattet.

Man hörte schleichende Schritte, die sich der Tür näherten und direkt davor stehen blieben. Ihr Blick wanderte just in dem Moment zur untersten Ecke eines Sprossenfensters, als sich der Vorhang an dieser Stelle schnell wieder zuzog. Sekunden später huschten die Schritte in das Innere der Wohnung zurück. Mark hämmerte mit der Außenkante seiner Faust gegen den Holzrahmen.

»Kriminalpolizei. Machen Sie auf.«

Ein lautes Krachen ertönte und etwas Schweres fiel zu Boden. Lena griff instinktiv nach ihrer Waffe, ließ sie aber noch im Halfter stecken. Erneut pochte das Blut durch ihre Adern. Dieses Mal jedoch war es das Adrenalin, das das Tempo vorgab. Sie spürte, dass etwas nicht in Ordnung war, und obgleich sie Situationen wie diese schon etliche Male durchlebt hatte, durchfuhr ihren Körper immer dieselbe Anspannung.

»Machen Sie auf. Wir wissen, dass Sie da sind«, rief Mark noch einmal. Es folgten weitere Geräusche und plötzlich ein Schrei.

Mark handelte schnell. Mit seinem Ellenbogen zerschlug er das untere Sprossenfenster, griff durch die Scherben hindurch und öffnete die Tür. Ein ohrenbetäubender Lärm begleitete den Aufbruch, die Tür knallte gegen die Wand. Mit gezückten Waffen betraten sie die Wohnung, sicherten zu allen Seiten. Lena war zuerst in der Mitte des Flurs und sah die schattenhafte Gestalt durch eine der Türen huschen. Weitere Schreie waren zu hören. Eine Frauenstimme. Poltern. Mit vorsichtigen Bewegungen durchquerte sie den Flur bis zum Ende. Alles konnte sie erwarten. Mit einer raschen Bewegung öffnete sie die Tür, sprang gleichzeitig zurück und erst im zweiten Anlauf in den Raum hinein. Ihr Blick und der Lauf ihrer Pistole wanderten blitzschnell umher. Sie befand sich im Schlafzimmer der Wohnung. Die Gardinen waren halb zugezogen, das Bett ungemacht, Kleidung lag auf dem Boden. Alle Einzelheiten versuchte sie zu erfassen, während ihre Augen unaufhörlich nach der Gestalt suchten, die geflohen war.

Nichts rührte sich. Plötzlich waren auch die Schreie verstummt und nur ihr eigener, rascher Atem durchbrach die Stille. Langsam tastete sie sich vor, sicherte mit der Waffe jeden Winkel des Raumes. Nichts. Mark betrat hinter ihr das Zimmer, als sie eine letzte Tür erreichte, die vom Schlafraum abging. Durch den Spalt darunter warf sich ein blasses Licht über den Teppich und warmer Dampf stieg in Schwaden hervor. Marks Augen begegneten ihren für den Bruchteil einer Sekunde und einigten sich still über den nächsten Handgriff. Lena trat einen weiteren Schritt näher und riss dann ruckartig die Tür auf.

Augenblicklich brach eine heiße, feuchte Luftwelle heraus und der Geruch von Seife drang in ihre Nase. Einen kleinen Moment brauchte sie, bis ihr Blick sich auf die Umgebung eingestellt hatte.

Ein Mann saß zusammengekauert an der Wand zwischen Dusche und Waschbecken. Er war bis auf ein weißes Handtuch um die Hüften nackt, auf seiner Haut glitzerten Wasserperlen und sein helles Haar klebte ihm um das Gesicht. Seine Augen waren vor Schreck weit aufgerissen, als er sie ansah.

»Lasse Hinrichs?«

Er nickte wie in Trance.

Lena ließ ihre Waffe sinken und steckte sie zurück in ihren Halfter. Die Anspannung wich aus ihren Muskeln und ließ sie tief ausatmen.

»Die Kollegen sind gleich hier«, sagte Mark, das Handy noch in der Hand.

»Der Fernseher lief auf voller Lautstärke«, fügte er noch hinzu und erklärte damit die Schreie, die die letzten Minuten zu einem Szenario des Schreckens gemacht hatten. Fast so schlecht wie im Film, dachte Lena und wischte sich mit dem Handrücken über die Stirn. Während Mark Lasse Hinrichs auf die Beine half, verließ sie den Raum. Die schwüle, nach Shampoo und Duschgel riechende Luft kam ihr auf einmal unerträglich vor.

Im Wohnzimmer der Wohnung machte sie ein Fenster auf und atmete einige Male tief durch. Dann wandte sie sich wieder dem Raum zu und sah sich um. Außer einem Sofa, einem Sessel, einem kleinen Tisch und dem Fernseher war das Wohnzimmer nicht groß möbliert. Nur eine gläserne Vitrine stand noch in einer Ecke und machte das Sammelsurium an Stilen vollkommen. Lena ging darauf zu und sah in das Innere. Auf den einzelnen Glasböden lagen unzählige Füller und Schreibgeräte. Herkömmliche Füllfederhalter in unterschiedlichem Design, ältere Modelle, von denen einige geradezu antik wirkten, und auch einzelne Federn, die aufwendig verziert in kleinen Schachteln lagen. In einem der unteren Fächer waren große Vogelfedern ausgestellt, deren Kiele gespitzt und in dunkles Blau getaucht waren.

Von der Straße aus drangen die Sirenen der Streifenwagen zu Lena herauf und kurz darauf erschienen die Beamten in der demolierten Tür. Lena deutete ihnen den Weg zum Schlaf- und Badezimmer, wo Mark und Lasse Hinrichs warteten. Kurz darauf kam ihr Partner zu ihr ins Wohnzimmer.

»Hier. Das musst du dir mal angucken, Mark.«

Sie zeigte auf die gefüllte Vitrine.

»Der Typ scheint ein engagierter Sammler zu sein.«

»Einige dieser Dinger sind mit Sicherheit nicht wertlos.« Lena deutete auf einen transparenten Kolbenfüller, der mit goldenen Ornamenten geschmückt war. »Mein Vater hat von seinem Großvater einen ähnlichen geerbt und den behütet er wie seinen Augapfel.«

Mark betrachtete das Schloss, mit dem die Vitrine gesichert war, und schüttelte den Kopf. »Das Ding hätte er sich auch sparen können. Wer an die guten Stücke ranwill, braucht doch bloß die Scheiben einzuschlagen.«

»Wer weiß, wo er die richtigen Schätze aufbewahrt.«

Sie streifte durch die restliche Wohnung und landete in einem Arbeitszimmer, das von der Größe wohl eher einer Abstellkammer gleichkam. Nur ein Schreibtisch und ein Regal hatten Platz darin. Beides war zum Überlaufen mit Material gefüllt. Etliche Papiere und Schreibmaterialien waren hier untergebracht. An der Wand hingen verschiedene Bilder von chinesischen Schriftzeichen und von Texten in aufwendiger Schrift. Mehrere Bände über Kalligrafie im Regal verrieten von der Leidenschaft des Bewohners. Lena hob einige Stapel Papiere an. Einer bestand aus leeren weißen Blättern, die teilweise ordentlich in Klarsichthüllen verpackt waren. Auf einem anderen Haufen lagen Sammlungen von Gedichten, Notizen und anderen Schriftstücken.

»Ich würde fast sagen, wir haben unseren anonymen Schreiber«, murmelte Mark hinter ihr und hielt ein kleines Fass blauer Tinte hoch.

Lasse Hinrichs war ein schlaksiger, großer Mann mit blasser Haut. Seine kurzen, aschblonden Haare hatte er unordentlich nach hinten gekämmt, aber einige Strähnen hatten sich unter der Anstrengung der letzten Minuten gelöst. Er fuhr sich mit seinen langen, knochigen Fingern über den Kopf. Wie ein Häufchen Elend saß er da, die Beine parallel nebeneinander, die Hände im Schoß. Seine Augen wanderten unruhig und etwas panisch im Verhörraum umher. Er sah immer wieder zwischen Lena und ihrem Kollegen Mark hin und her.

»Kann ich jetzt endlich wissen, wieso genau ich hier bin?«

»*Wir* stellen hier die Fragen, Herr Hinrichs«, gab Mark floskelhaft zurück. Lena setzte sich auf den Stuhl gegenüber des Mannes, mit dem Rücken zum venezianischen Spiegel, durch den alles, was in diesem Raum geschah, auch im Nebenzimmer zu sehen war. Sie blickte in das Gesicht von Lasse Hinrichs, das im ungemütlichen Licht der Neonröhre fahl und abgespannt aussah. Konzentriert versuchte sie, in seinen Augen zu lesen, was in ihm vorging, wie er sich fühlte, was er dachte.

»Zunächst einmal müssen Sie uns erklären, warum Sie nicht aufgemacht haben und stattdessen wie auf der Flucht durch Ihre Wohnung gerannt sind.«

»Ich war unter der Dusche und musste erst rauskommen, um zu gucken, wer da ist.«

»Und als Sie uns gesehen haben, sind Sie geflüchtet.«

»Ich hatte nur ein Handtuch um! Würden Sie wildfremden Menschen die Tür aufmachen, wenn Sie nackt aus der Dusche kämen?«

»Ich hätte zumindest Bescheid gegeben, dass ich gleich wieder da bin.«

Lasse Hinrichs zuckte mit den Schultern. »Ich war in Panik, weil ich nicht wusste, was Sie von mir wollten. Ich hatte gerade vor, mir etwas anzuziehen, und dann haben Sie einfach meine Tür zerschlagen. Ich hatte gar keine Zeit, zu reagieren.«

Mark unterbrach seine wilden Erklärungen und lenkte das Gespräch zum eigentlichen Punkt.

»Mich interessiert vor allem Ihre umfangreiche Sammlung von Papieren und Schreibmaterial.«

»Was soll damit sein? Ich sammle alte Schreibgeräte und Papiere. Diese Dinge haben einen Wert wie alles andere auch.«

»Seit wann sammeln Sie diese Dinge?«

»Seit Jahren. Ich weiß es nicht mehr. Werde ich wegen des Sammelns von Füllern hier festgehalten?«

Mark ignorierte seine spitze Bemerkung und fuhr in seiner Befragung fort. »Was genau sammeln Sie alles?«

Lasse Hinrichs pustete Luft durch die Lippen. »Mein Gott. Eine Menge. Wertvolle und hochwertige Papiere, außergewöhnliche und alte Füller, besondere Tinten.«

»Sie sind Kunde bei ›Kranich‹, dem Schreibfachgeschäft«, sagte Lena und beobachtete ganz genau seine Reaktion. Doch seine Miene blieb unverändert.

»Ja, stimmt.«

»Wann waren Sie zuletzt dort?«

»Keine Ahnung. Ist schon eine Weile her.«

Sie las ihm das Datum seines Besuchs, bei dem er mit Kreditkarte gezahlt hatte, aus ihren Unterlagen vor. »War das Ihr letzter Besuch dort?«

»Kann sein.«

»Sie haben ein Dutzend Papiere gekauft, von denen ich nicht glaube, dass Sie sie sammeln. Wozu verwenden Sie sie?«

Lasse Hinrichs sah sie an. Die Augenbrauen hatte er

zusammengezogen. Seine anfängliche Hilflosigkeit hatte sich in Ärger gewandelt. Während sie ihn zu Beginn als schüchternen, unsicheren Mann wahrgenommen hatte, erkannte sie nun eine gereizte und aggressive Haltung an ihm.

»Ich schreibe darauf«, gab er in einem sarkastischen Ton zurück.

Lena sah ihn scharf an. »Herr Hinrichs, auch wenn es Ihnen nicht passt, ich werde Ihnen Fragen stellen, bis ich entscheide, dass ich fertig bin. Seien Sie so gut und antworten Sie einfach nur.«

»Hab ich doch.«

Ihre Blicke trafen sich und kämpften einen kleinen Moment darum, wer hier die Oberhand hatte. Schließlich sah er nach unten und fixierte die Tischplatte.

»Für welche Schriftstücke haben Sie die Papiere genutzt?«, nahm Lena ihren Faden wieder auf.

»Gedichtabschriften, Kalligrafien, …« Mit monotoner Stimme machte er eine Aufzählung. Lena sah ihn an und wusste mit einem Mal, dass sie nichts Wertvolles aus ihm herausbekommen würden. Ihr Gespräch klang wie der gelangweilte Smalltalk zweier ferner Bekannter, die sich im Grunde nicht viel zu sagen hatten. Die Situation war frustrierend.

Als sie den Verhörraum endlich verließen, fühlte Lena sich matt und erschöpft.

»Er ist es nicht.«

»Woher willst du das wissen?«, fragte Mark. »Er hat eine ganze Sammlung von Papieren und Füllern zu Hause, darunter das Material, das mit den Briefen übereinstimmt.«

»Er hat so viel zu Hause, dass es eher verdächtig gewesen wäre, wenn er ausgerechnet diese Sachen nicht gehabt hätte.«

»Hör mal ...«, setzte Mark gerade an, als der Erste Kriminalhauptkommissar den Flur entlangkam und bei ihnen stehen blieb.

»Was habt ihr rausgefunden?«

»Nichts«, gab Lena resigniert zu. »Der Typ hat zwar einen Sammeltick, aber ansonsten nicht viel zu bieten. Ich bezweifle, dass er große schriftstellerische Leistungen erbringt.«

»Wir werden dem nachgehen«, sagte Brüning. »Informiert euch über den Kerl. Wer er ist und was er macht. Schickt zumindest eine Schriftprobe zum Vergleich zum LKA.«

Lena nickte nur, ging dann in ihr Büro und schloss die Tür. Die Erschöpfung war umgeschlagen in ein Gefühl der Aussichtslosigkeit. Sie zog einen tiefen Atemzug ein und bemerkte einen drückenden Schmerz in der Kehle. Fang bloß nicht an zu heulen, Lena. Das alles war ihr irgendwie zu viel. Der Besuch bei Dr. Martens, dieses sinnlose Verhör – sie steckten fest. Egal, was da war, sie kamen nicht dran. Es war, als würde sie auf der Stelle treten. Alle stoppeligen Halme, die sich ihr auf der glatten Oberfläche dieser Ermittlung geboten hatten, hatte sie nicht nur ergriffen, sondern quasi herausgerissen und unter das Mikroskop gelegt. Aber nichts hatte ihr auch nur die kleinste Spur geliefert. Sie jagten einem stillen Schreiber hinterher, dessen einzige Spur in seiner Handschrift lag. Und Lena hatte keine Ahnung, wie es weitergehen sollte.

Sie stützte ihren Kopf in die Hände und starrte ziellos vor sich auf das Durcheinander ihres Schreibtisches.

Nach einer Weile zog sie unter ein paar anderen Papieren die Mappe mit den bisherigen Ermittlungsergebnissen hervor. Sie nahm eine Kopie des Briefes heraus, den sie bei Jakob Richter gefunden hatte, und ließ ihre müden Augen darübergleiten. Wo war das winzige Etwas, das ihr weiterhelfen würde? Wo gab es einen Hinweis auf den Autor? Eine Eigenart, die sie in seine Richtung führte?

Sie las die Worte wieder und wieder, kannte jeden Satz fast schon auswendig. Wie auf ein magisches Bild starrte sie auf die Tinte auf dem weißen Papier, als warte sie darauf, endlich das dreidimensionale Geheimobjekt darin zu erkennen. Als Kind war sie gut darin gewesen. Sie hatte den Trick entdeckt, einmal kurz zu schielen und das Rätsel auf diese Weise sofort zu sehen. Andere Leute hielten sich das Bild ganz nah vor das Gesicht und schoben es dann ganz langsam von sich. Warum das funktionieren sollte, hatte sie nie begriffen. Das Schielen schien ihr doch um einiges effektiver und wesentlich schneller zu gehen.

Dieser Brief jedoch verbarg seine Besonderheit anders. Seine Schrift ließ kein magisches Objekt hervorspringen, auch wenn sie in ihrer Gleichmäßigkeit eine ähnliche Faszination auslöste. Sie war so gleichmäßig, dass die einzelnen Zeilen beinahe aussahen wie gerade Linien, wenn man die Augen unscharf darauf richtete. Lena hielt das Blatt weiter von sich weg und drehte es im Uhrzeigersinn um sich selbst. Sicher war ihr schon beim ersten Lesen und später beim Gespräch mit Professor Carstens aufgefallen, dass die Schriftführung sauber und sehr schön war. Aber in diesem Moment drang in ihr Bewusstsein, *wie* gleichmäßig sie tatsächlich verlief. Plötzlich musste sie an das denken, was sie vor einigen Tagen über Hypnose gelesen hatte. Nicht nur das Gespräch an sich war der Schlüssel, sondern es bedurfte zu einer erfolgreichen Hypnose auch einer immer wiederkehrenden Aktion. Etwas wie das Hin- und Herschwingen eines Pendels. Eine einheitliche, gleichförmige Gegebenheit, die den Patienten aus seinem Bewusstsein hinausführte. Sie drehte und wendete das Blatt nach allen Seiten und blickte immer wieder auf die exakt geschwungenen Lettern. Was sie vor sich sah, war eine solche Harmonie.

Ruckartig stand sie von ihrem Stuhl auf und machte sich auf den Weg in die Kriminaltechnik.

Daniel saß wie immer etwas gekrümmt auf seinem zu kleinen Bürostuhl und hing mit dem Kopf über ein paar Reagenzgläsern.

»Moin, Daniel«, grüßte Lena knapp und wartete, dass er aufsah.

»Moin. Gib mir zwei Sekunden.« Er füllte einige Substanzen von einem Glas in das andere und notierte etwas auf einem Notizblock. Dann blickte er von seiner Arbeitsplatte auf und lächelte sie an.

»Was kann ich für dich tun?«

»Es geht noch mal um den Brief von Jakob Richter«, begann sie, »mir ist da eben noch eine Sache aufgefallen. Hast du das Blatt hier?«

»Jupp.« Er rollte mit seinem Stuhl einmal quer durch den Raum und kam mit dem Schriftstück in der Hand zurück.

»Gut. Also, mir ist aufgefallen, dass die Handschrift überaus gleichmäßig ist. Fast so, als hätte sie jemand mit einer Schablone oder so geschrieben.«

»Ja, das ist mir zwischendurch auch mal durch den Kopf gegangen.«

»Wir wissen, dass diese besagte Schreibtinte verwendet wurde. Wäre es aber dennoch möglich, dass der Brief maschinell erstellt wurde?«

»Hmm.« Daniel betrachtete das Papier in seiner Hand. Dann fuhr er mit seinem Bürostuhl einige Meter zu seinem Mikroskop. Er nahm den Brief vorsichtig aus der Hülle und legte ihn unter das Objektiv. Einige Sekunden lang blickte er angestrengt in das Okular des Gerätes, stellte an ein paar Reglern herum und sagte kein Wort. Nach einer halben Ewigkeit, so schien es Lena, löste er sich von dem Anblick und sah sie an.

»Also, ich kann es auf die Schnelle nicht mit völliger Bestimmtheit sagen, aber ich gehe davon aus, dass es sich bei dem Schreibgerät um eine handelsübliche Kugelspitzfeder handelt, wie sie in ganz normalen Schulfüllern eingebaut sind. Welche Feder ganz genau, kann ich, oder besser gesagt das LKA, allerdings nur mit Vergleichsobjekten feststellen. Es schließt allerdings die Erstellung des Briefes mit einem Drucker aus.«

»Das heißt, er wurde mit der Hand geschrieben«, folgerte Lena.

»Jein.« Der Kriminaltechniker stand auf und bot Lena seinen Platz an, damit sie selbst durch das Mikroskop sehen konnte.

»Der Text wurde zwar mit einer Feder geschrieben«, erklärte er, während sie die dunklen Ränder der Tinte unter dem Objektiv betrachtete, »aber die Regelmäßigkeit und Perfektion könnte an einer Führung per Hand zweifeln lassen. Die Feder wurde so gleichmäßig über das Papier geführt, wie es eine menschliche Hand kaum leisten kann.«

»Inwiefern?«, wollte sie genauer wissen und drehte sich auf dem Stuhl zu ihm.

»Wenn wir schreiben, machen wir Pausen, in denen der Stift länger auf dem Papier ruht und dann kleinste Tintenspuren hinterlässt. Solche kann man hier nicht erkennen.«

Lena schaute ihn an. »Und was genau heißt das?«

»Ich bin mir nicht sicher, aber ich könnte mir vorstellen, dass der Absender einen sogenannten Plotter verwendet hat.«

»Einen was?« Lena hatte das Wort zuvor noch nie gehört.

»Einen Plotter«, wiederholte Daniel. »Das ist ein Gerät, mit dem man normalerweise technische Zeichnungen wie Vektorgrafiken herstellt. Einige Ämter, Ingenieurbüros und Architekten haben heute noch welche für die Herstellung von großen Plänen oder Karten.«

»Was sind das für Geräte?«

»Die Teile sehen fast aus wie eine große Wäschemangel. Das Papier wird von einer Rolle ins Gerät gezogen und auf der anderen Seite wieder ausgegeben. Dazwischen fährt ein eingesetzter Stift darüber und zeichnet. Es gibt aber auch noch kleinere Geräte. Stell dir ein Zeichenbrett vor, über dem ein technischer Schwenkarm angebracht ist, der über das Brett fahren kann. Ähnlich wie ein Kurvenschreiber. An die Spitze dieses Armes kann man fast jeden beliebigen Stift einsetzen und auf diese Weise quasi technisch mit der Hand schreiben. Für gewöhnlich benutzt man Tuschestifte. Man kann aber auch einfach einen Füllfederhalter einspannen.«

Lena ließ die Informationen auf sich wirken und versuchte sich vorzustellen, wie ein Füller von dieser technischen »Hand« über ein weißes Blatt Papier geführt worden war und diesen Brief geschrieben hatte.

»Mit welcher Sicherheit können wir davon ausgehen, dass ein solcher Plotter benutzt wurde?«

Daniel kniff die Lippen zusammen. »Hundertprozentig kann ich es nicht sagen. Ein PC-gestützter Tintenstrahl- oder Laserdruck ist schnell zu erkennen und kann hier ausgeschlossen werden. Ich kann aber nicht garantieren, dass der Brief nicht doch mit der Hand geschrieben wurde.«

»Okay, nehmen wir an, deine Vermutung stimmt und dieser Brief wurde tatsächlich mit so einem Plotter geschrieben, können wir dieses Gerät irgendwie ausfindig machen?«

Daniel verzog entschuldigend das Gesicht und schüttelte den Kopf. »Ich denke, da haben wir kaum eine Chance. Die wenigen Plotter, die es in Kiel gibt, sind wahrscheinlich ältere Modelle, die wir nicht mehr zurückverfolgen können. Wenn du zwei Täter zur Auswahl hast und einer hat Zugang zu einem Plotter und der andere nicht, dann könnte dir die Information helfen, aber so …«

»… sagt sie mir nur, dass der Schreiber seine Handschrift und damit seine Spuren mal wieder perfekt verwischt hat«, endete sie für ihn. »Na prima.«

»Tut mir leid, min Deern«, meinte Daniel und sah sie etwas mitleidig an. Unter seinem Blick kehrte das Gefühl der Erschlagenheit in Lena zurück und ließ sie auf dem Bürostuhl etwas zusammensinken. Gerade noch hatte sie einen Funken Hoffnung gespürt, doch etwas zu finden. Und nun warf sie dieser erneute Rückschlag umso heftiger auf den Boden der Tatsachen.

»Harter Tag, was?«, fragte Daniel und schien ihre inneren Gedanken zu lesen wie ein offenes Buch. Erschrocken darüber, dass er ihr scheinbar so deutlich ansah, was in ihr vorging, straffte sie die Schultern und versuchte, ihre

Gefühle zu unterdrücken. Sie hatte genug von ihrem Ruf als Emotions-Kommissarin. Vor Daniel dazustehen wie die übersensible Kollegin, die an einem Fall die Nerven verlor, konnte sie nicht ertragen. Und dennoch. Unter seinem mitfühlenden Blick löste sich etwas in ihr.

»Harte Woche trifft es wohl eher«, murmelte sie.

»Hmm. Ihr kommt nicht wirklich weiter, oder?«

»Nicht wirklich. Wie soll man auch einen Brief verfolgen, der nichts zum Verfolgen bietet? Eine Hypnose ist nicht nur unglaublich unvorstellbar, sie lässt sich auch schwer beweisen.«

Lena stützte ihren Kopf in die Hand.

»Ich frage mich, ob das überhaupt möglich ist. Mal bin ich überzeugt davon und dann wieder voller Zweifel. Ich meine, wie realistisch klingt das bitte schön?«

»Ich gebe zu, dass diese Sache mit der schriftlichen Hypnose, soweit ich sie jedenfalls verstanden habe, etwas merkwürdig klingt, aber unmöglich scheint es ja nicht zu sein.«

»Ja, aber was nützt uns das?« Ihre eigene Stimme klang verzweifelt. »Wir haben nichts. Absolut gar nichts. Nur einen einzigen Brief mit Tinte und Papier, die jeder hätte kaufen können, geschrieben mit einem Gerät, das überall stehen könnte. Wir haben kein Motiv und wir haben auch keine Ahnung, wie der Täter so viel über die Opfer in Erfahrung gebracht haben könnte. Der einzige Knotenpunkt, den ich sehe, ist diese Dr. Martens. Immerhin waren vier Tote bei ihr in Behandlung. Das kann doch kein Zufall sein. Aber diese blöde Pute sitzt auf ihren Informationen wie die Henne auf ihren Eiern. Wenn du mich fragst, die hat noch mehr zu sagen. Uns hat sie nur das gegeben, was wir ohnehin schon wussten.«

»Nimm es nicht so schwer«, sagte er. »Wir finden schon noch eine Spur.«

Sie schnaubte missmutig.

»Du solltest jetzt einfach nach Hause zu deinen Eltern fahren und die ganze Sache für ein paar Stunden vergessen. Morgen sieht die Welt schon wieder ganz anders aus.«

»Du klingst wie meine Mutter.« Aber irgendwie tat es ihr gut. Sie versuchte ein zaghaftes Lächeln und erhob sich von seinem Stuhl.

»Danke.«

»Kein Problem. Du kannst jederzeit zu mir kommen«, erwiderte er und Lena fragte sich kurz, ob er das nur auf die Arbeit bezog.

Als Lena sich endlich auf den Weg zu ihren Eltern machte, war der Himmel bereits in ein tiefes Dunkelblau getaucht. Die Wolkendecke hatte sich aufgelockert und als sie den Stadtkern hinter sich gelassen hatte und auf der Landstraße Richtung Molfsee fuhr, konnte sie sogar einige Sterne und einen schmalen Mond sehen.

Ihre Gedanken schweiften durch ihren Kopf wie die Bäume an ihrem Fenster vorbei. Es war mehr ein Nebel aus einzelnen schattenhaften Fetzen als konkrete Ideen oder Einsichten. Zum ersten Mal aber dachte sie daran, was es bedeutete, dass vielleicht schon vier Menschen durch die Briefe ihres anonymen Schreibers den Tod gefunden hatten. Es war, als würde sich ganz langsam und bedrohlich ein Schleier lüften, der etwas zum Vorschein gab, das schrecklicher war, als sie es sich vorgestellt hatte. Das Ausmaß der Briefe war auf einmal nicht mehr überschaubar. Wie viele Schriftstücke mochten in den vergangenen Monaten unglückliche Empfänger erreicht haben? Sie konnte es nicht wissen. Und noch viel weniger konnte sie wissen, ob nicht jetzt gerade in diesem Moment jemand ein Blatt Papier in den Händen hielt, das er besser nicht lesen sollte. Nichts konnte denjenigen darauf vorbereiten, was er darin zu lesen bekam.

Ein paar Scheinwerfer blendeten Lena plötzlich aus dem Rückspiegel und holten sie zurück in die Gegenwart. Das grelle Licht stach ihr in die Augen und sie musste unwillkürlich blinzeln.

»Mensch, mach dein Fernlicht aus, du Idiot!«, murmelte sie und versuchte sich weiter auf die Straße zu konzentrieren. Das Auto hinter ihr hielt genügend Abstand, dennoch blendeten seine Lichter so sehr, dass es ihr schwerfiel, in der Dunkelheit, die vor ihr lag, vernünftig sehen zu können. Sie ging etwas vom Gas, in der Hoffnung, der Hintermann würde überholen. Aber er tat es nicht. Bei genauerem Hinsehen sah sie die Umrisse eines hellen Geländewagens. Die Marke konnte sie nicht erkennen. Vielleicht ein BMW. Irgendwie kam ihr der Wagen sogar bekannt vor. Hatte sie ihn in den letzten Tagen nicht schon einmal gesehen? Ein kurzer Gedanke schoss ihr durch den Kopf, doch augenblicklich ermahnte sie sich selbst. Sei nicht albern. Die Stadt ist klein und es gibt nicht nur ein Auto dieser Art. Über ihre Selbstberuhigung hinaus hätte sie beinahe die Straßeneinfahrt verpasst, die sie nehmen musste. Kurzfristig setzte sie den Blinker und fuhr etwas zu schnell um die Kurve. Mit einem raschen Blick in den Rückspiegel sah sie, dass der Geländewagen ihr folgte. Hatte er schon vorher geblinkt? Sie konnte es nicht sagen. Mach dich nicht verrückt. Der wohnt hier irgendwo. An der nächsten Kreuzung bog sie erneut ab, folgte der Straße ein kleines Stück weiter und kam in der

Einfahrt ihrer Eltern zum Stehen. Einen Moment blieb sie still sitzen und beobachte im Rückspiegel die Straße hinter sich. Eine Laterne tauchte den Teer in einen orangen Schimmer, ein kahler Busch, der darunter stand, warf seinen dunklen Schatten darauf. Plötzlich sauste ein silbernes Auto vorbei. Es hielt nicht, es stockte nicht, es fuhr einfach nur vorbei. Lena ließ ihren Atem zischend heraus. Sie hatte gar nicht bemerkt, dass sie ihn angehalten hatte.

Im Haus ihrer Eltern brannte Licht. Der Garten lag ruhig und gepflegt davor. Im Sommer war es eine wahre Oase aus farbenprächtigen Blumen und jeder Menge Schmetterlinge. Zu dieser Jahreszeit gab es von beidem nichts, aber dennoch hatte ihre Mutter das Stück Grün winterlich schön gestaltet. Der Anblick des Vogelhauses, der in Jutesäcke verpackten Töpfe und dem kleinen Apfelbaum, in dem eine zierliche Lichterkette hing, weckte in Lena ein Gefühl des Wohlbefindens. Hier hatte sie ihre Kindheit verbracht und wann immer sie hierherkam, fühlte sie sich sofort geborgen und daheim.

Sie stellte den Motor ab, nahm ihre Tasche vom Beifahrersitz und stieg aus. Winzige Steine knirschten unter ihren Schuhen, als sie zur Haustür ging. Ihre Mutter öffnete und strahlte.

»Hallo, Liebes. Komm rein.«

»Hallo.« Sie erwiderte die herzliche Umarmung ihrer Mutter. »Wo ist Papa? Sein Auto ist weg.«

Ihre Mutter nahm ihr die Tasche ab und stellte sie vor die Treppe. »Der ist zum Skatspielen im Vereinsheim. Wir essen aber trotzdem schon mal. Ich hab die Suppe schon fertig.«

»Toll. Ich habe einen riesigen Kohldampf.«

»Na, ein Glück.« Marianne lachte.

Sie gingen durch den Flur ins Wohnzimmer, das nur durch eine kleine Theke von der Küche getrennt war. Lena setzte sich an eben diese vor einen der Teller, die ihre Mutter mit Besteck und Glas hingestellt hatte. Marianne zog sich ein paar dicke Topfhandschuhe an und nahm den großen Topf mit der dampfenden Gemüsesuppe vom Herd.

»Wie war dein Arbeitstag?«

»Na ja.« Lena sah ihr dabei zu, wie sie ihnen Essen auffüllte. »Er begann für mich im Krankenhaus.«

Vor Schreck hätte ihre Mutter fast das Essen fallen gelassen. Mit großen Augen starrte sie ihre Tochter an.

»Keine Panik. War halb so wild.« Lena erzählte von dem Abend, an dem sie zu Hause ihren Tisch in Brand gesetzt hatte. Zumindest von dem Teil, an den sie sich noch erinnern konnte, und davon, dass sie zwei Tage in der Klinik sitzen musste.

»Und da rufst du nicht mal an?«

»Ich wollte nicht, dass ihr euch Sorgen macht. Es war ja nicht so schlimm.«

»Nicht so schlimm?«

»Mama, bitte«, sagte Lena und beschwor sie still, nicht so ein Aufheben zu machen. Ihre Mutter ließ sich etwas besänftigen und setzte sich ihr gegenüber an die Theke.

»Habt ihr denn gar keine Spur?«, fragte sie.

»Mama, ich darf mit dir nicht über den Fall reden.«

»Aber wenn meine Tochter im Krankenhaus landet, darf ich doch wohl etwas davon erfahren!«

»Es ist ja nichts passiert.«

»Nichts passiert?« Ihre Mutter ließ vorwurfsvoll den Löffel sinken. »Du kannst dich an nichts mehr erinnern! Ich finde, da ist doch etwas passiert.«

»Reg dich nicht auf. Wir finden diesen Briefeschreiber schon.«

Eine Weile aßen sie schweigend.

»Und was gibt es sonst Neues?« Marianne wollte das Thema wechseln.

»Nichts.«

»Dein Vater hat sich ein Fahrrad gekauft.«

»Oha!« Lena musste plötzlich lachen. In ihrem Kopf tauchte das Bild ihres Vaters auf. Er war ein Seebär, wie er im Buche stand. Die Vorstellung von ihm auf einem Drahtesel war mehr als sonderbar.

»Ich denke, er hasst Radfahrer.«

»Ja. Er betont auch nach wie vor, dass er das immer noch tut. Allerdings hat er für die eine oder andere Sache schon sein Verständnis gezeigt.« Sie zwinkerte Lena verschwörerisch zu.

»Mein Papa auf dem Fahrrad …« Sie schüttelte schmunzelnd den Kopf.

»Und bei dir gibt es nichts Neues?«

Die erneute Frage ihrer Mutter und ihr forschender Blick verrieten Lena, woran sie dachte. Eigentlich hatte sie keine Lust, darüber zu reden. Sie hatte genug andere Probleme. Sie war von einem irren Schreiber angefallen worden und musste fürchten, dass er es erneut versuchte. Auf welche Art und Weise auch immer. Zwar dachte sie unentwegt an die Zukunft, die da in ihrem Bauch heranwuchs, doch sie konnte keinen klaren Gedanken fassen, um eine Entscheidung für irgendetwas zu treffen.

»Ich weiß es nicht«, seufzte sie. »Ich weiß es einfach nicht. Ich kann mir beim besten Willen nicht vorstellen, dass ich jemals eine so schwierige Entscheidung treffen musste. Und dann auch noch mitten in einer Ermittlung. Mir platzt noch der Kopf.«

»Du wirst das Richtige tun. Denk bitte daran, dass wir dich immer unterstützen, egal, was du tust, und ganz besonders, wenn du dich für das Baby entscheidest. Wir schaffen das schon. Du bist nicht die erste Mutter, die in dieser Situation ist.«

»Ja, aber ich muss es für mich allein entscheiden und damit leben.«

»Du bist aber nicht allein«, sagte ihre Mutter und streichelte ihr kurz über den Handrücken. »Wir sind da. Und Jan ist auch nicht der Typ Mann, der sich überhaupt nicht kümmert. Er wird schon seinen Teil beitragen.«

Beim Klang seines Namens durchzuckte sie ein seltsames Gefühl.

»Ich will ihm damit aber nicht zur Last fallen. Wir haben uns getrennt und er hat sein neues Leben angefangen. Er sollte nicht unter dem alten leiden.«

»Na hör mal«, Marianne klang fast schon entrüstet. »Was heißt hier, unter dem alten leiden? Zu so einer Sache gehören immer zwei. Er wird die Konsequenzen genauso tragen müssen wie du auch. Willst du es ihm ernsthaft verschweigen?«

Lena blieb stumm. Sie hatte sich noch nicht entschieden, ob sie es Jan sagen sollte oder nicht. Sie wollte ihm sein Leben eben nicht kaputtmachen, nur wegen dieser einen Nacht, in der sie beide ganz offensichtlich nicht Herr ihrer selbst gewesen waren. Nein, wenn, dann würde sie allein dafür geradestehen. Auf der anderen Seite fragte sie sich natürlich auch, ob er nicht ein Anrecht darauf hatte, es zu erfahren. Hatte sie das Recht, ihm seine Vaterschaft zu verschweigen?

Ihre Mutter kratzte den letzten Rest aus ihrem Teller und schob ihn dann ein Stückchen von sich. »Möchtest du noch etwas?«

Lena schüttelte den Kopf und stellte den Teller ihrer Mutter auf ihren. »Ich habe neue Ultraschallbilder«, sagte sie und ging in den Flur, um sie zu holen. Zurück auf ihrem Stuhl hielt sie Marianne die schwarz-weißen Bilder hin.

»Ach, Lena.« Sie sah mit einem wehmütigen Blick darauf. »Man kann sogar schon die kleinen Arme und Beine sehen.«

»Ja, ich weiß«, sagte Lena bedrückt und sah auf die winzigen Knubbel, die dem Fötus beinahe das Aussehen eines Teddybären gaben. Und dennoch: Dieses Kind in ihrem Bauch wuchs und wuchs und sah immer mehr wie ein Mensch aus. Es bekam eine Gestalt und war nicht länger ein Ding, über das man einfach abstimmen konnte. Vielleicht würde es ein Mädchen werden. Ein Mädchen mit rehbraunen Augen und vollen Haaren. So hatte sie es sich immer vorgestellt. Ein Mädchen, wie sie es sich jahrelang gewünscht hatte. Und nun sollte sie diesen Traum aufgeben, nur weil er etwas zu spät und anders zu ihr kam als geplant? Zu wissen, dass sie vielleicht ihr lang ersehntes Glück von sich stieß, war kaum zu ertragen. Aber die Unsicherheit und Fragen über die Zukunft nagten an ihr.

Nachdem der Motor verstummt war und mit ihm auch die hellen Scheinwerfer ihren Dienst eingestellt hatten, blieb nur die Dunkelheit und Stille zurück. Im Schatten eines großen, knöcherigen Baumes stand der Wagen verborgen am Straßenrand und ermöglichte einen freien Blick auf das kleine Haus. Lena Baumann saß mit ihrer Mutter am Tisch. Sie hatten gemeinsam zu Abend gegessen und nun schauten sie beide auf etwas in ihrer Hand, das einen traurigen Ausdruck auf ihrem Gesicht hinterließ. Ihre Schultern waren seit ihrer Ankunft herabgefallen, als hätten sie mit dem Betreten des Hauses eine Fassade fallen gelassen, die sie wie eine Rüstung über den Tag hinweg in der Aufrechten gehalten hatte.

Die letzten Stunden hatten ihr schwer zugesetzt, auch wenn sie sich nach außen tapfer und stark gab. Es war ihr deutlich anzusehen, wie sehr die ganze Situation – die eigenen Sorgen, die Ermittlungen und vor allem der Brief an sie – ihr zu schaffen machten.

Was war in der Nacht bloß schiefgegangen? Warum hatte sie sich so sehr gegen die Worte gewehrt? Irgendetwas musste sie gestört haben. Anders war ihr Widerstand nicht zu erklären. Die Frage war nun: Inwiefern konnte sie sich an den Abend erinnern? Was wusste sie noch? Hatte sie etwas bemerkt und stellte nun eine Gefahr dar? Es war Vorsicht geboten. Der zweite Brief musste sie erreichen, und zwar bald. Und er musste sie vollkommen mit sich reißen.

KAPITEL 15

Professor Dr. Gisela Neumann schritt den langen schmalen Korridor im Licht der kalten Neonröhren entlang. Die kahlen, mattweißen Wände luden nicht zum Verweilen ein. Sie trieben einen stets voran, immer wieder in Erinnerung rufend, dass es noch viel zu tun gab. Vermutlich war es genau dieser Zweck, der hinter den nüchtern eingerichteten Fluren eines Büros, einer Firma oder eben einer Universität steckte. Jeder sollte schnurstracks an seinen Schreibtisch zurückkehren und fleißig seine Pflicht erfüllen.

Es war noch nicht allzu spät, doch die letzten Vorlesungen waren gehalten und die Gänge der Universität wirkten nun ohne die vielen Angestellten und Hochschüler wie ausgestorben. Kein Student stand mehr vor einem Büro und bettelte um eine extra Sprechstunde, nirgends saßen mehr die jungen Leute auf dem Boden und warteten auf ihre Scheine oder Arbeiten, nirgends mehr der Geruch von Kaffee, den sie pausenlos in kleinen Pappbechern mit sich herumtrugen.

Unter den Türen der Büros lugten nur noch ganz vereinzelt helle Lichtkegel hervor und bezeugten die späte Arbeit. Ihr eigener Raum lag im Dunkeln. Als sie aufschloss und eintrat, fiel ihr schwarzer, langer Schatten auf den grauen Teppichboden und verschwand gleich darauf wieder, als sie die Tür hinter sich schloss. Durch das Fenster am Ende des Büros fiel ein wenig Licht der

Straßenlaternen herein und in dem schwachen Schimmer zeichnete sich die Einrichtung des Zimmers vage ab. Ohne die Deckenbeleuchtung anzuschalten, ging sie zu ihrem Schreibtisch und knipste die kleine Lampe darauf an. Sie stellte ihre schwarze Ledertasche neben sich auf den Boden und hielt plötzlich inne, als sie den weißen Umschlag bemerkte, der an ihren Bildschirm gelehnt auf dem Tisch lag. Mit blauer Tinte war ihr Name darauf geschrieben. Die Professorin nahm das Kuvert, ließ sich in ihren großen Bürostuhl sinken und öffnete den Umschlag.

Es war ein mit Tinte handgeschriebener Text darin, verfasst in einer sehr eleganten, gleichmäßigen Schrift.

Als sie zu lesen begann, zogen sich ihre Brauen zusammen und warfen eine senkrechte Falte über ihre Stirn. Um sie herum war es still. Kein Geräusch drang zu ihr aus den anderen Räumen oder vom Flur. Als wenn die Zeit für einen Moment angehalten wurde, verfolgte sie jede Zeile und nahm nichts anderes wahr, als das, was ihre Augen Zeile für Zeile entdeckten. Als sie das Blatt schließlich wieder zusammenfaltete, durchschnitt das Knistern des Papiers die Stille erschreckend. Misstrauisch blickte sie sich um. Es überraschte sie kaum, als sie den Schatten auf sich zukommen sah.

»Wie gefällt er Ihnen?«

Anstatt seine Frage zu beantworten, starrte sie ihn finster an. Durch die Schreibtischlampe geblendet, hatte sie ihn auf dem Stuhl hinter der Tür nicht bemerkt.

»Wie sind Sie hier reingekommen?«

»Sie sollten ihn sehr aufmerksam lesen.«

»Das habe ich getan. Was soll das?«

Er kam mit langsamen, bedächtigen Schritten auf sie zu.

»Sie haben ihn nicht aufmerksam gelesen. Ich habe es in Ihren Augen gesehen. Sie haben ihn beurteilt, noch während Ihre Augen über das Blatt gewandert sind.«

»Ich bin Literatur-Professorin. Ich kann wohl kaum umhin«, sagte sie und warf den Brief lässig auf den Schreibtisch.

»Sie glauben, Sie sind das Maß aller Dinge. Eine Schriftstellerin mit göttlicher Begabung. Die Schriftstücke anderer Autoren haben Sie noch nie gewürdigt.«

»Hören Sie, es tut mir sehr leid, wenn ich Sie mit meiner Kritik getroffen habe. Ich dachte, man dürfte seine Meinung über Veröffentlichtes offen heraus sagen.«

»Sie sind ein von sich selbst eingenommenes Miststück.«

»Das reicht!« Ruckartig stand sie auf und funkelte ihn wütend an. »Verlassen Sie mein Büro.«

»Sie verstehen das nicht …«

»Doch, ich verstehe.«

»Nein, das tun Sie nicht.« Mit einem Mal war er so nah bei ihr, dass sie seinen Atem spüren konnte. Er stand direkt vor ihr. Seine dunklen Augen fixierten sie streng. Seine Stimme klang drohend, als er mit gewählten Worten sprach.

»Sie widmen keinem Schriftstück außer Ihren eigenen die gebührende Aufmerksamkeit. Sie glauben immer noch, dass Sie es besser können. Aber die Macht der Sprache haben Sie nie zu schätzen gewusst. Wie viel Worte tatsächlich ausrichten können, haben Sie nie begriffen. Sie schwimmen an der Oberfläche und denken, dass das alles ist. Aber Sie irren sich. Sprache ist Macht. Jedes einzelne geschriebene Wort kann vernichtend sein. Jeder Satz darüber bestimmen, was passiert.«

»Gehen Sie«, stieß sie hervor. Aber die überlegene Festigkeit war aus ihrer Stimme gewichen. Obgleich sie nicht verstand, was er da sagte – sie begriff, dass er es ernst meinte. Plötzlich traf ihr Rücken auf das kalte Metall der Fensterfront. Er hatte sie zurückgetrieben wie ein ängstliches Tier und nun stand seine bedrohliche Gestalt über ihr, bereit, seinen Worten Taten folgen zu lassen.

KAPITEL 16

Lena hatte ein mulmiges Gefühl, als sie am nächsten Morgen das Germanistische Seminar der Universität betrat. Sie hoffte immer noch inständig, dass das, was sie erwartete, nicht ein weiteres Werk ihres Täters war. Doch ihre Hoffnung reichte nicht allzu weit. Mit Mark an ihrer Seite ging sie den Korridor im vierten Obergeschoss entlang, vorbei an den unzähligen grauen Türen, die mit Unmengen von Informationszetteln, Hinweisen auf Sprechstunden oder auch Ankündigungen jeder Art zugeklebt waren. Dazwischen in regelmäßigem Abstand eingerahmte Plakate.

Es waren die letzten Wochen der Vorlesungszeit und während die Studenten in den Hörsälen den Worten ihrer Dozenten lauschten, herrschte auf den Fluren eine fast unheimliche Stille. Fahles Neonlicht fiel von den Decken auf die langen Bahnen des grauen Bodens und verlieh dem Inneren des Seminartraktes einen reservierten Ausdruck, der nur von der polizeilichen Geschäftigkeit übertüncht wurde, die sie am Ende des Ganges erwartete.

Ein junger Mitarbeiter der Polizei bewachte die Absperrung, die vor einem der Büros auf der Mitte des Flures ausgelegt worden war. Lena und Mark zeigten ihre Dienstmarken und gingen an dem Mann vorbei in den Raum hinein, in dem reges Treiben und das unverkennbare Rascheln von Tyvek-Anzügen herrschte. Daniel stand etwas abseits und stellte seine Kamera ein. Als er sie sah, nickte er stumm.

Lena blieb einen Moment in der Tür stehen und sah sich um. Von der Decke fiel dasselbe blasse Licht auf den gleichen ausdruckslosen Boden. Die Einrichtung war schlicht und bestand größtenteils aus Mobiliar der Universität. Schreibtisch, nackte Regale und zwei Stühle. Nur der kleine Holztisch mit Deckchen zwischen ihnen schien aus eigener Intention hierhergestellt worden zu sein.

An der Wand hingen Glasrahmen mit mehreren Urkunden und Auszeichnungen. In einem der Rahmen steckte das Bild einer schwarzhaarigen Frau, wie sie hinter einem langen Pult saß und Bücher signierte. Der Stolz über die eigene Karriere war unübersehbar für jeden ausgestellt. Lena drehte sich um und warf nun einen Blick auf die tote Frau am Boden.

Das nachtschwarze, lange Haar lag ausgebreitet um ihren Kopf herum, wie an Land gespülter Seetang, nass und klebrig in einem dunklen See aus Blut. Die Lache hatte sich vom Handgelenk der Frau aus um ihren ganzen Körper verteilt und bettete sie wie auf einer Bahre. Eine Bahre aus ihrem eigenen Blut. Lena trat näher an die Leiche heran, versuchte jede Einzelheit an ihr wahrzunehmen. Das aufgeschlitzte Handgelenk, dessen Schnitt tief und schwarz in der Haut klaffte, die Beine, die leicht angewinkelt zur rechten Seite lagen. Ihr Kopf war zur Tür geneigt, die Augen nur leicht geöffnet. Sie trug ein blaues Kostüm, dessen Rock ihr knapp über die Knie reichte. Sie hatte eine schlanke Figur und sah sehr gepflegt aus.

»Ihr Name ist Professor Dr. Gisela Neumann. Sie hat eine Professur für Deutsche Sprachwissenschaft«, sagte Mark, der die vergangenen Minuten damit verbracht hatte, die Information der ersten Einsatzleitung entgegenzunehmen. Dann ging er neben Lena in die Knie und betrachtete den Leichnam der Frau ebenfalls. »Was können Sie bisher sagen?« Seine Frage war an den Gerichtsmediziner Petersen gerichtet, der auf der anderen Seite der Leiche hockte und sie mit seinen behandschuhten Händen untersuchte. Auf seine beherzte, aber zugleich sehr vorsichtige Art, wendete er den Kopf der Toten zu beiden Seiten, inspizierte Augen, Nase und Mundhöhle.

»Sie ist seit ca. 15 Stunden tot. Erste Leichenflecken, vorangeschrittene Ausbildung der Leichenstarre«, sagte er und hob wie zum Beweis einen der leblosen Arme kurz an.

Lena überschlug die Zeit im Kopf. »Also seit gestern Abend um acht etwa.«

»Die Menge des Blutes, das sie verloren hat, deutet darauf hin, dass die Todesursache Verbluten war. Die Tatwaffe hat der Kollege schon eingetütet.« Petersen nickte zu einem Mitarbeiter der Spurensicherung, der wiederum eine durchsichtige Tüte hochhielt, in der eine mittelgroße Schere mit schwarzem Griff lag. Die Schneideblätter waren vom Blut dunkel gefärbt.

»Wo hat die Schere gelegen?«

»Zu ihrer Rechten. Gleich neben der unverletzten Hand.«

Lena sah einen Abdruck im angetrockneten Blut. Die Schere musste ihr aus der Hand geglitten sein, als sie das Bewusstsein verloren hatte.

»Hier am Hinterkopf habe ich eine frische Wunde gefunden«, fuhr der Gerichtsmediziner mit der Darstellung seiner ersten Untersuchung fort. Mark beugte sich etwas weiter über den Kopf der toten Frau.

»Ist sie hier auf dem Boden aufgeschlagen?«

»Möglicherweise. Wahrscheinlich hat sie nach kurzer

Zeit das Bewusstsein verloren und ist dann hier zusammengebrochen. Aber das kann ich erst nach einer genaueren Untersuchung mit Bestimmtheit sagen.«

Lena ließ ihren Blick aufmerksam über den Boden, den leblosen Körper und die nähere Umgebung gleiten. Sie fokussierte die Position der Arme und Beine der Toten und durchlief vor ihrem inneren Auge den Ablauf eines möglichen Zusammenbruchs. Etliche Bilder schossen ihr durch den Kopf, die sie mit dem verglich, was sie vor sich sah. Die Lage der Gliedmaßen passte zu einem Sturz der Frau.

Ein anderes Detail fesselte ihre Aufmerksamkeit. Lena wendete sich zu allen Seiten um.

»Die arteriellen Spritzer befinden sich hauptsächlich hier auf dem Boden«, sagte sie und deutete mit dem Finger auf die Spuren. Weitere Blutspritzer hatten das vordere Bein des Schreibtisches erreicht und auch die Unterseite des Stuhls besprenkelt. Sie betrachtete das Muster, das sich vom Zentrum des Handgelenks ausgebreitet hatte. »Nein«, sagte sie plötzlich. »Sie ist nicht gestürzt. Sie lag bereits hier.«

Die Spuren hatten sich vor ihren Augen zu einem klaren Bild zusammengefügt und ließen in ihrem Kopf den Moment des Schnittes wie einen kleinen Film ablaufen. Wie das Blut aus den Adern schoss und die umstehenden Gegenstände bespritzte.

»Ihr Arm lag genau an dieser Stelle, als sie sich die Pulsadern aufgeschnitten hat.«

Nirgendwo sonst in der näheren Umgebung der Toten fanden sich weitere Blutspritzer, die es hätte geben müssen, wäre die Frau erst nach dem Schnitt zu Boden gefallen. Der Ablauf erschien ihr seltsam verzerrt. Eine Professorin legt sich am späten Abend auf den Fußboden ihres Büros hinter den Schreibtisch und schneidet sich die Pulsadern auf?

Lena richtete sich aus ihrer gebückten Haltung wieder auf und wandte sich an Daniel. »Hast du aus dieser Perspektive schon Bilder gemacht?«, fragte sie.

»Von beiden Seiten«, antwortete er.

»Gut.« Sie lenkte ihr Augenmerk auf den Schreibtisch der Professorin und ein Schauer lief ihr über den Rücken, als sie plötzlich den weißen Umschlag sah, der geöffnet darauf lag. Benommen griff sie danach, sah, dass er leer war. Doch auf seiner Rückseite fand sie zwei lange Zeilen einer Aufschrift. Beim Anblick der vertrauten blauen Tinte schien für einen winzigen Augenblick alles stillzustehen. Die ruhige, wellenartige Schrift der blauen Tinte verschwamm vor ihren Augen. Sie wollte sich abwenden, schnell, noch bevor ein einziges Wort sie erreichte, doch sie konnte nicht.

Die Anziehungskraft der gleichmäßigen Bögen fesselte ihren Blick.

Worte erreichen Dich tiefer als der Schnitt einer Klinge. Sie fesseln jeden deiner Gedanken, beherrschen deinen Willen und bemächtigen sich schließlich all deiner Kraft.

Sie las die Worte, doch sie konnte keinen Satz verstehen. Sie schwemmten nur über sie hinweg.

»Lena?« Eine Stimme mischte sich in den Rausch. »Lena?«

Jemand griff sie am Arm.

»Alles in Ordnung?«

Endlich löste sie sich von dem Papier.

»Hmm?«

»Ob alles in Ordnung ist. Du guckst etwas …« In diesem Moment hatte Daniel den Umschlag in ihrer Hand entdeckt. Sein Ausdruck verriet Erschrecken.

»Du solltest …« Er beendete den Satz nicht, aber sie wusste, was er sagen wollte: keine Briefe lesen. Der bittere Geschmack einer Erinnerung kam in ihr auf. Ein Gefühl der Fesselung schlich sich hinzu. Und auf einmal war sie sich sicher. Sie hatte schon einmal einen solchen Text gelesen. Zwar konnte sie sich an kein einziges Wort erinnern, aber sie spürte es wie eine vertraute Melodie.

»Geht es dir gut?«, fragte Daniel und sah sie intensiv an.

Sie nickte.

»Mir kam nur gerade der Gedanke …« Sie unterbrach sich und wusste nicht, ob es der richtige Ort war, um darüber zu sprechen. Mit einem Seitenblick versicherte sie sich, dass ihnen sonst niemand zuhörte. »Was ist, wenn er noch einmal versucht, mir zu schreiben. Nicht in einem Brief an mich, sondern über einen anderen Weg. Was ist, wenn er genau weiß, was ich lese.«

Lena deutete auf das Kuvert in ihrer Hand. »Er muss gewusst haben, dass ich das hier lese.«

Daniel nahm ihr den Umschlag ab und ließ ihn in eine der durchsichtigen Tüten gleiten.

»Hey«, sagte er leise, »mach dir keine Sorgen. Er wird dir nicht noch einmal schreiben. Und vor allem nicht so.« Sein eigener Schreck hatte sich in beruhigenden Zuspruch verwandelt.

»Und wenn doch?« Ihre Stimme klang ängstlich, und es zu hören, verunsicherte sie noch mehr. Sie dachte daran, dass sie keine Chance gehabt hätte. Die Worte hatten sie schon einmal beherrscht. Ein zweites Mal würde sie vielleicht nicht widerstehen können.

»Hör zu. Wir werden aufpassen, dass dieser Spinner dir nicht zu nahe kommt. Und was diesen Brief hier angeht«, sagte er und hob den leeren Umschlag in dem Beutel vor ihre Augen, »der hat seinen richtigen Empfänger schon gefunden.«

Sie folgte seinem Blick an der Tüte vorbei auf den Boden des Büros und betrachtete die tote Frau zu ihren Füßen.

»Okay«, sagte sie schließlich, und als hätte er damit einen Schalter in ihr umgelegt, löste sie sich aus ihrer Starre.

»Kann ich das kurz mitnehmen?«

Er reichte ihr das Beweisstück und sie verließ damit das Büro.

Lena ging mit eiligen Schritten durch die Korridore und steuerte zielsicher auf eine der Türen zu. Doch anstatt sie geschlossen vorzufinden, zeigte sich ihr ein Bild, das sie im Inneren noch mehr entsetzte als der Anblick der Leiche, den sie gerade hinter sich gelassen hatte. Vorsichtig lugte sie durch die sperrangelweit offen stehende Tür in die völlige Verwüstung des Raumes. Der gesamte Boden des Büros war mit Papieren und Ordnern übersät. Hefter und Bücher waren aus den Regalen gerissen, Notizblätter verstreut und achtlos umhergeworfen. Die Schubladen des Schreibtisches standen weit offen und ihr Inhalt lag verteilt darunter auf dem Fußboden.

Inmitten des ganzen Durcheinanders stand Professor Carstens und sah erschüttert von einem Haufen zum nächsten.

»Was um alles in der Welt ist denn hier passiert?«, rief Lena.

Der Professor zuckte vor Schreck zusammen und fuhr herum.

»Ach, Sie sind es.« Er ließ seine Schultern sinken. »Ich habe keine Ahnung«, sagte er matt und seine Miene war ein Wechselspiel aus Ratlosigkeit und Bestürzung. Sein graues Haar lag wild um seinen Kopf, als hätte er sich mehrmals mit den Händen hindurchgefahren.

»Ich bin just hereingekommen und finde dieses Chaos vor.« Er bahnte sich einen Weg durch die Papiere auf dem Boden zu seinem Schreibtisch. »Wer macht so etwas?«

Lena sprach den Gedanken, der ihr durch den Kopf schoss, nicht aus.

»Sieht aus, als hätte jemand nach etwas gesucht«, sagte sie nur. »Fehlt etwas?«

Professor Carstens drehte sich um die eigene Achse. »Ich weiß es nicht.« Er sah sich um und überflog das Durcheinander. »Wenn es so ist, können Wertgegenstände nicht der Grund für die Suche gewesen sein. Erstens habe ich kaum etwas hier und zweitens ist der Computer noch da.« Er nickte zum Bildschirm. »Den hätte ein Einbrecher wohl am ehesten mitgenommen, oder?« Fragend und etwas hilfesuchend schaute er Lena an. Sein Anblick stimmte sie traurig.

»Haben Sie die Kopie des Briefes hier, die ich Ihnen gegeben habe?«

»Ja.« Er schob einen Haufen Blätter auf dem Schreibtisch zur Seite und hob die karminrote Auflage hoch, die sich darunter über den Großteil seiner Arbeitsfläche legte. Plötzlich hielt er in der Bewegung inne.

»Sie ist nicht …« Mit der anderen Hand zog er die Auflage noch weiter hoch. Dann ließ er sie wieder sinken und durchsuchte die Papiere, die er weggeschoben hatte. Lena sah ihm dabei zu und mit jedem seiner suchenden Handgriffe wurde das Schuldgefühl in ihr größer und größer. Sie hatte längst begriffen, welcher Gegenstand das Ziel dieser Verwüstung gewesen war, und ihr wurde gleichzeitig bewusst, dass sie selbst daran die Schuld trug. Hätte sie Professor Carstens nicht um Hilfe gebeten und ihm nicht den Brief überlassen, wäre das hier mit Sicherheit nicht passiert. Unwillkürlich drängte sich eine Einsicht in ihr Bewusstsein. Der Umschlag in ihrer Hand war leer. Der Brief, den er überbracht hatte, war nicht mehr im Büro von Prof. Neumann. Auch der Brief, den Rebecka Bohl gelesen hatte, war vom Schnee durchnässt und für sie nicht mehr lesbar gewesen. Bei ihrer Recherche im Archiv hatte Lena nie etwas von einem Schriftstück finden können. Selbst das Schreiben, das Anna Ocklenburg nach Aussage ihrer Mutter kurz vor ihrem Tod in der Post entdeckt hatte, wurde nie gefunden. Mit einem Mal fügten sich alle Erinnerungen zu einer erschreckenden Gedankenkette zusammen.

Immer wieder war der Autor der Briefe so nah. Wieder und wieder handelte er genau vor ihrer Nase und kam so dicht an sie heran, dass sie ihn fast mit bloßen Händen greifen konnte. Aber es war, als stünde er unter einem unsichtbaren Schleier und als würde er immer dafür sorgen, dass nichts von seiner Anwesenheit übrig blieb. Nie hinterließ er irgendeine Spur. Der einzige Kontakt, den er zu den Opfern seiner Schreibkunst hatte, waren seine Briefe. Und genau diese letzten Zeugen seiner Existenz ließ er verschwinden wie Nebel, der sich bei Anbruch des Tages verflüchtigte. Jedes einzelne Schriftstück war zerstört worden. Der einzige Brief, der übrig geblieben war, war der von Jakob Richter, der versteckt unter der Vitrine gelegen hatte.

Das Chaos im Büro des Professors vor ihren Augen bekam neue Konturen. Das Ziel war es, auch diesen ersten Brief zu beseitigen. Doch sogleich stellte sich Lena die Frage, warum der Schreiber diesen Versuch unternommen hatte. Er musste doch wissen, dass das Original in den Händen der Kriminalpolizei war. Warum sollte er einer Kopie hinterherjagen? Sie konnte spontan keine Antwort darauf finden. Später würde sie noch einmal alles durchgehen und vielleicht etwas finden, das sie bisher übersehen hatte. Jetzt musste sie erst einmal diesen aktuellen Brief ins Auge fassen.

»Darf ich Sie bitten, Ihr Büro zu verlassen, Professor Carstens? Die Spurensicherung muss den Raum untersuchen.«

Er sah sie fragend an, folgte aber gleichzeitig ihrer Bitte und kam zu ihr auf den Flur.

»Es gibt einen neuen Brief«, erklärte sie ihm und hielt die Tüte hoch, in der das Beweisstück steckte. »Genauer gesagt ist es der Umschlag eines Briefes. Aber es stehen zwei ganze Zeilen darauf. Ob Sie wohl einen kurzen Blick darauf werfen könnten? Vielleicht gibt es irgendeine Kleinigkeit, die uns weiterhilft ...«

»Ist er von Professor Neumann?«, fragte Professor Carstens.

»Sie wissen ...?«

Er nickte. »Ich habe sie gesehen.«

»Wie meinen Sie das?« Lena sah ihn verwirrt an.

»Als ich heute Morgen in der Universität ankam, bin ich zu allererst ins Sekretariat, um mir ein paar Kopien abzuholen. Ich war noch nicht ganz dort, da hörte ich hysterische Schreie auf dem Gang. Eine Studentin kam kreischend aus dem Büro der Professorin gestürmt. Ich bin sofort rein, weil ich dachte, jemand sei verletzt.« Seine Stimme brach ab.

»Wann war das?«

»Kurz vor halb elf.«

»Und wo ist die Studentin jetzt?«

»Sie ist bei Frau Druck im Sekretariat.«

Plötzlich kam der wissenschaftliche Mitarbeiter des Professors den Flur entlang und steuerte auf sie zu. Es schien ihn kaum zu wundern, Lena hier zu sehen. Als er jedoch die Verwüstung im Büro erblickte, riss er die Augen auf.

»Professor?« Er sah von ihm zu Lena und zurück. Als er den Umschlag in der Tüte sah, hielt er ein weiteres Mal inne. Dieses Mal allerdings lag in seinem Ausdruck noch etwas anderes.

»Was ist passiert?«

»Robin, geh doch bitte in den Seminarraum und schreib an die Tafel, dass die Veranstaltung heute ausfällt.«

»Ich habe es schon gehört. Professor Neumann ist tot. Hat sich selbst umgebracht?«

»Woher wissen Sie das?«, fragte Lena. Neuigkeiten schienen sich an der Universität zu verbreiten wie ein Lauffeuer.

»Das ganze Haus ist voller Polizei. Es spricht sich schnell herum.«

»Robin, wenn du heute selbst keine Vorlesungen hast, kannst du dir den Tag freinehmen«, sagte Professor Carstens.

Der Student blieb noch einen Augenblick wie angewurzelt stehen, als wolle er noch etwas fragen, wandte sich dann aber rasch ab und ging.

»Großes Bedauern scheint hier ja nicht zu herrschen.«

Der Professor machte einen beschwichtigenden Gesichtsausdruck.

»Na ja, lassen Sie es mich vorsichtig ausdrücken: Professor Neumann war nicht sehr beliebt an der Universität.«

»Darf ich fragen, warum?«

»Nun, es mochte sie eigentlich niemand besonders. Sie war eine sehr selbstsichere Frau und hielt viel auf ihre eigenen Fähigkeiten«, formulierte er vorsichtig.

»War sie erfolgreich?« Lena erinnerte sich an all die Auszeichnungen an der Wand ihres Büros.

»Sie hat regelmäßig veröffentlicht. Was ihr den Hass einiger Leute jedoch einbrachte, waren weniger ihre eigenen Werke, als das, was sie über die anderer schrieb.« Er sah sie vielsagend an. »Professor Neumann war eine engagierte Literaturkritikerin und ließ selten ein gutes Haar an einem Buch. Robins Buch hat sie auch verrissen. Seitdem ist er nicht besonders gut auf sie zu sprechen.« Er schmunzelte leicht.

»Ihr Mitarbeiter hat ein Buch geschrieben?«

»Ja. Irgendwas mit ›Wintermond‹ oder ›Winterzimmer‹. Sobald das Chaos in meinem Zimmer beseitigt ist, suche ich es Ihnen gerne raus.« Der Professor nickte zu der Tüte, die Lena immer noch in der Hand hielt. »Soll ich nun einen Blick darauf werfen?«

»Ja, bitte.« Sie gab ihm die Hülle.

Die Stirn des Professors legte sich in Falten, als er die wenigen Worte der Aufschrift las.

»Das ist in der Tat nicht viel«, murmelte er. »Es ist dieselbe gleichmäßige Schrift. Die sorgfältige Auswahl der Worte ist ebenfalls die gleiche.«

»Können Sie irgendetwas Auffälliges bemerken? Eine Gemeinsamkeit? Etwas, das heraussticht?« Lena hörte die Nuance der Verzweiflung in ihrer eigenen Stimme und schämte sich dafür.

»Ich weiß nicht. Auf den ersten Blick kann ich nichts Außergewöhnliches feststellen. Dürfte ich mir die zwei Zeilen kurz abschreiben?«

Lena nickte und reichte ihm ihren kleinen Notizblock und den Stift, den sie immer bei sich trug. In diesem Moment klingelte ihr Handy.

»Wo steckst du?«, erklang Marks Stimme aus der Leitung.

»Ich bin sofort wieder bei euch.« Sie legte auf.

»Professor Carstens, wusste jemand, dass Sie den Brief hier aufbewahren?«

»Nein«, sagte er, beendete seine Abschrift und gab ihr Block und Stift zurück. »Natürlich nicht.«

»Und wer hat alles Zugang zu Ihrem Büro?«

»Im Grunde niemand außer mir, Robin, der Sekretärin und dem Hausmeister.«

»Ist die Bürotür immer abgeschlossen?«

Er machte ein schuldbewusstes Gesicht. »Ich bin in dieser Hinsicht sicher nicht so zuverlässig wie meine Kollegen.«

Lena untersuchte mit den Augen das Schloss und den Rahmen.

»War sie gestern verschlossen?«, fragte sie dann.

»Das weiß ich nicht genau. Vielleicht habe ich sie abgeschlossen, vielleicht habe ich es aber auch vergessen.«

Mit den Fingern strich sie über die glatte Oberfläche des Türrahmens.

»Es sieht nicht so aus, als wenn jemand mit Gewalt

hier eingedrungen wäre«, stellte sie fest. »Ich werde gleich jemanden von der Spurensicherung herschicken, damit er es untersucht. Darf ich Sie bitten, bis dahin nichts anzufassen? Vielleicht finden wir noch ein paar brauchbare Abdrücke.«

Als Lena wieder im Büro von Professor Neumann ankam, war die Leiche bereits verhüllt und der Gerichtsmediziner Petersen verschwunden. Die Leute von der Spusi gingen noch ihrer Arbeit nach und sicherten die letzten Spuren, die sie zu finden hofften.

»Ich brauche noch jemanden im Parallelflur. Da wurde in ein Büro eingedrungen und der Raum komplett verwüstet.«

»Lena?« Mark kam herein. »Ich habe gerade mit der Studentin gesprochen, die die Leiche gefunden hat. Etwa um halb elf ist sie ins Büro gegangen, um sich eine Arbeit abzuholen und fand die Professorin auf dem Boden liegend vor. Ein gewisser …«, er sah kurz auf seine Notizen, »Professor Carstens hat den Raum ebenfalls betreten.«

»Ich weiß, ich habe gerade mit ihm gesprochen. Es ist sein Büro, das verwüstet wurde.«

»Ist das der Professor, der den Brief von Jakob Richter analysiert hat?«

Lena nickte und wies ihren Partner mit einer Kopfbewegung an, ihr in den Flur zu folgen. Sie ging ein Stück den Gang herunter und blieb vor einer Sitzgruppe am Fenster stehen, über der das große Bild eines Leuchtturms hing.

»Hör zu. Ich habe mich zu Beginn der Ermittlungen an Professor Carstens gewandt, damit er sich den Brief sprachlich ansieht und mir seinen Eindruck schildert. Ich habe ihm eine Kopie überlassen.«

Mark schüttelte den Kopf.

»Mark, er ist ein zuverlässiger Mann und er hat wirklich sehr geholfen.«

»Weiß Brüning davon?«

Sie schwieg und er brauchte nicht noch einmal zu fragen.

»Tu mir einen Gefallen und behalte es erst mal für dich. Ich werde die Sache später klären. Es ist jetzt erst mal wichtig, dass wir diesen Mistkerl fassen. Professor Carstens hatte eine Kopie des Briefes in seinem Büro.«

Mark wollte zu einer Widerrede ansetzen, aber sie unterbrach ihn energisch. »Der Schreiber hat ihn dort gesucht und gefunden. Er ist nicht mehr da.«

»Na, hervorragend.« Sein Sarkasmus klang hart, aber Lena ließ sich nicht beirren.

»Bisher wurde jeder einzelne Brief entweder zerstört, wie bei Rebecka Bohl, oder er ist wie vom Erdboden verschluckt. Auch diesmal ist nur der Umschlag zurückgeblieben. Der Schreiber will scheinbar nicht, dass man seine Werke findet und irgendjemand außer den vorbestimmten Opfern sie liest.«

»Das müsste bedeuten, dass er jedesmal nach dem Selbstmord seines Opfers noch vor Ort gewesen ist, um den Brief wieder mitzunehmen.«

Sie nickte.

»Warum nicht auch bei Jakob Richter?«

»Das habe ich mich auch schon gefragt. Vermutlich hatte er einfach keine Zeit. Oder die Putzfrau ist ihm in die Quere gekommen. Wir sollten sie noch einmal fragen, ob sie jemanden gesehen hat.«

Mark ließ den Kopf in den Nacken sinken und atmete schwer aus. »Das ist doch alles Wahnsinn. Ich glaube manchmal, ich bin im falschen Film oder das Ganze ist ein mieser Scherz von euch allen, mit dem ihr mich zur Weißglut bringen wollt.«

»Tja, ich habe noch keine Kameras gesehen. Also sind wir entweder beide die Deppen oder es gibt keine.«

Wenig später ging sie die breite Gasse bis zur nächsten Querstraße entlang und beschleunigte ihren Schritt, als der Nieselregen immer energischer wurde. Das nasse Kopfsteinpflaster unter ihren Füßen war bereits tiefdunkel gefärbt und spiegelte den grauen Himmel in seiner Nässe wieder. Lena bog links ab und trat nach einigen Metern in den Hausflur des weißen Ärztehauses, wo sie kurz verweilte. Sie musste dem drängenden Wunsch widerstehen, auf der Stelle wieder umzukehren. Lieber wäre sie an einem Tatort mit zehn Leichen als hier. Aber es war ein Termin, den sie nicht mehr länger hinauszögern konnte. Sie musste endlich den Mut zu ihrer Entscheidung aufbringen, anstatt sich weiter davor zu verstecken. Also stieg sie die Stufen des Treppenhauses in den ersten Stock hinauf und drückte die Tür zur Praxis auf, in der sie sogleich der Geruch und die Atmosphäre empfingen, die sie so hasste.

Los, da musst du jetzt durch. Sie gab sich einen Ruck und näherte sich der Rezeptionstheke, wo sie freundlich begrüßt wurde.

»Hallo. Baumann ist mein Name. Ich habe um 14 Uhr einen Termin.«

Die Sprechstundenhilfe fuhr mit ihren Fingern über den riesigen Terminplaner und stoppte bald darauf in einer Zeile.

»Ah, ja.« Sie sah Lena an und machte dann eine Handbewegung zum Wartezimmer. »Es dauert noch einen kleinen Moment.«

Lena folgte ihrer Geste und setzte sich in das schlicht eingerichtete Wartezimmer. Außer ihr waren noch zwei weitere Frauen da, die sich in die Lektüre eines Magazins vertieft hatten. Mit einem kurzen Nicken trat Lena ein und setzte sich auf einen der leeren Stühle am Fenster. Neben ihr auf einem kleinen Glastisch lag ein ganzer Haufen Zeitschriften. Sie hob ein paar der Ausgaben an, um die Titel sehen zu können, und entschied sich für eine Wochenzeitung. Ohne jedoch viel vom Inhalt aufzunehmen, blätterte sie gedankenverloren darin herum. Aus dem Augenwinkel beobachtete sie die anderen Patientinnen und versuchte zu erraten, warum sie wohl hier waren. Nur eine Untersuchung? Konkrete Probleme? Eine Schwangerschaft? Lena schielte auf ihre Bäuche, aber bei keiner von ihnen war eine Wölbung auszumachen. Sie schüttelte ihren Kopf und wendete sich wieder ihrer Zeitschrift zu. Sie wollte nicht daran denken, sie wollte einfach da reingehen und möglichst schnell wieder raus.

Ihre Augen ruhten auf einer Werbeanzeige auf der rechten Seite der Zeitschrift. Die Abbildung zeigte eines dieser typischen Heile-Welt-Szenarien. Ein schöner, friedlicher Garten, eine glücklich aussehende Familie, die voller Zuversicht und Vertrauen in die Zukunft blickt. Lena las den kurzen Text, um sich in ihrer Einschätzung bestätigen zu lassen. Es gab zwei Typen von Werbung, die man allein an seinem Bild erkennen konnte: Parfum und Versicherung. In diesem Fall handelte es sich um Letzteres und Lena betrachtete eine Weile das durchdachte Bild. Viel Text war nicht beigefügt worden. Nur eine knappe Auflistung der Vorzüge und Angebote der Versicherungsgesellschaft. Rentenversicherung, Reiseversicherung, Lebensversicherung … Wenn man wollte, konnte man so ziemlich alles versichern. Gab es nicht sogar Promis, die einzelne Körperteile versichern ließen? Ein Hintern für 100.000 Euro. Vielleicht hätte sie sich ihren Bauch versichern lassen sollen, dachte Lena etwas zynisch. Dann wäre sie zwar immer noch eine potenziell alleinerziehende Mutter, aber wenigstens hätte sie dann einen Haufen Geld und müsste sich keine Gedanken darüber machen, wie sie mit ihrem schmalen Beamtengehalt allein mit Baby über die Runden kommen sollte. Mit Sicherheit hätte es ihre Entscheidungsfindung beeinflusst. Oder?

Plötzlich machten ihre Gedanken einen Sprung.

Als wäre eine Erkenntnis von irgendwo in den Strudel ihrer Gedanken gefallen. Sie stand gleichzeitig ruckartig von ihrem Stuhl auf und griff nach dem Handy in ihrer Jackentasche. Noch während sie sich etwas zerstreut am Empfang entschuldigte und abmeldete, wählte sie die Nummer der Kriminaltechnik.

»Hey, Daniel, ich bin's, Lena. Ich weiß, es fällt nicht unbedingt in dein Aufgabengebiet, aber kannst du etwas für mich überprüfen?« Sie stieß die Tür zum Treppenhaus auf und eilte die Stufen zum Ausgang hinab. »Kannst du für mich herausfinden, ob Jessica Richter eine Lebensversicherung auf ihren Mann abgeschlossen hatte und welche Regelung es im Falle eines Suizides gibt?«

»Das gehört in der Tat nicht zu meinen Aufgaben«, erwiderte er.

»Ich weiß, aber bei dir bin ich mir sicher, dass du es auch schneller rausbekommst als üblich.«

Sie legte auf und tippte sich auf ihrem Handy in die Mediathek. Da war das Bild, das sie zuletzt geschossen hatte. Der Terminkalender von Dr. Martens, in dem ihr Treffen mit Frau Richter notiert war. Sie hatte es vollkommen vergessen.

Mit eiligen Schritten sprintete sie die drei Straßen zum Parkhaus durch den Nieselregen Kiels. Im Schutz des Überdachs am Parkhaus verschnaufte sie kurz und fummelte mit nassen, kalten Fingern nach dem Parkticket in ihrer Tasche. Ein Geräusch hinter sich ließ sie herumfahren, aber ihre Augen sahen nur auf die menschenleere Straße, die im nordischen Regen so trostlos aussah, wie es das Klischee immer darstellte. Dass es auch sonnige, ganz wunderschöne Tage hier gab, konnte man bei diesem Anblick fast vergessen. Lena steckte das Ticket ein, bezahlte und machte sich auf den Weg zu ihrem Wagen im Erdgeschoss. Bei einem solchen Wetter, wenn alle Leute mit dem Auto zur Arbeit oder in die Stadt fuhren, war es ein Wunder, wenn man hier noch einen Platz bekam, aber wenigstens dabei hatte sie heute Glück gehabt. Sie schaltete die Heizung auf die höchste Stufe, startete den Motor und legte den Rückwärtsgang ein. Einen halben Meter hatte sie zurückgesetzt, als sie gerade noch rechtzeitig den anderen Wagen um die Ecke rasen und auf sich zukommen sah. Mit voller Wucht trat sie auf die Bremse. Der Gurt zog sich schmerzhaft in ihren Leib und warf sie mit aller Kraft zurück in den Sitz. Für einen Moment raubte es ihr den Atem.

Der andere Wagen hatte nur einen Augenblick gestoppt und fuhr dann ebenso schnell weiter, wie er aus dem Nichts aufgetaucht war.

»Idiot!« Lena hatte sich vom Schreck erholt und setzte

aus der Parklücke, um sich auf den Weg in die Direktion zu machen.

»Und?«

Ohne Umschweife oder Begrüßung rauschte Lena in sein Büro herein. Daniel drehte sich zu ihr und lächelte.

»Moin, moin, liebe Lena. Schön dich zu sehen. Mir geht es gut. Danke.«

»Komm, wir haben uns schon gesehen.«

»Na und?« Er setzte einen etwas beleidigten Ausdruck auf, aber er spürte, dass sie nicht in der Laune für kleine Scherze war.

»Daniel, bitte. Spann mich nicht so auf die Folter«, drängte sie ihn.

»Ich überlege, ob ich es dir überhaupt heute noch sage. Schließlich würde die Beschaffung einer solchen Information eigentlich viel länger dauern. All die Telefonate und Nachfragen. Ganz zu schweigen von den offiziellen Anträgen, die ausgefüllt werden müssten.«

»Und ich will auch gar nicht wissen, auf welchen Wegen du es schneller geschafft hast. Ich kann nicht länger warten.«

»Dachte ich mir.« Er grinste. »Nun denn. Zuerst ein großes Lob an dich. Keine Ahnung, was deine Intuition antreibt, aber sie trifft auch dieses Mal ins Schwarze. Lebensversicherung für Herrn Jakob Richter, abgeschlossen durch seine Frau Jessica Richter. Und zwar etwa drei Monate vor seinem Tod.«

Lena pfiff durch die Zähne. »Das wird ja immer besser.« Sie ließ die Neuigkeiten sacken und er beobachtete, wie sie in Gedanken die damit verbundenen Konsequenzen durchging.

»Meines Wissens nach zahlt eine Versicherung bei Suizid aber nicht. Für naiv habe ich Frau Richter eigentlich nie gehalten«, meinte sie dann.

»Das dachte ich auch. Also habe ich die restlichen 30 Sekunden zwischen deinem Anruf und deinem Erscheinen genutzt, um da genauer nachzuhaken.«

Daniel kramte einen Zettel heraus und zitierte: »Bei vorsätzlicher Selbsttötung vor Ablauf von drei Jahren nach Abschluss des Versicherungsvertrages besteht nur dann ein Versicherungsschutz, wenn nachgewiesen werden kann, dass die Tat in einem Zustand krankhafter Störung der Geistestätigkeit, welche eine nicht freie Willensbestimmung mit sich führt, begangen worden ist.«

»Was im Klartext bedeutet«, versuchte Lena zu übersetzen, »dass nur dann Geld gezahlt wird, wenn der Versicherte nicht freiwillig, sondern aufgrund einer Krankheit den Selbstmord begeht.«

»Korrekt. So in etwa steht es hier.«

»Na, dann haben wir wohl das Motiv.«

Er sah eine gewisse Befriedigung in ihrem Ausdruck.

»Darf ich wissen, welche Schlussfolgerungen die schlaue Kommissarin gezogen hat?«

»Hör auf, mich ›die schlaue Kommissarin‹ zu nennen.« Sie machte ein paar Schritte durch den Raum, als würde das ihre Gedanken Schritt für Schritt ordnen können. »Frau Richter schließt eine Lebensversicherung auf ihren Mann ab – wir lassen mal außer Acht, warum genau sie das getan hat – und nur ein paar Monate später nimmt er sich das Leben. Um das Geld zu kassieren, muss sie allerdings nachweisen, dass ihr Mann nicht ganz zurechnungsfähig ist, und genau an dieser Stelle kommt unsere liebe Frau Dr. Martens ins Spiel.«

Lena sah ihn an, aber ihre Augen waren vielmehr auf die Verknüpfungskette gerichtet, die sie sich innerlich vorstellte. »Ich habe in ihrem Kalender einen Termin mit Frau Richter gefunden. Bisher konnte ich mir keinen Reim darauf machen, was die beiden miteinander zu schaffen haben sollten. Aber das scheint genau die Verbindung zu sein: Jessica Richter brauchte von ihr ein Gutachten über die Krankheit ihres Mannes. Deshalb hat Sarah Martens auch behauptet, er wäre depressiv gewesen. Ganz im Gegensatz zu Jakob Richters Vater, der mir sagte, sein Sohn wäre vollkommen stabil.«

»Klingt logisch. Aber auch irgendwie sehr platt, findest du nicht?«

»Seit wann sind Verbrechen besonders originell?« Sie schüttelte den Kopf. »Es ist aber erstens nicht klar, warum Frau Richter die Versicherung überhaupt abgeschlossen hat, und zum anderen …«

»Was das Ganze mit all den anderen Fällen zu tun hat.«

»Du hast es erfasst.«

Lena ließ ihr Gesicht in beide Hände sinken. Ihr Atem zischte schwer durch die Ritzen zwischen ihren Fingern hindurch und er musste bei dem Anblick ein wenig schmunzeln. Es war irgendwie eine typische Geste von ihr, die ihre tiefe Gedankenführung widerspiegelte. Viele ihrer Kollegen arbeiteten eher stumm geradeaus. Gut, keine Frage, aber irgendwie mechanisch und stur. Lena war anders. Sie dachte offen und sie dachte gern auch viel und vor allem in alle möglichen Richtungen. Wenn er sich das Team des K1 vorstellte, malte er sich manchmal aus, wie sie alle zusammen einen Waldspaziergang machten. Mark, Brüning, Hannes und alle anderen würden den normalen Pfad abgehen und Schritt für Schritt jeden Zentimeter des Waldbodens absuchen. Lena hingegen wäre diejenige, die den Weg eigentlich nur kreuzen würde, um von einer Seite des Dickichts auf die andere zu hopsen, während sie sich ständig nach allem bückte, in jedem Gebüsch herumwühlte oder mit dem Blick in die Baumkronen voranging. So sah er sie. Neugierig, forschend, mit viel Ausdauer und eben frei denkend. Vielleicht litt sie hin und wieder unter ihrer Art, weil sie sich in irgendetwas verrannte oder zu viele Dinge gleichzeitig in den Blick nahm, aber im Grunde fand er, dass diese Eigenschaften sie zu einer sehr guten Ermittlerin machten. Auch wenn er manchmal sogar das Bedürfnis verspürte, sie in ihrer Gedankenverlorenheit in den Arm zu nehmen.

»Also entweder«, brummelte sie durch ihre Hände hindurch, die sie immer noch vor dem Gesicht hielt, »ist Dr. Martens tatsächlich unsere Schreiberin und der Versicherungsbetrug das Motiv …«, sie hielt kurz inne und ließ dann ihre Hände sinken, »oder … ich weiß es auch nicht. Ich habe keine Ahnung, was sonst dahintersteckt.«

»Vielleicht findet sich eine ähnliche Verbindung zu den anderen Toten. Wenn Versicherungsbetrug das Motiv ist, müsstet ihr diese Spur auch bei Rebecka und den anderen finden.«

»Jaaaa.« Sie nickte abwesend. »Ich muss nachdenken. Und Brüning Bescheid geben. Wir müssen nach der Gegenleistung suchen. Dr. Martens wird das Gutachten nicht aus purer Nettigkeit geschrieben haben.«

Vollkommen vertieft in ihre Ideen verschwand sie durch die Tür, und er musste ein wenig lächeln, als er ihr nachsah.

KAPITEL 17

Lena war auf direktem Wege in ihr Büro gegangen. Irgendwo im Gewühl ihres Schreibtisches hatte sie ein leeres Blatt Papier gefunden und angefangen, die Namen aller Beteiligten aufzuschreiben. Nach einer Weile hatte sie Pfeile eingezeichnet, Linien markiert. Von einer Person zur nächsten. Sie war alles durchgegangen – jede Verbindung und jede noch so kleine Gemeinsamkeit. Stundenlang hatte sie alles, was sie bisher zu den persönlichen Hintergründen herausgefunden hatten, zusammengetragen, Berichte studiert und Telefonate geführt. Und am Ende hatte sie ein Netz vor sich liegen, in dem zumindest zwei kleine Fruchtfliegen hängen geblieben waren: Jessica Richter und Sarah Martens.

Es hatte eine Ewigkeit gedauert, bis sie Staatsanwalt Jordt endlich soweit hatte, ihr eine Kontoeinsicht zu genehmigen, aber die Information, die sie dadurch am späten Nachmittag noch erhalten konnte, gab ihrer Theorie des Versicherungsbetrugs einen erheblichen Vorsprung: vor einiger Zeit hatte Frau Richter eine beachtliche Summe von 30.000 Euro von ihrem Konto abgehoben. Nur wenige Tage später wurde der gleiche Betrag bei Dr. Martens eingezahlt. Eine schöne Summe Geld, die mit Sicherheit nicht für die Therapiesitzungen von Jakob Richter gezahlt worden war. Lena hatte noch bis in die Nacht versucht, weitere Schnittstellen mit den anderen Toten zu finden, und war nur für wenige Stunden Schlaf nach Hause gegangen. Als sie am nächsten Morgen den Besprechungsraum der Kieler Kripo betrat, fühlte sie sich wie gerädert.

Ein neuer Tag. Ein neuer Versuch, dem anonymen Schreiber auf die Spur zu kommen, bevor er ein weiteres Werk verfassen konnte.

»Haben wir irgendwelche brauchbaren Abdrücke aus dem Büro in der Uni?«, begann Brüning die Sitzung direkt.

»Einige haben wir diesmal tatsächlich gefunden. Aber keine Übereinstimmung in der Datenbank.«

»Papieranalyse, Schriftvergleich?«

»Ist noch nicht fertig.«

»Leute, wir müssen hier weiterkommen. Es kann nicht sein, dass irgend so ein kranker Spinner hier unsere Arbeitszeit dermaßen verplempert, indem er ein paar Briefe schreibt.« Der Erste Kriminalhauptkommissar sah ernst in die Gesichter seiner Mitarbeiter, seine Stimmung war offensichtlich angespannt.

»Lena, was ist mit dieser Sache mit der Versicherung, von der du mir gestern noch erzählt hast?«

»Jessica Richter hat für ihren Mann eine Lebensversicherung abgeschlossen. Etwa drei Monate vor seinem Tod.«

Brüning zog die Augenbrauen hoch. »Interessant. Aber davon hat sie nichts. Versicherungen zahlen nicht …«

»Bei Selbstmord? Doch«, erklärte Lena und las den Paragrafen, den Daniel ihr am Tag zuvor präsentiert hatte, von einem Blatt vor. Brüning ließ die neue Information auf sich wirken.

Dann richtete er sich wieder an das gesamte Ermittlungsteam: »Was ändert das?«

»Also«, Lena zählte noch einmal die Fakten auf, »Frau Richter schließt eine Lebensversicherung auf ihren Mann ab. Nachdem der sich umbringt, will sie das Geld ausgezahlt bekommen. Die Versicherung zahlt aber nur, wenn nachgewiesen werden kann, dass sein Suizid unter dem Einfluss einer geistigen Krankheit stattgefunden hat und er quasi nicht Herr seiner selbst war.«

»Das heißt, sie braucht ein psychologisches Gutachten«, folgerte Theresa zu ihrer Rechten.

»Und wer könnte das ausstellen?«

»Dr. Martens.«

»Dafür zahlt unsere Witwe eine beachtliche Summe in Höhe von 30.000 Euro.«

»Ich komme nicht mit.« Jan Klotzke, der ganz am Ende der langen Tafel saß, sah kleinlaut in die Runde.

»Frau Richter kassiert eine Lebensversicherung für ihren Mann. Martens bestätigt ihr dafür, dass Jakob Richter in der Tat nicht zurechnungsfähig war, und bekommt von unserer trauernden Witwe ein kleines Dankeschön«, fasste der Chef in anderen Worten zusammen. Aus der hinteren Ecke pfiff jemand durch die Zähne.

»Die Frage ist, ob Jessica drei Monate vor dem Tod ihres Mannes bereits wusste, dass er sich das Leben nehmen würde oder ob es nur Zufall war, dass sie die Versicherung abgeschlossen hat.«

»Woher soll sie es denn gewusst haben?«, hakte Hannes nach.

»Sie könnte den ›Selbstmord‹ selbst geplant haben, um mit ihrem Liebhaber durchzubrennen«, meinte Lena.

»Würde heißen, sie hat die Feder für ihren Mann geschwungen?« Hannes sah etwas nachdenklich aus, als müsste er sich anstrengen, den Fäden zu folgen.

»Dann müsste sie auch eine Verbindung zu den anderen Toten haben und die konnte ich bisher noch nicht finden«, sagte Lena.

»Na ja, vielleicht hat sie die Briefe ja nicht selbst geschrieben, sondern diese Therapeutin, und das Geld war nicht nur für das Gutachten.«

Ein kurzes Schweigen legte sich über die Köpfe des Teams.

»Als Schreiber der Briefe kommt diese Martens eher infrage als Frau Richter, sehe ich das richtig?«, sagte Brüning dann. »Sie hat das Wissen über die Patienten, sie kennt sich mit der Psychologie von Menschen und insbesondere ihrer Patienten aus und sie steht sowohl mit Jakob Richter als auch mit Rebecka Bohl und den anderen beiden Frauen, die wir ausgemacht haben, in Verbindung. Des Weiteren hätte sie die Möglichkeit gehabt, die Wirkung ihrer Briefe in den Sitzungen vorzubereiten.«

»Aber Jessica Richter ist Journalistin und freie Schriftstellerin. Sie kann sich ausdrücken und versteht sich auf die Wirkung von Sprache«, gab Lena zu bedenken.

»Gibt es irgendwelche Verbindungen von Frau Richter zu den anderen Toten beziehungsweise zu deren Angehörigen? Wenn sie unsere Autorin ist, muss sie auch die anderen Briefe verfasst haben. Dann ist mir allerdings nicht ganz klar, mit welchem Ziel.«

»Vielleicht ist das Ganze auch eine Gemeinschaftsarbeit der beiden?«, überlegte Hannes. »Die eine schreibt die Briefe und die andere die Gutachten.«

»Puh!« Brüning fuhr sich mit der Hand durch die Haare. »Wir gehen folgendermaßen vor: Theresa, du klemmst dich hinter die Recherche der Versicherungsangelegenheiten der anderen Opfer. Wir sollten klären, ob es sich zwischen Dr. Martens und Frau Richter um einen einmaligen Versicherungsbetrug handelt oder hier ebenfalls ein Muster aller Fälle zu erkennen ist. Zweitens, die Obduktion der Professorin steht noch aus. Lena, Mark, das übernimmt einer von euch. Hannes, du kümmerst dich um die Ergebnisse der Spurensicherung vom letzten Tatort.« Er klappte seine Unterlagen zusammen. »Ich besorge einen Durchsuchungsbefehl für unsere zwei Damen. Und vor allem will ich die beiden hierhaben!«

Brüning verließ mit schweren Schritten den Raum. Nach und nach folgten ihm die Mitarbeiter des K1 und das Besprechungszimmer leerte sich. Lena blieb zurück und blickte stumm aus dem Fenster.

»Sieht so aus, als wenn wir der tödlichen Feder dicht auf den Fersen sind.« Daniel war ebenfalls geblieben und setzte sich neben ihr auf den Tisch.

»Wir haben immer noch kein klares Motiv«, murmelte Lena.

»Och, deine Kollegen haben doch ein paar gute Vorschläge gemacht«, grinste er.

»Vorschläge. Ja. Aber keiner davon erklärt wirklich, warum der Täter oder eben die Täterin Briefe schreibt, anstatt die Opfer einfach zu ermorden und es wie Selbstmord aussehen zu lassen. Warum der Umweg?«

»Du meinst, das Schreiben an sich hat auch eine Bedeutung?«

»Hmm …« Sie sah gedankenverloren vor sich hin. »Ich weiß nicht. Mir erscheint das alles zu krass. Martens ist ein Miststück, keine Frage.«

Daniel schmunzelte.

»Aber ich kann sie mir als Täterin mittlerweile nicht

mehr richtig vorstellen. Würde sie ihre eigenen Patienten mit ein paar Briefen von ihrer Gehaltsliste streichen? Nicht sehr clever, wenn du mich fragst. Warum nimmt sie nicht irgendwelche anderen Leute?«

»Weil sie deren Schwächen und Geheimnisse nicht so gut kennt.«

»Hmm«, machte sie wieder. Vielleicht war das der Grund. Aber so recht wollte es nicht ins Bild passen. Sie musste doch wissen, dass das Ganze irgendwann Aufsehen erregt. Ging sie wirklich davon aus, dass niemand nachfragen würde? Hielt sie den Plan für so perfekt? Möglicherweise war er es auch. Schließlich wurde kein Mord nachgewiesen. Im Grunde wurde nicht einmal einer begangen. Alle Leser der Briefe nahmen sich mit eigener Hand das Leben. Keine Drecksarbeit, keine Spuren. Außer ein paar Zeilen Tinte.

»Wie auch immer es wirklich war. Irgendetwas haben die beiden damit zu schaffen. Jetzt müssen wir nur noch herausfinden, wer von den beiden die andere verpfeift.«

Wenige Stunden später saß Lena der Frau von Jakob Richter gegenüber. Sie hatte die Akte vor sich liegen und überflog ihre eigenen Notizen, bevor sie ihr Gegenüber ansah. Eine gepflegte weiße Bluse mit aufgestelltem Kragen, eine Perlenkette und ein perfekt mattierter Teint trotzten ihr würdevoll entgegen.

»Frau Richter, an dem Tag, an dem Ihr Mann sich das Leben genommen hat, was haben Sie da gemacht?«

»Ich war bei der Arbeit.«

»Haben Sie gewusst, dass Ihr Mann sich umbringen würde?« Die Unvermitteltheit, mit der Lena ihr die Frage an den Kopf warf, ließ Frau Richter unmerklich zusammenzucken. Die Heftigkeit ihrer Reaktion verriet aber, dass die Antwort von starken Emotionen getrieben wurde.

»Woher hätte ich das wissen sollen?«

»Sie streiten es also ab.«

»Ich hatte keine Ahnung.« Sie verlieh ihrer Empörung noch weiteren Nachdruck und Lena beobachtete dabei jedes Detail ihrer Mimik mit scharfem Blick.

»Sie sagten uns, dass Ihr Mann in Therapie war und dass er nicht sehr stabil schien.«

»Richtig. Er hatte Probleme bei der Arbeit und stand stark unter Druck.« Die Frau baute ihre Sicherheit mit bekannten und bestätigten Fakten wieder auf.

»Seine Therapeutin sagte, dass er mitunter auch depressiv war. Können Sie das bestätigen?«

»Ja.«

»Dann müsste Ihnen doch auch in den Sinn gekommen sein, dass Ihr Mann sich das Leben nehmen könnte. So überraschend kann es für Sie ja nicht gewesen sein, wenn Sie wussten, dass er psychisch labil war.«

»Ich wusste, dass es ihm nicht gut ging, aber ich habe dennoch nicht damit gerechnet, dass er sich umbringt!«

Lena griff nach einem Dokument vor sich und legte es vor Frau Richter auf den Tisch.

»Vor etwa drei Monaten haben Sie eine Lebensversicherung auf Ihren Mann abgeschlossen.«

Jessica Richter sah auf das Schriftstück. »Ich brauche dazu nichts zu sagen. Eine Lebensversicherung abzuschließen, ist nicht verboten. Ich konnte nicht wissen, dass mein Mann sich später das Leben nimmt.«

»Ich finde diesen Zufall dennoch sehr interessant. Und noch viel interessanter finde ich die Bedingungen, die an eine solche Versicherung im Falle eines Suizides gekoppelt sind. Sie sind informiert?«

Frau Richter sagte nichts und funkelte sie über den Tisch hinweg an. Lena stand auf und ging um die Barriere zwischen ihnen herum.

»Dann wissen Sie ja, dass im Falle einer Selbsttötung nur gezahlt wird, wenn die Tat im Zusammenhang mit einer krankhaften Geistesstörung steht. Dr. Martens dürfte Ihnen da weitergeholfen haben.«

Die Miene von Frau Richter blieb versteinert, ihre Lippen geschlossen zu einem Strich.

»Haben Sie ihr deshalb die 30.000 Euro gezahlt? Damit sie Ihnen ein wertvolles Gutachten schreibt, ohne das Sie sonst keinen Cent von der Versicherung bekommen würden?«

Lena trat noch dichter an sie heran und neigte sich ein wenig zu ihr hinab. »Die einzige Frage, die ich noch habe, ist«, Lena wählte ihre Worte mit Bedacht, »woher wussten Sie, dass Ihr Mann sterben würde?«

»Ich wusste es nicht!«

»Ach nein?«

»Nein!« Jessica Richter war nun auch von ihrem Stuhl aufgesprungen und stand ihr gegenüber. Ihr gesamter Körper war angespannt und auf Abwehr eingestellt. Lena wartete nur noch auf das, was ihre Reaktion besiegeln würde. Sie hatte den wunden Punkt getroffen und sie spürte plötzlich instinktiv, dass nicht sie es war, die den Vertrag aufgesetzt hatte. Sie war diejenige, die sich selbst in Sicherheit bringen würde.

»*Sie* wusste es!«, brüllte Jessica Richter noch im gleichen Moment.

»Wer?«, fragte Lena.

»Dr. Martens! Sie wusste es. Sie hat mich angerufen.« Da waren sie schon. Die Beschuldigungen. Die eigene Haut zu retten, war die sichere Komponente in dieser Beziehung, auf die Lena sich hatte verlassen können. Keine der beiden Frauen würde die andere schützen. Dafür waren sie zu gleich.

Sie trat einen Schritt zurück, um Frau Richter den Raum für Erklärungen zu lassen.

»Sie hat mich erpresst.«

»Womit hat Dr. Martens Sie erpresst?«

Jessica Richter setzte sich wieder auf ihren Stuhl und richtete sich darin auf.

»Sie hat mich angerufen und mir erklärt, wie es um meinen Mann steht. Er sei labil und gefährdet, sich das Leben zu nehmen.«

»Und daraufhin haben Sie gleich eine Lebensversicherung abgeschlossen, anstatt Ihrem Mann zu helfen?«

Frau Richter überlegte fieberhaft, was sie weiter sagen konnte, um all die Verdächtigungen von sich zu weisen, wegen derer sie in dieses Verhör gerufen worden war.

»Als Jakob sich das Leben genommen hatte, stand sie plötzlich vor meiner Tür und wollte einen Anteil haben, weil ich ohne sie nie auf die Idee gekommen wäre, eine Versicherung abzuschließen. Jakob muss ihr davon erzählt haben. Sie sagte, sie würde mir ein günstiges Gutachten schreiben, ohne das ich sonst eh kein Geld bekommen würde.«

Lena blinzelte, als würde sie so besser verarbeiten können, was diese Frau ihr gerade erklärte. Erpresstes Geld für ein gefälschtes medizinisches Gutachten. Sie hatte damit gerechnet. Es war die Möglichkeit, die sie in Betracht gezogen hatte. Es aus dem Mund der Frau zu hören, überraschte sie keineswegs. Es beruhigte sie vielmehr, dass ihre Berechnungen so exakt gewesen waren und dass die Sache Klarheit bekam. Doch während die zweite Wahrheit nach und nach in ihr Bewusstsein sickerte, kochte in ihr eine Wut hoch, wie sie sie schon lange nicht mehr erlebt hatte. Eine Wut, die blind machte und geradezu betäubend wirkte und die jeglichen Einfluss vernünftiger Gedanken unterband.

»Damit ich Sie richtig verstehe: Sie haben sich dafür entschieden, dem Rat einer unbekannten Frau zu folgen, eine Lebensversicherung auf Ihren Mann abzuschließen, um dann die erbeutete Summe mit dieser anderen Frau zu teilen? Sie haben sich für eine große Summe Geld entschieden, anstatt Ihrem Mann zu helfen und sein Leben zu retten? Sie haben auf sein Schicksal geschissen, anstatt seinen Selbstmord zu verhindern?«

Ihre Stimme war nur mehr ein fauchendes Rauschen, das durch den kleinen Raum zischte und an den Wänden abprallte. Die Tür wurde geöffnet und Mark stand da, sie ansehend, als wolle er sie warnen oder beruhigen oder beides. Lena warf der Frau am Tisch einen letzten Blick zu.

»Das ist krank. Sie sind krank.« Sie spukte es ihr fast entgegen und verließ den Raum. Kein einziges Wort war es noch wert, an sie gerichtet zu werden.

»Lena.« Brüning hielt sie auf dem Flur zurück. »Dr. Martens ist nicht erschienen. Wir werden zur Durchsuchung ihrer Praxis und der Wohnung fahren. Bist du dazu imstande?«

Die Frage war ernst gemeint und wurde begleitet von einem prüfenden Blick. Lena versuchte ihren Zorn zu unterdrücken.

»Ich bin dazu imstande.«

»Ich will da keinen Ärger.«

»Den wird es nicht geben.«

Jedenfalls nicht ohne Grund, dachte sie und stapfte durch den Flur nach draußen, um ein wenig frische Luft zu schnappen. Die erfrischende Kühle trieb ihr augenblicklich das Blut, das ihr in den letzten Minuten in den Kopf gestiegen war, zurück in den Rest ihres Körpers.

Hinter ihr trat auch Mark ins Freie und stellte sich neben sie. »Gut gemacht.«

Sie nickte nur stumm und starrte finster vor sich hin.

»Du wirst die Menschheit nicht ändern können«, sagte er nach einer Weile.

»Aber ich muss sie ertragen.«

Er schnaubte mit einem sarkastischen Lachen. »Ja, in der Tat. Und leider sehen wir oft nicht die Schokoladenseite.«

»Gibt es denn eine?«

Er schwieg und dachte darüber nach.

»Ich war nie gut in Philosophie«, sagte er dann.

»Ich auch nicht. Aber ich glaube, die Philosophen schnacken auch nur.«

»Vermutlich hast du recht.«

Eine Weile standen sie schweigend nebeneinander. Lena schlang die Arme um ihre Taille, um die tiefer gehende Kälte abzuwehren.

»Wir werden ihre Wohnung und die Praxis durchsuchen«, sagte Lena leise.

»Ich weiß.« Er blickte in eine gedankliche Ferne.

Mark hatte darauf bestanden, mit Lena vorzugehen, bevor der ganze Trupp von Polizisten hinzustieß. Er wusste, er musste Professionalität beweisen und zu dem stehen, was passiert war. Sich feige im Hintergrund zu halten, wäre eine Option gewesen, aber keine, die er für sich persönlich in Betracht zog. Die einzige Geste, die sein schlechtes Gewissen gegenüber Sarah Martens ein wenig mildern konnte, war, ihr den Durchsuchungsbefehl persönlich zu überreichen und ihr damit einige Sekunden der wappnenden Vorbereitung zu verschaffen.

Sie öffnete ihnen die Tür zu ihrem Haus. Ihre langen Beine steckten in einem klassischen Rock und den schwarzen Pumps, die er schon immer an ihr gemocht hatte. Sie trug eine schlichte rote Bluse und strahlte diese Klasse aus, die er an ihr bemerkt hatte, noch bevor sie das erste Wort gewechselt hatten. Sie war eine Frau, die wusste, was sie wollte. Und dennoch besaß sie eine andere Seite, die sie nach außen hin niemals zeigte, die unglaublich zärtlich war.

Doch wenn er sie nun betrachtete und an ihr letztes Treffen zurückdachte, war er sicher, dass er diese Seite von ihr nie mehr zu Gesicht bekommen würde. Als sie ihn und gleich darauf Lena erblickte, nickte sie nur.

»Mark.« Ihr Blick war kühl und distanziert. Das machte die Sache wesentlich leichter.

»Wir haben einen Durchsuchungsbefehl für deine Praxis und dein Haus.« Lena, die neben ihm auf dem kleinen Türvorsprung stand, wippte etwas ungeduldig mit dem Fuß. »Während die Kollegen sich darum kümmern, werde ich Sie auf die Direktion begleiten, wo Sie heute Morgen trotz Vorladung nicht erschienen sind«, verkündete sie neben ihm.

»Wenn das so ist …« Sie trat zur Seite und feuerte einen giftigen Blick in Lenas Richtung. Dass er dort verdampfte wie ein Tropfen Wasser auf heißem Stein, war Mark klar. Als er sich an ihr vorbeischob, nahm er den zarten Duft ihres Parfums wahr und den Hauch ihres Shampoos, den ihr Haar ausströmte.

»Lassen Sie die Tür bitte offen. Die Kollegen kommen noch«, sagte Lena und betrat ebenfalls das Haus. In dem Moment hörte man bereits die Schritte der Männer den gepflasterten Weg hinaufkommen. Ohne Umwege machten sie sich an die Arbeit.

»Darf ich fragen, wonach Sie eigentlich suchen?«

»Sie werden nach Durchführung der Maßnahme eine Kopie der Liste aller beschlagnahmten Dinge bekommen«, antwortete Lena schlicht.

»Beschlagnahmte Dinge?« Die Stimme der Therapeutin schrillte in die Höhe. »Ich hoffe für Sie, dass Sie eine gute Begründung für das hier liefern können, andernfalls wird das Konsequenzen haben.«

»Das lassen Sie mal unsere Sorgen sein.«

Martens wandte sich an Mark, der noch etwas abwartend neben der Garderobe stand.

»Hast *du* das angeordnet?« Sarah funkelte ihn an. »Oder deine nette Kollegin?«

»Das spielt keine Rolle«, sagte Mark und machte einen beschwichtigenden, aber vorsichtigen Schritt auf sie zu. »Es wird nicht lange dauern. Und ich hoffe wirklich, dass sich das alles zu deinen Gunsten aufklärt.«

»Was du nicht sagst.«

Er sah sie schweigend an, während sie ihren Mantel vom Haken nahm und ihn sich überzog. Sie warf ihm noch einen letzten Blick über die Schulter zu, bevor sie sich von Lena aus dem Haus begleiten ließ. Mark wandte sich ab, als die Tür hinter ihnen ins Schloss fiel, und folgte der Durchsuchungstruppe, die bereits jeden Schrank und jede Ablage kontrollierte. Er hatte schon etliche Hausdurchsuchungen erlebt, aber es war das erste Mal in seiner Laufbahn, dass er es in dem Maße als Einbruch in die Privatsphäre eines Menschen empfand. Noch nie hatte er sich den ausgiebigen Gedanken erlaubt, sich vorzustellen, wie der Durchsuchte sich fühlte, wenn fremde Beamte seine Habseligkeiten durchwühlten. Als einer der Männer die Sofakissen der Couch anhob, fühlte Mark sich beinahe ein wenig selbst durchsucht. Es war nur wenige Tage her, dass er selbst dort gesessen und Wein getrunken hatte. Ein ungutes Gefühl machte sich in ihm breit.

Sarah Martens saß mit ihrem ganzen Stolz in kerzengerader Haltung auf dem Stuhl des Verhörraums und sah Lena direkt in die Augen.

»Gut«, begann Lena. »Fangen wir an.«

»Kann ich ein Glas Wasser bekommen?«, fragte die Therapeutin süffisant und lächelte falsch. Lena hätte ihr am liebsten eine Beleidigung an den Kopf geworfen, aber sie hielt sich zurück. Sie würde sich von den gekonnten Tricks dieser Frau nicht aus dem Konzept bringen lassen. Mit einem Zeichen bat sie den anwesenden Kollegen, sich darum zu kümmern.

»Jakob Richters Ehefrau«, setzte Lena ein weiteres Mal an, »wie gut kennen Sie sie?«

»Gar nicht«, log Martens und sah ihr dabei direkt in die Augen.

»Sie selbst sagt, sie kennt Sie sehr gut.«

»Das ist auch nicht verwunderlich. Ich bin als Psychotherapeutin in Kiel bekannt.«

»Ich frage etwas anders.« Lena ließ eine kleine Pause entstehen. »Wie gut kennen Sie Frau Richters finanzielle Lage?«

Dr. Martens legte ihren Kopf schief. »Wie darf ich diese Frage verstehen?«

»Ganz wie Sie möchten. Solange Sie mir eine wahrheitsgemäße Antwort geben.«

»Woher soll ich etwas über die finanzielle Lage von Jessica Richter wissen? Ich kenne sie ja nicht. Ich könnte Vermutungen anstellen, da ich weiß, was sie beruflich macht und was ihr Mann macht und wie dieser gekleidet war …«

»Hören Sie endlich auf mit diesem Getue«, fuhr Lena sie plötzlich an. Es kam einfach aus ihr heraus, ohne dass sie sich rechtzeitig bremsen konnte. Diese Selbstgefälligkeit, die sie vor sich sah, konnte sie kaum ertragen. Es machte sie wahnsinnig. Aber sie bereute ihren kurzen Ausbruch sofort und setzte sich ruhig auf den Stuhl gegenüber von Dr. Martens. Es störte sie, dass diese Frau sie immer wieder dazu brachte, aus der Haut zu fahren.

»Dr. Martens«, versuchte sie es etwas freundlicher. Doch es fiel ihr schwer, nicht im zischenden Tonfall zu sprechen. »Jessica Richter sitzt im Nebenraum. Ich weiß nicht, wer von Ihnen beiden mehr Dreck am Stecken hat. Aber ich bin mir ziemlich sicher, dass diejenige von Ihnen, die weniger zu befürchten hat, ihren Mund aufmacht, um dem anderen die Schuld in die Schuhe zu schieben. Das war schon in der Grundschule so. Welchen Part von beiden Sie auch einnehmen, ziehen Sie ihre Konsequenzen daraus.«

Sie beobachtete, wie sich in der Miene ihres Gegenübers etwas veränderte. Es war, als würde erst die spontane Reaktion gezeigt, ein gewisser Schreck, der über die Haut fuhr. Dann aber tauchte sich ihre Miene sofort wieder in einen undurchdringbaren Schleier aus Unbeteiligtheit, Ignoranz und Lüge. Nachdem das Schweigen anhielt, schien sich die Therapeutin zu fragen, was die Polizei bereits wusste. Lena wartete noch einen Moment ab, bis sie ihr weitere Gründe gab, nachzudenken.

»Wie wäre es denn, wenn Sie uns verraten, wofür die 30.000 Euro waren, die Frau Richter Ihnen vor Kurzem hat zukommen lassen?«

Lena hielt die Stille im Raum eine Weile aus und wartete. Sie sah ihr Gegenüber scharf an.

»Zwei Menschen, die Sie behandelt haben, nahmen sich in einem kurzen Zeitraum hintereinander das Leben. Mittlerweile wissen wir von weiteren toten Patienten. Wir haben nicht nur einen Durchsuchungsbefehl für Ihre Wohnung, sondern auch für Ihre Praxis. Und ich bin mir sicher, dass wir dort auf diese weiteren Namen stoßen werden, die Sie uns nicht genannt haben. Vielleicht sogar noch einige mehr. Es wirft nicht gerade ein gutes Licht auf Sie und Ihre Praxis, dass Ihnen reihenweise die Patienten sterben. Ich denke, dass Ihnen das sehr klar ist. Was Ihnen allerdings noch nicht ganz klar zu sein scheint, ist die Tatsache, dass diese Verwicklung, die Sie mit Frau Richter verbindet, ein noch viel schlechteres Licht auf Sie wirft.« Lena wartete erneut einen Moment, ob die Frau ihr gegenüber etwas erwidern würde. Doch die blieb regungslos sitzen und verzog keine Miene.

»In aller Klarheit, Dr. Martens: Sie stehen unter Mordverdacht. Fangen Sie an zu reden.«

Mark sah dabei zu, wie die Beamten das gesamte Haus von Sarah Martens auf den Kopf stellten. Sie hatten Anweisung, nach allem zu suchen, was im Zusammenhang mit den Suiziden von Rebecka Bohl, Jakob Richter, Professor Neumann oder weiteren Patienten stand. Sie öffneten die Schränke, durchwühlten Schubladen, gingen alte Briefe durch und kontrollierten Telefon und Computer. Er selbst ging von Raum zu Raum und versuchte, mit einem anderen Blickwinkel etwas zu entdecken, was ihn weiterbringen würde.

Als er das Schlafzimmer betrat, beschlich ihn ein merkwürdiges Gefühl. Hier hatten sie so einige Stunden miteinander verbracht. Geredet hatten sie dabei nicht viel und im Grunde musste er sich mittlerweile eingestehen, sie nicht wirklich ausreichend gekannt zu haben. Er hatte mit einer Frau geschlafen, von der er kaum etwas wusste. Er kannte lediglich eine Seite mehr an ihr, als sie anderen zeigte. Aber woher wollte er eigentlich wissen, dass nicht auch diese Seite eine Fassade war? Konnte er mit Sicherheit sagen, was für ein Mensch sie war?

Unwillkürlich schüttelte er leicht den Kopf und ging durch das Zimmer zum Bett. Er bückte sich und sah darunter, hob sogar die Matratze an. Mit der einen Hand ging er kurz die Zeitschriften auf dem Nachttisch durch, mit der anderen zog er gleichzeitig dessen Schublade auf. Sarah hatte darin nur typische Frauensachen aufbewahrt und einige Dinge, mit denen sie ihre gemeinsamen Stunden verschönert hatten. Außer Labello, Taschentücher, Schlafbrille, Nasenspray, Kondomen, Gleitgel und ein paar Tabletten fand er deshalb nichts.

Als Nächstes sah er die Kommode durch, die neben

dem Fenster unter einem eingerahmten Monet-Bild stand. In den obersten waren Socken und Unterwäsche untergebracht, ordentlich sortiert und zusammengelegt. Es folgten Strumpfhosen und weiter unten ein paar T-Shirts. Mit der letzten Schublade, die Mark öffnete, blickte er in eine eher uneinheitliche Sammlung von Kleidungsstücken. Er hob einige davon heraus, um zu sehen, was für Teile es waren. Aber erst mit dem dritten Stück wurde ihm klar, dass es die Nachtwäsche war, die Sarah dort aufbewahrte. Bevor er das dünne Hemdchen, die seidene Jogginghose und das überlange Shirt wieder zurücklegte, fiel sein Blick auf etwas, das am Boden der Schublade unter all den Sachen lag. Mit der freien Hand griff er danach und fühlte einen Stapel dünner Papphefter. Verwundert ließ er die Wäsche neben der Kommode sinken und nahm die Hefter heraus.

Sie sah Dr. Martens an und entschied sich dafür, in die Offensive zu gehen. Andernfalls würden sie noch stundenlang hier drinnen sitzen.

»Sie haben Frau Richter den Tipp gegeben, dass ihr Mann psychisch labil ist und es ratsam wäre, eine Lebensversicherung auf ihn abzuschließen. Sie wussten, dass er sich umbringt. Die Frage ist, woher.« Lena sah sie an. »Ganz ehrlich, ich kann daraus nur einen einzigen Schluss ziehen und ich denke, Sie wissen, was das bedeutet.«

Endlich kam von der anderen Seite des Tisches eine Reaktion.

»Ich habe weder einen *Tipp* an Frau Richter gegeben«, sie betonte das Wort mit einer gekünstelten Abwertung, »noch habe ich ihren Mann umgebracht.«

»Nennen Sie mir einen Grund, warum ich Ihnen das glauben sollte. Es waren Ihre Patienten, die umgekommen sind. Sie wurden zum Suizid geführt, indem man sie auf sehr gekonnte Weise psychologisch beeinflusste. Das macht Sie als Therapeutin mehr als tatverdächtig, oder?«

Sie fuhr fort: »Sie haben alles über die Opfer gewusst, Sie waren ihre Vertrauensperson und hatten damit auch die Möglichkeit, sie auf einen Brief vorzubereiten, damit er genau so wirken würde, wie er es sollte.«

»Was für Briefe? Welche Vorbereitungen? Ich weiß überhaupt nicht, wovon Sie sprechen«, ereiferte sich Dr. Martens.

»Ich rede von den Briefen, mit denen Jakob Richter und Rebecka Bohl kurz vor ihrem Suizid manipuliert worden sind.«

»Ich habe mit diesen Briefen nichts zu tun. Ich kenne keinen einzigen davon.«

»Sie wussten, dass Jakob Richter sich umbringen würde, und haben seiner Ehefrau den Tipp gegeben.«

»Das ist alles völliger Blödsinn.« Die Therapeutin sah zur Seite und ließ die Arme energisch auf die Stuhllehnen sinken, als wolle sie aufstehen und gehen. Endlich eine Regung, dachte Lena. Die Situation gefällt ihr nicht, sie will weg. Jetzt durfte sie nicht lockerlassen, sie musste den Strick immer enger ziehen.

»Am Tag, als Rebecka Bohl sich vom Rathausturm stürzte, waren Sie vermutlich die Letzte, mit der sie Kontakt hatte. Sie hatten die optimale Möglichkeit, ihr den Brief in die Tasche zu stecken.«

»Ich habe ihr aber keinen Brief in die Tasche gesteckt. Ich habe sie ganz normal behandelt, wie ich es immer getan habe.«

»Und nur eine halbe Stunde später liegt sie tot auf dem Rathausplatz.«

»Dafür kann ich nichts. Ich habe nichts mit ihrem Tod zu tun. Den einzigen Vorwurf, den Sie mir machen könnten, wäre, dass ich eine schlechte Psychotherapeutin bin. Und daraufhin würde ich Ihnen antworten, dass ich alles getan habe, was in meiner Macht lag, diesen Menschen zu helfen.«

Die absolute Selbstüberzeugung, mit der sie sich schmückte, prahlte aus ihrem Blick. Lena versuchte es zu ignorieren.

»Woher wussten Sie dann, dass Jakob Richter sich das Leben nehmen würde?« Sie stellte die Frage wieder und wieder, in der Hoffnung, die Mauer irgendwann einzustürzen. Aber immer noch kam die Gegenwehr.

»Ich wusste es nicht.«

»Lena?« Brüning betrat den Verhörraum und gab Lena ein Zeichen, ihm auf den Flur zu folgen. »Mark ist für dich am Telefon. Ist wichtig.«

Lena folgte ihm in sein Büro und griff nach dem Hörer, der auf dem Schreibtisch lag.

»Mark?«

»Hi, Lena. Ich bin noch in der Wohnung von Sarah«, und als hätte er sich verschluckt, fügte er offiziell noch hinzu: »Martens. Schreib dir mal folgende Namen mit.«

Lena griff nach einem Stift und riss sich ein kleines Blatt von einem Notizblock auf dem Tisch.

»Schieß los.«

»Helene Zahr, Stefanie Lohrbach, Maria Kaminski und Kalle König.«

Er brauchte nicht hinzuzufügen, welche Bedeutung die Namen hatten und woher sie stammten.

Mark legte auf und steckte sein Handy zurück in die Tasche. Die Akten, die Sarah vermutlich aus der Praxis hierhergeräumt hatte, um sie zu verbergen, übergab er einem der Kollegen und ging selbst noch die restlichen Räume durch, die er bisher nicht gesehen hatte. Das Bad jedoch betrat er nur kurz und wendete sich dann bald der nächsten Tür zu. Dahinter lag ein kleiner Raum, den Mark bei seinen Besuchen niemals von innen gesehen hatte. Er war nur spärlich möbliert mit einem schmalen Bett und einem Schreibtisch, auf dem lediglich eine kleine Lampe und ein runder Behälter mit Stiften standen. Über dem Stuhl, der davorstand, hing ein dunkler Pullover. Mark nahm ihn hoch, um ihn genauer anzusehen. Es war ein Männerpullover. Er stutzte, legte das Kleidungsstück zurück und sah sich weiter um.

Unter dem Schreibtisch lag ein dunkler Rucksack. Ziemlich achtlos daruntergeworfen und mit der vorderen Tasche noch halb offen. Schon von Weitem konnte Mark sehen, dass das kleinere Fach leer war. Aber er zog den Rucksack unter dem Tisch hervor, um auch seine restlichen Fächer zu überprüfen. Er schob den Reißverschluss ganz auf und sah in das Innere. Was sein Blick erfasste, ließ seinen Atem scharf einfahren.

»Sie haben mich angelogen.«

Dr. Martens stöhnte leicht auf. »Was haben Sie mir jetzt vorzuwerfen?«

»Als ich Sie bei unserer ersten Begegnung fragte, ob Sie noch weitere Patienten hatten, die sich das Leben genommen haben, sagten Sie Nein.«

Ihr Gegenüber schob das Kinn vor, als würde sie sagen wollen: Na und?

»Sie haben gelogen«, wiederholte Lena.

Die Therapeutin spürte scheinbar, dass die Kommissarin in ihrer kurzen Abwesenheit mehr in Erfahrung gebrachte hatte, und sparte sich ihre Leugnungen nun.

»Helene Zahr, Stefanie Lohrbach, Maria Kaminski, Kalle König und ich ergänze noch Anna Ocklenburg.« Lena las die Liste auf dem Blatt in ihren Händen stur vor und wartete auf eine Reaktion.

Sie kam in Form eines langen Schweigens. Dann die schlichte Forderung nach einem Anwalt.

»Wir kommen der Sache also näher«, bemerkte Lena spitz. »Während wir auf Ihren Anwalt warten, könnten Sie mir ja schon mal verraten, wo auf dieser Welt man so viel Skrupellosigkeit herbekommt, dass man Menschen nicht nur auf eine solche Art und Weise in den Tod treibt, sondern zuvor auch noch ihre Angehörigen anruft, um ihnen eine Lebensversicherung ans Herz zu legen, von der man anschließend auch noch ein Stück abhaben möchte.«

Der offene Angriff traf Dr. Martens an einer empfindlichen Stelle. Mit einem Ruck sprang sie von ihrem Stuhl auf und brüllte Lena an. »Ich habe diese Frau nicht angerufen und ihr gesagt, sie solle eine Versicherung auf ihren Mann abschließen! Zum Teufel noch mal! Ich wollte helfen!«

»Indem Sie ihr eine großzügige Witwenrente versprechen oder was?« Lena war ebenfalls aufgestanden und blickte ihr hasserfüllt entgegen.

»Nein! Ich habe ihr gesagt, dass ich bei Jakob die Gefahr eines Selbstmordes sehe und habe sie um Mithilfe gebeten.«

»Da hat Ihre Freundin aber etwas ganz anderes erzählt.«

»Pah! Das kann ich mir vorstellen. Dieses Miststück hat gesagt, sie könne nicht helfen und einfach aufgelegt.«

»Warum sollte sie so ablehnend sein?«

»Das weiß ich nicht und es ist mir auch egal«, entgegnete Dr. Martens. Sie hatte ihren Tonfall wieder leicht gesenkt und verschränkte die Arme vor dem Körper. »Sie können mir glauben oder nicht, aber ich habe ihr keinen ›Tipp‹ bezüglich einer Lebensversicherung gegeben. Auf den ist sie selbst gekommen. Jakob hat mir etwas später erzählt, dass seine Frau eine Lebensversicherung für sie beide abschließen wollte. Da bin ich hellhörig geworden.«

»Erzählen Sie ruhig weiter«, ermunterte Lena sie in ironischem Ton.

»Ich wollte die Frau zur Rede stellen, aber sie hat total abgeblockt. Also habe ich aufgegeben und versucht, selbst meine Arbeit gut zu machen.«

»Das ist Ihnen ja nicht wirklich gelungen.«

Dr. Martens ignorierte den fiesen Kommentar.

»Es hat Sie am Ende aber dennoch nicht davon abgehalten, auch etwas vom Kuchen zu erpressen.«

Sie sah auf die Tischplatte. »Am Ende war es ohnehin schon zu spät.«

»Was heißt denn hier ›zu spät‹? Zum Teufel, Sie wussten von einem geplanten Suizid, haben ihn nicht verhindert und haben anschließend auch nicht gemeldet, dass seine Ehefrau nichts unternommen hat.« Noch während Lena den Vorwurf mit Wut aussprach, wurde ihr klar, dass beide Frauen im gleichen Boot saßen. Die Erpressung war zu beiden Seiten perfekt gewesen. Warum Frau Richter allerdings nachgegeben hatte, war nicht eindeutig. Sie hatte die Therapeutin in der Hand gehabt, weil diese ihr den Hinweis gegeben und damit ihr Mitwissen preisgegeben hatte. Möglicherweise wusste sie sogar von deren weiteren verstorbenen Patienten. Und selbst wenn nicht, musste Dr. Martens Angst gehabt haben, dass durch eine Untersuchung der Polizei diese Fälle ans Licht kämen und ihre Praxis in Mitleidenschaft gezogen würde. So oder so hätte es ihrem Ruf nicht gutgetan, wenn Frau Richter der Polizei einen Hinweis gegeben hätte. Auf der anderen Seite aber spürte auch die Ehefrau von Jakob Richter den Pistolenlauf auf ihrer Brust. Sie machte sich ebenfalls durch unterlassene Hilfeleistung schuldig und bot auch mit ihrer Affäre eine offene Angriffsfläche. Die beiden Frauen hatten sich gegenseitig in die Enge getrieben.

»Ich muss sagen, mir fällt es schwer zu glauben, was Sie mir hier auftischen«, meinte Lena, »aber nehmen wir mal an, es ist tatsächlich so gewesen, wie Sie es mir gerade schildern, bleibt für mich vor allem noch eine Frage offen.« Sie setzte sich wieder zurück an den Tisch und legte ihre Hände gefaltet vor sich. »Woher wussten Sie, dass Jakob Richter sich das Leben nehmen wird?«

»Ich wusste es nicht.«

Lena stieß laut die Luft aus ihren Lungen. »Und genau das glaube ich Ihnen nicht.«

Dr. Martens sank resignierend in ihren Stuhl zurück.

»Lassen Sie mich das klarstellen. Wenn Sie lediglich dieses Gutachten gefälscht haben«, setzte Lena an und erstickte den aufwallenden Widerspruch der Therapeutin im Keim, »dann werden Sie nur für den Versicherungsbetrug belangt. Sollten Sie allerdings von dem Selbstmord gewusst haben, fällt das in den Bereich der unterlassenen Hilfeleistung oder sogar Beihilfe zum Mord. Was das bedeutet, brauche ich Ihnen nicht zu erläutern.«

Im Gesicht ihres Gegenübers wechselten sich die Emotionen ab und ließen ihre Miene zu einem unsicheren Spiegel ihrer Gedanken werden.

»Ich wusste es nicht«, sagte Dr. Martens ein weiteres Mal leise, und bevor Lena sie erneut anfahren konnte, fügte sie hinzu: »Ich habe es vermutet.«

Lena fokussierte ihre Augen und ließ sich kein Detail darin entgehen. Die Therapeutin erklärte: »Ich hatte einige Patienten, die mir gestanden haben, sich verfolgt zu fühlen. Kurze Zeit später nahmen sie sich das Leben. Als Jakob Richter mir eines Tages erzählte, dass er sich beobachtet fühlte, dachte ich, es würde demselben Muster folgen.«

Der Verfolgungswahn, dachte Lena. Dr. Martens hatte die Zusammenhänge ebenfalls erkannt. Sie hatten die Akten der verstorbenen Patienten in ihrer Wohnung gefunden. Jeder von ihnen, mit Ausnahme von Rebecka Bohl, hatte von den Wahnvorstellungen berichtet. Und vielleicht war es auch nur einer peinlichen Verschwiegenheit zu verdanken, dass nur diese eine von ihnen, dem »Wahn« nicht zum Opfer gefallen war. Ihr Mörder hatte sie alle ins Visier genommen, um sie zu studieren, ihre Gewohnheiten zu erforschen.

»Und Sie haben nichts unternommen?«

»Was hätte ich denn tun sollen?«

Lena schüttelte den Kopf. »Sie hätten es verhindern können, verdammt noch mal!«

»Ich wusste ja nicht, ob es Zufall war oder …«

Sie fiel ihr ins Wort. »Sind Sie nie auf die Idee gekommen, dass Ihre Patienten nicht unter einer Wahnvorstellung litten, sondern tatsächlich observiert wurden?«

Ihr Gegenüber schwieg.

Nach einer Weile sah sie auf. »Hatte ich nicht um einen Anwalt gebeten?«

KAPITEL 18

Er musste vorsichtiger werden. Die Sache hatte mittlerweile zu großes Aufsehen erregt, insbesondere seit dem Tod von Prof. Neumann. Damit hatte er nicht gerechnet. Er hatte überhaupt nicht damit gerechnet, dass sie ihm jemals auf die Spur kommen würden und seine Pläne gefährdeten. Schließlich hatte er alles unternommen, um seine Spuren zu verwischen. Niemand hatte ihn je gesehen und die Briefe hatte er immer vernichtet. Fast immer jedenfalls. Außer dieser eine. Da war er zu spät gewesen.

Diese Lena Baumann hatte eine gute Intuition. Sie war nicht blockiert von Skepsis oder Unglauben. Sie hatte genügend Fantasie gehabt, sich das Unglaubliche vorzustellen, auch wenn es sie vermutlich an ihre Grenzen trieb.

Er konnte es in ihren Augen sehen, dass sie verzweifelt war und so bedrückt von alledem und ihrem Schicksal. Mit Sicherheit würde sie seinen zweiten Brief besser aufnehmen, wenn sie so weit war. Was bei seinem ersten Versuch schiefgegangen war, konnte er nicht sagen. Irgendetwas musste sie gestört haben, obwohl er sichergestellt hatte, dass sie alleine war. Vielleicht hatte er etwas übersehen und sich von ihrer Verletzlichkeit täuschen lassen. Während er an Lena dachte, sah er von seinem Wagen aus hinüber zu Maries Haus und konnte sehen, wie sie einfach nur dasaß auf ihrer Couch. Sie hatte ein Kissen vor sich, das sie fest umschlungen hielt. Wie so oft. Er würde ihr endlich schreiben. Er hatte genug gesehen, um sich zu vergewissern.

Er startete den Motor und war sich sicher, nur noch ein letztes Mal wieder herzukommen. Es fehlten nur noch ein paar Zeilen.

KAPITEL 19

Als es wenig später an der Tür zum Verhörraum klopfte, war es Mark, der Lena mit einer raschen Geste hinauswinkte.

»Ich glaub das alles nicht«, zischte Lena, als die Tür hinter ihr zufiel, und sie bemerkte, wie ihre Hände vor Wut zitterten. Wie konnte ein Mensch derart auf seine eigenen Vorteile bedacht sein, um aus dem Tod einer Person Profit schlagen zu wollen, anstatt zu helfen? Es wollte ihr nicht in den Kopf.

Mark stand neben ihr, die Hände in den Taschen.

»Es mag verrückt klingen«, sagte Lena, »aber ich hätte einen schlichten Mord wesentlich erträglicher gefunden. Menschen tun so etwas. Sie sehen Geld oder Macht, empfinden Hass oder Eifersucht und sie bringen jemanden um, weil sie keine andere Lösung sehen. Aber darauf zu warten, dass sich ein anderer selbst das Leben nimmt, um dann davon zu profitieren …« Sie schüttelte verständnislos den Kopf.

»Du findest es schlimmer, jemandem beim Sterben zuzusehen, als ihn mit eigener Hand zu töten?«

»Ich finde es charakterlich widerlicher.«

Er lachte leise. »Du hast schon merkwürdige Ansichten.«

»Habt ihr noch etwas gefunden?«, fragte Lena jetzt und lenkte das Gespräch auf den Grund seines Erscheinens.

Er nickte.

»Wir haben den hier in ihrer Wohnung gefunden.« Er hielt einen grauen Rucksack hoch, griff gleichzeitig hinein und holte einen Batzen Papier heraus. Es waren mehrere Versuche, ein- und denselben Brief zu verfassen. Einige durchgestrichen, andere mitten im Satz beendet.

»Auf den ersten Blick würde ich sagen, dass es passt. Genaueres müssen wir natürlich noch abwarten, aber wenn du mich fragst, haben wir gefunden, was wir gesucht haben.«

Lena sah von den Blättern in seiner Hand zum Rucksack und wieder zu Mark.

»Wo habt ihr das alles gefunden?«

»In einem Zimmer ihrer Wohnung.«

»Was für ein Zimmer?«

Er druckste etwas herum und zuckte vage mit den Schultern. »Das weiß ich nicht genau. Es war ein ziemlich kleiner Raum, ein Büro vielleicht.«

Lena sah ihn verständnislos an. »Wie ein Büro vielleicht? Du wirst doch wohl wissen, was für ein Raum das war, wo ihr die Sachen gefunden habt.«

Mark sah sie trotzig an. »Hör zu, ich kenne ihre Wohnung nicht wie meine eigene, okay?« Seine Stimme war gesenkt und hatte einen dunklen Ton bekommen. Lena sah ein, dass sie ihm zu nahegetreten war. Ihre Wut über das, was im Verhörraum passiert war, schwebte immer noch über ihr und machte es ihr schwer, die Kontrolle zu behalten.

»Entschuldige.«

Sie spürte, dass es ihm unangenehm war. Er wollte nicht ständig mit dieser Sache konfrontiert werden und seine Distanz bewahren. Aber das hätte er sich vorher überlegen müssen. Bevor er mit dieser Frau geschlafen hatte. Er konnte nicht erwarten, dass sie darüber vollkommen hinwegsah. Es war nun einmal, wie es war. Er hatte eine Affäre mit ihr. Dass seine Geliebte nun im Mittelpunkt einer Mordermittlung stand, damit musste er klarkommen. Lena fühlte immer noch Ärger darüber. Sie war sich nur nicht sicher, ob es wegen seiner Verschwiegenheit, seiner Ehefrau oder wegen seines Verhaltens im Allgemeinen war. Es passte ihr einfach nicht. Aber damit musste wiederum sie klarkommen.

»Na schön, fragen wir sie«, sagte sie dann entschlossen, um ihren Gedanken ein Ende zu bereiten. Gefolgt von Mark ging sie zurück in den Verhörraum und warf den Rucksack vor Dr. Martens auf den Tisch.

»Wem gehört der?«, fragte sie ohne Umschweife und wartete mit Anspannung auf die Antwort.

»Das weiß ich nicht.«

Sie weiß es nicht. Das hatte sie erwartet.

»Ich helfe Ihnen auf die Sprünge: Er kommt aus Ihrer Wohnung. Das dürfte den Personenkreis, der infrage kommt, stark einschränken.«

Sie beobachtete erneut die Miene der Therapeutin. Undurchdringlich, aber nicht bar jeder Regung.

»Ich weiß nicht, wem er gehört. Ich habe ihn noch nie gesehen.«

Sie sagt nicht, dass es nicht ihrer ist, dachte Lena. Es ist also nicht ihr eigener Rucksack, aber sie weiß sehr wohl, wem er gehört. Dieser Lüge war sie sich sicher. Und zugleich war sie auch sicher, dass sie die wahre Antwort auf ihre Frage nicht von dieser Frau bekommen würde. Sie beendete das Gespräch, noch bevor es ein zweites Mal richtig beginnen konnte, und verließ den Raum. Mark kam hinterher.

»Sie wird es uns nicht sagen.«

»Du hast doch kaum gefragt.«

»Wir fahren noch mal hin. Ich muss die Wohnung und das Zimmer mit eigenen Augen sehen. Lass es uns noch mal gemeinsam durchgehen.« Sie eilte den Flur hinunter, sammelte ihre Jacke aus dem Büro ein und schritt hinaus in die winterliche Kälte.

Es dauerte keine 15 Minuten bis zum Haus von Dr. Martens. Als sie eintrafen, waren fast alle Suchaktionen beendet, die Beamten auf dem Rückzug. Mark führte Lena in das Zimmer, in dem er den Rucksack gefunden hatte. Lena wollte jede Kleinigkeit erfassen und den Rucksack in einen Kontext einbinden, der ihr verriet, wer sein Besitzer war. Bereits als Mark ihn ihr gezeigt hatte, hatte sie gewusst, dass er nicht Dr. Martens gehörte.

Nein, der Rucksack passte in genau dieses Zimmer und das wiederum stand in einem Kontrast zur Bewohnerin dieses Hauses, wie er deutlicher nicht sein könnte. Nichts trug ihren Charakter. Es war möbliert mit einem Bett, einem schmalen Schrank, einem Schreibtisch und einem Bücherregal. Alles war kahl, schmucklos und schüchtern. Konnte ein Raum Schüchternheit ausdrücken? Sie sah auf das ordentlich, aber zugleich nur rasch gemachte Bett. Der Bezug hatte einen undefinierbaren Farbton aus Grau und Blau und trug ein schläfriges Muster aus Linien und blassen Kreisen. Die Wände waren weiß, ein leerer Wandkalender mit dem aufgeschlagenen Bild des Januars war die einzige Zierde, wenn man es so nennen konnte.

»Gästezimmer?« Lena hielt ihre erste Vermutung für unwahrscheinlich, sprach sie aber dennoch aus. Mark schüttelte langsam den Kopf.

»Sie hat ein Gästezimmer im oberen Stock.«

»Ja«, murmelte Lena nur. Ein Gästezimmer hätte auch wesentlich mehr Stilelemente der restlichen Wohnung gezeigt.

»Hat sie Kinder?«

»Weiß ich nicht.«

»Du weißt nicht, ob sie Kinder hat?«

Sein grimmiger Ausdruck ließ sie augenblicklich verstummen. Wieder hatte sie ihm unterstellt, er müsse alles über seine Geliebte wissen. Aber es überraschte sie einfach, dass er nicht einmal das über sie wusste.

»Sie hätte dir von ihnen erzählt, wenn sie welche hätte, oder?«

Er sagte daraufhin nichts und Lena traute sich nicht, noch einmal nachzuhaken.

»Wo hat der Rucksack gelegen?«

Er deutete mit dem Finger unter den Schreibtisch.

»Einfach so hingeworfen?«

Ein Nicken seinerseits.

Lena versuchte sich den Rucksack vorzustellen, wie er achtlos unter den Schreibtisch geschoben worden war. Ein weiterer Beweis dafür, dass nicht Martens selbst ihn dort deponiert hatte. Es musste jemand anderes gewesen sein. Im Kopf ging sie die Möglichkeiten und alle Hinweise durch. Jemand, der Zugang zum Haus hatte, so viel stand fest. Und so weit sie es beurteilen konnte, gehörte dieses Zimmer demjenigen, der den Rucksack hierhergebracht hatte. Was sie sich fragte, war allerdings, ob dieser Jemand oft hier war oder nur ab und zu. Der Raum war zu schlicht und unpersönlich, um eine dauernde Bleibe für jemanden zu sein. Eher eine vorübergehende Behausung. Für die Ferien oder die Wochenenden. Vielleicht gab es tatsächlich ein Kind, von dem Mark nichts wusste. Eines, das studierte und nur hin und wieder seine Mutter besuchte. Ein Sohn, tippte Lena. Das Zimmer eines Mädchens stellte sie sich wesentlich persönlicher vor, selbst wenn es nur für wenige Tage im Jahr war.

Ihre Augen wanderten suchend in dem kleinen Raum umher, hoffend auf einen Hinweis, der ihr verriet, wer in diesem Bett schlief und an diesem Schreibtisch arbeitete. Sie studierte die Titel der Bücher, die im Regal standen, und fühlte sich dabei in ihrer Vermutung um einen männlichen Mitbewohner bestätigt. Spionageromane, Karl-May-Bücher und einige Krimis. Es war eine ganze Fülle von Romanen, die auf eine sehr belesene Person hindeuteten. Aber auch etliche Werke zur Literaturgeschichte und Literaturwissenschaft. Wenn Dr. Martens wirklich einen Sohn hatte oder zumindest einen männlichen Besucher, dann hatte er beruflich vermutlich mit Literatur zu tun. Ein Studium möglicherweise. Sie dachte den Gedanken weiter und ihre Augen suchten zwischen all den Titeln und Autoren, bis sie schließlich an einem Buch hängen blieben und reglos darauf verweilten. Ihre Finger griffen langsam nach dem grauen Einband und zogen ihn vorsichtig heraus, als hätte sie Angst davor, was sie erwarten würde, wenn sie es in den Händen hielt. Es war kein besonders dickes Buch, der Umschlag relativ farblos.

Mark sah ihr von der Seite über die Schulter.

Lena starrte noch immer den Einband an. In großer schwarzer Schrift stand der Titel »Wintermond« darauf. Ein leiser Fluch kam ihr über die Lippen.

»Martens hat einen Sohn.« Sie legte den Finger unter den Namen des Autors. Robin Martens.

»Okay, alles der Reihe nach.« Brüning machte eine beschwichtigende Handbewegung. Diesmal waren nur eine Handvoll Mitarbeiter zur kurzfristigen Lagebesprechung und weiteren Abstimmung anwesend und warteten gespannt auf die Berichte der neusten Entwicklungen im Fall.

»Wir haben soeben herausgefunden, dass Sarah Martens einen 24-jährigen Sohn hat. Robin Martens«, erläuterte Lena. »Er ist wissenschaftlicher Mitarbeiter an der Universität und studiert Germanistik im 8. Semester. Wir können in dieser Hinsicht bereits eine Verbindung zum letzten Opfer herstellen. Er arbeitet für Professor Carstens, dessen Büro gestern durchsucht wurde und aus dem eine Kopie des Briefes an Jakob Richter entwendet wurde. Seine Abneigung gegen die Professorin Neumann ist uns ebenfalls bekannt.«

Lena fuhr in ihrer Ausführung fort: »Zwei Kollegen sind schon in der Universität und tragen weitere Informationen zusammen. Wir wissen, dass er hin und wieder bei seiner Mutter wohnt, ansonsten aber ein eigenes Zimmer in einer WG im Brauereiviertel hat.«

»Wer übernimmt das?«

»Wir fahren gleich hin«, sagte Lena.

»Gut.« Brüning warf einen Blick auf seine Armbanduhr. »In einer Stunde ist die Obduktion der Professorin angesetzt. Ich will, dass einer von euch hinfährt.« Er zeigte mit dem Finger auf Mark und Lena. »Teilt euch auf. Theresa kann mit zur Wohnung von diesem Robin fahren.«

Lena und Mark stimmten sich ohne Worte innerhalb einer Sekunde ab, wer welchen Job übernehmen sollte. Mit Blick auf Lenas Schwangerschaft und ihrer ständigen Übelkeit fiel diese Entscheidung auch nicht sonderlich schwer.

»Haben wir außer den Indizien am Wohnort von Dr. Martens Hinweise darauf, dass Robin Martens als Tatverdächtiger infrage kommt?«

Lena ergriff das Wort: »Er hatte Zugang zu den Akten seiner Mutter, wodurch er an Informationen gelangen konnte, die ihm bei der Analyse der Opfer helfen konnten. Und er hat schriftstellerische Ambitionen und ich gehe davon aus, dass er sich als Romanautor gut auszudrücken weiß.«

»Wenn er Zugang zu den Akten hatte, heißt das, dass er mehr über sie wissen konnte als vielleicht ein anderer.« Brüning sah sie an. »Was ist mit dem Motiv? Welchen Grund kann ein 24-Jähriger haben, Briefe in die Welt zu schicken, die andere zu Tode deprimieren?«

»Variante Nummer eins: Er ist nichts weiter als der kleine Helfer seiner Mutter«, warf Thorsten als Erstes in den Raum.

»Das wäre auf jeden Fall ein denkbares und logisches Szenario«, gab Mark ihm recht. »Sie hat die nötigen Informationen und das Wissen über die Psychologie, er die Ausdruckskraft, um das Ganze gekonnt zu Papier zu bringen. Mama und Sohn verdienen sich so gemeinsam ein bisschen was dazu.«

»Möglichkeit Nummer zwei: Er handelt allein. In diesem Fall können wir davon ausgehen, dass er sich die Informationen über die Patienten selbst aus der Praxis beschafft hat, was ihm keinerlei Schwierigkeiten gemacht haben sollte. Das Motiv wäre dann aber ein vollkommen unbekanntes und vermutlich eher emotional. Es kann nicht das Geld gewesen sein, denn das hat seine Mutter schließlich erpresst.«

»Wie ist das Verhältnis von Mutter und Sohn?« fragte Brüning dazwischen.

»Ich bin mir da nicht so sicher«, versuchte Lena. »Ich habe irgendwie das Gefühl, dass sie keinen sehr engen Kontakt haben.« Sie beobachtete aus dem Augenwinkel, wie Mark auf seinem Stuhl herumrutschte und fragte sich, ob er es besser beurteilen konnte und sich nur zurückhielt, weil er nicht ins Visier der Vorurteile geraten wollte.

»Das sollten wir klären. Welche Motive ergeben sich in beiden Fällen?«

»Wenn das Verhältnis schlecht ist, könnte ich mir vorstellen, dass er ihr eins auswischen will, indem er ihre Patienten umbringt.«

»Hmm.« Brüning dachte darüber nach. »Denkbar. Dann muss das Verhältnis aber wirklich sehr schlecht sein. Würde er dann noch bei ihr wohnen?«

Mark wagte einen anderen Versuch: »Vielleicht hat es mit der Mutter auch gar nichts zu tun. Möglicherweise ist sein Motiv literarisch bedingt. Wir haben uns zu Beginn einmal einen Verfasser ausgemalt, der sich der Macht der Worte verschrieben hat und der quasi als Missionar der Sprache unterwegs ist. Die Akten können ihm nur einen bequemen Weg gegeben haben, an geeignete Empfänger zu kommen.«

»Auch ein Ansatz.« Brüning ging ein paar Schritte durch den Raum. »Aber mir ist das alles noch zu spekulativ. Es gibt zu viele Richtungen. Wir müssen die richtige finden.« Er wandte sich wieder der Runde zu. »Wir müssen alles über ihn herausfinden. Vor allem über die Beziehung zu seiner Mutter.«

Lena und Theresa verließen das Kommissariat und fuhren die Holstenstraße Richtung Brauereiviertel hoch. Es war keine weite Strecke und schon in wenigen Minuten hatten sie den gesuchten Wohnblock erreicht.

»Was meinst du? Ist er der Richtige?«, fragte Theresa, um die Stille im Auto ein wenig zu überbrücken.

Lena zuckte vage mit den Schultern. »Ehrlich gesagt, ich weiß es nicht. Es könnte sein. Wenn ja, dann ist er entweder die hilflose Marionette seiner herrischen Mutter oder er ist ein literarischer Freak. Beides kann ich mir irgendwie vorstellen.«

Sie fuhr langsam an den auf den Gehwegen parkenden Fahrzeugen vorbei und hoffte, noch eine Lücke zu entdecken. Aber nach Feierabend und in dieser Gegend war es geradezu utopisch, einen legalen Parkplatz zu ergattern. Die gesamte Umgebung war vollgeparkt bis auf den letzten Meter. Es war ein ewiger Graus. Wer in Kiels Innenstadt keine eigene Garage hatte, konnte nur jeden Tag auf eine kleine Lücke im Autochaos am Straßenrand hoffen.

»Wird sich das eigentlich jemals ändern?«, fragte Theresa, als hätte sie im selben Augenblick die Straße betrachtet, an der entlang sich die Autos so eng aneinanderreihten, dass man Mühe hatte, durch die einzelnen Wagen zu gehen, ohne die Seitenspiegel zu berühren.

»Wie denn? Meinst du, sie können die Autos irgendwann übereinanderstapeln?« Lena lachte, hielt kurzerhand in zweiter Reihe, stellte die Warnblinkanlage an und stieg aus.

»Gar keine schlechte Idee«, meinte ihre Kollegin, während sie ihr zum Eingang des Hauses folgte. »In Wien habe ich mal eine Garage gesehen, wo auf jedem Parkplatz tatsächlich zwei Autos standen. Die hatten da so eine Hebebühne, die rauf- und runterfahren konnte. Wenn das eine Auto rausfuhr, war das andere schräg obendrauf geparkt oder eben in den Boden eingelassen.«

»Na, das wäre doch mal eine Überlegung für Kiel«, meinte Lena, war in Gedanken aber schon bei einer Reihe von Klingelschildern, die sich vor ihr am Eingang des Wohnhauses befanden. Sie ging die Namen durch und drückte bald eine von ihnen. Den Kopf in den Nacken gelegt, blickte sie hinauf zu den Fenstern, die schon deutlich verrieten, dass es ein Haus war, in dem hauptsächlich Studenten wohnten. Farblich und stilistisch nicht abgestimmte Jalousien hingen in vielen von ihnen. In zweien sah Lena sogar eine provisorische Konstruktion aus großen Handtüchern. Flaschen, Bücher und anderer Krempel waren auf einigen Fensterbrettern zu erkennen. Sie ließen erahnen, welche Einrichtungen sich im Inneren der Wohnungen befanden.

Mit einem lauten Surren wurde ihnen ohne Nachfrage bald geöffnet.

Theresa durchquerte nach ihr den steinernen Flur zur Treppe. Zum Glück mussten sie nicht viele Treppen steigen, denn bereits in der ersten Etage öffnete sich eine Tür und eine junge Frau in Jeans und Kapuzenpullover sah ihnen neugierig entgegen.

»Lena Baumann von der Kriminalpolizei Kiel. Wir möchten zu Herrn Robin Martens. Wohnt der hier bei Ihnen?«

Nun verriet das Gesicht der jungen Frau etwas Ängstlichkeit.

»Äh, ja. Der wohnt hier. Aber er ist nicht da.«

»Dürfen wir reinkommen?«

Die Studentin trat einen Schritt zurück und ließ sie in die Wohnung ein, die sie mit dem typischen Stil einer Studenten-WG empfing.

Der Flur war mit keiner Geste nett eingerichtet. Alles,

was sich darin befand, war zweckmäßig oder achtlos abgestellt. Ein Schuhregal, gebaut aus schweren Ziegelsteinen und Holzbrettern, bündelte für einen Moment ihre Aufmerksamkeit und sie sah, wie auch Theresa darüber schmunzelte.

»Warum gebe ich eigentlich so viel Geld für Möbel aus? Das Material kriegt man scheinbar auf jeder Baustelle umsonst«, raunte sie ihr zu.

»Scheinbar«, gab Lena zurück und warf einen Blick in eines der Zimmer, an dem sie vorbeigingen. Es war überraschend in freundlichen Beige- und Gelb-Tönen gehalten und wesentlich gepflegter als der Flur. Sie vermutete, dass eine weibliche Mitbewohnerin hier ihr Reich hatte. Warum die ihre Gestaltungskraft allerdings nicht auch auf die übrige Wohnung hinaus ausgeweitet hatte, blieb ihr schleierhaft. Sie könnte niemals in einer solchen Wohnung leben, in der sie morgens an einem rostigen Fahrradreifen und zwei Bierkästen vorbei in die Küche stapfen musste.

»Wissen Sie, wo sich Herr Martens gerade aufhält?«, fragte Lena die junge Frau, die sie in eine Art Wohnküche geführt hatte, in der sich scheinbar das Epizentrum der Unordnung befand.

Diese schüttelte den Kopf.

»Wo könnte er denn sein«?

Die Studentin hob die Schultern. »Ich weiß nicht genau. In der Stadt, in der Uni. Keine Ahnung. Ich könnte auf seinen Stundenplan gucken.«

Lena bedeutete ihr mit einer Geste, dass sie diesem Vorschlag zustimmte. Die Studentin verließ den Raum wieder und verschwand in dem Zimmer gegenüber. Lena nickte ihrer Kollegin zu, damit diese sich in der Küche etwas umsah, während sie selbst der Bewohnerin folgte.

In der Tür von Robin Martens' Zimmer blieb sie stehen und ließ ihre Augen über die Möblierung wandern. Es lag eine ähnliche Kühle über allem wie in dem kleinen Raum, den sie am Morgen im Haus seiner Mutter betreten hatte. Erneut schlichte, weiße Wände, aufgeräumter Schreibtisch, vollgestelltes Bücherregal und ein schlichter Kleiderschrank. Über der Arbeitsfläche hingen einige Fotos, die Lena sich genauer ansehen wollte. Sie überquerte bedächtig den ausgefransten Teppich und trat näher.

»Ich bin mir nicht sicher, ob es in Ordnung ist, dass wir in seinem Zimmer sind«, sagte die Studentin kleinlaut, als sie Lena dabei beobachtete.

»Das ist in Ordnung, glauben Sie mir.« Sie sah die Bilder intensiv durch. Auf einem war Robin Martens allein zu sehen, wie er Bücher signierte. Also hatte er sogar Lesungen gehalten. Er machte einen seriösen Eindruck. Gebildet, professionell. Weitere Bilder zeigten ihn mit anderen jungen Leuten, vermutlich Freunde. Ein Foto von seiner Mutter suchte Lena allerdings vergeblich.

»Wissen Sie, wie das Verhältnis von Robin zu seiner Mutter ist?«, fragte Lena.

»Das weiß ich nicht, tut mir leid«, antwortete die Studentin und stand etwas unbeholfen in der Ecke des Raumes.

»War sie denn mal zu Besuch?«

»Nein, ich kenne sie nicht. Aber ehrlich gesagt, meine Mutter war auch noch nicht hier.«

Lena nickte. Sie nahm eines der Bilder von Robin Martens von der Wand und steckte es in die Innentasche ihrer Jacke. Sie hatte alles gesehen. Viel war nicht zu entdecken. Dennoch würde sie die Spurensicherung herbitten, um alles Nötige zu sichern.

»Ich habe hier den Stundenplan von Robin.« Die junge Frau hielt einen Zettel in der Hand, den sie Lena reichte. »Es müsste der aktuelle sein.«

»Danke.«

Dem Plan nach hatte Robin Martens an diesem Tag noch eine Vorlesung bis um Viertel vor sechs. Mit einem raschen Blick auf ihre Armbanduhr stellte sie fest, dass ihnen bis dahin noch eine knappe Dreiviertelstunde blieb. Mit dem Auto brauchten sie gerade einmal fünf Minuten bis zur Universität. Kurzum verabschiedete sie sich von der jungen Studentin und winkte Theresa aus der Küche zu sich. Auch diese bedeutete ihr, dass sie nichts Auffälliges oder Hilfreiches gefunden hatte. Für eine ausgiebigere Suche würden sie zu einem späteren Zeitpunkt mit einem Durchsuchungsbefehl wiederkehren.

»Ich danke Ihnen für Ihre Hilfe. Würden Sie uns bitte anrufen, falls Robin später noch herkommt? Wir müssen wirklich dringend mit ihm sprechen«, sagte Lena und reichte der jungen Frau eine Karte mit ihrer Nummer.

»Worum geht es denn eigentlich?«, fragte sie.

»Das können wir Ihnen leider nicht sagen. Wir haben nur ein paar Fragen an ihn. Falls er also hier auftaucht oder sich meldet, würde ich mich freuen, wenn Sie mich anrufen.«

Lena und Theresa verabschiedeten sich von der Studentin und stiegen die Stufen zum Ausgang hinunter.

»In der Küche und im Flur gab es nichts Besonderes, außer viel Dreck und unabgewaschenes Geschirr«, fasste Theresa zusammen. »Allerdings habe ich gerade mit Daniel gesprochen.«

Lena sah sie gespannt an.

»Die Fingerabdrücke, die im Büro der Professorin gefunden wurden, und die aus dem Zimmer in Martens Wohnhaus sind identisch. Er ist es.«

»Okay, dann fahren wir jetzt in die Universität und fangen ihn am Hörsaal ab. Fordere bitte Verstärkung an.«

Die Nachricht ließ sie noch einen Schritt schneller das Treppenhaus hinuntersteigen und die Straße überqueren. Fast so schnell, wie Mark es immer tat, fuhr sie zur Universität, während Theresa über Handy die Kollegen informierte.

Schon bevor er den Sektionssaal des Rechtsmedizinischen Instituts betreten hatte, waren ihm der süßlich-bittere Geruch der Leichen und der beißende Gestank des Formalins aus dem Keller in die Nase gestiegen. Jetzt, wo er direkt neben Staatsanwalt Jordt am OP-Tisch stand und das Menthol auf die Oberlippe geschmiert hatte, wurde er leicht übertüncht. Aber Mark wusste auch, dass der Gestank erst richtig um sich greifen würde, sobald die Mediziner mit ihrer Prozedur beginnen würden.

»Dann wollen wir mal«, sagte Gerichtsmediziner Petersen und trat in seinem Kostüm aus wasserdichter Schürze, Überschuhen und hohen Handschuhen an den Leichnam heran. Sein Assistent, dem das Metzger-Outfit nicht halb so gut stand, wie Mark fand, stellte sich an seine Seite. Das Schauspiel konnte beginnen.

Unter dem grellen Licht der Deckenbeleuchtung vollzogen die beiden Ärzte die äußere Besichtigung der Leiche. Ein jüngerer Medizinstudent, der außer ihnen noch anwesend war, hielt die wichtigsten Daten schriftlich fest, während der Gerichtsmediziner jeden Teil des Körpers genauestens unter die Lupe nahm.

Es waren zunächst die obligatorischen Befunde, die in geschäftiger Routine aufgenommen wurden. Als die zwei Mediziner jedoch den Kopf der toten Professorin untersuchten, wurde Mark hellhörig.

»Wie am Fundort bereits festgestellt, weist das Schädeldach eine Wunde am Hinterkopf auf«, sagte Petersen. Er beugte sich ein wenig tiefer über den Kopf des Leichnams. »Abschürfung der Oberhaut. Unregelmäßige Wundränder …« Er hielt in seinen Ausführungen kurz inne.

»Die Ränder sind gequetscht, braunrot verfärbt und vertrocknet«, sagte er dann. »Das spricht alles für die Einwirkung stumpfer Gewalt, wie sie durch einen Sturz zu Boden entstehen kann. Aber …«, er machte eine bedeutsame Pause, »die Höhe der Verletzung lässt mich an meiner ersten Vermutung eines Sturzes zweifeln. Die Wahrscheinlichkeit, dass eine Kopfwunde bei einem Sturz auf eine ebene Fläche oberhalb dieser besagten Hutkrempengrenze auftritt, ist relativ gering. Ich möchte wetten, dass wir bei der Untersuchung des Schädels eine Verformung auffinden, die uns verrät, mit welchem Gegenstand diese Wunde beigefügt wurde.«

Der Professor entwickelte fast schon eine Euphorie in Anbetracht der Entdeckung. Mark hingegen kam ins Grübeln. Bisher hatten sie bei den Suizidanten keine Indizien gefunden, die auf eine Fremdeinwirkung hingedeutet hätten. Natürlich war das bei der Leiche von Rebecka Bohl nur noch schwer feststellbar gewesen, eine Augenzeugin hatte ihnen aber bestätigt, dass sie selbst gesprungen war. Und Jakob Richter? Auch an seinem Leichnam wurden bei der einfachen Sektion keine Besonderheiten gefunden. Obgleich eine ausgiebige Öffnung wie in diesem Fall nicht stattgefunden hatte. Eine Schlageinwirkung, wie sie der Rechtsmediziner bei der toten Professorin vermutete, würde entweder bedeuten, dass der Täter seine Methode geändert hatte oder sie zuvor nicht richtig geprüft hatten.

Mark ließ in Gedanken versunken die nächsten Schritte der Obduktion an sich vorübergleiten. Lediglich, als der Assistenzarzt mit einer großen Schere die Rippen durchknackte und den Brustkorb öffnete, fuhr er unmerklich zusammen und musste anschließend für einen kurzen Moment gegen den aufwallenden Gestank ankämpfen. Mit einem Blick auf den Staatsanwalt bemerkte er, dass auch Jordt sichtlich blass geworden war.

Als die beiden Obduzenten nach der Entnahme der Organe vor der freigelegten Schädeldecke der Toten standen und auch der Medizinstudent aus Ausbildungs-Gründen dazugerufen wurde, bestätigte sich der Verdacht.

»Nun denn. Die Bruchstelle am Schädelknochen zeigt es eindeutig«, begann Professor Petersen, »ein Sturz ist ausgeschlossen.«

Mark folgte seinen beschreibenden Fingern über den blanken Schädelknochen.

»Die Form der Schädelverletzung weist ein Rissmuster auf, das auf die Einwirkung eines stumpfen Gegenstandes schließen lässt. Nichts Spitzes oder Eckiges. Eher etwas Rundes. Durchmesser etwa acht Zentimeter.«

»Ein großer Stein vielleicht?« Der Medizinstudent sprach seinen Einfall spontan in den kalten Raum, wurde aber von den beiden anderen nicht beachtet.

»Was auch immer die Tatwaffe war, sie dürfte die Frau auf jeden Fall bewusstlos gemacht haben.«

»Das bedeutet also, die Professorin hat sich nicht selbst die Pulsadern aufgeschlitzt, sondern lag zu dem Zeitpunkt schon bewusstlos auf dem Boden ihres Büros?«

Der Rechtsmediziner nickte. »So könnte es gewesen sein. Die Schädelverletzung ist als Todesursache zwar auszuschließen, war aber am Verlauf der Tat sicherlich entscheidend beteiligt.«

»Dann hatte Lena mit ihrer Vermutung vor Ort recht«, murmelte Mark. »Das ändert natürlich einiges.«

»Warum ändert er sein Muster?«, überlegte Mark laut in Richtung Petersen.

»Da fragen Sie den Falschen. Der Kommissar sind Sie. Ich sage Ihnen nur, was der Leichnam mir verrät.«

Nachdem sie beim Pförtner den Raum der Vorlesung, die Robin Martens besuchte, und den Weg dorthin erfragt hatten, warteten Lena, Theresa und zwei unterstützende Beamte in Uniform vor der Tür des Seminarraumes. Die Veranstaltung sollte noch etwa 15 Minuten laufen, doch nach und nach kamen bereits einige Studenten heraus. Lenas Augen waren fixiert auf ihre Gesichter und waren nur auf der Suche nach diesem einen bekannten. Sie hatte ihrer Kollegin zuvor das Bild aus dem Zimmer des Tatverdächtigen gegeben und hoffte, dass sie ihn ohne Weiteres erkennen würde.

Das offizielle Ende der Veranstaltung wurde begleitet vom lärmenden Zurückschieben der Stühle und dem Füßescharren der vielen Menschen, die nun gen Ausgang strömten. Lena stellte sich auf die vorbeifließende Masse ein, ihr Körper war angespannt, ihre Augen konzentriert auf die Tür gerichtet. Es war wie ein ganzer Sturzbach an Leuten, der aus dem Raum kam und sich in den Flur ergoss. Einen Student nach dem anderen musterte sie, wendete ihren Blick dem nächsten zu und wieder dem nächsten. Und manchmal sprangen ihre Augen von einem zum anderen, wenn sie sich gegenseitig verdeckten.

Es schien ihr eine halbe Ewigkeit der Anspannung, bis die Flut der Studenten abebbte. Von dem wissenschaftlichen Mitarbeiter keine Spur. Nur noch vereinzelt kamen Studenten heraus und als es fast ganz still im Inneren des Vorlesungsraums war, ging Lena selbst hinein, um zu sehen, ob er noch zurückgeblieben war. Aber außer einem älteren Dozenten, der gerade seine Unterlagen zusammensammelte, war niemand mehr anwesend.

»Entschuldigen Sie bitte«, sprach sie ihn an und wartete, bis er von seinem Pult aufsah.

»Ja?«

»Welche Vorlesung haben Sie gerade gehalten?«

»Das war die Veranstaltung zur kontrastiven Linguistik.« Er sagte es nicht ganz ohne Stolz.

»Ich weiß, dass Sie sehr viele Studenten haben, aber könnten Sie mir vielleicht trotzdem sagen, ob ein gewisser Robin Martens heute zugehört hat?«

Der Mann nahm ein paar seiner Papiere und klopfte sie mit der Unterseite auf das Pult, um sie ordentlich übereinanderzustapeln.

»Wer sind Sie denn, wenn ich fragen darf?«

»Entschuldigen Sie.« Lena stellte sich als Kommissarin der Kieler Kripo vor. »Wir haben nur einige Fragen an Ihren Studenten und suchen ihn deshalb.«

»Die Kriminalpolizei. Hoher Besuch im Hause.«

Die Art des Mannes war ihr unsympathisch.

»War er in dieser Vorlesung?«, fragte sie noch einmal

und machte deutlich, dass ihr ein einfaches Ja oder Nein reichte.

»Nein, er war heute nicht hier. Ich kenne viele meiner Studenten mit Namen. Nicht alle. Aber ein paar von all den Hunderten.« Er zwinkerte ihr zu. »Herr Martens war heute nicht anwesend.«

»Danke.« Lena nickte knapp, aber höflich und ließ ihn dann stehen, um mit Theresa hinauf in den zweiten Stock zu eilen.

»Er war nicht in der Vorlesung. Vielleicht weiß Professor Carstens, wo er ist.«

Sie gingen mit eiligen Schritten durch den Flur und das Treppenhaus zum Büro im vierten Stockwerk. Lena klopfte kräftig an die bekannte Tür.

»Professor Carstens?« Lena trat ein und fand den Professor an seinem Schreibtisch über einem dicken Ordner gebeugt. Als er sie hereinkommen sah, stand er rasch, aber auf seine etwas schwermütige Art auf, kam um den Tisch herum und reichte ihr die Hand.

»Frau Baumann. Was kann ich für Sie tun?« Er betrachtete sie ein wenig prüfend, als wolle er in ihren Augen lesen, ob etwas passiert sei. »Ich hoffe, dass ich Ihnen nicht wieder einen Gefallen tun muss.«

»Doch, das müssen Sie. Aber diesmal habe ich nur eine Frage.«

Es schien ihn nicht zu beruhigen, was sie sagte. Ihre Anwesenheit bereitete ihm scheinbar Sorgen, auch wenn sie glaubte, dass er sie gern willkommenhieß.

»Wir suchen Ihren Mitarbeiter Robin. Er hätte jetzt gerade eine Vorlesung gehabt, wo er aber nicht erschienen ist. Vielleicht können Sie uns sagen, wo wir ihn finden? Wir haben ein paar Fragen an ihn.«

»An Robin? Er hat doch wohl nichts Schlimmes ausgefressen?« Professor Carstens versuchte ein leichtes Lächeln, aber es wollte ihm nicht so recht gelingen. Er schien den Ernst der Lage zu erkennen, ganz gleich, was sie sagte oder versicherte.

»Er war heute Morgen kurz hier, dann ist er in seine erste Vorlesung um 9 Uhr. Danach habe ich ihn nicht mehr gesehen.«

»Kommt er später noch zu Ihnen?«

»Nein, das glaube ich nicht. Er geht freitags relativ zeitig nach Hause.«

»Heute muss er woanders hingegangen sein. Haben Sie eine Idee, wo er sich aufhalten könnte?«

Der Professor sah sie bedauernd an. »Nein, es tut mir wirklich leid. Das weiß ich nicht.«

Lena wollte noch nicht aufgeben. »Hat er Ihnen bei irgendeiner Gelegenheit vielleicht gesagt, was er am Freitag vorhat, wohin er fährt, ob er jemanden besucht?«

Er dachte nach, schüttelte schließlich aber doch den Kopf. »Leider nein. Ich kann mich nicht erinnern.«

Theresa, die die ganze Zeit über still neben der Tür gestanden hatte, versuchte einen anderen Weg: »Wie kommt er denn immer zur Uni?«

»Meistens mit dem Fahrrad«, antwortete Professor Carstens mit einer Spur Erleichterung, dass er ihnen wenigstens in einem Punkt weiterhelfen konnte. »Es ist ein schwarzes Mountainbike. Robin stellt es unten im Hof ab. Gleich hier vor dem Gebäude«, ergänzte er.

»In Ordnung. Ich danke Ihnen.« Lena gab ihrer Kollegin ein Zeichen, dass sie aufbrechen sollten. »Wenn Ihnen doch noch etwas einfallen sollte oder er sich zufällig bei

Ihnen meldet, sagen Sie uns bitte Bescheid.« Sie verabschiedete sich und ging hinaus.

Sie suchten den direkten Weg im Gebäude hinunter und gelangten nach einiger Zeit auf den Hof, den der Professor beschrieben hatte. Der Fahrradständer befand sich an einer der Wände und war nur noch spärlich mit Rädern gefüllt. Von einem schwarzen Mountainbike war weit und breit nichts zu sehen.

»Lass uns zurück ins Präsidium fahren. Du könntest einen neuen Versuch starten, etwas von seiner Mutter zu erfahren. Vielleicht bekommen wir mittlerweile etwas aus ihr heraus oder die Kollegen hatten mit der Suche Erfolg.«

KAPITEL 20

Ein weiteres Mal an diesem Tag saß Lena der Psychotherapeutin Dr. Martens gegenüber. Neben ihr dieses Mal ein gestriegelter Anwalt in Anzug und Krawatte, der vor sich einen Aktenordner zum Zwecke der Kompetenzbetonung ausgebreitet hatte. Lena verspürte nicht die geringste Lust, sich mit der Frau zu unterhalten, aber es blieb ihr keine Wahl. Sie musste wenigstens versuchen, von ihr zu erfahren, wo ihr Sohn sich aufhielt.

»Dr. Martens, wo ist Ihr Sohn zurzeit?«

»Das weiß ich nicht«, gab diese zurück, ihr Blick immer noch starr geradeaus gerichtet.

»Wann haben Sie ihn das letzte Mal gesehen?«

»Vor einigen Tagen.«

»Geht das ein bisschen genauer?«

Dr. Martens tat so, als würde sie nachdenken. Ihre Blickrichtung und ihre Mimik verrieten aber, dass sie nicht nachdachte, sondern sich etwas ausdachte. Sie war nicht interessiert an einer wahrheitsgemäßen Antwort, es war ihr vollkommen egal. Das Einzige, auf das diese Frau sich konzentrierte, war, nichts zu sagen, was ihren Sohn belasten könnte.

Lena rannte immer wieder gegen die Mauer, die sie um sich und die Wahrheit herum aufgebaut hatte, und so langsam tat ihr davon nicht nur die Schulter weh.

»Wo hält Ihr Sohn sich für gewöhnlich auf?«

Martens rollte gespielt mit den Augen. »Das weiß ich

doch nicht. Er ist über 18, er kann tun und lassen, was er will.«

»Jetzt hören Sie mal zu!« Lena knallte ihre Handflächen auf den Tisch. »Sie beantworten jetzt meine Fragen.« Ihre Stimme donnerte durch den kahlen Raum und rief endlich eine Regung auf dem Gesicht ihres Gegenübers hervor. Der Anwalt wollte schon einen Kommentar abgeben und sie mit Sicherheit auffordern, ihren Ton zu mäßigen, aber Lena brüllte einfach weiter. Es war ihr vollkommen gleichgültig, was dieser schnieke Herr zu sagen hatte und welche Rechte hier wem zustanden.

»Wem gehört dieser Rucksack?«

»Ich bin nicht verpflichtet, Ihnen das zu sagen.«

»Das ist mir scheißegal. Wo ist Ihr Sohn?«

»Das weiß ich nicht.«

»Na schön.« Lena verließ mit donnernden Schritten den Verhörraum und warf die Tür viel zu laut ins Schloss.

Sie ging in die Küche und holte sich ein Glas Wasser. An den Kühlschrank gelehnt, stand sie da, leerte das Glas in einem Zug und ließ es energisch wieder sinken.

»Gestärkt für den nächsten Angriff?«, fragte Mark, der zur Tür hereinschaute.

»Ich geh da nicht noch mal rein. Vollkommen zwecklos. Sie wird uns nichts sagen und ihr feiner Anwalt wird sie auch schön zurückpfeifen. Ich hoffe einfach, dass wir den Kerl auch ohne ihre Hilfe finden.« Sie schaute auf ihre Hände und wieder zurück zu Mark. »Sie wird ihren Sohn decken, bis es nicht mehr möglich ist.«

»Jede Mutter würde das tun«, sagte er.

Sie schwieg und fragte sich, ob er damit recht hatte. Schützte jede Mutter ihr Kind vor allem? Auch vor der gerechten Strafe, wenn sie wusste, dass er einen Mord begangen hatte? Sie horchte in ihr Inneres und versuchte nachzufühlen, was dieses Szenario für eine Mutter bedeuten würde. Doch es fiel ihr schwer, sich ein Bild davon zu machen. Woher hätte sie es wissen sollen? Sie fragte sich, ob sie der Antwort auf eine solche Frage näherkäme, wenn sie selbst Mutter wäre und wüsste, was es bedeutet, das eigene Fleisch und Blut beschützen zu müssen.

»Ja, vielleicht.« Lena zuckte mit den Schultern. »Haben wir irgendeine andere Spur von diesem Robin?«

Mark schüttelte den Kopf.

»Wenn du mich fragst, ist ihre Beziehung nicht die beste, aber sie deckt ihn trotzdem.«

»Wie kommst du darauf, dass sie sich nicht gut verstehen? Wie es aussieht, hatte er immerhin ein Zimmer bei ihr.«

»Ich meine viel mehr die Rollenverteilung der beiden. Schau sie dir an. Sie ist erfolgreich und bildet sich darauf offensichtlich eine Menge ein.«

»Lena ...«

»Ihr Sohn ist in ihren Augen ein ziemlicher Hanswurst. Sein Roman war ein Flop und kein Grund, stolz auf ihn zu sein. Ich könnte mir vorstellen, dass Robin sich seit Jahren ein Bein ausreißen muss, um seine Mutter zu beeindrucken.«

Mit einem Ruck stieß sie sich vom Schrank ab und stellte das Glas in die Spüle.

»Ihr zu beweisen, dass er sehr wohl etwas kann, gibt ihm meiner Meinung nach das stärkste Motiv.«

»Und als Sahnehäubchen obendrauf sucht er sich auch noch Patienten aus ihrer eigenen Praxis.«

»Die psychotherapeutischen Fähigkeiten seiner Mutter gegen seine Schreibkünste.«

»Fairer Wettkampf.«

»Ja, nur dass zwischen den Fronten ein paar Menschenleben standen.«

Lena legte ihren Daumen zwischen die Brauen und massierte ihre Stirn. »Er hatte Zugang zu den Akten und damit die nötigen Informationen, die er zusätzlich zu seinen Beobachtungen brauchte«, murmelte sie. »Er hatte mit Sicherheit genügend Zeit, um sich in der Praxis mal allein umzusehen. Wahrscheinlich haben die beiden auch über einige Patienten gesprochen. In aller Gemütlichkeit beim Abendbrot. Ärzte sind nicht so verschwiegen, wie sie immer tun.«

Eine Weile standen sie sich stumm gegenüber und hingen ihren eigenen Gedanken nach.

»Sie hat mir nie von ihm erzählt«, sagte Mark dann leise und fast wie zu sich selbst. »Mit keiner Silbe. Ich frage mich, ob sie es nicht getan hat, weil sich die beiden nicht sehr nahestanden oder weil wir generell nicht viel geredet haben.«

»Worüber habt ihr überhaupt gesprochen?«, wollte Lena wissen und war aufrichtig interessiert.

»Selten über Persönliches. Es war keine Affäre, bei der man sein Herz ausschüttet. Es waren belanglose Dinge, über die wir sprachen. Nichts von Bedeutung.«

Irgendwie beruhigte es sie zu hören, dass er seine Frau scheinbar wirklich nur auf körperliche Art betrogen hatte. Was konnte die Beziehung zu einer Frau schon bedeuten, wenn man nicht einmal wusste, ob sie Kinder hatte oder nicht? Sie konnte sich eine solche Beziehung überhaupt nicht vorstellen. Sie hatte für sie absolut keinen Wert und sie würde nie verstehen können, warum jemand Interesse an einer derartigen Sache haben könnte.

»Darf ich dich etwas Persönliches fragen?«

Sein Schweigen ließ es zu.

»Hättest du sie bald verlassen oder es noch länger laufen lassen?«

Statt zu antworten, stellte er eine Gegenfrage. »Warum willst du das wissen?«

»Nur so. Um es mir besser vorzustellen, was es zwischen euch war. Ich würde dich gern besser verstehen.«

»Meinst du, dass du das kannst?«

Sie verstand es als Angriff. Es war eine Unterstellung, dass sie ihn nicht verstehen wollte, und es verletzte sie, dass er das sagte. Denn es war nicht die Wahrheit. Sie wollte es verstehen. Sie wollte so vieles verstehen. Wenn es eine Sache gab, die sie in einer Ermittlung immer wieder antrieb und sie zu neuen Fragen führte, dann war es der Wille, zu verstehen, warum etwas passiert war und warum Leute das taten, was sie taten. Sie empfand es als unfair, dass er ihr gerade das nicht zutraute. Aber zugleich fragte sie sich auch, warum er diesen Eindruck hatte.

Sie antwortete nicht auf seine Frage. Wenn er der Meinung war, dass sie ihm keine Chance für Erklärungen gab, dann konnte sie das nicht ändern.

Aber nach einer ganzen Weile sagte er: »Ich hätte irgendwann Schluss gemacht. Ich weiß nicht, wann, aber lange hätte es nicht laufen können. Für etwas Festeres war sie nicht die richtige Frau. Ich glaube, für eine Affäre war sie perfekt. Distanziert, diskret, erfolgreich, reizvoll. Mehr aber nicht. Sie wäre keine Frau, mit der ich mein Leben hätte verbringen wollen, geschweige denn für die ich mein jetziges Leben aufgeben würde.«

Warum hast du dann überhaupt etwas mit ihr angefangen?

Lena sprach ihre Gedanken nicht laut aus und sah nur schweigend aus dem Fenster. Womöglich konnte sie ihn wirklich nicht so gut verstehen, wie sie es wollte. Aus logischer Sicht leuchtete es ihr ein. Sie kannte die menschlichen Bedürfnisse und sie wusste, dass man sich manchmal einfach nach etwas sehnte, was man in der eigenen Beziehung oder im eigenen Leben nicht hatte und auch nicht bekommen konnte. Aber sie konnte die Wahl und die Art und Weise seiner Affäre nicht nachvollziehen. Und dann dachte sie, dass sie das vielleicht auch gar nicht musste.

»Okay. Wie kommen wir voran?«, wollte Brüning wissen, der kurzfristig noch einmal die Mitarbeiter des K1 zusammengerufen hatte, um die neusten Ergebnisse und das weitere Vorgehen abzustimmen. Sowohl Jessica Richter als auch Sarah Martens hatten das Gebäude bereits verlassen dürfen und hatten keine weiteren Antworten hinterlassen.

Draußen vor dem Fenster hatte die Dunkelheit bereits alles in tiefes Schwarz getaucht und in den Fenstern spiegelten sich nur ihre eigenen Gestalten, die versammelt um den großen Tisch saßen. Es war ein langer Tag gewesen und in den Gesichtern der Teamkollegen spiegelte sich Erschöpfung wider.

»In der WG und der Uni hatten wir keinen Erfolg. In der Vorlesung, die Robin heute Nachmittag hätte besuchen müssen, ist er nicht gewesen. Es will ihn auch keiner gesehen haben«, berichtete Lena. »Und von seiner Mutter erfahren wir auch nichts Brauchbares. Ich glaube, sie deckt ihn.«

»Kann sie wissen, dass er die Briefe geschrieben hat?«

»Tja, gute Frage«, Lena machte eine vage Bewegung. »Ich habe den Eindruck, dass die beiden kein sehr inniges Verhältnis haben.«

»Und trotzdem stellt sie sich vor ihn?«

»Würden Sie einen Mörder als Sohn haben wollen?«, meinte Theresa von der anderen Seite des Raumes.

Brüning kniff die Lippen zusammen.

»Können wir denn sicher sein? Was haben wir gegen Robin Martens in der Hand?«

»Er hat ein denkbares Motiv, er hatte Zugang zu den Akten seiner Mutter, wir haben den Rucksack mit den Briefanfängen in dem Zimmer bei seiner Mutter gefunden und zum neusten Mord an der Professorin hatte er zum einen ein noch eindeutigeres Motiv als in den anderen Fällen und zum anderen einen unauffälligen und problemlosen Zugang zur Uni«, erklärte Lena.

»Mich interessiert vor allem das Motiv. Rache an seiner Mutter und dann plötzlich persönlich gegen die Professorin?«

»Ich halte die Rache an seiner Mutter oder den Wunsch nach Anerkennung für sehr plausibel. Vielleicht sind seine Hass-Gefühle, oder welche Emotionen ihn auch immer antreiben, auf die Professorin Neumann übergeschwappt.«

»Wenn wir davon ausgehen, dass Robin Martens die Patienten seiner Mutter umgebracht hat, dann setzen wir voraus, dass er die Informationen über seine Opfer auch genau hier bekommt. Betrachten wir Professorin Neumann, würde es bedeuten, dass er nicht nur das Motiv, sondern auch seine Vorgehensweise geändert hat, denn sie war nicht in psychotherapeutischer Behandlung, und schon gar nicht bei der Martens, oder?«

»Nein.«

»Es gibt noch eine weitere Unstimmigkeit, die aufgetreten ist«, sagte Mark und klappte einen Pappordner auf. »Der vorläufige Obduktionsbericht ist da«, setzte er an und zitierte anschließend einige Passagen aus dem Dokument. »An der Todesursache ist so weit nichts Neues festzustellen gewesen. Tod durch Verbluten in Folge des Pulsaderschnitts. Auffälliger hingegen war die Kopfverletzung, die der Gerichtsmediziner vor Ort bereits festgestellt hatte. Während der Sektion zeigte sich, dass diese Verletzung nicht vom Sturz auf den Bogen herrühren konnte, da sowohl die Höhe der Wunde als auch die genauere Untersuchung der Schädelbruchstelle einen solchen Hergang ausschließen. Wir müssen also davon ausgehen, dass die Frau beim Schnitt bereits bewusstlos auf dem Boden lag, und zwar durch die Einwirkung stumpfer Gewalt.«

»Sprich: Sie hat einen auf den Dööts bekommen?« Detlef brachte es platt auf den Punkt und es war ein wenig befremdlich, dass nicht Mark derjenige war, der die saloppe Formulierung des Berichtes gewählt hatte.

»Wenn du so willst.«

Der Erste Kriminalhauptkommissar rieb sich das Kinn: »Das heißt, er hat noch etwas geändert. Warum?«

»Vielleicht hat es dieses Mal schlicht und einfach nicht geklappt und er musste nachhelfen?«

»Nein«, meinte Lena, »ich glaube, es steht im Zusammenhang mit der Professorin als Opfer. Sie sticht ohnehin hervor, da sie weder in psychischer Behandlung war noch in sonst irgendeinem Verhältnis zum übrigen Muster steht.«

»Vielleicht hat er aber auch dieses Mal bewusst auf die psychische Labilität verzichtet, um einen neuen Schritt zu machen, und ist dabei gescheitert.«

»Denkbar.«

So vieles ist denkbar, dachte Lena. Aber gab es auch Dinge, die sie *wussten*? Wirklich wussten? Es reichte doch hinten und vorne nicht. Der neuste »Suizid« hatte nur noch mehr Rätsel aufgeworfen, als dass er ihnen neue Spuren geliefert hätte. Sie waren keinen Schritt weiter.

»In Ordnung«, sagte Brüning, »ich denke, es reicht für heute. Wir sollten alle für ein paar Stunden nach Hause gehen und schlafen. Vielleicht ergibt die Fahndung in wenigen Stunden etwas Neues.«

Die Beamten des K1 verließen nacheinander den Raum und Lena ging in ihr Büro, um ihre Jacke zu holen.

»Soll ich dich mitnehmen?«, fragte Mark, der plötzlich hinter ihr in der Tür stand.

»Gern«, sagte sie.

Schweigend gingen sie gemeinsam zum Parkplatz und fröstelten in der eisigen Kälte. Mark schaltete die Heizung an, sobald er hinterm Steuer saß, und drehte sie auf volle Stärke.

»Wenn es dir gleich zu warm wird, sag Bescheid.«

»So weit ist es zu mir nicht. Wahrscheinlich wird es gerade warm, wenn ich schon wieder aussteigen muss.«

Gerade als sie sich anschnallte, klingelte ihr Handy.

»Baumann?«, meldete sie sich.

Mark fuhr auf die Straße, während Lena gebannt in den Hörer lauschte. Der Wagen hatte den Knooper Weg noch nicht erreicht, als sie wieder auflegte und Mark die neue Route durchgab: »Das war die Studentin aus der WG von Robin. Sie weiß, wo er ist.«

KAPITEL 21

Robin Martens saß an dem kleinen Holztisch in der engen Gartenhütte und hatte die Augen geschlossen. Von draußen hörte er das Meer rauschen und den Wind in den Bäumen ringsherum rascheln. Ansonsten war es still um ihn. Nur sein Atem war innerhalb der Hütte zu hören. Sonst nichts. Es roch vertraut nach Holz, nach Staub und ein wenig nach Farbe. Er kannte diesen Geruch in- und auswendig. Ganz langsam und fast schon genüsslich sog er den Duft seiner Umgebung ein und dabei ließ er den Umschlag, der leicht in seiner Hand lag, vor und zurück schaukeln.

Er öffnete seine Augen und betrachtete noch einmal die Gleichmäßigkeit, die ungeheure Schönheit der Buchstaben. Er spürte den Zauber, der von diesem Umschlag ausging.

Ganz behutsam und mit Ehrfurcht legte er seine Finger auf die Öffnung des Umschlags und schlug sie zurück. Er zog das weiße Blatt heraus, das sich im Inneren verborgen hielt, und faltete es mit einer zelebrierenden Bewegung auseinander. Noch wagte er nicht, die Worte, die darauf standen, zu lesen. Er hatte Angst, dass er sie nicht so sehr in sich aufnehmen konnte, wie er wollte, oder dass er gestört wurde. Es sollte perfekt sein, die Würdigung und der Zauber seine volle Entfaltung erhalten. Beinahe liebevoll strichen seine Fingerkuppen über das Material und hinweg über die geschwungenen Zeilen. Dann erst begann er zu lesen.

KAPITEL 22

Ein schmaler Weg führte sie direkt hinunter zum Wasser. Links und rechts der Fahrrillen wucherte hohes Gras und verdeckte die Sicht auf das Ufer. Die Unebenheiten des weichen Bodens ließen den Wagen heftig hin und her schaukeln und machten es Lena unmöglich, klar zu fokussieren, was vor ihnen lag. Das wenige Licht, das der volle Mond durch die brüchige Wolkendecke warf, konnte nur mehr ein schwaches Glitzern auf die graue Meeresoberfläche streuen und die dunklen Konturen der hohen Bäume sichtbar machen, die die breite Lichtung säumten.

»Halt an. Wir gehen das restliche Stück.«

»Sollten wir nicht warten, bis die anderen da sind?«

»Sie werden jeden Augenblick eintreffen«, entgegnete Lena.

Sie versicherte sich mit einer raschen Handbewegung, dass ihre Waffe an der Hüfte lag. Dann schnallte sie sich ab und griff nach dem Türgriff. Noch bevor Mark den Wagen im hohen Gras neben dem Pfad abgestellt hatte, war sie ausgestiegen. Ihre Füße sanken in dem weichen Untergrund aus Gras und Schilf ein. Wohin sie traten, konnte sie nur erahnen. Als hinter ihr die Scheinwerfer des Wagens erloschen, wurde es gänzlich duster und sie brauchte einen Moment, um ihre Augen an die Dunkelheit zu gewöhnen und sich einen Überblick zu verschaffen.

Ein leises Klacken verriet ihr, dass Mark ausgestiegen war und die Fahrertür geschlossen hatte. Langsam kam er hinter dem Wagen hervor. Lena konnte seinen Gesichtsausdruck nicht erkennen, aber etwas machte ihr Angst. Es lag etwas in der Luft, dass sie nicht klar greifen konnte. Eine Spannung, die ihr ungeheuer war.

Lena näherte sich der kleinen Hütte, die in einiger Entfernung versteckt unter einer Reihe von Bäumen stand. In der Dunkelheit versank sie ganz in ihrer Umgebung. Dicht hinter ihr folgte Mark durch das Schilf. Nach einigen Metern hoben sich die Umrisse der Hütte immer deutlicher ab. Ein flackerndes Licht in einem der kleinen Fenster machte die Fassade zu einem schwarzen Fleck. Lena bedeutete Mark, dass sie von zwei verschiedenen Seiten an die Hütte heranschleichen würden. Während sie sich der Eingangstür auf der rechten Seite näherte, entfernten sich die leise im Gras raschelnden Schritte ihres Partners. Nach wenigen Sekunden war es ganz ruhig. Vorsichtig setzte sie einen Schritt vor den anderen und lauschte in die beunruhigende Stille. Entfernt rauschten die Wellen, die immer wieder an Land krochen. Doch nicht einmal eine Möwe füllte den ansonsten lautlosen Ort. Lena fröstelte. Aber es war nicht die eisige Kälte, die sich um sie klammerte, sondern die Witterung von etwas, das sie in der Luft zu spüren glaubte. Sie wartete. Darauf, dass Mark auf der anderen Seite wieder aus dem Schatten der Bäume kommen und ihr ein Zeichen geben würde. Aber sie konnte ihn nicht ausmachen. Stattdessen wurde die Beklemmung, die sie empfand, immer deutlicher. Sie wusste nicht, was sie erwartete.

Plötzlich fühlte sie eine Berührung aus dem Nichts. Blitzschnell wandte sie sich um, ihre Augen rasten über die undeutlichen Konturen um sich herum. Ein Zittern durchfuhr ihren Leib und erst als sie das Vibrieren in der

Tasche spürte und erkannt hatte, dass es nur ihr Mobiltelefon war, bemerkte sie, dass sie die Waffe aus dem Halfter gezogen hatte und nun voller Anspannung in den Händen hielt. Ihr angehaltener Atem lag schwer und kühl in ihrer Brust. Ruckartig stieß sie ihn aus und ließ die Pistole sinken. Mit der anderen Hand griff sie nach dem Telefon. Daniels Stimme klang angespannt.

»Lena, hör zu«, sagte Daniel, »wir haben die Ergebnisse des Materialabgleichs und des Schriftvergleichs.« Die Pause, die seinen zweiten Satz von dem ersten trennte, war schier unendlich. »Sie sind nicht identisch.«

Die Worte erreichten sie wie durch einen dichten Nebel.

»Hast du mich verstanden?«

»Ja, ich habe dich verstanden.« Sie starrte in die Dunkelheit. »Was bedeutet das?«, fragte sie, obgleich es ihr klar war.

»Robin Martens ist nicht der Autor, den wir suchen. Er ist nichts weiter als ein Nachahmer. Vermutlich ein Fanatiker auf den Fußspuren seines großen Idols. Bis auf Weiteres müssen wir der Aussage Dr. Martens' wohl Glauben schenken.« Er wartete auf eine Reaktion von ihr. Aber es waren nur stumme Gedanken, die in ihrem Kopf umherrauschten und versuchten, die Teile neu zu ordnen. Er hatte Professor Neumann also mit eigenen Händen umgebracht. Erst niedergeschlagen und dann die Pulsadern aufgeschlitzt, um es als ein Werk des Todschreibers erscheinen zu lassen. Er hatte alles exakt nachbilden wollen. Aber es war ihm nicht gelungen. Der wahre Künstler war noch immer unerkannt.

Lena erinnerte sich an das übergroße Interesse des wissenschaftlichen Mitarbeiters an den Briefen und den

Ermittlungen. Wahrscheinlich war er es auch, der das Büro des Professors verwüstet hatte. Auf der Suche nach einem Brief seines Idols, den er kopieren konnte.

Daniel holte sie aus ihren Erkenntnissen zurück. »Lena, ihr solltet vorsichtig sein. Wir wissen nicht, wie gefährlich Robin Martens trotzdem ist. Wir dürfen die Situation nicht falsch einschätzen. Wartet am besten auf die Verstärkung, wir sind jeden Moment da.«

Er hatte den Satz kaum beendet, als ein Schuss die Stille durchschnitt. Gewaltsam schmetterte er aus dem Nichts und hallte von den Bäumen am Ufer zurück. Lena riss die Waffe hoch und steckte das Telefon in die Tasche. Mit raschen, gebückten Schritten näherte sie sich der Hütte vor sich. Als das Licht aus dem Fenster hinter einem Holzvorsprung verschwand und sie nicht mehr geblendet wurde, konnte Lena die schmale Tür erkennen. Mark hingegen konnte sie nicht sehen. Seine dunkle Jacke war im hohen Gras nahezu unsichtbar. Sie wusste nicht einmal, in welcher Richtung er sich befand. Allein das Haus zu stürmen, war zu riskant. Sie würde ihren Partner brauchen. Ihre Augen suchten die Umgebung ab. Aber nichts war dort, was ihn zu erkennen gab. Kein Geräusch, kein beweglicher Fleck. Sie wartete. Er würde sich ebenso vorsichtig nähern wie sie. Lena behielt angestrengt die Hütte im Blick. War der Schuss aus dem Inneren gekommen? Oder von weiter weg? Sie konnte es nicht sagen. In ihrer Erinnerung war das Geräusch zu einem schwammigen Schatten verkommen. Nach einer Weile konnte sie nicht einmal mehr mit Gewissheit sagen, ob es nur *ein* Schuss gewesen war. Sie schüttelte unwillkürlich den Kopf. Nein, es war nur einer. Ein einziger Schuss. Wo steckte nur Mark? Sie lauschte auf seine Schritte. Aber da war nichts. Sie konnte nicht länger warten. Wer auch immer geschossen hatte, hatte einen Grund dazu und machte ihr Versteck für sie zu keinem sicheren Platz. Lena schätzte die Entfernung zur Tür der Hütte und vergewisserte sich ein weiteres Mal, dass ihre Waffe geladen war. Dann sprintete sie los. Ihre Füße liefen über den weichen Boden, während hohe Halme ihr ins Gesicht peitschten. Sie war nahezu blind in dieser Dunkelheit und hoffte, kein Stock würde sich ihr in den Weg legen und sie zum Stürzen bringen. An der Hütte angekommen, presste sie ihren Rücken an die harte Holzwand und zwang sich, tief zu atmen. Angst würde ihr nicht helfen. Vorsicht und Konzentration waren das Einzige, was sie schützen würde. Lena zählte im Kopf bis drei und riss dann die Tür zur Hütte auf.

Mehrere Dinge stürzten gleichzeitig auf sie ein. Wärme und ein starker metallischer Geruch erreichten sie zuerst. Dann stach ihr der Anblick des Blutes in die Augen, der das kleine Innere der Stube in ein Schreckensszenario verwandelte. Nur mit Mühe konnte sie Robin Martens in der Gestalt erkennen, die zusammengesunken auf einem Holzstuhl saß. Sein Kopf war vor ihm auf die Tischplatte gefallen, das Haar dunkel und durchnässt von Blut. Auf der Rückseite seines Schädels klaffte ein Loch, aus dem sich Teile des Gehirns ergossen. Sie konnte nicht sehen, wo er die Pistole gehalten hatte, als er abdrückte, aber der Wucht des Austritts nach hatte er die Mündung direkt am Kopf angesetzt. Sein Blut, die Fetzen seiner Haut und Knochensplitter zeichneten ein obskures Muster an die Wand. Ihr Magen rebellierte und sie drehte sich weg.

Mark stand plötzlich da. Sein Körper füllte die ganze Breite der Tür aus, hinter ihm die Dunkelheit. Er sah zuerst die Szene in ihrem Rücken und dann sie an.

»Er ist es nicht«, sagte Lena. Ihre Stimme war ohne Kraft und nicht mehr als ein mattes Raunen.

»Ich weiß«, antwortete er und fixierte sie.

Ihr wurde schwindelig. Vor ihren Augen verschwammen seine Umrisse mit dem hellen Holz der Hütte.

»Du weißt es?« Lena blinzelte ihn ungläubig an und versuchte die Einzelheiten seines Gesichtes auszumachen. Doch ihre Augen wollten ihr nicht mehr gehorchen. Mit einem Mal brach es über ihr zusammen wie eine gewaltige Welle im Sturm, die sie mit einer solchen Wucht zu Boden schleuderte, dass es ihr kurzzeitig den Atem raubte. Die Welle brachte eine Leere mit sich, die sie in völliger Verzweiflung und Hoffnungslosigkeit zu ertränken drohte.

Lena wandte sich um, sie schwankte. Mit einer Hand suchte sie Halt, doch sie konnte ihn weder in ihrem Inneren finden noch mit den Händen greifen. Alles löste sich vor ihren Augen auf.

Sie sah den Brief auf dem Tisch, getränkt von rotem Blut. Er war es nicht. Nein, er hatte es gern sein wollen und war stattdessen selbst zum Opfer geworden. Sie hatten sich vollkommen verrannt und waren völlig in die Irre gelaufen. Keinen Zentimeter waren sie an den Schreiber herangekommen. Sie waren ihm nie auf den Fersen gewesen. Diese Gewissheit packte sie so hart am Arm, dass es schmerzte und ihr ein Wimmern entfuhr.

»Mark?« Sie sah seine Finger, die fest ihren Oberarm umschlossen und sie nicht losließen. Der Schwindel wurde stärker und die Beine sackten ihr unter dem Körper zusammen. Dann drehte sich der ganze kleine Raum um sie herum ein letztes Mal und es wurde schwarz vor ihren Augen.

Lena, es wird dich zerreißen. Du kannst dem nicht entgegentreten. Der Sturm wird dich mitreißen und das Wasser dich unter sich begraben. Es ist nicht das Kind, das dir die Qual aufbürdet. Sie wurde dir viel früher auferlegt. Was du in dir trägst, ist die Hand, die dir den Weg weist und dich zu dem Ort begleitet, über den du schon so lange nachdenkst. Jede Nacht, wenn du in vollkommener Einsamkeit und schweißgebadet erwachst.

»Was ist passiert?«

Die Angst und die Aussichtslosigkeit sind ein Teil von dir, die du nicht einfach abschütteln kannst. Aber kein Mensch ist wehrlos. Man darf nur nicht zulassen, dass es einen zerfrisst. Du kannst ihr die Stirn bieten, indem du ihr den Rücken kehrst. Sei stark genug, um zu wählen.

»Sie muss raus.«

An dem Tag, an dem ich dich das erste Mal sah, wusste ich, wie dunkel es um dich ist. Aber ich sah auch, dass es dich fest im Griff hat und dich nicht loslässt. Und ich sah, dass du die Stärke hast, dich zu wehren. Es ist nicht deine Aufgabe, diese Last zu tragen. Es ist deine Freiheit, zu fliehen.

Der Wind griff nach ihrem Haar und streichelte ihr über die Wange. Es war ein befreiendes Gefühl.

Hab den Mut, selbst zu entscheiden. Triff nicht eine Wahl, die nicht deine sein sollte. Es ist gut, wie es ist.

Nein!

Lass los und befreie dich.

Nein! Du lügst!

»Lena?«

Das alles ist eine Lüge! So ist es nicht.

Lass nicht zu, dass dich dieses Leben quält. Das hast du nicht verdient.

Ich lasse es nicht zu. Ich habe die Kraft, mich zu wehren. Und das tue ich. Gegen dich. Lass mich in Ruhe!

»Lena?«

»Ist sie wieder da?«

»Ich weiß nicht.« Eine Hand strich ihr über die Stirn. »Lena?«

Sie spürte die Berührung wie durch einen Schleier. Hinter ihren Augen brannte es und als sie versuchte, sie zu öffnen, blendete sie grelles Licht.

»Alles klar. Sie kommt zu sich.«

Zögernd machte sie gegen den Schein der Lampe die Lider auf.

Daniels Gesicht war nah an ihrem und sah sie besorgt an.

»Alles in Ordnung? Du warst kurz weg.«

Lena sah von ihm zu Brüning, der hinter ihm stand und ebenfalls mit Sorge auf sie sah.

»Du bist einfach umgekippt«, sagte er. »Ich glaube,

dein Kreislauf ist etwas schlapp. Soll ich dir was zu trinken besorgen?«

Sie schüttelte schwach den Kopf und versuchte sich aufzusetzen. Erst jetzt bemerkte sie, dass sie in Marks Wagen saß. Das helle Licht an der Autodecke war es gewesen, das ihr geradewegs ins Gesicht geblendet hatte.

Brüning sah sie prüfend an. »Brauchst du einen Arzt?«

»Nein.« Sie schüttelte wieder den Kopf. »Aber ich glaube, ich würde doch etwas trinken.«

»Okay. Ich bin gleich zurück.« Er ging davon und das Gras schluckte seine Schritte, als er sich entfernte.

»Alles gut?«, fragte Daniel. Er sah sie immer noch mit wachen Augen an.

»Ja, mir geht's gut. Wo ist Mark?«

»Eben war er noch bei der Hütte …«

»Daniel!« Der Ruf kam von weiter weg.

»Ja, sofort!« Er blickte Lena aufmerksam an. »Kann ich dich hier kurz alleine lassen? Die brauchen mich da hinten.«

»Klar.« Sie nickte. Ihr Kopf dröhnte und fühlte sich schwer an.

Als er weg war, griff sie über sich und schaltete das Licht aus, das sie blendete. Und kaum dass es erloschen war, drangen die Erinnerungen wieder in ihr Gedächtnis zurück. Die Worte und die geschwungenen Linien strömten herein, ohne dass sie wusste, von wo sie eigentlich kamen.

Erschöpft sank sie noch tiefer in den Fahrersitz. Ihr Körper fühlte sich an, als wäre er aus Blei. Die ganze Anspannung war von ihr abgefallen und hatte nichts weiter zurückgelassen als dunkle Lethargie. So oft in den letzten Tagen hatte sie sich schon angeschlichen und bemerkbar gemacht. Die Rückschläge, die sie immer wieder zurückgeworfen hatten – alles war über ihr zusammengebrochen und hinterließ nur mehr einen Haufen Schutt.

Was sollte sie jetzt tun? Es fühlte sich an, als wäre sie am Ende angekommen. Die letzte Sackgasse, in die der Fall sie geführt hatte. Sie wollte aufgeben. Jahrelang hatte sie Erfahrungen mit zähen und oft auch erfolglosen Ermittlungen gemacht. Sie wusste, dass es Fälle gab, die sie nie lösten. Aber dieses Mal zog ihr diese Erkenntnis jede Energie aus dem Körper.

Vielleicht würden sie irgendwann unverhofft auf einen Hinweis stoßen, der sie wieder auf eine neue Spur brachte, vielleicht würden sie irgendwie eine neue Fährte auftun. Doch im Grunde glaubte sie nicht wirklich daran. Nicht in diesem Moment. Sie hatte einfach nicht die Kraft, sich erneut in das schwarze, spurenlose Labyrinth zu stürzen. Sie war am Ende. Lena schloss die Autotür und ließ ihren Kopf gegen die eiskalte Seitenscheibe sinken.

KAPITEL 23

Lena blieb alleine im Wagen zurück. Ihr Körper hing kraftlos im Sitz, während sie eine Weile ausdruckslos vor sich hin starrte. Dann schloss sie die Autotür und lehnte ihren Kopf an die Scheibe.

Verborgen im Schatten der Bäume, unter denen er geparkt hatte, bot sich ihm eine gute Gelegenheit, sie zu betrachten. Ihre Erschöpfung war selbst aus der großen Entfernung zu sehen. Alles war über ihr zusammengebrochen. Die Einsamkeit, die Angst, die Aussichtslosigkeit. Etwas war schiefgelaufen bei seinem ersten Versuch, ihr zu schreiben. Doch jetzt, als er sie so ansah, wusste er, dass er lange genug gewartet hatte. Sie würde seinen Worten folgen, wohin auch immer er sie führen würde. Es würde ihr letzter Weg werden und es würde endlich ein Ende haben.

Bereit für diesen letzten Akt, schaltete er seine Scheinwerfer an und wartete auf den Moment, in dem sie Notiz von ihm nahm. Dann, ganz langsam, fuhr er an den Einsatzfahrzeugen vorbei und ließ sie gerade so nah an sich herankommen, dass sie ihm folgen konnte. Komm, Lena Baumann, ich nehme dich mit …

KAPITEL 24

Ihr Atem hinterließ einen beschlagenen Kreis auf der Oberfläche der Autoscheibe, der nach jedem Ausatmen nur einen winzigen Moment hatte, sich zurückzuziehen. Doch der Nebel am Glas lichtete sich erst wieder ganz, als sie ihr Gesicht abwandte und nach draußen durch die Windschutzscheibe sah. Die Spurensicherung war in der Hütte eifrig damit beschäftigt, ihren Aufgaben nachzugehen und sich ein Bild von dem zu machen, was ihnen Robin Martens und sein großes Vorbild hinterlassen hatten. Im Grunde war es nichts.

Die Worte kamen ihr wieder in den Sinn und füllten für einen kurzen Moment ihre Gedanken. Unvermittelt tauchten sie aus dem Nichts aus. Lena versuchte, in sich hineinzuhorchen, doch es war nicht mehr als ein undeutliches Gefühl. Es war eiskalt im Wagen und sie überlegte, ob sie den Motor und die Heizung anmachen oder zurück in die Hütte gehen sollte.

Sie legte die Hand auf den Türgriff und wollte aussteigen, als ihre Augen in der Ferne etwas Silbernes aufblitzen sahen. Es war hinter den hohen Büschen am Rande der Lichtung gewesen. Angestrengt starrte sie auf den Punkt, an dem sie es wahrgenommen hatte, und erkannte die schemenhaften Umrisse eines Geländewagens. Sie dachte nicht, dass er einem der Kollegen gehörte, weil die Fahrzeuge der Spusi nah bei der Hütte standen, und auch Daniel fuhr keinen silbernen Wagen. Noch während sie darüber nachdachte, ob jemand von der Presse bereits vom Einsatz Wind bekommen hatte, erinnerte sie sich plötzlich an jenen Abend, als sie auf dem Weg zu ihren Eltern war. Ein silberner Geländewagen hatte sie geblendet. War es nicht derselbe gewesen? Sicher war sie nicht, aber es ließ sie auch nicht los.

In diesem Moment leuchteten die Scheinwerfer des anderen Wagens auf und er fuhr langsam am Rand der Lichtung entlang. Kurzerhand drehte Lena den steckenden Zündschlüssel um und setzte mit dem Wagen zurück auf den schmalen Pfad, den sie gekommen waren. Als der silberne Geländewagen einige Meter vorausgefahren war, fuhr sie aus dem kleinen Weg auf die Straße und folgte ihm.

Mit etwa 100 Metern Abstand fuhr sie hinter dem Wagen her und hoffte, dass sie ihn nicht verlieren würde. Er war nicht schnell, aber auch nur so langsam, wie es die Geschwindigkeitsbegrenzung von ihm verlangte.

Unauffällig fuhr er in die beleuchtete Innenstadt und durch die nächtlichen Straßen Kiels.

Schließlich setzte der Geländewagen seine Geschwindigkeit herab und blinkte lange, bevor er langsam um eine Ecke bog. Fast schon, als würde er auf sie warten. Lena behielt dennoch ihren Abstand bei, der ein paar Autolängen zwischen sie legte. Mittlerweile war sie sich fast sicher: Sie kannte den Wagen und sie hatte ihn mehr als einmal gesehen. Als er nach einer schier endlosen Fahrt in einen Hinterhof einbog und verschwand, hielt Lena auf der gegenüberliegenden Straßenseite an und schaltete den Motor ab. Sie sah ihren Atem in Schwaden vor sich. Vor lauter Anspannung hatte sie vergessen, die Heizung anzumachen. Ihre Finger krallten sich eiskalt um das Lenkrad. Sekunden verstrichen, in denen sie nur dasaß, auf die Straße blickte und wartete. Die Straßenlaternen warfen ihr gelbliches Licht in Kegeln herab und erleuchteten den Bürgersteig und die Straße. Zwei Jugendliche gingen vorbei und ihre Stimmen drangen gedämpft zu ihr ins Auto.

Dann endlich entschied sie sich auszusteigen.

Draußen packte sie die Kälte als scharfe Windböe und ließ sie erzittern. Während sie die Straße überquerte, ging ihr Blick hinauf zu den Fenstern des Hauses, hinter dem der Wagen verschwunden war. Es war ein schöner hoher Altbau mit alter Klinkerfassade und einem schönen Balkonvorbau. Dicke Säulen verzierten seine Front und gaben dem Bau ein edles Aussehen. Das Licht in den Fenstern über dem breiten Torbogen der Haustür ging an und erleuchtete den dahinterliegenden Hausflur. Lena beobachtete die anderen Fenster und wartete, ob in einem von ihnen das Licht ebenfalls eingeschaltet wurde. Aber vorerst passierte nichts. Sie ging den kurzen Plattenweg zum Haus entlang. Gerade als sie den Torbogen erreichte, öffnete sich die Tür und eine junge Frau kam heraus. Sie lächelte Lena kurz an und schritt dann zügig zum Bürgersteig. Lena reagierte blitzschnell, hielt die Tür auf, bevor sie wieder ins Schloss fallen konnte, und schlüpfte ins Treppenhaus. Wie das Äußere des Baus war auch das Innere sehr imposant und großzügig. Zu beiden Seiten des Eingangs standen Säulen aus Stein, deren Sockel mit kleinen Ornamenten verziert waren. Der Geruch von Putzmittel lag in der Luft und verstärkte den Eindruck eines gepflegten Hauses. Das Holz der Treppe glänzte sauber und edel.

Einen Moment sammelte sie sich und überlegte, was ihr nächster Schritt sein würde. Der Wagen stand sicherlich in einer Garage des Hinterhofs. Sie konnte hoffen, dass ein Hinweis der dazugehörigen Wohnung dort zu finden war. Aber wahrscheinlich war es nicht. Dann überlegte sie, die Namen der Klingelschilder durchzugehen, konnte aber auch diesem Gedanken nicht wirklich etwas abgewinnen. Doch noch bevor sie sich für eine dieser Vorgehensweisen oder eine andere Taktik entscheiden konnte, vernahm sie aus dem Keller ein Geräusch. Es klang wie das Zufallen einer schweren Tür, dann Schritte. Rasch verbarg sie sich hinter einer der breiten Säulen und lauschte. Erst stiegen sie die Kellertreppe hoch, dann verweilten sie für einen Moment und plötzlich waren sie verschwunden.

Lena horchte irritiert. Sie versuchte, ihren Atem so flach wie möglich zu halten, damit er sie nicht verraten konnte. Wo waren die Schritte hin? Warteten sie genau dort vor der Kellertreppe? Lena warf ganz vorsichtig einen Blick an der Säule vorbei, konnte aber weder die Füße noch die dazugehörige Person ausmachen. Unvermittelt trat sie ganz aus dem Schatten ihres Verstecks heraus und sah noch, wie die Hintertür zum Hof ins Schloss fiel. War es dieselbe Person gewesen, die den Wagen gefahren hatte? Da in keiner der Wohnungen das Licht angegangen war, zweifelte sie kaum daran.

Sie überlegte, ob sie erneut die Verfolgung des Fahrers aufnehmen sollte, nahm aber schließlich statt des Ausgangs die Stufen hinunter in den Keller.

Am Fuß der Treppe gab es eine graue Tür. Sie war nicht verschlossen und führte Lena in einen langen, dunklen Gang, zu dessen Seiten sie mehrere Verschläge erkennen konnte. Mit der Hand tastete sie nach dem Lichtschalter an der Wand. Eine mickrige Lampe an der Decke ging an und spendete spärliches Licht. Es herrschte eine düstere Atmosphäre. Wo nur wenige Meter über ihr das Treppenhaus und die Außenfassade in gepflegtem Aussehen erschienen, war dieser Raum von jeder Gemütlichkeit bar und nicht mehr als ein nacktes Gewölbe unter der Erde. Sie sah an der Reihe Gittertüren entlang, die allesamt mit kleinen Vorhängeschlössern gesichert waren, und versuchte einen Anhaltspunkt zu finden, der ihr denjenigen Kellerverschlag verraten würde, den sie suchte. Was hatte der Fahrer des Wagens so kurz hier unten gemacht?

Sie schritt die Gasse entlang und sah in das Innere der einzelnen Parteien. In den meisten standen Kartons, Möbel oder anderer loser Plunder. Ein paar Fahrräder, ein altes Puppentheater. Nichts von Bedeutung, nichts, was ihre Aufmerksamkeit auf sich zog.

Dann stand sie plötzlich vor einem Verschlag, der hinter dem Gitter zusätzlich mit einer Plane verhüllt war. Sie suchte nach einer Ritze oder einem Loch, konnte aber auf den ersten Blick nichts erkennen. Lena steckte ihre Hand durch die engen Maschen des Gitters und versuchte, die Plane ein Stück zur Seite zu schieben, um einen Blick in das Kellerabteil werfen zu können. Aber das Licht war so schwach, dass ihre Hände selbst Schatten auf ihre Finger warfen und sie nur schwer sehen konnte, wohin sie griff. Nach einigen Versuchen erst gelang es ihr, die Plane zu erwischen. Ihr Zeigefinger verkrampfte sich unter dem Druck und sie musste sich anstrengen, um nicht abzurutschen und sich womöglich den Finger an der Kante zu schneiden. Mit Gewalt hatte sie das Stück Kunststoff schließlich so weit zurückgedrängt, dass sie einen Blick durch die Lücke werfen konnte. Es war dunkel hinter dem Gitter, nur durch die Ritzen oberhalb und unterhalb der Plane fiel etwas von dem schwachen Licht der Kellerlampe in den Verschlag und zeichnete die Umrisse seines Inhaltes ab. Lena konnte nicht viel erkennen. Sie meinte, einen Schreibtisch und Regale sehen zu können. Aber bevor sie Einzelheiten ausmachen konnte, glitten ihre Finger wieder von der Plane.

Lena blickte zur Tür des Kellerverschlags und sah das kleine Vorhängeschloss an dem Metallriemen. Es war bloß eingehängt und forderte sie geradezu auf, einzutreten. Ohne weiter darüber nachzudenken, schwang Lena die klapprige Holztür zur Seite. Zwei Sekunden verstrichen, ehe Lena den Mut hatte, sich in das Innere zu begeben. Das dämmrige Licht der Kellerlampe reichte nun in die kleine Kammer hinein, und sie ließ ihre Augen eilig über die Einrichtung huschen.

Die Regale, die sie bereits von außen erkannt hatte, waren gefüllt mit Büchern und einigen Akten. Der Schreibtisch aufgeräumt, aber deutlich in Gebrauch. Es standen zwei Kommoden an der Wand gegenüber und dann noch ein kleiner Tisch mit einem Stuhl.

Ihr Blick blieb augenblicklich an einem Gerät hängen, das abgedeckt mit einer weiteren Plane am Rand des Schreibtisches stand. Fast ein wenig zögernd trat sie näher heran.

Als sie die Plane vorsichtig herunterzog, sah sie auf eine Konstruktion, wie sie sie noch nie zuvor gesehen hatte und von der sie auf den ersten Blick nicht sagen konnte, was es eigentlich war. Eine etwas größere Box bildete den Fuß des Gerätes, darauf einige Platten und Drähte. Eine Art Schiene verlief quer über das Instrument und von ihr gingen weitere Metallleisten aus. Es sah beinahe aus wie ein Mini-Kran, selbst gebaut aus zusammengesammelten Einzelteilen und dennoch sehr perfektioniert konstruiert. Ihre Augen wanderten über die Details der Apparatur, versuchten zu erfassen, was ihr Zweck war und wie genau sie funktionierte. Aber nur mit Mühe gelang es ihr, das Herzstück des Gerätes auszumachen. Nach Sekunden der Betrachtung erst sah sie, was im Mittelpunkt steckte.

Zwischen mehreren Stäben, an der Querleiste befestigt, befand sich ein schwarzer Füllfederhalter, der dort eingespannt zwischen zwei Klemmen steckte. Es war ein ganz normaler Füller mit einer herkömmlichen Feder, an der noch blaue Tinte klebte. Lena starrte auf die Konstruktion und spürte, wie es ihr kalt den Rücken herunterlief. Es war der Plotter, von dem Daniel ihr vor einigen Tagen erzählt hatte. Sein Verdacht war also wahr. Es war die »Hand« des Todschreibers, auf die sie in diesem Moment blickte, und sie erkannte die Quelle ihrer akkuraten und sauberen Schrift. Dieses Gerät hatte dafür gesorgt, dass kein Bogen außerhalb seiner Form war, kein Strich neben der Spur. Was sie sah, war die Wahrheit der hypnotischen Wirkung. Nicht mehr und nicht weniger als eine Maschine, die korrekter nicht hätte schreiben können.

Ein Geräusch hinter ihr ließ Lena herumfahren und ängstlich in den erleuchteten Gang spähen. Niemand war dort. Vielleicht hatte sie sich nur geirrt. Sie wandte sich zurück, sog den Anblick des Gerätes in sich auf, bevor sie sich endlich davon löste und mit verändertem Blick erneut durch den kleinen Verschlag sah. Sie stand tatsächlich in seiner Höhle, dort, wo er vermutlich etliche Briefe geschrieben hatte, wo er das Schicksal anderer Menschen nur durch seine Worte bestimmt hatte.

Lena wandte sich einer der Kommoden zu, auf der fein geordnet mehrere Haufen Papiere lagen. Einer der Stapel bestand nur aus Skizzen von getippten Sachtexten. Das Thema blieb ihr verschlossen, aber es interessierte sie auch nicht. Wenige Zentimeter daneben lag ein Stapel grauer Ordner. Lena hob den ersten Ordner ab und nahm ihn in die Hand. Sie zitterte leicht vor Anspannung und merkte, wie ihr Atem nur stoßweise ihre Lungen durchzog. Als sie den Deckel umklappte, sprang ihr der Name direkt ins Gesicht und traf sie heftiger, als sie erwartete hatte.

Rebecka Bohls Daten füllten das erste Blatt, kurze Notizen von Sitzungen folgten. Lena blätterte hastig durch die Aufzeichnungen, klappte das Deckblatt wieder zu und fixierte den Ordner. Wie war die Akte hierhergekommen? Woher stammten die Protokolle? Noch einmal schlug sie den Hefter auf, suchte nach einem Datum und fand eines, das um Monate zurückdatiert war, noch lange vor dem Behandlungsbeginn bei Dr. Martens. Verwirrt blätterte sie noch einmal durch den Inhalt und suchte nach irgendeinem Hinweis, der ihr verriet, woher die Unterlagen stammten. Doch sie fand ihn nicht. Rasch ließ sie die Mappe sinken und griff nach der nächsten. Einen Hefter nach dem anderen nahm sie zur Hand und blätterte immer hastiger in den Dokumenten.

Und dann, nach etlichen Seiten, Notizen und Daten, fand sie den Namen, den sie suchte: Dr. Elisabeth Leppe. Und noch während sie ihn las, kamen ihr die Erinnerungen.

Es fiel ihr vor die Füße, als wäre es eine so plumpe Lösung, wie sie ein Kind hätte finden können. Alle Fäden waren bei Sarah Martens zusammengelaufen, sie war der entscheidende Ansatz gewesen. Aber hinter ihrer Skrupellosigkeit war der wahre Ursprung verdeckt geblieben, den sie hätten finden müssen. Nicht Dr. Martens hatte alle Patienten behandelt, die sich das Leben genommen hatten, sondern diese zweite Therapeutin, deren Namen sie nun vor sich hatte und der bisher von allem, was sie über Sarah Martens herausgefunden hatte, überschattet worden war.

Mit einem Mal besann sich Lena auf ihre Recherche im Krankenhaus, bei der die Schwester ihr die ärztlichen Betreuer von Anna Ocklenburg genannt hatte: Dr. Martens und Dr. Leppe. Damals hatte ihr diese zweite Psychotherapeutin überhaupt nichts gesagt. Sie hatte vergessen, dass sie tatsächlich schon vorher einmal von ihr gelesen hatte. An jenem Tag, als sie zum ersten Mal bei Dr. Martens in der Praxis gewesen war und die Akte von Jakob Richter durchgesehen hatte. Es war der Name der Therapeutin, von der Dr. Martens einige Patienten übernommen hatte. Und genau hier lag die Überschneidung. Wie hatte sie das übersehen können?

Lena hob den letzten Ordner an und schlug langsam das Deckblatt zurück. Sie sah in das Gesicht einer Frau. Ihre Augen blickten traurig zu Boden, ihr Mund war unschön verzerrt. Der Ausschnitt des Fotos zeigte ihren Oberkörper, der gänzlich in Schwarz gekleidet war, und ganz am Rande des Bildes konnte man die Blätter von Blumen erkennen. Eine Unterschrift verriet, was das Bild bereits deutlich zeigte: Es war auf einer Beerdigung aufgenommen worden.

Die Familie trauert, der Himmel weint, stand groß über dem Zeitungsartikel, der das Foto begleitete. *Wie der Himmel über Kiel weinte am Sonntag auch die Familie um den kleinen David Sander, der vor einer Woche unter unglücklichen Umständen ums Leben kam. Vor den Augen seiner Mutter Marie Sander stürzte der kleine*

Junge in den Teich im Garten und ertrank, während seine Mutter nach einem Sturz bewusstlos danebenlag …

Lena überschlug den weiteren Artikel und sah die folgenden Seiten durch, auf denen sich nur wenige Aufzeichnungen zu Therapiesitzungen befanden und einige Blätter handschriftlicher Notizen. Diese letzten Seiten stammten nicht aus einer Behandlung – das wurde ihr schnell klar. Vielmehr war es ein kurzes Festhalten von Beobachtungen, die miteinander nicht viel zu tun hatten und scheinbar zu unterschiedlichen Zeitpunkten gemacht wurden: *Weint viel – Kein Kontakt – Vormittags allein.*

Lena erkannte in ihnen, wie sich ihre Vermutung bestätigte, dass der Täter seine Opfer vor dem Zustellen seiner Briefe tatsächlich beobachtet hatte, um ihren Tagesablauf und ihre Verfassung zu analysieren. Würde sie auch etwas über sich selbst finden, wenn sie länger in den Unterlagen suchte?

Das letzte Blatt des Ordners über Marie Sander war der Entwurf eines Briefes an sie und er riss Lena augenblicklich aus ihrer vertieften Starre heraus. Denn ein Detail ließ sie innerlich aufschrecken: das Datum des Briefes. Es war datiert auf den heutigen Tag.

Schnell griff sie nach ihrem Telefon und wählte Marks Nummer. Doch es ging nur die Mailbox ran. Sie wählte erneut und hörte schon nach dem zweiten Freizeichen Daniels Stimme am anderen Ende.

»Lena? Wo zum Geier steckst du?«, fragte Daniel und sie konnte eine Nuance Sorge heraushören. »Alles in Ordnung bei dir?«

»Ich wollte nur eben eine Sache überprüfen«, sie versuchte, so knapp wie möglich zu antworten. »Hör zu, ich weiß, wer das nächste Opfer ist. Ihr Name ist Marie

Sander. Ich fahre zu ihr. Vielleicht bin ich noch nicht zu spät …«

Sie blickte sich hektisch um. Sie war so gefesselt gewesen von dem, was sie in diesem Kellerverschlag entdeckte, dass sie kaum bemerkt hatte, wie die Minuten vergangen waren, wie die ohnehin schwache Deckenbeleuchtung nun flackerte und sie eigentlich schon längst hätte aufbrechen müssen. Ihr Blick konnte sich nicht von all dem lösen. Sie wollte alles wissen und alles verstehen, was sie all die Tage nicht konnte. Sie hatte so lange gesucht und im Dunkeln getappt. Das ganze Puzzle, von dem sie weder die Teile noch das fertige Bild kannte, nahm in diesem Verschlag endlich Konturen an. Es fügte sich ganz langsam zusammen. Und obgleich es in ihr ein Gefühl der Befriedigung und Erleichterung erzeugte, mischte sich auch eine Spannung hinein, die sie ängstigte. Denn je mehr sich die Teile des Rätsels zusammenfügten, desto deutlicher wurden ihr auch Dinge, die sie eigentlich gar nicht sehen wollte. Doch als ihr das Foto ins Auge fiel, das in einem der vollen Regale stand, war die Wahrheit kaum noch zu ignorieren.

Das Bild steckte in einem alten Holzrahmen, auf dem eine dünne Staubschicht lag. Es zeigte eine ausgeschnittene Seite der »Kieler Nachrichten« mit einem Artikel über den städtischen Ärzteverein. Daneben war eine Aufnahme abgedruckt, auf der mehrere Ärzte zusammenstanden und in die Kamera blickten. Darunter standen knapp die dazugehörigen Namen: Dr. med. Kattenberg, Dr. Koch, Prof. Dr. Dr. Schlicht, Dr. med. Müller, Dr. Leppe, Prof. Dr. Held. Lena ordnete sie den Köpfen zu und verweilte mit ihrem Blick lange auf dem Gesicht der Frau, die als Zweite von rechts stand und deren Namen sie zuvor in den Akten der verstorbenen Patienten gelesen hatte. Das volle, helle Haar trug sie locker im Nacken zusammengebunden, das schlichte Kostüm betonte ihre schlanke Figur, die sie trotz ihres Alters zu einer attraktiven Frau machte. Ihr Gesichtsausdruck versprach fachliche Kompetenz und Selbstbewusstsein, aber auch ein freundliches und mildes Wesen.

Sie kannte das Gesicht und es war nicht allzu lange her, dass sie es auf einem anderen Foto gesehen hatte. Es war im Büro von Professor Carstens gewesen, als sie ihm zum allerersten Mal begegnet war.

»Lena?« Daniel rief sie durch das Telefon, das ihr beinahe aus der Hand geglitten wäre.

»Ich muss los«, hauchte sie nur, legte auf und verließ wie auf der Flucht den Kellerverschlag. Noch auf dem Weg durch das Treppenhaus, über den kleinen Plattenweg und zum Auto erfragte sie Marie Sanders Adresse in der Zentrale. Eine Wegbeschreibung brauchte sie nicht, denn sie kannte die meisten Straßen Kiels wie ihre eigene Westentasche. Mit hohem Tempo heizte sie einen Teil des Weges, den sie gekommen war, zurück und steuerte den Wagen Richtung B507 nach Schilksee. Sie wusste, dass die Kollegen in diesem Moment versuchen würden, Marie Sander telefonisch zu erreichen. Aber sie konnte nicht sicher sein, ob die Frau abnehmen würde. Vielleicht hielt sie bereits in den Händen, was sie bekommen sollte, und las genau in diesem Moment die Worte, die sie vielleicht etwas tun lassen könnten, was sie eigentlich gar nicht wollte.

Lena drückte unweigerlich auf das Gaspedal und hoffte, sich in der Eile nicht doch zu verfahren. In ihrem Kopf versuchte sie, sich einen groben Überblick über den Stadtteil ins Gedächtnis zu rufen, während die dunklen Umrisse von Bäumen, Häusern und Brücken an ihr vorbeizischten. Die Fördestraße führte einmal komplett durch Schilksee hindurch. Von dort aus musste sie nur noch die richtige Abzweigung erwischen und in dem kleinen Netz aus Nebenstraßen den kürzesten Weg finden. Als sie nach einer ihr endlos erscheinenden Fahrt den Stadtteil endlich erreicht hatte, bremste sie vor jeder Abzweigung scharf ab und sah konzentriert die Straßenschilder durch, um ja nicht die richtige Straße zu verpassen. Nach wenigen Kreuzungen hatte sie ihr Ziel gefunden und suchte, leise fluchend über die Dunkelheit, angestrengt nach der richtigen Hausnummer.

»Komm schon«, murmelte sie und trommelte mit der Hand auf das Lenkrad, als würde es ihre Suche beschleunigen. Dann endlich sah sie das richtige Haus und lenkte den Wagen auf den Bordstein. Ohne den Schlüssel abzuziehen und mit einer fahrigen Handbewegung schnallte sie sich ab und stieg aus dem Wagen. Sie sah durch den Vorgarten auf das großzügige Einfamilienhaus und zur weißen Haustür, die etwas schüchtern unter einem kleinen Vordach lag. Ihre Schritte eilten zielstrebig darauf zu und ihre starren Finger drückten bald darauf mehrmals hart auf die Klingel. Ein kratziges Läuten ertönte und durchschnitt die Ruhe, aber Schritte vernahm sie nicht. Ungeduldig schellte Lena noch einmal, aber als sich auch weiter nichts rührte, trat sie ein paar Schritte zurück und sah sich um. Vor der Garage parkte ein roter Mazda, dessen Scheiben bereits vereist waren. Die Außenrolläden waren allesamt heruntergelassen und ließen kein Licht nach außen scheinen. Rings um das Haus herum waren schöne, mit Randsteinen gesäumte Beete angelegt, ein kleines Törchen trennte den Vorgarten vom hinteren Bereich des Grundstückes. Lena ging an der Hauswand entlang und öffnete die Pforte. Sie fühlte sich wie ein Eindringling und die Stille und die Kälte um sie herum weckten außerdem ein drängendes Unbehagen in ihr. Doch trotzdem oder vielleicht genau deshalb begann Lena laut nach Marie zu rufen und die begonnene Nacht und das Gefühl zu durchbrechen.

»Marie?«, rief sie und tapste dabei vorsichtig durch den dunklen Garten, kaum sehend, wohin sie eigentlich trat. Unter ihren Füßen knirschte alter, gefrorener Schnee und nah an der Wand schliff ihr Ärmel an dürren Ästen irgendwelcher Rankpflanzen vorbei.

»Marie Sander?« Lena erhaschte plötzlich einen Lichtkegel, der durch den nicht vollständig geschlossenen Außenrollladen einer Terrassentür nach draußen fiel. Schnell schritt sie darauf zu und duckte sich, um durch den hüfthohen Spalt in das Innere des Hauses sehen zu können.

Sie sah eine dünne Frau an der Spüle stehen und mit leerem Blick in eine weite Ferne starren. Ihre Augen waren mit Tränen gefüllt und ihre Schultern hingen kraftlos herab. Mit der einen Hand schien sie sich an der Ablage abzustützen, als wäre sie zu schwach, sich selbst aufrechtzuhalten. Die glatte Klinge in ihrer anderen Hand blitzte im Schein der Lampe auf und warf einen reflektierenden Lichtstreifen auf ihr Gesicht.

Lena handelte blitzschnell. Ruckartig bückte sie sich nach einem der Beetsteine, holte aus und zerschmetterte mit einer einzigen Bewegung das Fenster.

»Marie!«, brüllte sie und versuchte die größten Spitzen der Scheibe zurückzudrängen, um sich Zutritt zu verschaffen. Sie dachte nicht weiter nach, zwängte sich unter dem Rolladen hindurch und hörte den Stoff ihrer Jacke reißen, als sie an einem der Splitter hängen blieb.

Ein letztes Mal rief sie Maries Namen, bevor sie sie erreichte und ihr das Messer aus der Hand riss. Ihr Kopf drehte sich beim Anblick des Papiers auf dem Tisch und sie konnte nicht sagen, ob Marie es war, die zuerst zu Boden sank oder ob es ihre eigenen Beine waren, die ihr den Dienst versagten. Erschöpft ließ sie es zu und fand sich im nächsten Moment auf den weißen Fließen kniend, die Frau in den Armen vor sich. Sie weinte.

»Alles gut«, flüsterte Lena. Zu Marie und auch zu sich selbst. »Es ist alles in Ordnung.« Sie drückte die schluchzende Frau an sich und konnte ihren wilden Herzschlag unter ihren Händen fühlen. Es war wie das Klammern einer Ertrinkenden, die den letzten Halt gefunden hatte. Sie hatte es geschafft. Sie war nicht zu spät gekommen. Und die Erleichterung ließ auch Lena Tränen über die Wangen laufen, ohne dass sie es aufhalten konnte. Es waren Tränen, die sie so lange zurückgehalten hatte, die sich ihr aufgedrängt und sie mehr und mehr gelähmt hatten, seit sie diesen ersten Brief gefunden hatte. Es fühlte sich an, als würde eine Sandburg in sich zusammenbrechen, deren Fundament von einer massigen Welle erfasst worden war und deren Grund nun von Wasser umspült und aufgeweicht wurde.

Als ihr Handy klingelte, zerrte der schrille Ton sie aus dem Gefühl der Erlösung und Ermattung. Wie in Trance griff sie in die Tasche und zog es heraus. Noch bevor sie etwas sagen konnte, hörte sie seine Stimme.

»Warum sind Sie mir gefolgt?«

Sie konnte nur ehrlich antworten. »Ich weiß es nicht.«

»Sie hätten ihr den letzten Weg nicht versagen sollen«, sagte er.

»Sich umzubringen?«

»Es wäre ihr Ausweg gewesen.«

»Nein«, sagte Lena entschieden und richtete sich unter der Last Maries etwas auf. Ihr Schluchzen war verebbt und sie saß nur noch angelehnt an sie da und starrte vor sich auf den Boden.

»Warum haben Sie das alles getan?« Sie wollte es endlich wissen.

Er atmete in den Hörer.

»Es ging ihnen schlecht«, sagte er knapp und ließ eine Pause entstehen. Dann fuhr er fort: »Ich habe erkannt, dass sie mit ihrem Leben unglücklich waren und es war eine Qual für mich, es mit anzusehen. Ich spürte, wonach sie sich wirklich sehnten, auch wenn viele von ihnen nach außen einen gefassten Eindruck machten. Es war nur eine Fassade. In Wirklichkeit haben sie sich nach Hilfe gesehnt und jemanden gebraucht, der sie bei der Hand nahm.«

Lena lauschte in die Leitung und hörte, wie am anderen Ende ein Auto vorüberfuhr und ein leichter Wind rauschte. Es war ihr, als höre sie ein Echo.

»Wo sind Sie?«, fragte sie und er sagte, er wäre ganz in ihrer Nähe. Und wie zum Beweis vernahm sie das leise, sich nähernde Martinshorn vom anderen Ende der Leitung.

Lena versicherte sich, dass Marie Sander ohne ihre Unterstützung sitzen konnte, und erhob sich langsam. Die Sirene des Notarztwagens kam immer näher. Hilfe würde jeden Moment eintreffen.

»Wie viele waren es?« Lena entfernte sich behutsam von der Frau und ging durch das Wohnzimmer zur

Haustür. Sie musste ihn am Apparat halten und irgendwie ablenken, bis sie ihn gefunden hatte.

»Das spielt doch keine Rolle. Die Zahl ist nicht von Bedeutung. Ihr Wert ist es, der wichtig ist.«

»Und was für einen Wert hatten sie für Sie?«

Er antwortete sehr ernsthaft: »Einen unermesslich großen. Und ich bin sicher, dass Sie das im Grunde wussten.«

»Nein«, sagte sie, »das wusste ich nicht. Sie haben diese Menschen in den Tod getrieben.«

»Sie sagen es, als hätte ich sie mit einem Messer erdolcht. Ich habe sie geleitet«, antwortete er.

Lena lauschte seinen Worten und ihr Herz hämmerte in der Brust, als sie die Haustür öffnete und auf die dunkle Straße sah. Von rechts näherte sich das Blaulicht des Notarztes und einige Meter dahinter sah sie einen Einsatzwagen der Kollegen. Als die Kollegen Sekunden später vor dem Haus zum Stehen kamen, bedeutete sie ihnen wortlos den Weg zur Haustür, damit sie sich um Marie kümmerten. Dann suchten ihre Augen weiter die Straße ab.

»Ich glaube, Sie haben sich da in etwas verrannt«, meinte sie und trat aus der Einfahrt heraus zur Straße. »Rebecka Bohl, Jakob Richter und die anderen – sie hätten sich nicht das Leben genommen. Es ging ihnen nicht so schlecht, wie Sie glauben.«

»Nach außen hin nicht. Sie haben sich gut präsentiert.«

»Woher wollen Sie das wissen? Wenn ich es richtig verstanden habe, bauten Ihre Eindrücke auf den psychologischen Akten Ihrer Frau Elisabeth auf und diese Sitzungen lagen schon viel länger zurück. Woher wollen Sie wissen, dass sie in der Zwischenzeit nicht mit ihrem Leben glücklich geworden sind?«

»Ich habe sie beobachtet«, antwortete er. »Ich habe es gespürt und mit eigenen Augen gesehen. Als Sie damals in mein Büro kamen und mir ausgerechnet diesen Brief gaben …« Er machte eine Pause, als würde er sich daran erinnern. »Sofort habe ich gemerkt, dass Sie Sorgen in sich tragen, von denen niemand etwas weiß.«

Seine Stimme wurde leiser und ein wenig melancholisch.

»Und ich hatte auch bei Ihnen das Gefühl, Sie endlich von dem zu erlösen, was Ihnen so schwer auf der Seele liegt.«

Sie stand jetzt auf dem Bürgersteig. Der Wind blies von der nahe gelegenen Küste eiskalt in ihr Gesicht und verschlug ihr kurz den Atem. Sie konnte nicht glauben, was er ihr sagte. Und sie wollte es auch nicht. Es war nicht real und erschien ihr eher wie ein Traum, in dem eine weit entfernte Stimme zu ihr sprach und Dinge erklärte, die so gar nicht wahr waren. Nicht er. Nicht so.

Seine Stimme drang rau an ihr Ohr.

»Lena«, sagte er, »es tut mir leid. Ich habe geglaubt, wiedergutmachen zu können, was ich bei Elisabeth versäumt habe. Ich habe ihr nicht geholfen. Dabei war sie so dicht bei mir. Ich hätte ihr Leid spüren müssen und wissen müssen, welche Qualen sie damals erlitten hat. Aber stattdessen …« Er atmete schwer aus. »Indem ich diesen Menschen mit meinen Briefen geholfen habe, habe ich endlich die Hilfe gegeben, die ich viel eher hätte leisten müssen.«

»Wo sind Sie?«

Einen Moment dauerte es, bis er antwortete. Eine ruhige, tiefe Stimme.

»Ich stehe auf der anderen Straßenseite.«

Sie sah ihn plötzlich aus einem Schatten heraustreten, die Schultern hängend, fast wie in Bedauern. Er trug einen hellen Mantel und einen blauen Schal. Beides wehte unwirklich um seinen Körper. Sie wollte wegschauen und nicht wahrnehmen, wie er dort stand. Sie wollte einfach aufwachen aus einem Traum, in dem sie sich gefangen fühlte. Doch es ging nicht.

»Lena«, sagte er. Und dann ging Professor Carstens noch einen Schritt auf sie zu und sah ihr in die Augen. Eine ganze Straße lag zwischen ihnen, aber sie konnte seinen Blick brennend auf sich spüren, als würde er sie direkt berühren. »Manchmal ist es Zeit, loszulassen und einfach zu gehen«, sagte er und nickte.

Nur eine Sekunde hatte sie gezögert. Dann setzte sie ihren Fuß auf die Straße. Drei Schritte und sie war aus dem Schatten des parkenden Notarztwagens herausgetreten. Es war der Augenblick, in dem es bereits zu spät war. Der Wagen kam auf sie zu, warf ihr einen grellen Scheinwerferstrahl ins Gesicht. Für einen kurzen, intensiven Augenblick konnte sie noch den Fahrer erkennen, aber er konnte nur noch zurückstarren. Und im nächsten Moment wurde sie von der Wucht des Aufpralls erfasst. Es ging schnell. Aber sie erlebte es wie in Zeitlupe. Warum hatte sie nicht auf die Straße gesehen? Wieso hatte sie sich nicht versichert, dass kein Auto kam? Sein Blick hatte sie gefesselt. Sie spürte ihn immer noch und hörte seine Worte wie ein Echo in ihren Gedanken, wieder und wieder.

Als ihr Kopf auf dem eiskalten Asphalt lag, ging ihr Blick noch einmal zu ihm zurück. Professor Carstens stand am Straßenrand und sah sie mit traurigen Augen an.

EPILOG

Es war kurz nach halb zwei. Die Mittagszeit war vorüber und der Nachmittag lag vor ihm wie ein langer trostloser Pfad über breites Feld. Einer der Wärter brachte die Post und überreichte ihm seinen Teil.

Er bekam viel Post. Im Grunde jeden Tag. Und meistens mehrere Briefe gleichzeitig. Sie kamen aus ganz Deutschland, ein paar wenige sogar aus anderen Ländern und hin und wieder auch in einer anderen Sprache. Einmal hatte er sogar einen Brief aus Finnland bekommen und konnte mit den Hieroglyphen darin kaum etwas anfangen. Ein Mitinsasse hatte ihm die Zeilen übersetzt. Aber es waren bloß dieselben Vorwürfe, wie er sie schon so oft gelesen hatte.

Die Menschen schrieben ihm oft aus Ärger und verurteilten ihn. Sie warfen ihm vor, er habe niemals wissen können, ob die Menschen, denen er geschrieben hatte, wirklich unglücklich waren. Er hätte nicht das Recht gehabt, ihr Leben für sie zu beenden, schrieben sie. Von ihrem Sofa zu Hause aus.

Es waren etliche Briefe. Und er las sie alle. Las die Kritik, las die Beleidigungen und auch die Drohungen. Manchmal glaubte er, darin so etwas wie Verzweiflung zu lesen. Bestimmt waren einige von denen, die ihm schrieben, selbst in einem Leben, das so perfekt nicht war, und wollten sich losstrampeln von der Misere, in der sie sich befanden. Sie wollten nicht wahrhaben, dass sie Leid erfuhren, oder sie hatten nicht den Mut, sich davon zu befreien, und fühlten sich von dem, was man ihm nachsagte, angegriffen. Er las es mit Interesse, wenn auch gleichzeitig oft mit Bedauern und einer gewissen Trauer. Nur selten hielt er auch ein Schreiben in der Hand, in dem Verständnis zutage kam und sogar so etwas wie Trost. Dann hob er die Blätter auf und las sie auch ein zweites Mal.

Man hatte ihn verhört. Er hatte alles gestanden. Alle 14 Briefe, die er geschrieben hatte. Warum sollte er lügen? Er hatte kein Unrecht getan. Alles, was er je im Sinn gehabt hatte, war, diesen Menschen zu helfen und ihnen einen Weg zu zeigen, der ihnen das ganze Leid, das ihnen auf dem Herzen lag, nehmen würde. Natürlich hatte er auch oft darüber nachgedacht. Es verging kein Tag, an dem er nicht darüber nachdachte, was man ihm vorwarf. Er versuchte es, aus ihrer Perspektive zu sehen und ihren Standpunkt zu verstehen. Am meisten dachte er dabei an die junge Polizistin, deren Brief einer der letzten gewesen war, die er verfasst hatte. Und der einer der wenigen war, der seine Wirkung verfehlt hatte. Er fragte sich oft, warum sie sich so sehr gegen seinen Inhalt gewehrt hatte und warum sie ihr Schicksal beim ersten Mal so von sich gewiesen hatte. Auch fragte er sich immer wieder, ob es richtig gewesen war, ihr zu schreiben. Hatte er sich getäuscht? Hätte sie die Sache doch überstanden? Er war sich nicht sicher und diese Unsicherheit machte ihm zu schaffen. Bei ihrem ersten Treffen hatte er die Traurigkeit und die Müdigkeit in ihren Augen gesehen. Sie war eine starke Frau, das hatte er ebenfalls erkannt. Doch er hatte auch gespürt, dass sie von etwas getrieben wurde, das ihr große Angst machte. Nachdem er sie bei ihrem

Treffen und in der Zeit danach beobachtet hatte, war er sich dessen immer sicherer gewesen und hatte schließlich die Worte an sie verfasst. Nun, im Nachhinein wusste er nicht, ob es die richtige Wahl gewesen war.

Professor Carstens schüttelte die vielen Gedanken, die in seinem Kopf zusammenliefen, ab und sah die Briefe an den sogenannten »Todschreiber« durch. Es war schon merkwürdig. Da beschrieb ihn die Presse wochenlang als den Schreiber, der den Tod per Post brachte, und veröffentlichte die unheimlichsten Geschichten über ihn und nun war er es selbst, der die Schreiben von unzähligen Menschen entgegennahm und las. Wer wusste schon, ob nicht vielleicht irgendwann auch einmal ein Brief zu ihm kam, der in sein Leben eingriff?

Er setzte sich auf eine Bank und ging die Umschläge durch. Der erste Brief kam aus Münster, der zweite aus Dresden. Der dritte Brief kam aus Kiel, aber es war kein Absender darauf, nur der Poststempel, der ihm die Poststelle verriet, an der er eingegangen war.

Rasch entschied er sich, diesen Brief zuerst zu lesen, und zog das dünne, einzelne Blatt mit Zeigefinger und Daumen heraus und faltete es auseinander. Sein Blick wanderte langsam darüber und plötzlich hatte er Tränen in den Augen.

Lieber Professor Carstens,

ich habe lange darüber nachgedacht, Ihnen zu schreiben. Es fiel mir nicht leicht, das gebe ich zu. Aber ich hatte nie das Gefühl, das Sie mir etwas angetan haben, dass ich Ihnen nicht verzeihen könnte. Wenn ich ehrlich bin, habe ich Sie sogar verstanden. Nur in einer Sache sind wir so weit voneinander entfernt, wie es nur irgend möglich ist, und ich bin mir sicher, dass ich der Wahrheit näher bin als Sie:

Es gibt einen Weg, aus seinem Leid herauszufinden. Und zwar einen guten. Ich möchte, dass Sie das wissen. Und ich würde mir wünschen, dass Sie es sehen. Sie haben mir diesen Weg, obwohl Sie genau das nicht wollten, gezeigt und ich bin nun auf eine Weise froh, Sie getroffen zu haben.

In Bedenken und Gedenken,

Lena Baumann

Darunter klebte das schwarz-weiße Ultraschallbild eines 20 Wochen alten Fötus.

Man konnte sogar die kleine Stupsnase und die winzigen Fingerchen erkennen.

DANKSAGUNG

Einen Krimi zu schreiben ist spannend, schön und aufregend zugleich. Man durchlebt ein abwechslungsreiches Gefühlspotpourri, taucht in ganz neue Wissensgebiete ein und lernt interessante Menschen kennen und manchmal auch sich selbst.

Damit am Ende dieser ganzen Schaffenszeit tatsächlich auch ein Buch gedruckt werden kann, bedarf es der Hilfe vieler Personen, denen ich an dieser Stelle danken möchte:

Ein großer Dank geht zunächst an meine Lektorin Claudia Senghaas, die ihren Finger sowohl auf logische Schwachstellen als auch sprachliche Fehltritte gelegt und somit das Manuskript überhaupt erst druckreif gemacht hat.

Vielen herzlichen Dank außerdem an die Mitarbeiter der Kriminalpolizei, der Landespolizei SH und des LKA Kiel, die es mir ermöglicht haben, die fiktive Handlung des Romans mit authentischen Details der Polizeiarbeit zu stützen. Insbesondere danke ich Carl-Stephan Irmer, der mir mit viel Engagement und Freundlichkeit meine vielen Fragen beantwortet hat. Außerdem Herrn Arends, Herrn Börner und auch Herrn Triphan für ihre Hinweise und ihr Entgegenkommen. Sowie Prof. Gundlach von der Hochschule der Polizei Hamburg.

Für jede verbliebene Ungenauigkeit übernehme ich selbst die Verantwortung.

Ein weiteres Dankeschön an die Psychologin meines Vertrauens Frau Stieler-Müller, die den Figuren und Texten tief in die Augen gesehen hat. An Katharina Müller für ihre wertvollen juristischen Hinweise. Und an Frau Dr. Seibt für die spannenden Einblicke in die Schriftanalyse.

Weiterhin möchte ich mich bei meiner Mutter und meinem Bruder als unerschrockene Erstleser bedanken und bei meiner Grafschaft für ihren Enthusiasmus und ihren Zuspruch. Eure Begeisterung tut gut und treibt an.

Mein Dank gilt auch Nadine und Alex für ihre scharfe Lektüre vor dem Finale und allen, die mir weitere gute und wichtige Anmerkungen geschenkt haben.

Der wichtigste Dank geht an meinen Mann: Danke für die vielen Stunden, die ich an *Deinem* Notebook schreiben durfte und für die grenzenlose Unterstützung über all die Monate und die immer offene Kritik aus einem anderen Blickwinkel.

Maren Graf
Paderborn, April 2015

Weitere Krimis finden Sie auf den folgenden Seiten und im Internet:

WWW.GMEINER-SPANNUNG.DE

FRANZISKA STEINHAUER
Todessehnsucht

978-3-8392-1833-4 (Paperback)
978-3-8392-4923-9 (pdf)
978-3-8392-4922-2 (epub)

»Eine packende Jagd nach dem Täter in einem weiteren Krimi der Extraklasse«

Aus der Talsperre Spremberg wird eine stark entstellte Leiche geborgen. Die Identifizierung ist nicht einfach, aber der Körperbau passt zu der Vermisstenanzeige eines international bekannten Künstlers: Gernot Gausch.

Bei der Obduktion stellt sich heraus, dass der Maler keineswegs einen Badeunfall erlitten hat, sondern Opfer eines Gewaltverbrechens wurde. Die Ermittlungen zeigen schnell, dass der Maler viele Gesichter hatte. Etliche Personen wurden Opfer seiner Arroganz und Ausbeutung. Liegt hier das Motiv? Als ein weiterer Mord im Umfeld des Malers begangen wird, nimmt Hauptkommissar Nachtigalls Jagd nach dem Täter eine unerwartete Wendung.

GMEINER SPANNUNG

WWW.GMEINER-VERLAG.DE
Wir machen's spannend

JACQUELINE NORDHORN
Erbe des Verrats

978-3-8392-1838-9 (Paperback)
978-3-8392-4933-8 (pdf)
978-3-8392-4932-1 (epub)

»Die Verfolgung jüdischer Ärzte in der NS-Zeit wirft ihre Schatten auf die heutige Generation.«

Ärztin Marie Reinhardt wird ein tödlicher Kunstfehler vorgeworfen. Damit bringt sie, Erbin der Oppermanns, den guten Namen der Medizinerfamilie in Verruf. Um Abstand zu gewinnen, kehrt sie nach Berlin, die Heimat ihrer Großeltern, zurück. Doch statt Erholung zu finden, wird sie des Mordes verdächtigt. Nach einem heftigen Streit mit ihr wurde eine Kollegin erstochen. Wer will Marie schaden und welche Rolle spielt dabei die Vergangenheit der Familie Oppermann in der NS-Zeit? Marie Reinhardt begibt sich auf die gefährliche Suche nach dem Familiengeheimnis.

ROBERT BAUR
Engelsflug

978-3-8392-1890-7 (Paperback)
978-3-8392-5035-8 (pdf)
978-3-8392-5034-1 (epub)

»Robert Baur taucht ein
in die schillernde Welt der 20er-Jahre:
Zirkusluft, Kunst und Spionage.«

Spionage, Kinopaläste, Varietés, Kokain … Während die Hauptstadt ihren Aufschwung feiert, hat sich Exkommissar Grenfeld in einem Dachatelier verschanzt. Er will seine Ruhe. Doch als Zeuge eines brutalen Mordes gerät er unaufhaltsam in einen Strudel von Ereignissen, die ihm alles abverlangen. Sein einziger Verbündeter scheint ein Straßenjunge zu sein. Mit ihm kriecht er durch unterirdische Tunnels und klettert über die Dächer der Stadt. Er ermittelt in Flüchtlingslagern, der ersten Moschee auf deutschem Boden und landet zuletzt im Zirkus – immer auf der Suche nach dem Täter.

Das Neueste aus der Gmeiner-Bibliothek

Unser Lesermagazin

Bestellen Sie das kostenlose Krimi-Journal in Ihrer Buchhandlung oder unter www.gmeiner-verlag.de

Informieren Sie sich …

www … auf unserer Homepage:
www.gmeiner-verlag.de

@ … über unseren Newsletter:
Melden Sie sich für unseren Newsletter an unter www.gmeiner-verlag.de/newsletter

f … werden Sie Fan auf Facebook:
www.facebook.com/gmeiner.verlag

Mitmachen und gewinnen!

Schicken Sie uns Ihre Meinung zu unseren Büchern per Mail an gewinnspiel@gmeiner-verlag.de und nehmen Sie automatisch an unserem Jahresgewinnspiel mit »mörderisch guten« Preisen teil!